олег павлов

олег
павлов

асистолия

роман

проза
олега
павлова

москва 2010

УДК 821.161.1-3
ББК 84Р7-4
П12

диайн серии — валерий калныньш

Павлов О. О.

П12 Асистолия: Роман. — М.: Время, 2010. — 384 с. — (Серия «Проза Олега Павлова»)

ISBN 978-5-9691-0553-9

Этот роман — о трагической сути человеческой жизни, об одиночестве отдельного человека в мире людей, о значении и силе любви. Роман читается как исповедь. Название его звучит как диагноз. Асистолия — прекращение сердечной деятельности, остановка сердца. Но только способность любить дает смысл жизни, зашедшей в тупик. Роман был опубликован в 2009 году журналом «Знамя», вызвав у читателей эмоциональный шок, став, по мнению критиков, одним из главных литературных событий последнего времени. Эпиграфом к нему могли бы стать строки европейского мыслителя Эмиля Мишеля Чорана: «Состояние здорового — бесчувственность, а стало быть — нереальность. Перестав мучиться, перестанешь существовать».

ББК 84Р7-4

ISBN 978-5-9691-0553-9

Из Книги Еноха, сказано Господом о человеке:
«Я видел природу его, он же свою не знал, поэтому неведенье есть грех горький, так как согрешить ему должно».

КАРТИНА ПЕРВАЯ

Бесконечное видение

На одной — тело женщины под простыней, грузное, как сугроб. Она бредит, кого-то зовет в бреду.

На другой — старик, такой высохший, что, кажется, осталась только голова, маска лица на подушке с воткнутой в ротовое отверстие дыхательной трубкой.

Резкий запах инъекций, стерилизующих растворов...

Бородка, безвольный подбородок, пухлые губы, заостренный хрящеватый нос... Похож на учителя. Молодое, но уже измученное одутловатое лицо. Голенький спеленутый человечек в типовой пропахшей хлоркой городской умиральне. Мальчик, который всех любил... Любил... Сколько времени — дней, ночей, — потерял ощущение времени. Оно остановилось. В обложенном белым кафелем предбаннике, где все так слышно... Космический гул. Это бледное стерильное пространство, в которое помещен, отдельное и одинокое — декорация фантастического фильма, как отсек инопланетного корабля, где все приборы лишь для поддержания жизни. Но жизнь отдалялась и отдалялась — и человек легко, невесомо плыл, уплывал лодочкой без весел и парусов, по течению неведомой реки, в невидимую даль.

Гул — дорога... Смерть и дорога... Дорога и смерть... Смерть как дорога... Боюсь смерти как дороги... Бояться смерти... Бояться покидать родной мир и отправляться в другой, иной, чужой, дальний... Дорога — путь и пространство, когда все существует лишь потому, что исчезает. Дороги, дороги, дороги — и вот он исчез.

И эта мысль — «как быстро, как быстро».

Но доносится, пробивается сквозь гул мотивчик, песенка.

Где-то рядом, где-то очень близко.

Слышно.

Заставив тут же себя вспомнить, проникая уже как будто через наушники, вертится вездесущий бесконечный припевчик. Пляшет, резвится, дурацкий, бесстыжий. И больше ничего. Ничего.

«...я шоколадный заяц, я ласковый мерзавец, я сладкий...»

И его мысль — «как хорошо петь песенки».

Он говорил это: «Я просто хочу быть счастливым...»

А потом возник ее голос. Ему дали мобильный телефон. Ему сказали, что это она. И голос куда-то звал, ласкал, мучился — а он хотел уснуть. Он слышал свое имя, странное теперь для него, какое-то пустое. Он очень устал. Он был далеко, так ему казалось, хотя этот любящий голос пытался внушить ощущение близости.

Связь прекратится, испарится даже глупая песенка.

Дальше окружит гул, гул... Он то засыпает, то просыпается.

И эта мысль — «как долго, как долго».

Почувствовал, она плакала где-то.

Вспомнил: «Больше никогда не оставляй меня одну».

Ну вот и все.

Это бесконечное видение... Солнце, залитый его светом и теплом мир. Прокатился радостный смех. Катится по двору... Мальчик в инвалидной коляске. Обрубок без ног. Щуплый, с пугливым личиком. Он такой один. Просто «безногий», как обзывание.

В руках у мальчика — обыкновенная трехлитровая банка. Мальчик ее крепко прижимает к себе, обнял, боится выронить. В пшенично-золотистых опилках копошатся хомяки. Это их семейку вынесли на прогулку — и они пялятся из своего мирка, хоть глазки-бусины, кажется, ничего не узрели.

Убогим сиденьем на колесиках легко и весело, будто велосипедом, управлял уверенный в себе подросток, можно подумать, старший брат. Все знают, его отец — шофер, разбился на своем грузовике. Поэтому его мама такая: то бродит по улице, то мыкается на скамейке у подъезда, пока сын не уводит, как маленькую, домой. Учится в ПТУ. Станет шофером и будет водить грузовики. Он самый смелый во дворе. Если бьют взрослые парни, лишь улыбается, отказываясь унижаться... Сам по себе, одиночка, но все, что говорит или делает, вызывает молчаливое мучительное восхищение. Безногий — его сосед. И он выбрал в друзья калеку. Они смеются и ни с кем больше не делятся своей радостью, она какая-то безразличная ко всему вокруг. Но ребята бежали вдогонку за коляской и ликовали, выпрашивая разрешения посмотреть на хомяков... Банка сверкает на солнце — розовые нежные лапки ощупывают неуловимую поверхность. Долго-долго. Слепцы, скребут, скользят по стеклу. Пока не сползают в опилки.

Потом ему чудилось, что это они гибли, не успевая хоть чем-то запомниться — кроме шустрика, что сбежал из такой же банки, где ублажало обильное угощение в придачу с ватной перинкой. Рыжий, беленький, черный... Всех окрасов, какие только предлагал на выбор магазин, похожий на зоопарк.

Живой товар не отличался разнообразием: рыбки, волнистые попугайчики, морские свинки, хомяки…

В одно и то же время у зоомагазина успевали собраться стайки ребят. Это было, когда он вдруг закрывался посреди дня. И перед открытием волновались, ждали… Уголок природы можно было увидеть еще в зазывном проеме витрины. В первый раз он тоже уткнулся, очарованный, прямо в ее чудесный экран. Там, в пространстве за толстым стеклом, где не чувствовалось даже присутствия воздуха, с благородным спокойствием позировали чучела лесных зверей и птиц. Мертвые и почти неотличимые от живых, даже эти вставленные вместо глаз стеклышки: застывшие, чудилось, они все видели. Ни одной девчонки. Не слышно писклявых голосов. Только нескольких мальчиков привели за руку, не отпускают от себя заботливые мамаши — и возвышаются в окружении ребятни, чужих беспризорных детей. Всерьез волнуются, что дети толкаются; шумят, начиная громко поучать. Но никто их не слушается, кроме собственных отпрысков. Послушание всегда приносит плоды. Что-то дорогое. Наверное, аквариум с рыбками или попугайчиков, что можно получить лишь в подарок. И он уже встречал в квартирах своих одноклассников: попугайчиков, рыбок… Это были такие квартирки, похожие на красивые коробки из-под конфет, в них даже пахло сладостью: чужие. И вот он, вход в его сокровенный мир, куда влекли зависть и одиночество, мучительное восхищение — и желание, еще более мучительное, это иметь. Страх — и презрение. Стыд — и горделивое, внушенное мамой чувство, что ее сын не такой, как все…

У рыбок красиво. И безмолвные их пестрые стайки встречают покупателей с легким волнением. Переливаются перламутрово краски в зеленоватом подводном царстве. Кажется, это цветные телевизоры. Потому ли они, рыбки, и видятся в аквариумах так, будто снятся… Хомяки — как маленькие поросята в маленьком хлеву… В этом закутке зоомагазина затхлый запах — и тускло бросает свой свет сама жизнь на множество крохотных пугливых существ.

Тот, которого выбрал он, зачах через несколько дней, как будто уже чем-то болел. Мальчик плакал, но от обиды. Казалось, его обманули. Или кто-то наказал без вины. Но потом ему чудилось, что все они гибли по его вине, прожив то неделю, то несколько дней — а дольше всего шустрик, что исчез в огромности ставшей тут же одинокой квартиры… Он искал его всюду, куда мог проникнуть, хотя бы просунув руку. Ночами слышались — или мерещились — шорохи. Но в душе от ожидания копилось что-то светлое — и хомяк воскрес… Голодный, проворный, выбежал шустрыми шажками из темноты под огромным платяным шкафом — но, обложив себя точно бы про запас едой и подстилкой, через несколько дней в судорогах испустил дух на дне своей прозрачной круглой тюрьмы, похожей на огромную пустую каплю.

И мальчик плакал от любви, потому что полюбил шустрика, пока так долго верил и ждал. Он не понимал, почему это происходит: почему все они умирают, чем бы ни кормил, каких бы ни покупал, маленьких или больших, белых или рыжих… Не понимая, лишь прятал, скрывал — избавляясь от их трупиков, чтобы скорее забыть. Закапывал, хоронил уже в маленьких майонезных баночках, навещал могилки, даже украшал, что стало его тайной. Судороги умирания, которые наблюдал, подглядывая, делали беспомощным, жалким — и уже бесчувствие, потому что все повторялось: провожал и прощался, возвращался и навещал... Но не мог забыть, как не был в силах сохранить для них жизнь или хоть как-то облегчить страдания. Банка, пропахшая смертью. Жалостливая к самому себе вера, что все исправится, оправдается, если купить еще одного хомячка. Он мечтал, что у него будет когда-то жить целая семья и это будет город в большом аквариуме. Таком большом, как у рыб в зоомагазине. Вот почему все повторялось и повторялось... Последний тоже стал чем-то болеть: и под конец дрожал, уткнувшись в угол, пачкая и себя и клетушку, загаженный своей же зловонной слизью. Он держал его в клетушке, как если бы прятал, — и думал, что от смерти. Это было состояние полной бессмысленности, то есть страха перед тем, что сделал, будто бы уже не купив, а украв свою живую игрушку. Но не было никаких чувств к ней, желания играть, радости от ее появления. Лишь пугливое, когда тайком наблюдал, а потом боязливо-жалкое, трусливое, когда прятался, обладание тем, что было обречено. Но это не кончалось... В этом существе еще содрогалась и содрогалась жизнь... Он подбросил клетушку во двор. Оставил под кустами, открыв решетчатую заслонку. Было так страшно, больно — а потом спокойно, легко. Убежал домой. Ждал. Но не выдержал — и вернулся посмотреть. Хомяк не исчез и был еще живой... Во дворе играли. И мальчик делал вид, что гулял, отчего-то уже страшась уйти. Ребята стали искать ускочивший футбольный мяч, разбрелись — и вот кто-то оглушительно позвал остальных... Боясь остаться в стороне, выдать этим себя, но и подойти, оказаться замеченным, мальчик слышал: в кустах нашли какую-то мышеловку с дохлым хомяком. Он почему-то улыбался. Ребята разошлись, проходя мимо. Ждала игра… И один, что казался взрослее, вдруг посмотрел прямо ему в глаза, как если бы все понял, обо всем догадался — но никому ничего не сказал.

Мальчик, этот мальчик… Тогда к нему возвращается белый летний день, похожий на сон. Люди, что собрались в квартире и ждали. Казалось, это его встречают и даже робеют, глядя как на более сильного. Каждый хотел сказать что-то заботливое или хотя бы коснуться рукой. Он чувствовал себя очень взрослым. Слышал много новых непонятных слов. Важно молчал в ответ. Хмурился. И устал, игра ему надоела. В том своем сне он так и не встретился с матерью, может быть, она что-то говорила ему, даже обнимала, но этого не осталось в памяти, зато он помнил, что спрятался в своей комнате, разделся, лег под одеяло и вдруг еще раз уснул. Утром мальчика разбудила чужая женщина — в притихшей квартире хозяйничало их несколько, по-матерински уверенных в себе. Он сразу подчинился, исполняя все, что говорили делать, как будто вернулся в пионерский лагерь, где по команде воспитателя начинался новый день. Пахло празднично едой. Не по своей воле нарядно одетый, мальчик волновался, ждал появления родителей и боялся спросить о том, куда они исчезли. Если бы не странные приготовления к празднику, он бы и не вспомнил, что сегодня почему-то должен расстаться с отцом. Унылой чередой порог дома переступали люди в темных одеждах… Застывшие, как маски, лица родных и близких еще хранили почтительное молчание. Казалось, успев отяжелеть, гости медлительно рассаживались за накрытым для них столом, не занимая места хозяина.

«Мама, а где папа?»

Огромные глаза. Ни жалости, ни страха. Схватила за руку… Отводит в маленькую комнату. Глохнут звуки. Никто не услышит. Шепчет что есть силы: «Папы больше нет. Он умер». В тот миг, когда он слышит это, ему хочется улыбнуться. Хочется, чтобы мама поскорее превратилась в добрую, прежнюю… Но делает еще больней, так больно сжимает руку: «Запомни, папа очень сильно тебя любил!». И судорожно-багровая гримаса ломает ее неприступное лицо; состарившееся, дряблое, оно морщится, отчаянно обиженное на весь мир, и сквозь зубы доносится только мычащий утробный стон… Через минуту принимает гордый вид. Спокойным, хоть и дрожащим голосом внятно произносит: «А сейчас мы уделим внимание гостям».

Мальчик напуган матерью, не понимая, в чем провинился. Посаженный за стол, чувствует себя наказанным, как если бы и сделано это было, чтобы выставить его на всеобщее обозрение. Мама может быть и такой — злой. Она причинила ему боль, когда схватила за руку и говорила с ним так, будто жалила словами. Мальчику хочется, чтобы его пожалели, он мог бы заплакать, но, рассерженный и жалкий, тужится, молчит, не желая признавать поражения. Он никому не нужен. Стоило это подумать — в душе проклюнулось что-то сиротское. Он тоже не будет никого любить. Тем временем мужчины за столом оказывают маме знаки внимания. Они как бы присваивают маму — а та безвольно подчиняется. Сын вдруг оскорбляется не за нее — за своего отца… Где же он? Почему мама запретила спрашивать об этом, хотя все люди, что собрались за столом, встают как дурачки и произносят о нем по очереди свои глупые речи, хотят их с мамой обмануть, чтобы думали, будто он уехал и больше не вернется домой. Маленький мученик завтра ничего не вспомнит, но вряд ли догадывается об этом, и родится заново: все забудет, всех простит, всему с появлением своим же на свет удивится… Уснуть, чтобы воскреснуть. Так суждено до тех пор, пока лишь сон пугает, кажется смертью. И есть только завтрашний день, и этот путь к нему, единственный. Прячешься под одеялом или караулишь, ощущая глубоко в груди биение, похожее на тиканье часов, глаза все равно сомкнутся, даже если очень долго терпеть — а миг, что подобен смерти, ничего не давая почувствовать, неуловим. Поэтому так одиноко засыпать в темноте. Стоит закрыть глаза, погружаешься в страшноватое странствие. Сам он не понимал, почему кончается небесный свет и зачем нужно взойти на вершину дня, чтобы тоже вдруг исчезнуть... Почему разлучается каждую ночь с жизнью, ее красками, звуками, ароматами... Знает, все люди ложатся спать, но ни с кем не встречался, когда блуждал в лабиринтах темноты… Но что-то заставляет смириться перед неизвестностью: закрыть глаза. Отдать все силы жизни: уснуть.

Это было так понятно, легко: все должны его любить, и все существо, хоть и было сгустком желаний, любопытства, тянулось только к этой любви. Оно создано для любви, с первых же дней получая ее в утешение за малейшее страдание, о котором оповещало криком и плачем. Оно, это существо, привыкло получать наслаждение. Наверное, самое сладостное — когда перед ним чувствовали за что-то свою вину и стремились ее искупить.

«Что, сладко? — дав вкусить дедову приманку, усмехнулась, подобрев, бабушка. — Вот и рыбам сладко…»

Чертыхаясь, недолюбливая то, что делала, бабка до вечера варила что-то густое, совсем уж зло месила коричневатую гущу, пока не получилось тесто — а когда было готово, подозвала, сказала закрыть глаза… и скормила прямо со своих рук комочек. Тот растаял во рту неведомой сладостью, отчего мальчик, проведя весь день в послушании, за что и был, наверное, награжден, ослаб, замлел…

Он уже боялся не успеть.

Спешила, изнывая трепетом, душа.

Дед поднял его засветло — казалось, пришел за ним из ниоткуда, и мальчик собрался, будто по команде, похожий на солдатика. Бабушка спала, не вставала. И было удивительно чувствовать себя живым в пустующей тишине, где нельзя громко говорить, тревожить покой погруженных в самих себя вещей, даже ходить еще нельзя…

Когда ехали как будто в одном на весь город, отчаянно дребезжащем трамвае по безлюдным вымершим улочкам, их уже заливало солнце.

Дедушка всю дорогу молчал. Может быть, потому, что никогда не брал с собой кого-то на рыбалку — и привык молчать.

Они ехали на остров, в домик. Дощатая будка, даже без окошек, но под покатой крышей, посаженная основательно на фундамент, стояла много лет. В домике всегда пахло речной сыростью и было прохладно. Этого и хватало деду для ночевок. Лишь железная панцирная койка умещалась между стен. Неподалеку стол со скамейкой, вкопанные в землю. Приезжая наслаждаться солнцем, рекой, воздухом, здесь обедала семья.

Крылечко. У крылечка — бабушкины кусты роз.

Внутри, где темно и сыро, — удочки, спиннинги, блесны, грузила, крючки... все, что не разрешалось трогать. Все, что принадлежало деду. Опасное и тайное, как оружие, нужное, чтобы отнять у реки то, что прячет в своей глубине. Оттого ли, но в этой темноте мальчику мерещилась глубина, будто жила здесь, таилась, чего-то дожидаясь.

Остров был зоной отдыха — с пляжами, пивными ларьками, аттракционами. Но это место находилось в стороне от пляжей и отдыхающих. Огромные лошади паслись прямо в дубраве за калиткой: стреноженные, они тяжко, прыжками, передвигали свои исполинские застывшие фигуры, разбредались, будто прячась за стволами деревьев и созерцая друг дружку. Взгляд завораживали путы — толстые канаты, навязанные узлами. Этого мальчик не понимал — отчего такие огромные и сильные существа терпеливо подчиняются людям. Сам он боялся стреноженных исполинов, и лишь за калиткой унимался его страх.

Один, без родителей, все лето мальчик вдоволь купался, загорал.

Река манила, нежила.

Бабка, устав, тоже искала для себя свободы.

Мальчик легко уговаривал исполнить свое последнее желание — и возвращались они на катерке. Это было то время суток, когда люди исчезали, оставляя пляж помятым, истоптанным, а на воду, придавливая, ложилось тенью что-то холодное и темное, над чем кружили, будто каркая, чайки. Понтонная пристань, чуть покачиваясь, принимала свое суденышко прямо у пляжа. Оно переправляло на другой берег, хотя над рекой был перекинут огромный пешеходный мост.

Мальчик радовался.

Бабушка покупала два билета.

В ожидании катера становилось зябко.

Уже не обдувал, как на пляже, а прохватывал свистящий ветер. Но босые ноги чувствовали, будто впитывая, приставшее к железному кожуху тепло — и гулкое, что колыхалось под днищем. Стайки черных от загара ребят еще рыбачили на понтоне.

У него никогда не было своей удочки.

Чужой, он завидовал — и боялся подойти.

Причаливал катер. Его последнее желание исполнилось. Можно было занять любое место, и оказывалось много свободных, на лавках, что крепились по борту. Катер содрогался, рычал — и утихал, набирая ровный, сильный ход. Тот берег терялся, сквозил тонкой песчаной полоской. За бортом ворочались жирные черные волны. Уже на середине реки ветер каждым махом резко, почти больно, окроплял лицо брызгами, отчего мальчик зажмуривал глаза. Но вдруг открывался вид во все стороны света. И он забывал о страхе и боли, зависть и тоску, чувствуя себя то ветром, то волной, то исчезающим вдали берегом... Потом он обнаруживал себя среди таких же праздных людей, что провели весь день на пляже. И делал то же самое, что они, вытряхивая однообразно пляжный песок из туфель, которым оказывалась усеяна вся палуба. Когда катерок приставал к берегу, одетому в гранит, жизнь опять делалась обыденной и маленькой, какой-то ненужной — а катерок уже вгрызался в реку, отправляясь туда, где его ждали.

Теперь никто никого не ждал.

Этот заброшенный нелюдимый пляж был пуст.

Даже вода здесь казалась грязной, сонливой.

Дед велел ему… слушать — и молчать. Потому что лещ, которого хотел он поймать на свои спиннинги, все слышал там, в глубине, где-то на дне реки, куда ушли, рассекая ее, исчезнув, сразу несколько натянутых струной лесок.

Скоро ярко-ярко вспыхнуло солнце, согрев и воду, и песок, в которых появилось вдруг какое-то подобие радости, сияния. Мальчик покорно молчал и мучился, не найдя никакого занятия, кроме игры с песком. И время утекало, как песок, что высыпался, сжатый в кулачке, чем сильнее тужился и сжимал его, целую горсть.

Если дед оборачивался в его сторону, мальчик замирал — и долго еще ждал чего-то, когда тот, ничего не сказав, отворачивался.

Теперь казалось, что дедушка молчит, потому что не любит его. Так чудилось мальчику, стоило ему самому подумать, что не любит этого человека. Он уже клялся, что ненавидит рыбалку… Шептал, вжимая голову в коленки, что больше никогда не приедет к нему из Москвы, забудет о нем навечно… и пусть он умрет, умрет! Не зная слов страшнее, вызвав их и освободив, мальчик вдруг испугался того, что сделал, — и действительно совсем затих от бессилия и невыносимой жестокости этой пытки.

Он уснул прямо на песке.

Заметив это, дед тихо подошел — и укрыл бессильное тельце своей рубахой, пряча от солнца.

Дед растолкал, разбудил его, держа в руках огромную рыбу.

И мальчик не увидел, не услышал… Колокольчик, когда вдруг заколотилось звонкое его сердце… Смятение деда, что вскочил и вцепился в спиннинг… И когда спиннинг выгнулся дугой — а он, тут же взмокнув, нервно и чутко, но так медленно, что от напряжения дрожали руки, вываживал свою добычу… Что-то сильное и грузное… Звал, кричал, просил поднести подсак, что валялся всего в нескольких шагах… Но, не дозвавшись, влез в воду и, видя уже блеск серебряной кольчуги, резко, не дав рыбине опомниться, вытянул из нее остаток сил… Лещ и теперь все еще судорожно бился. В первую минуту, не помня себя от счастья, мальчик боялся притронуться к живой рыбе.

Дед сказал, что нужно оглушить пойманного леща и зарыть поглубже, где холодно, в прибрежный песок. Он бы мог, наверное, сделать это сам, как привык, но решил хоть что-то доверить мальчику и научить чему-то нужному: тому, что не было и не могло быть игрой.

И мальчик горделиво почувствовал себя чем-то единым с ним, а не с этой рыбой, что уже без сил лежала на боку, жадно глотая воздух.

Когда мальчик ударил трепещущего леща булыжником по голове, тот затих, а из рыбьей башки выступила кровь.

Гордый тем, что сделал, не бояся этой крови, он все же, будто играя во что-то, стал рыть яму в песке, как сказал дед. Добравшись до прохлады, положил в нее рыбу — и засыпал песком. Теперь у них была рыба и было с чем вернуться домой, к бабушке.

Холмик, засыпавший рыбу, тоже походил на дом.

Мальчик стал думать, могут ли рыбы жить под землей… И думал еще о том, что сделал, когда ударил рыбу камнем… Ему стало жалко, что ее нельзя было увидеть, сейчас же откопать и посмотреть, какой она была или какой стала там, в песке.

И, пригретый солнышком, одурманенный скукой, он снова заснул, прямо около холмика, собравшись услышать, что в его глубокой яме делала рыба. Слушал — и молчал. Думая, что рыба тоже слушает и молчит. Это молчание нарушил дедушка. Он поймал, пока мальчик спал, еще одного леща.

Возвращение домой, когда нужно было проделать тот же самый путь, только утяжеленный усталостью, казалось наказанием без вины. Считая, что исполнил все его желания, дед поскупился даже на катерок. Любил широкую, выложенную бетонными плитами дорогу, что легла через весь остров и вела лишь к мосту, когда то ли прогуливался, то ли мерил что-то шагами, и без того удлиняя путь... Шагать по мосту в людской толчее было еще большей мукой. Чувствуя его колебание, дрожь под собой, мальчик думал, что мост обрушится, если на него встанет сразу много людей. Дедушка лишь посмеивался. Но, глядя даже нечаянно вниз, мальчик чувствовал, что отнималось дыхание, — и почему-то воображал, что падает с высоты в реку... Видел это во сне, просыпаясь в поту от пережитого до самого конца ощущения падения.

Ужас внушала вечность, стоило подумать, что и падение не имело конца.

То, что не давало покоя — как волновало свое же отражение в зеркале, потому что могло быть еще одной жизнью...

Это я сам — появляюсь, исчезаю, потому что у меня есть так много жизней...

Но когда утром свет разлепляет веки — кажется, прошло всего одно мгновение.

Возвращение — всегда спасение.

Рождение.

Первый вдох.

Возвращаясь, помнишь ощущение высоты под собой и полета, в котором растворился каждой клеточкой. Кажется, что ночью возносишься куда-то в небо, а утром что-то возвращает на землю. Это в снах, предоставленный самому себе, рождаешься, но не погибаешь, бесстрашный... Только преодолевая страх, паришь в воздухе своего сна. Испугавшись, ничего не можешь сделать — и падаешь вниз головой, выставляя вперед руки, в какую-то бездну, что бешено сужается воронкой, пожирая все вокруг. Тебе говорят, что дети растут, когда снится такое. Но страх — это падение, помнит душа. Помнит — и стремится взлететь.

Звук, запах, цвет — казалось, все рождалось прямо на глазах и не умирало. И это уже блаженное ощущение вечности, когда даже звуки наполнены светом — смехом самого солнца. Только что родилось легкое, чистое... Утро. Мамина улыбка. Колокольчики, звенящие в чашках: кажется, у каждого свой. Это так весело, но всем своим видом взрослые внушают, что заняты чем-то очень важным. Когда их лица так серьезны, думаешь, что папа с мамой колдуют — и поэтому стал вдруг сладким чай. Но тебе не страшно. Волновало только ощущение своего присутствия среди этих людей. Мальчик знал, что они — его семья, что здесь — его дом, но по какой-то причине чувствовал себя гостем. Принимал подношения — и еду, и питье, от которых не смел отказаться, даже если это было что-то невкусное — и, позволяя себя накормить, серьезно, с важностью глотал ту же самую пищу, что и все, будто свою новую плоть и кровь, потому что и ел, и пил для того, чтобы поскорее вырасти. Разве это не бесстрашие... И какое мужество... Что же, и вот маленькое божество уже вкушает первые страдания... Страх, что не вырастешь! День и ночь, ночь и день не чувствуешь, что растешь...

О, это мучительное бесчувствие! И каждый год — вечность; единственный зримый след она, эта вечность, оставляла на дверном косяке. Это был день, когда мальчик знал, стоило открыть глаза, что сегодня он родился... Во искупление чьей-то вины за то, что в день своего рождения лишен был возможности сразу же увидеть свет, почувствовать радость, он каждый год получал точно такой же в подарок. Но в доме еще никто, кроме него, не знал об этом. Мальчик прибегал в комнату родителей, звал, будил взрослых, с восторгом наблюдая, как одинаковые безжизненные маски превращаются в родные лица и озаряются улыбками. Чудилось, он принес то, что они долго ждали, — радостную весть о самом себе!

Все знали, что без этого номера в программе не обойдется. Тогда уж праздник — день рождения сына — превращался в его торжество. Радостное бесстрашие, которым сияло чуть надменное после застольных подвигов лицо, было легкомысленно-азартным, если даже не глуповато-детским. Смолкали тосты, анекдоты. Заранее восхищаясь, подвыпившие гости дружно изображали зрителей. Можно подумать, показывался фокус, хоть ни для кого не было тайной, в чем его секрет. И только мальчик замер в ожидании чуда... Став старше на один год, приготовленный к новой жертве, он дрожит, вытянувшись в струнку так, будто примерз всей спиной к дверному косяку, и не смеет шелохнуться, пока отец делает над его головой что-то недосягаемое взгляду. Скажет ожить, как бы отсекая ребром ладони прошлое, мертвое — и хохочет, любуясь не сыном, а взятой высотой. Только что все висело на волоске, но вот проведена незыблемой чертой линия жизни, еще выше! Эти растущие лесенкой вверх прямые черточки, прокорябанные на видном месте его, отцовской рукой, — горделивая память о себе самом, оставленная, переданная сыну, в котором уже обрел бессмертье. Бессмертный... Хохот, восторг! Проходил год, все повторялось. Казалось, был один этот путь, куда-то высоко — и вдруг кончился, оборвался... Мальчик, в день своего сиротства не понимающий, что потерял отца, засыпая, еще не знал об этом... Еще не принял муку жизни за своего отца... Все, что потом возвращалось, приходило из ниоткуда: тусклое, немое и, как в кино, быстрое. Видение, из которого что-то извлекло звук, краски, саму жизнь, будто бы суженное экраном, чтобы возникнуть перед глазами, повториться и снова вдруг исчезнуть. Остались только фотографии. Лица. Ожившие в своих непроницаемых для времени капсулах, в которых ничто уже не состаривалось, поэтому узнаваемые.

Жених и невеста. Фарфоровые статуэтки из достоинства и нежности. Глаза, наверное, впервые так пристально следящие друг за другом... Исполненный грации вальс обручальных колец. Берутся даже не за руки, а за пальцы. Шампанское! Поцелуй. В домашних декорациях она уже всегда одна — и тот, единственный, кто мог все это видеть, восхищался ею, уложенной в кадр, будто бы для любви. Молодая женщина позирует, чувствуя себя актрисой. Плавная, свободная, с холодом молчания на губах. Почти все ее снимки сделаны отцом. Отец увлекался фотографией. У него было свое тщеславие, как бы художника, и манера снимать в падающих или взмывающих ракурсах, все равно что на лету... Но все одинаковое, как отражение отражений. Из этих кадров мог получиться маленький фильм. Перевернутый младенец повис сам по себе в своих смятых пеленках, пойманный паучком за плаксивые гримасы. Отец ловил этот кадр много раз и почему-то любил снимать своего ребенка плачущим, или уж разгневанным, но до слез — это рождало такое же восхищение, восторг! Ряженый, в гостях у дедушки. Взрослея, что ни лето, с бабушкой, дедушкой — без родителей. Чопорное творение фотоателье. Мальчик в цигейковой шубке, блестящих сапожках, пыжиковой шапке, опоясанный шитым золотом генеральским ремнем. Маленький генерал в нарочито театральной атмосфере софитов. Школьные годы, их класс, год за годом: кладбищенский пейзаж детских, встревоженных будто бы собственной смертью лиц. Смотрят из иллюминаторов — дружный экипаж летящих куда-то к звездам гагаринских ракет. Кажется, выглядывают кукушатами каждый из своего сиротливого дупла, становясь все взрослее и недоверчивей. Ку-ку... Ку-ку... Пройдет немного лет, и он поймет, что можно не соглашаться с любым приговором. Научится размышлять о своих поступках, каждому зная точное название. Звездочки октябрят превращаются в пионерские галстуки. Ку-ку... А вот и комсомольские значки выскочили как юношеские прыщи. 1987 год. Конец. Где-то там же, в этом космосе, растворяются недопроявленные, в размытом фокусе, послания самому себе из фотокружков пионерских лагерей. Фигурки маленьких одинаковых существ, похожих на инопланетян, застыли в каких-то взмывающих и падающих позах на спортивных площадках, торжественных линейках... Но беспризорный отцовский фотоаппарат был безо всякого, тогда, сожаления потерян; дорожить вещами мальчика не учили, а это была только надоевшая однажды, как игрушка, да и, казалось, даже не имевшая хозяина вещь.

Глаза встречаются с одной... Самое долговечное изобретение отца. Появилось, как и все, чем искрилась его фантазия, под видом необычайной серьезности. И, конечно, он верил, что изобрел своего двойника, глядя на которого беременная женщина, ждущая и рождения ребенка, и возвращения пропавшего в научных экспедициях мужа, должна чувствовать его любовь. Таинственный, гордый, поместил себя уже над кроваткой младенца. Когда мальчик пошел в школу и поставили письменный стол, фотография висела над письменным столом, и с нее отец всегда смотрел на своего сына. Просто установил перед собой фотоаппарат. Взвод затвора, всего на несколько секунд задержанное дыхание, синхроконтакт: вспышка! И вот... Молчание. Ждущий, поэтому одинокий, взгляд. Терпение в понимающих глазах. Кажется, в эту минуту он чувствовал себя отцом. Понял что-то главное. Так думал, хотел видеть себя таким. Она на стене в его комнате, потемневшая, будто икона. Другой, такой же, будет смотреть с надгробья: благородно, строго, не прожив еще всех отпущенных лет.

Все отступило. Само отлилось в сквозящий только утратой кладбищенский керамический медальон. Фотографии сохранились в их доме, хоть никто не хранит. Скорее, уж прячутся от них поодиночке мать и сын.

Роднят страхи — и тот, тянущий на дно в прошлое.

Она презирает свои отражения, но делает это как бы напоказ, и с показным же равнодушием соглашается узнавать себя прежнюю, будто в поблекших снимках со временем вышло наружу что-то малопривлекательное. Для него это все, чего больше не существует. Но и что-то, чего не хочет касаться. Семья, в которой родился. Вот и вся история ее пребывания на земле, такой бы досталась и его детям... Только он терпеть не может рассказов своей матери, помнящей, каким был ее сын, когда она его растила... Когда не умел ходить, говорить, усаживался на горшок по ее, а не своему желанию... И больше ничего не помнить. Любить именно калеку. Кажется, такой устраивал бы ее больше. Поэтому он чувствует что-то калечащее в материнской любви... Любовь к женщине, давшей ему жизнь, вся была обидой — и ожиданием прощения. Поэтому он сам так и не научился прощать? Только сердце выросло, тяжелое — сочное кровью яблоко, плод всех познаний. Он чувствует, что время его калечит, продлевая прошлое, — есть в этом что-то механическое, бездушное, поэтому и он такой бездушный.

Когда вспоминал, какой она была, его мать, оживал один и тот же эпизод. В своей немоте он прокручивался на его глазах много лет... На кухне горит газовая конфорка. Копить, запасать не умея или не желая, когда оказывалось, что в доме не осталось спичек, мама прикуривала от нее же, рискуя опалить челку. Но только вспыхнув от последней спички, спасительная голубая звездочка не могла погаснуть, оставалась гореть и гореть: одалживала огонек, а зимой, бывало, тепло. Конфорка работала с ровным застывшим гулом, будто вечный двигатель. Она сама его изобрела и с тех пор не нуждалась в людях. Приходила со службы в своем институте, где убирала заурядный словесный мусор в разрешенных к публикации научных статьях. Ждало ее только старое продавленное кресло на кухне, но, занимая его, как трон, забывая о времени, женщина окуривала себя любимой «Явой» или мужеподобным «Пегасом»… Курила… Читала… Старое, зачитанное — пропахший районной библиотекой роман. Но казалось, что, не подымая головы, молчала с книгой в руках и часами слушала этот гул.

Мальчик был свидетелем — и мучился. Ждал — мама заговорит с ним, как будто вернется откуда-то, станет прежней… Поэтому… Он доверял свои тайны — а мать, бессмысленно превращая в пепел сигарету за сигаретой, что порхали в ее руке как дирижерские палочки, повелевала его душой, окутывая все, о чем говорили, случалось, до глубокой ночи, вальсирующим дымом, в котором у него под конец кружилась голова. То ли поумневший, то ли одурманенный, мальчик вдруг обнаруживал отстраненным взглядом красивую женщину, одиноко забывшую обо всем, кроме себя самой. В этом забытьи она продолжала вдохновенно произносить обращенные куда-то монологи о самой себе, или срывалась в такие же ни к чему не обязывающие мечтания о будущем, но только не о своем, а всего человечества. И могла рассуждать о Вселенной, космосе, вечности — на любую тему, только бы не молчать. Выдыхаемые с легкостью слова были ее воздухом. Казалось, она могла говорить, не переводя дыхания. Это и приносило ей облегчение — пьянило. Но женщина уже опьяняла себя вином, покупая по дороге с работы одно и то же — болгарский «Рислинг». Бутылку прятала за креслом — и не позволяла видеть себя пьяной, держась обычно так, как если бы ничего не произошло. Но что-то фальшивое проникало в ее голос. Строгое светлое лицо, обмякнув и потускнев, глупело. В голову приходила назойливая мысль, что сына нужно накормить. Он огрызался, говорил, что не будет есть, и прятался в своей комнате, ощущая тоскливый сосущий голод, как это было на поминках отца, когда не притронулся к еде. Она снова и снова звала с кухни ужинать... Упрямо, заунывно, с протяжными глухими паузами ожидания. А он молчал, чтобы ей стало плохо, сам не понимая, зачем это делает, чувствуя только жгучий стыд. Может быть, не в силах вынести одиночества или не желая понимать, что забота ее не нужна сыну, она молчаливо приносила полную тарелку в комнату и стояла невозмутимо, держа на вытянутых руках, как под гипнозом, свое противное угощенье. Ничего не дождавшись, оживала, сгибалась, вдруг подносила тарелку ближе, чуть ли не к его лицу, и выразительно молчала, заглядывая с умильной лаской в глаза, как будто упрашивала маленького ребенка. «Мама, почему ты пьешь?» — «Я люблю сухое вино, оно помогает мне расслабиться». — «А я все буду делать для тебя!» — «Какая глупость...» Она выпрямляется и с надменным видом покидает комнату сына. Чтобы победить, нужно терпеть боль... Но сколько же еще? Зачем это нужно? Какое-то приготовление началось, но не ко сну. Вдруг дом погружается в казарменную солдатскую работу — мытье полов. Сын должен быть накормлен. В квартире должно быть убрано. Сердце в груди его гулко бьется, и слышится далекое глубокое эхо: «Как пусто... Как пусто...» Мальчик вскрикнул: «Мама!» Никто не отозвался. Слышно, хлюпает мокрая тряпка. Шлепнулась — прилипла к полу. Отлипла — плюхнулась в ведро с водой. «Мама, я тебя люблю!» Безмолвствует. «Мама, мама!» Голосом, полным покоя, она возвращает себя в этот мир. «И я люблю тебя, мой сын!»

Щемит сердце жалостью к самому себе.

Голодно, хочется еды.

Ужин еще не остыл.

Только неприступное молчание. Только с таких высот низвергались потом уж милостивые лавины слов, сметающие его душонку, а в ушах звучало и заставляло трепетать, будто являлось божество: «Я люблю одиночество! Я... Я... Я...»

Это божество — он, человеческое его же создание, когда-то ощущал в себе каждым нервом и ревниво не хотел ни с кем делить, хоть и не охранял. Мысль, что оно могло бы принадлежать еще кому-то или еще кого-то произвести на свет, чтобы заботиться, как и о нем, любить, — внушала самый сильный страх, даже возникая из какой-то темноты... Так возвращался отец.

Отец приносил запах силы. Тяжелый и кислый, будто налипший. Одеколона, курева, пота. Враждебный, чужой запах — и радостное смеющееся лицо, колющее щетиной, когда тот обнимал и целовал неловко в щеку. Дом встречал своего хозяина хранившим верность покоем. И тогда комната родителей, где прятали себя, в сознании мальчика становилась то ли опасной, то ли запретной. Мужчина спешил отдохнуть. Нежился в ванной, наслаждался домашней едой... Был счастлив и доволен, шумно возвращаясь в обычную жизнь, и голос его звучал в такие дни очень громко. Раздавал подарки, отсыпался, собирал друзей, потому что хотел праздника, и каждое его возвращение из Мурманска или Владивостока отмечалось как последнее — но опять пропадал, казалось, даже навещая свою семью проездом. О нем не говорили. Становилось пусто, но проходил день, другой, и привыкали жить без него, поэтому, когда исследователь морских глубин возвращался из своих экспедиций, волновало неприятное ощущение, что в доме поселился еще один человек, и хотелось, чтобы он поскорее уехал. То, что о нем все это время не вспоминали, означало, что он жив, здоров; молчание перетекало в чувство покоя, а покой погружал в такую же вялотекущую усталость. Даже когда отсутствие его бывало не очень долгим, женщина уставала ждать мужа, заставляя себя не думать о нем, и у мальчика не хватало терпения помнить о своем отце.

В подарок сыну он привозил почти прозрачные хрупкие мумии океанских рыб, застывших в своем таинственном уродстве. Паучьи скелеты крабов. Гулкие, если поднести к уху, раковины. Изваяния кораллов — и звезды, поднятые со дна. Можно подумать, старался искупить свою вину, поэтому делал экзотические подношения... Но почему-то хотел передать сыну это, очень осмысленно, как послание... То, что мальчика удивляло и пугало... Даже пучеглазых уродин, с ядовитыми, по его же рассказам, иглами плавников... Все, что ждало своего часа, чтобы однажды будто бы ожить, поведав что-то важное, о чем молчал тогда сам отец.

Что можно было даже после его смерти потрогать руками...

Добытое со дна морского — все, что от него осталось.

Она говорила: «Папы больше нет». И когда спустя всего несколько дней, на кладбище, мальчика подвели к могиле, он расплакался, испуганный своим открытием... Отец никуда не исчез. И вот место, где он теперь. Все, что отделяло от него, —

невозможность увидеть, услышать… Не горе — обида. Что отец его больше не любил… Смутное ощущение предательства. Того, кто обманул… Но и матери, и всех. Дяди Севы. Людей, стоявших еще тесным кругом, которых с этой минуты он почему-то презирал… И людей теперь собралось совсем мало. Поминки, проводы уже в никуда. Мальчик спрятался в шкафу, где пахло отцом. Теперь этот запах — силы другой и чужой — обнимал, укрывал, хоть казался далек, едва уловим, а вещи, вещи в этом шкафу обмякли на вешалках.

И никто его не искал, все о нем забыли.

Гости разошлись. Остался лишь дядя Сева. Мама мыла посуду, пошатываясь. Вдруг разбилась тарелка, выпала из рук. И он громко рассмеялся… Мальчик подглядывал из темноты будто сквозь гулкую трубу, в конце которой мерещился яркий застывший свет и темнели две одинокие некрасивые фигуры. Потом лежал в своей кровати и боялся уснуть, один в черной комнате, не слыша ничьих голосов… Люди не живут вечно, значит, и с ним будет то же самое. Однажды он уснет и не проснется, и его зароют в землю. Этот страх для мальчика всегда был страхом потерять маму, утратить осязаемую связь с ней, начинаясь с детской тревоги… Где она? Что с ней? Но когда думал о маме, вспоминал о ней, видел ее или даже когда не видел и не думал, она жила где-то в нем самом, так ощутимо, как билось его сердце. Всего, что было с ней до его рождения, для мальчика не существовало, как если бы они с ней родились в один день. И каждую секунду, чудилось, с рождения, этот импульс посылался, как дозорный, куда-то ей навстречу и возвращался, успокоившись, но только на время, пока не раздавался снова один и тот же зов: «Мама! Мама!»

Ребенком он засыпал, вцепляясь в ее волосы, крепко себя с ней связывая. Он звал ее, когда не мог заснуть, — и теперь не мог уйти в темноту сна. Она сама к этому приучила; но вдруг не оказалось у нее то ли желания, то ли сил услышать этот зов, подняться, прийти… Он звал в темноту, все громче и громче, а темнота делалась невыносимей, страшней, так что стены комнаты сдвинулись, будто это было дно колодца. И он кричал уже навзрыд, почти выл, запрокидывая голову, куда-то над собой, в пустоту… Но дверь комнаты отодвинулась — и в проеме мальчик уже в полусознании увидел большую сильную тень. Он верил, будто видит отца, ведь это был его дом… Нахлынули покой, слабость, тепло — и мальчик затих, больше не призывая никого к себе, чувствуя, что покоряется отцу. Тому, что сам не проронил ни слова и молча, присев рядом на кровать, взял его руку в свою, большую. Мальчик почти не видел измученными глазами в темноте его лицо. Но чувствовал спокойное дыхание — и что отец смотрит на него сквозь полумрак, в котором не исчезают лишь очертания вещей, покрытые им, будто чехлами. Он уснул… И мама утром сказала, что это был сон.

Тот мальчик, он должен был вспомнить… Нет, не странный свой сон — а своего отца. Повзрослев, осознал, что один не простился с отцом. Даже этого дня не осталось в точно бы стертой кем-то памяти. Но зачем-то было нужно, чтобы привезли в темную после похорон и душную от людей квартиру… Он бы всему поверил, он бы думал, что это такая долгая-долгая экспедиция… Почему его не обманули?! Все решила она — и потом не могла ответить, зачем же осиротила, ни годом, ни даже месяцем позже… Смерть отца стала тайной, но другой, а встречи в один и тот же летний день с местом, где прятала, не отдавая, земля, — ожиданием чуда и обреченно-бессмысленной попыткой его, это ожидание, продлить. Смерть отняла у нее мужа. Но неужели ей так было легче: отнять у него отца, не оставив никаких надежд... И каждый год в один и тот же день мальчика приводили на кладбище. Это похожее на склад пристанище делало еще больнее и бессмысленней детскую тоску. Однажды ее сменил беспомощный ужас. Это было ответом на вопрос уже подростка, когда пришло время узнать и понять, какой же она была, его смерть...

УМЕР В МЕТРО.

Откуда-то, прямо со станции какой-то, увезли в морг — и, установив личность, сообщили о смерти. Как будто это летело или ползло, а потом упало и осталось лежать какое-то насекомое. Вдруг. В этом городе. Там, где город прячется под землей, и миллионы людей, его жители, переносятся в разных направлениях по туннелям, ничего не зная друг о друге и о том, что здесь оборвалась чья-то жизнь.

СХЕМА МЕТРОПОЛИТЕНА.

Это стало так важно. Потому что сам спускался что ни день туда, в метро, куда-то ехал, втискивался в эти вагоны, входил и выходил, пересаживался с линии на линию. Огромное мертвое подземное царство. Однажды увидел... Мальчик с белой булкой, такой сразу же повзрослевший и сильный в порыве помочь пожилой женщине, уступая ей место. Поразил этот белый хлеб в детских руках, как само добро. И это был вагон метро. Всем видениям и кошмарам в его сознании противостоял с тех пор этот мальчик с булкой. Может быть, потому что ничего не боялся? Одетые мрамором своих эпох станции... Станция. Какая же это была станция?

Пытался представить, придумывал себе… Верил, что сможет почувствовать. Но как это могло остаться неизвестным? И мучительно не знал ничего ни о смерти, ни о жизни отца. Когда-то пытался, но сдался и должен был осознать, что женщина, давшая ему жизнь, ничего не помнила. Да, могла забыть, куда же поехал ее муж… То есть что же в тот день заставило его куда-то поехать… Порой он с ужасом чувствовал, что смерть отца освободила его… Освободила. Но для чего? Для чего?!

Вдруг раздается этот телефонный звонок…

«Здравствуй, как ты?»

«Кто это?»

«Ну, как мать?..»

«Что вы говорите? Кто вам нужен?»

Гудки… Оборвалась связь…

Проходит минута, еще одна. Телефон молчит.

Потому что этого не может быть.

Но улыбнется своей странной улыбкой, вдруг подумав: все может быть. То, чего не может быть, — это и может быть. Как будто только что явственно сказал: «Может быть, может быть…»

КАРТИНА ВТОРАЯ

Сад наслаждений

Двое уродцев беспризорных — сука и кобель, подловили друг дружку. Казалось, собаки срослись. Похожее на мутанта существо родилось прямо на людной московской улице, пугая прохожих, потому что, наверное, с первых же минут ужасно страдало. Так они были беспомощны и напуганы, почуяв какую-то смертельную свою связь, пойманные собою же и непостижимо для себя — но не обездвиженные совсем, в испуге шарахаясь от людей, изворачиваясь, начиная истошно лаять, почти визжать, раздирая себя по-живому. Пока не устрашила боль. Измученные, стояли враскорячку, не двигались: задыхались, тряслись... И когда обрели вдруг свободу, отцепились, сил хватило даже не разбежаться — отбежать. Там же, в уличной сутолоке, нашлись сочувствующие. Но жалели глупую сучку — и всерьез осуждали несчастного пса, хоть мучился, поскуливал и зализывал багровое, что свисало то ли как пуповина, то ли вылезшая наружу кишка.

Эту вроде бы отвратительную мгновенную сценку — попавшее на глаза — он почему-то вспомнит... Очень скоро — и, наверное, поэтому с усмешкой: дожидаясь приема у врача. И за нее цеплялось такое же, болезненное и потом отвратительное. Гонорея в двадцать лет. И то, что доставшейся женщиной оказалась заразная сучка, подарившая себя на одну ночь вместе с гниющим любовным цветком. И что после этой ночи остался плод, ведь это и было плодом — гниль.

Теперь мгновения тянулись отупляюще долго.

Это был повторный и последний прием.

Все, что излечимо, — не вечно, временно. Он глотал антибиотики, пользуясь равномерно таинственной их силой, день ото дня убивающей в нем это больное, чужое — и обретал спокойствие после почти животного страха... Это мог быть сифилис... Сифилис. Даже ощущать в себе это слово, то есть произносить, было... страшно и удивительно. Кровь на смертельный вирус тогда не проверяли, еще не познали — и в этом мире не дохли миллионы, как тараканы.

«Дюшес! Дюшес!» — восклицает девочка. Кажется, она ничего не видит в этом своем блаженном упоении, но вот лукаво сверкнули глаза, и проказница посылает мальчику свой взгляд... Солнце высвечивает ее кукольное платье. Кажется, все оно из света: лучится, искрится. Девочка смеется, запрокинув головку, всю в солнечных, золотистых завитках, куда-то в облачную высь, как будто кружится, счастливая, восклицая и восклицая, уже задыхаясь: «Дюшес! Дюшес!» Родители крепко держат за руку — тянут ее за собой. И вдруг, только повстречавшись, она исчезает, всего мгновение побыв такой осязаемой, живой, успев окунуть в неведомую сладость — и мучительно чего-то лишить, точно бы опустошить. Поэтому так гулко и пусто что-то бьется внутри. Поэтому хочется броситься куда-то за ней — туда, где она, ее глаза, ее смех... И кружиться, смеяться, только с ней, взяв ее за руку, восклицая... «Дюшес! Дюшес!»

Брошюра «Гигиена пола». Спрятанная родителями или давно забытая в стене из толстых и умных книг, где мальчик однажды заметил эту как бы щель, заглянув, будто подчиняясь чьей-то воле, — и сделав своей тайной. Детские, или какие же, поллюции? Сны? Сделав тайной... И это: голое тельце, с белой шелковистой кожицей, похожее ранимой наготой на бабочку. Целую стайку этих бабочек — порхающих, сбрасывая свои легкие летние платья, — затаив дыхание, можно было подглядеть в щель между досок, что отгораживали, как забор, их, девочек, раздевалку от той, за которой прятались они, мальчики. И увидеть через несколько лет то, что, даже показывая, прятали как преступники: голую женщину на размытой и уже замусоленной черно-белой фотокарточке. Такие переснимали подпольно с порнографических карт — их легче было прятать и множить на маленьких кусочках фотобумаги. Кто-то из взрослых ребят показал ему во дворе. Показал и, тут же спрятав, посмеялся. Она должна была где-то когда-то существовать, эта женщина. Наверное, проститутка. Во времени каком-то, в какой-то стране... И у нее не было лица, как у смерти. Одна, из такой колоды игральных карт. Выпала ему, стала первой, потому что в тот же миг, с ней, лишь увидев, познал желание. Оно осталось, но как постыдное, было запрятано в самые глубокие тайники. Это округлое мутное пятно плоти мучило воображение. Было не стыдно, а страшно, как страшно умирать — но та смерть всегда была сладкой. И он уже не мог существовать без ее судорог, еще даже не познав ни ласки женской, ни красоты... О, красота и ее уроки! Когда развращенного своим же воображением ребенка, стоило ему вырасти, соблазнила красота... Или тот, кто хотел влюбить школьника в красоту, так пышно и глуповато называя свои уроки рисования «уроками красоты», соблазнил на другое... О, сколько же прекрасных женских тел учили его любоваться своей красотой! И в четырнадцать, испытывая что же, если не томление любовное, он читал Флобера, Бальзака, Мопассана... Манило любовное, и он подглядывал, будто в щель, между страниц, но теперь учился и все вдруг понял, узнав, чего же так хотел: он хотел раздеть женщину. Женщину раздевают, с нее снимают одежды — и, если позволила это, она согласна.

Одноклассница.

Раздел, будто оборвав крылья у бабочки. Но ничего не смог сделать, как если бы под руками оказалось бревно или это его же руки, деревянные, ничего не чувствовали, даже там, куда их пускали.

Думали, что любовь — это когда раздеваешься и целуешься. Значит... еще были так невинны? И так невинны были его учителя, все эти великие художники, великие писатели, все зная о любви, вкусив ее плодов, но замирая перед своим же знанием?

Ни в чем не было его вины — но откуда-то возникло отвращение к девочке. Может быть, и у нее к нему возникло отвращение.

Ему было противно, что она увидела его голым — и даже то, что он ее раздел, трогал, видел это: похожее на трупик бесчувственное бледное тельце, как если бы и приготовленное для смерти.

Пугливо, молчаливо оделись — и отбежали, делая вид, что не помнят друг о друге. Чудилось, и потеряв не стыд, не что-то еще, а эту память. Но, может быть, взаимность — это и было тем, чего так легко и так уродливо лишился с ней, с этой девочкой, радуясь и освобождаясь с этой утратой от чувства стыда или собственной неполноценности? И чего, сам не сознавая, не почувствовав, лишил ее, — нет, не тело, оставшееся нетронутым, но душу?

В венерологическом диспансере встречала табличка: «Ветераны ВОВ обслуживаются вне очереди».

Душа созревала, набухала нежностью, боялась, ждала. Но вот и кончились ее терзанья, издевательски смешно, в этой очереди. Если и мучила мысль, то опять же издевательски смешная, детская, кому же и как он покажет свое больное, позорное... Да, и еще, что мучило... Сообщат ли о его поступке в институт?

«Опустите трусы до колен...»

«Возьмите в руки свой половой член...»

Осмотр врачом полового члена — и допрос: с кем вступал в половую связь. О, нет, конечно же, не выдал ни место работы, ни даже имя той — но его никто не пытал, ничем не угрожал. Ему не было ее жалко — просто противно. И тех, кого заразила до него, может заразить после него, — не жалко. Но уже сообразил: заразившие виновней заразившихся, и это их должны установить, выявить... Нет, он сам после этого больше ни с кем не имел половых контактов. И до этого ни с кем не имел. Это был первый половой контакт в его жизни. На этом его добровольном признании вопросы врача закончились. И он отделался всего-то не имеющей никакой силы подпиской: прямо под диктовку написал заявление... «Я... такой-то, такой-то... по взаимному согласию вступил в случайную половую связь с неизвестной мне женщиной...»

Теперь, наверное, потому что *все прошло*, он вспомнил и увидел, как посторонний, то, что было.

Несколько недель, последних, до возвращения матери. Время ее отсутствия. Когда жил в квартире один. Всю эту жизнь. Другую и такую короткую, которую можно было только истратить.

И он бросился тратить... Но все это время ему было страшно.

Приводил... Но ничего не получалось.

Тех, с которыми знакомился на улицах или где-то, где они себя предлагают, одиноких, и тоже кого-то ищут, ждут.

Вдруг пришла сама. Нашла сама.

Та, в чье тело был влюблен.

Он мог оставаться невидимкой, наблюдая, изучив каждую хоть сколько-то приметную родинку.

Оказалось, так могло быть.

И могла быть не она — а другая.

Но это встретились — видимое и невидимое.

Продолговатое тело, с бесполой худобой. Как если бы вытянулось, тянулось — но не захотело взрослеть. И вот не скрылись почти детские косточки в округлых плечах, в начинающих тяжелеть бедрах. Платье исчезло — осталась его бледная тень, уже оттесненная загаром. Смуглое. Бледное. Плотско-розовое. Все обнажилось, даже нежная пушистая ложбинка на затылке из-под подобранных, точно это был покров, черных густых волос. И застыло, окаменело, оживая, когда она одним быстрым движением утирала маленькой тряпочкой со лба и живота блестящие струйки пота, что пробивались будто из родничков.

Время подготовительных курсов давно прошло, начались экзамены. Студии предоставили одичавшую свободную аудиторию, в которой был содран даже линолеум с полов и все опустошено, наверное, для переделки, но замерло. Сюда приходили уже из интереса. Любой мог оплатить свое присутствие. Платили — и занимали места вдоль стен.

Окна были распахнуты. Но в просторном помещении ничто не спасало от духоты, и ее кожа на глазах покрывалась каплями пота.

Обучение рисунку. Обнаженная натура — женская и мужская. Он забрел в институт, увидел объявление — а потом это женское существо или естество, которое оголялось для зрителей.

Казалось, натурщица заметила его только через несколько сеансов, когда поменял место и сел напротив, прикрываясь лишь работой. Заметила, потому что до этого прятался то за спиной, то где-то сбоку, а теперь пялился прямо на ее лицо. Безо всякой стыдливости стоя на своем возвышении перед одетой и незнакомой аудиторией, она ничего не замечала вокруг себя, опуская взгляд. И когда руководитель студии, не задумываясь, показывал ошибки и тонкости их работ на самой модели, для чего водил прямо по телу тупым концом карандаша, на ее лице можно было увидеть спокойное равнодушие, как будто даже не чувствовала этих прикосновений к себе. Она меняла позы, каждый сеанс принимая новую, какую хотелось видеть и получить этому человеку. После нескольких часов неподвижности, когда кончался сеанс, оживала и, прикрываясь руками, пряталась за фанерной перегородкой. Кружок расходился — а знакомые обсуждали работы, курили и еще болтались от нечего делать на этаже. Она появлялась, юркнув на лестницу, спеша исчезнуть. Но вдруг подошла, жадно спросила у кого-то сигарету... Оказалось, кто-то ее знал... Он услышал ее голос: грубоватый, больной. Бросила взгляд в его сторону, и очень значительно произнесла, кивнув на листы: «Я могу это посмотреть?». Затягиваясь, все еще жадно, с каким-то упорством, и пуская в сторону от его работы сигаретный дым, впилась глазами в рисунок, резко выдохнула: «Хорошо». За ее спиной хохотнули. То ли смешило веское бессмысленное слово, то ли сама она была смешна...

«До встречи, мальчики!»

Процокали по лестнице каблуки, точно это скакал и стукался какой-то маленький твердый шарик.

Студенты болтали...

«Мясо мне ее не нравится. Тухлятина».

«Строит из себя. Ума не надо. Разделась — и стой».

«Вы что, не знаете? Она авторитет зарабатывает. Срезалась на вступительных в прошлом году, устроилась в деканате — там крутится, тут стоит. Хочет снова поступать».

Он слушал и молчал.

Больше не приходил.

А потом услышал ее голос. Она узнала, что он студент — и на каком курсе учится, добыв в учебной части номер его телефона.

Пришла — и разделась...

Дальше — гул из слов...

«Можно позировать одетой, но за "обнаженку" больше платят...»

«Представь, мне снится, что я голая... Потом я просыпаюсь, голая... Потом позирую, голая... Это мой кошмар!»

«Вообще-то по личной договоренности я позирую за пятьдесят в час, и не меньше... Но тебе это бесплатно. Я сразу почувствовала, что ты мой художник».

«Три раза в неделю я парю голая, как в "Мастере и Маргарите", ну, ты меня понимаешь...»

«Я устала, что с меня делают одни наброски... Это такая серость! Пожалуйста, сколько угодно, любуйтесь мной и дрочите, но я хочу, чтобы с меня писали серьезные крупные вещи!»

«Мне нужна возможность творить...»

«Я заряжена энергетикой творчества...»

«Моя мама сказала моему папе, когда я родилась: "У девочки очень кривой нос, а ножки прямые". А он ей сказал, представляешь: «Главное ноги, а на нос, ей-богу, никто не будет смотреть!»

«Когда я надеваю мини-юбку, то на работе полный отпад!»

«Лезет на меня и шипит: "Если ты мне не отдашься, о тебе никто никогда не узнает, я закрою тебе дорогу в искусство..."»

«Я знаю, я ведьма, я тебя приворожу...»

«Ну хватит. Я устала. Слезай. Какой же ты ненасытный, однако».

Она пила вино, которое он купил подпоить и себя, и ее, чтобы стало легче, — но для чего-то еще притворялась, что сильно опьянела. Пьяна. Сильнее, чем он. Потеряла свой запах, вкус... От нее пахло дешевым вином, дышала, вкус его, гнилостно-кислый, сочился из ее губ. Наверное, она ничего не почувствовала, кроме того, что на нее давила тяжесть. Как утратила стыд — и не чувствовала стыда, получая лишь поэтому превосходство над теми, кому выставляла напоказ свое тело. И все, что делали с ее телом, стало рутинной работой. А то, что не ушла после этой работы, осталась на ночь и лежала в одной с ним постели, — наверное, и было исключением из правил. Но больше не позволила обнять и даже прижаться к себе, как если бы его прикосновения стали тут же болезненными. Казалось, она заботилась о нем, о своем рабочем инструменте, смыв с него перед этим в душе пот, вернув чистоту, покой. И теперь нервно вздрагивала, чего-то боясь, повернувшись спиной — лишь так чувствуя себя защищенной или уверенной в себе, отделившись, став чужой.

Утром она быстро собралась, мучительно чего-то ждала, жадно закурив сигарету. И за это время — пока курила —

успела сделать вывод, что он проснулся без желания обожать, восхищаться... Но это не заставило испытать боль — она привыкла.

«Захочешь, позвони. Я дала тебе свой номер? Если кому-то будет нужна обнаженная натура, ты знаешь, сколько я беру. Только без интима, это не мой профиль. Можно групповые сеансы. Но тогда я беру больше… Двести. Не понимаешь, почему? Больше — значит больше. И все. Хорошего, знаешь ли, понемножку. Понятно, за групповые двести? Для курсовых, для дипломных работ... Между прочим, очень выгодно. Нет, я имею в виду для студентов, у вас такие стипендии, что я рыдаю… Лицо может быть любое. Но найти такое тело, как у меня, — это, знаешь ли, творческая удача. Большие художники, конечно, не жмутся. Но их мало, они так редко встречаются в наши дни. Ты перспективный, но мы с тобой не подходим друг другу. Нет, я имею в виду твою манеру, твой творческий почерк… Слишком грубо, резко. Мне нужно что-то похожее на Модильяни, ну ты меня понимаешь».

Нужно было честно страдать.

Честно кому-то сознаться.

Он сознался матери — но до этого страдал, ожидая ее возвращения, напуганный и униженный, не зная, что делать, смутно понимающий, чем болен и почему это произошло. Она все услышала — но ей оказалось нечего ему прощать. Сама, потому что он боялся, узнала в районной поликлинике, куда в таких случаях обращаются: направила. И как будто произошло что-то смешное, рассмеялась над его страхами, узнав диагноз, заявив, что это называется «французским насморком».

Когда ее мальчик первый раз напился, отмечая в компании школьных друзей Новый год, и был доставлен домой без чувств такими же едва стоящими на ногах мальчиками, она встречала всю эту процессию в пятом часу утра со спокойствием и улыбкой. Само собой, для мальчика так и осталось тайной, что он был весь облеван: умыла и все выстирала, как если бы еще ухаживала за ребенком, который объелся и срыгнул. На ее языке это называлось «не драматизировать ситуацию»... Да, и это — «как само собой разумеющееся» — из того же языка... Забота, понимание... Все это само собой разумелось. И ему завидовали, ведь остальных грызли, воспитывали, ничего не прощая. Если он портил одежду или игрушки, мама говорила безо всякой злости, но с чувством своей правоты, что ему нельзя покупать «дорогих вещей». Выносила приговор, что он не умеет ценить подарков, и это, кажется, ей льстило — что превращал в хлам игрушки, а было и такое, дарил кому-то на улице или просто терял. Больше всего гордилась, что приучила своего сына относиться к деньгам с презрением. И он уже не смел думать, что любит деньги; вообще стыдно ли это — желание их иметь, когда чего-то хочется, или стыдно их копить, беречь.

Мальчик рос без отца.

Мама прощает, потому что все понимает...

Она страдала и прощала. Даже тогда, дав пощечину. Такое оно было беспомощное, жалкое, ее лицо. В школе всерьез решали, что никчемного ученика не допустят к экзаменам. Любил, заступался только учитель рисования. Мальчик любил рисовать — но больше ничего не хотел. Она не позволяла себе на него кричать — не могла. Может быть, поэтому и приехал по ее вызову дядя Сева... Профессор действительно возмущался, кричал, что в их семье еще не рождалось людей без высшего образования... Недовольный и возмущенный. Все происходило на кухне. Он вернулся из школы после занятий — и сонливо ел вареную колбасу, отрезая прямо на кухонном столе ножом огромные куски. Это возмутило дядюшку, он взбесился. И завопил: «Хватит жрать! Встать! Ты позоришь своего отца!» Но подросток не испугался, крикнул: «А ты его не позоришь?!» Крикнул, вскочил — и с размаху швырнул в растерянного взрослого мужчину колбасой. Швырнул колбасу — и схватил, угрожая, нож... Дядя Сева что-то закричал маме — и в панике выбежал. Подросток был собой доволен. Он видел, так делают — и знал, что это страшно. И вот он смог, смог! Хлопнула дверь. На кухню вбежала мама. Ее всю трясло. «Что ты сделал? Что ты говоришь? Как ты смеешь?» И он буркнул, только потому, что ему понравилась эта игра, отвечать их же словами: «А ты как смеешь?» — «Что? Что?!» — то ли умоляла, то ли взвыла она. «Если ты любила моего отца, как ты смеешь жить, когда он умер?»

Но вот раздался телефонный звонок — и он остался один на земле.

И ОН ОСТАЛСЯ ОДИН НА ЗЕМЛЕ.

Мама, мамочка! Одна на всей земле, его мамочка... Она где-то на улице, утром, по дороге на работу, почувствовала себя плохо.

Перед этим она всю ночь не спала.

Такое случалось: или этого требовала рукопись, которую должна была срочно отредактировать, или от напряжения, именно от какой-то скопившейся усталости, не могла до самого утра уснуть, но, не показывая даже вида, поднимала его на занятия и уходила на работу.

В тот год огромный их дом, похожий на бастион, был точно бы взят приступом и покорился орде нагловатых, спешащих строительных бригад. Но капитальный ремонт растянулся до весны: а зимой ворвались хохочущие коренастые мужички, проделывая всюду дыры и вырывая трубы; потом пришли молчаливые сварщики и, будто сражаясь, разбрызгивая раскаленные искры, работали по металлу; за ними входили рассудительные туповатые плиточники — для этих было главным все точно измерить, и они мерили, думали, но плитку клали все равно как-то наперекосяк; шныряли малярши — то робкие, как послушницы, то разухабистые, с отборным матом, бабы, которым вечно чего-то не хватало для работы и пропадали как в сказке шпаклевка, краски, шпатели, даже малярные кисти; гордо прошагали столяры, сантехники, электрики, под конец вкрались болтливые вальяжные паркетчики... Вся эта орда продвигалась от подъезда к подъезду, переходила с квартиры на квартиру, подолгу мучая захваченное, что-то вымогая и чего-то требуя, то пропадая, то возникая, заставляя, чуть что, искать себя и упрашивать. То ли в шутку, то ли всерьез, но вся на одно лицо, с одними и тем же повадками, толпа разрушающих созидателей обрела у них в квартире одно же имя и одну фамилию... Это был Ремонт Капитальный. Менялось лишь отчество... Вчера приходил Ремонт Плиткович. Сегодня заходил Ремонт Покрасыч — и божился, что для потолков в их ванной осталась в наличии только ядовито-зеленая масляная краска, а белая водоэмульсионная, «вы сами понимаете, гражданочка, просто так не валяется, но принести можно, есть в сто тридцатой остаточек». И мама пыталась что-то облагородить, кого-то найти, даже подкупить, доделывала, конечно, ночами и сама же после них убирала... Все это время, пока в ее доме хозяином был Ремонт Капитальный, она терпела, держалась и, укрывая собой сына, стойко принимала на себя удары.

Этот «простой народ», народец — наверное, тогда-то, пройдя своей ордой, — чем-то оскорбил и напугал. Эти люди, слипшиеся в его глазах в жадную однородную вязкую массу, были как будто лично для него чем-то очень опасны... Это они могли что-то отнять у него, ударить — или даже убить. Это они, глядя на него, разговаривая с ним, глядели и разговаривали с какой-то потаенной ухмылкой... Нет, это были даже не они, а он, хозяин и побирушка — Ремонт Капитальный, строитель! Другой, чужой — но окружающий, будто бы давящий лично на него и заполоняющий все, все пожирающий своей массой.

Ремонт не переступил порога его комнаты, где спрятался, и все осталось как было. Мама, она хотела — избавиться, изменить, убрать. Впустила к себе. И то, что помнило отца, спустя столько лет вдруг перестало существовать. Она хотела полюбить свою новую комнату, она радовалась, что-то искала, подбирала, записывалась, стояла в бесконечных очередях. И могла себе позволить купить все новое, даже мебель: появились деньги, подработка, ей хорошо платили за книжонки новоявленных астрологов и всякую магическую безграмотную дрянь, которую бралась редактировать.

Ей захотелось трюмо — и она ездила по комиссионкам. Говорила, что мечтала о трюмо... Но когда привезли — ей казалось, что оно нигде не находило места. Обыкновенная полированная тумбочка с тремя похожими на оконца зеркалами, вызывала ощущение гильотины: смотришься — и тебя рассекают на части, на три части, на трех одинаковых, но как будто незнакомых друг с другом людей. От этого кружилась голова... Он не понимал: что может в этом нравиться? Игрушка? Если нравишься себе — или хочешь нравиться? Но ему претило, что она могла этого хотеть... То есть хотеть — и скрывать, мечтать...

До ночи они передвигали по заживо отремонтированной и поэтому какой-то мертвой комнате новую мебель. Оба измучились. Он — совсем ничего не понимая. И хотел только спать.

Потом нашел на кухне записку и даже для чего-то план обстановки: она все придумала... «нашла». Всегда, если уходила, а он еще спал, оставляла записочки: когда-то, чтобы мальчик не боялся, обнаружив себя в одиночестве, со временем уже, наверное, по привычке. И потом раздался этот звонок: звонили с ее работы. Ему сказали, что мама просила его не волноваться... Что она не приедет сегодня домой... Что ее срочно увезли в больницу... Кто-то звонил по ее просьбе, но, с трудом подбирая слова, пугал... Это был пугающе чужой, любящий, дрожащий женский голос...

Потом раздался еще один звонок — из больницы... И чей-то женский голос, но уже другой, какой-то глухой, далекий, опять передал ему ее слова... У нее все хорошо. Они очень скоро смогут увидеться. Где взять деньги, где они лежат, ведь он даже этого не знал... Она все еще о нем заботилась: даже где-то там, чудилось, очень далеко.

Когда разговор прекратился, он больше не знал, для чего живет.

Он остался один на земле, совсем один. Вдруг.

Телефон молчал. Квартира молчала, как будто очутился в чужой.

Мама, мамочка... Отец... Он совсем один. Все его покинули. Не взяли с собой и оставили почему-то, для чего-то — одного.

Вокруг было когда-то так много родных людей. И здесь, в этой квартире, собиралось так много: любящих, радостных, веселых. Но все исчезли. Появлялся лишь этот астроном, профессор. Приходил... Пропадал... Его детки — братья, одногодки, вместе с которыми рос, но презирал. Это была такая брезгливость, что не возникает к чужим людям, но к родственникам возникает: ему было противно от одной мысли, что они существуют и кем-то приходятся ему — как и он связан со всей этой жидкой их массой кровными узами, носит ту же фамилию. Может быть, завидовал, что у них был отец, пусть и такой. Дядя Сева бросал и заводил семьи, как бросают и заводят, наверное, собак — хоть и по велению души, сердца. Отдавая себя науке, мечтатель и теоретик, он был до неряшливости рассеянным, образуя вокруг себя хаос, как бы по рассеянности начиная изменять женам, обманывать и предавать. Но, может быть, поэтому имел странность: любить порядок. Восхищаться сильными личностями. Влюбляться даже не в сильных, а в твердых, как сталь, женщин. Мучиться, страдать под их властью — но убегая к той, которая еще сильнее подчинила. Казалось, для него было немыслимо: подчиниться, лишить себя свободы. Но это рабство приносило почти наслаждение: и когда был рабом и когда кого-то рабом делал, уверенный, что ему должны служить, принимать лишь его точку зрения и вообще безмолвствовать, если так ленивы и глупы, оставаясь никем. И тех, кого унижал, он любил... Любил, любил! Своих деток любил — но было что-то противное в том, что наплодил их так много... Его род продолжался. А похоронили сумасшедшую старуху, пережившую своего сына, которую ото всех прятали, никому не показав даже в гробу. Он тоже не был на этих похоронах, так и не увидев бабку ни мертвой, ни живой, узнав о ее смерти почти случайно. Можно было бы подумать, что ее вообще не существовало. Но еще долго делили имущество в грызне между собой оставшиеся ее дети, брат и сестра... Никто из них тогда не вспоминал, что во всем этом как бы существует и доля его покойного отца. «Алла от всего отказалась», — сокрушался профессор. Сам же не отказался, оформил на себя загородное академическое имение — и на этой даче теперь грызлись между собой его собственные наследники, крепче любви стиснутые взаимной ненавистью. А тетка стала хозяйкой академической квартиры.

Нет, он любил только бабушку — ту, другую, которая любила его, и любила приговаривать, пока была жива: «Кушай, кушай — и никого не слушай...» И он никого не слушал.

Профессор позвонил. Ему тоже сообщили, он узнал — и не мог не понимать, что дала она ему знать о себе, только пытаясь в этот момент окружить родственной заботой своего сына. И это он, дядя Сева, сразу же заговорил так, как будто знал что-то еще, что-то большее... Исполнить этот долг пришло ему в голову, когда было уже почти за полночь. Наверное, он не смог пораньше оторваться в университете от своих звезд, если просто не трусил — и медлил до последнего, чтобы честно и, наверное, думая, умно, то есть холодно, важно, сказать то, что сказал... «Ты взрослый человек и должен понимать, что готовиться нужно ко всему. Крепись. Мужайся. Это жизнь. Ничего не поделаешь». Слыша это, он не выдержал — и вдруг заплакал, нет, зарыдал... Ему почудилось, что это было сообщением о маминой смерти... Он рыдал — и не мог говорить. Профессор что-то стал тут же пугливо ныть в трубку — чтобы объясниться... И тогда уже сам волновался, покрикивал — а голос его дрожал... «Что ты понимаешь, ты хоть знаешь, как я люблю твою мать? Ты знаешь, как я любил своего брата! Ну что ты можешь понимать?! Ты сам, сам мог быть моим сыном!» Когда истерика закончилась, что-то мямлил, требовал ответить, нуждается ли он в деньгах, — но сам же начал жаловаться, что всю его зарплату расчленили алименты. Он так и произнес, но уже с возмущением: «расчленили», — как если бы вдруг возмутился, что те, кого он наделил чем-то большим, сделав частичкой себя самого, теперь его же урезали и членили. Но у него еще остался личный автомобиль... Вот чего нельзя у него ни отнять, ни расчленить, потому что окажется кучей автозапчастей... Поэтому завтра же он заедет к нему на своем автомобиле — и они вдвоем поедут к маме в больницу, завтра же!

Профессор, конечно же, бесследно исчезнет... Этот человек мог только, как шут, рассмешить, собираясь совершить что-то трагическое и серьезное. Забыл, забылся. Вдохновенный болтун.

Ночью он в одиночку двигал по комнате мебель и переставил все так, как она придумала: по ее плану. Он так устал, что уснул мгновенно и крепко, и ему ничего не приснилось. Проспал долго, очень долго — а потом вскочил и бросился в больницу.

Всего несколько дней в реанимации — и ее записочки, их разрешали получать и передавать; месяц на койке в общей больничной палате, когда навещал чуть ли не каждый день, — и еще один, проведенный с комфортом на лоне природы в подмосковном профилактории, куда уже не приезжал, потому что не было смысла, ведь там было спокойно и очень хорошо.

Это с ним что-то случилось. Это он испугался. Мучился, страдал. И потом, когда в каком-то беспамятстве, но уже беспечно, гулял и тратил отложенные ею для него деньги, мучился и страдал, потому что как будто предавал... И вот появилась — или осталась, туповатая, как табличка, мораль: он стал мужчиной, улучив свободу. Впопыхах, трусливо. Заслужив вместе с этим ублажением первой пробой, с этой приподнявшейся проверкой самую что ни на есть мужскую, хоть и дурную, болезнь, некая гордость которой свойственна только юнцам. Но если это стало наказанием — значит, было преступлением то, что совершил... И то, чего хотел. Ну и плевать. Дядя Сева объявился, как если бы выждав, но и тогда: улетал в Америку, на симпозиум. Спросил, привезти ли ему что-нибудь, и, наверное, опомнился, потому что сам же поспешно предложил: «Футболку фирменную... Кроссовки... Джинсы...» И он, никогда ничего у него не просивший, потому что не получал возможности, вдруг сказал: «Если хочешь сделать мне подарок, купи альбом Босха». Профессор растерялся, видимо, понимая, можно это или нельзя... Но, что-то сообразив, благополучно вернулся в настоящее. «А у нас, что же, нельзя? Босха? Альбом? Средневековье! Чистое... Мудрое... За что? Полный идиотизм!» И голос его возвысился, дрогнув как струна.

Осень — пора учебная.

Ему двадцать лет.

Потом казалось, что она и была последней, эта осень, лишь по какой-то случайности совпав чуть ли не с концом эпохи, в которой в общем-то не жил, не успел, ничего не помня хоть как-то связно и подробно, кроме нескольких первых дней своей жизни без отца, когда ему сказали, что его отец умер. Тогда, в муках этих нескольких дней, наверное, кончилось детство. Юность же оборвалась, как будто вся эпоха, так сразу... и бессмысленно, в один день став тенью и отшатнувшись безо всяких страданий, скорбей, так что даже не почувствовал, чего же лишился. Но это оборвалось ощущение безграничности жизни, что было точно бы сном, вошедшим своей ясностью в бессмысленную земную явь с его же душой, когда он родился — и стало сном, сном... Другим... Что возникает где-то далеко и является из непроглядной гулкой темноты. Это ощущение, оно все время преследует, как фантом: пережил, видел — был там, но не хочет, ни за что не хочет, чтобы забрали обратно, откуда, наверное, и пришел. Когда-то в детстве он видел свет, слышал этот гул... Испытав этот ужас, этот трепет... Но что это было? Если помнит он, может быть, помнила мать... Нужно было спросить у матери... Нет, она ничего такого не помнит. И значит, этого не было. Но что хочет сказать — что она уделяла ему мало внимания? Что за глупость, столько внимания, сколько ему, она не уделяла даже отцу. Она с ним много говорила, читала книги, помнит ли он, что научился читать в шесть лет? Она готовила его к школе, помогала делать уроки, он ведь был таким сложным ребенком, с ним нужно было очень много заниматься... Что, что он хочет сказать? Он провел у бабушки с дедушкой всего одно лето... Пионерские лагеря он любил... Свет, свет — видел купол света, как бы сверху, этот купол переливался и сверкал, свет исходил прямо из него и воздушно заполнял все вокруг, из него изливались поющие голоса, гармония, такая, будто бы это звучали хором откуда-то из будущего тысячи и тысячи голосов... Но почему же будущая жизнь, вообще все это «будущее» погрузило в такое ожидание: предчувствие чего-то, приготовление к чему-то...

Последний визит к врачу — по дороге из института домой.

Мама дома, мама встречает его, мама радуется...

«Все прошло хорошо? Ну что же, мой сын, я очень за тебя рада... Представляешь, дядя Сева прилетел из Америки. Он заехал, оставил что-то для тебя. Как я понимаю, подарок. Сказал, что ты это просил. Посмотри, я положила у тебя на столе».

И он хвастался в институте маленькой — вынимая, как фокусник, из кармана — шедевральной книжицей... Издательство «Prestel»... «Garden of Earthly Delights»... Видит это так ясно. То, чего уже нет и где его уже нет... На убранном матерью столе что-то давно волнующее и прекрасное, но совсем крохотное — и еще, что показалось ему в первый момент упаковками жвачек, их было много, они были оставлены на виду, рядом.

Презервативы — и миниатюрный альбом Босха.

КАРТИНА ТРЕТЬЯ

Круг рождений и смертей

Она стыдилась этой истории, как если бы самого знакомства с ним могла стыдиться. Оскорбляло, когда-то рассказывал, так, как анекдот: ирония судьбы, или с легким паром! Хоть эту станцию метрополитена чуть ли не каждый день проезжала по дороге на работу, ну и обратно… Да, их встреча произошла в метро. Она возвращалась в общежитие… Он ехал в такую же студенческую общагу… Но очнулся посреди ночи в своей кровати, все тело ныло как побитое, даже руки, выполз на кухню, включил свет, а там, на диванчике — подумал, заснула мать — в ее халате, под пледом, лицом к стенке, лежала она. Сырой водички нажрался, выключил свет. Утром, там же, на кухне, казалось, продолжился сон: в бледной иллюзорной камере света они сидели за столом, мать и она… Она — чужая, он с ней не знаком. Мать… мама, поразило, вся прибранная, новая, как будто собралась куда-то далеко. А эта пришла за ней, забрать, такое было ощущение. На столе, да, на виду, казалось, нарочно — прибор для измерения кровяного давления, чудилось, клубок каких-то оголенных резиновых жил… Вспомнил: ночью мама почему-то лежала здесь, на кухне… Но вдруг к нему обратилась эта — серьезная, строгая: «Как вы себя чувствуете?» Молчал, ничего не понимал. Мать сказала, очень довольная: «Это твоя спасительница, дорогой сын, и, между прочим, она будущий врач». Продолжения могло не быть, да и какое, какое же оно могло быть? Спрятался в комнате. И она, попав в эту историю, ждала только ее конца. Она пожалела Аллу Ивановну, ведь нельзя же было не пожалеть эту мать, когда она, как могла, старалась соблюсти хоть какие-то приличия. Чашка чая перед тем, как уйти? Попили вежливо чайку — и совсем другая история, куда приличней. Нужно было о чем-то говорить, спросить о чем-то гостью. Но через несколько минут Алла Ивановна уже не умолкала… И когда пойманная этой квартирой на одну ночь в ловушку молчаливая незнакомка наконец-то получила свободу — оказалось, что у нее самой не спросили даже имени, как если бы просто ошиблась дверью. Он, конечно, помучился, забыл не сразу, то есть существовать она перестала для него сразу же — осталось и жгло, нет, не чувство вины, а унижения, наверное. Стоило представить и мгновенно пережить то свое состояние, которое видела во всех подробностях лишь эта, эта… Врачиха. А стоило кому-то из ребят спросить, почему не приехал, развязался язык… Ну еще бы, номер имел успех! Как это было легко и просто, а главное, смешно. Своя трусость опьянила, став храбростью… Ему даже завидовали, думая о серости собственной жизни, в которой не случилось ничего такого, хотя бы смешного, что бы сделало для окружающих героем дня. Он посмеялся над нею, этой врачихой, и тогда успокоился. Кто же видел благородного подростка, подростки — это подонки, все, пока не станут мужчинами. И мужчина — это раскаявшийся в своем прошлом подонок. Почему не повзрослел, столько понимая, чувствуя, ведь мальчики так мужают, оплакав своих отцов… Как будто потерялся во времени, потому что чувствовал себя брошенным и всегда жалел только себя. Эта жалость к себе, как ни странно, питалась чувством собственного достоинства, потому что все должны были его любить, то есть жалеть.

И вот нашелся тот, кто пожалел, не бросил…

Она ведь все время пыталась убежать… И до и после успевал догнать, остановить и возвращал себе, как будто чем-то опутывал. Жалкий… Омерзительно жалкий. Сначала один подошел, пошевелил, ковырнул своей резиновой палкой. Вызвал по рации напарника. Брезговали, наверное, наверх волочь. Решили для начала наличность обнюхать, в карманы полезли. Но оказал вдруг сопротивление, озлобил. Случайные подгулявшие пассажиры, кто это видел, наверное, старались быстро исчезнуть. От ударов дубинок укрывался руками, орал. Но раздался крик, ее крик: «Не бейте, что вы делаете, это же человек!». Почему-то подчинились. Или решили: успеется, без свидетелей… Оставили, ушли — а у нее в руках, когда подобрала, оказался его паспорт… Осел на этих мраморных полатях в метро и только мычал. Отравился водкой. Ехал повеселиться в общежитие. Повод был не менее гадок: готовился провести ночь в койке с какой-нибудь будущей учительницей… С Лерой или Викой, голодной дурочкой или стервочкой. Мчало по туннелю, будто кружилось колесо. Плохо стало. Испугался. Выйти еще был в состоянии из вагона, вырвало на платформе, больше ничего не помнил…

Студент, он продолжал взрослеть, доучивался. Провалился в Суриковское — но приткнулся в педагогическом, где будущие учителя рисования и черчения, казалось, уже учились прозябать, делали одинаковое, что должны. Москву всю обвили очереди, ведущие куда-то как слепых. Несколько дней в городе не было даже хлеба. Но дома ждала та же еда. Все, в чем ходил, было куплено матерью. А в Пушкинском — Шагал, выставка рисунков Дали… На

Крымском Валу часами стояли, чтобы увидеть Филонова, Лентулова, Малевича… И помнил только свой провал, будто и забракован в нем был тогда, на заоблачных высотах той приемной комиссии, человек. Под ногтями краска, руки замызганы, точно покрыты разноцветной сыпью, это не смоешь мылом, нужен ацетон, бензин. Но все, что мог — халтурить пастелью, чувствуя себя, ловца человеческих лиц, уличным попрошайкой. Хватало на «Приму», краски, самые дешевенькие холсты… Кто бы он был без этих мыслей, что все же и он творит! А на огромной толкучке под открытым небом — в парке, куда протоптали тропинку свободные художники, выставлял прямо на асфальте свои творения, но люди, разглядывая лежащее под ногами, проходили мимо странных вымученных картинок. Наверное, похожий на бездельника, он стоял как бы в стороне, старясь держаться свободно. Мешали скованные ненужные руки. Люди бродили по аллеям: уронят копеечкой взгляд или смотрят, прицениваясь. Это был базар, здесь оставляли после себя, будто и приносили, мусор, грязь — а уносили живописные украшения для своих жилищ: пейзажи, венерок, натюрморты. Быстро усвоив, что покупают, можно было тратиться лишь на материал — и, продавая, через минуту доставать фокусником то же самое, разве что новее: «жратву», «баб», «дрова»… Говорил себе: «Здесь мне не место, больше не приду». Боялся этих людей, сгущенных в толпе, которых не понимал и которые его-то, казалось, страшно, страшно не понимали. Быть может, думал о них хуже, чем они были, и сам становился хуже. Какие все неимоверно добрые, участливые к себе подобным, лишь появляется интерес, желание продать… О, если бы он мог полюбить людей, как способен возлюбить и понять самый обыкновенный торгаш, тогда бы он выразил свою мысль так просто, так ясно, что достигала бы тут же человеческих сердец! Но как было мучительно: всем своим существом искать сочувствия, хоть не просил для себя, только и мог отдать, что одушевил… Может, и было мучительно, потому что одушевил? И все, кто делал это до него, одушевляя против их естества стулья и столы, рыбу и хлеб, сосны и звезды, создавая мыслящие, чувствующие химеры или вкладывая свои сердца, мысли, чувства в рабские тела моделей — так платили за это? За каждое наделенное душой творение, издыхающее уже, как все живое, без любви? И его страх все равно что перед смертью — бессилие объяснить даже самому себе, что же обрело в красках жизнь — может быть, все это лишь и есть… наказание?!

Такой он ей и достался. Пожалела, такого, не смогла бросить. Наверное, чувствовала себя самой несчастной этой ночью, врачиха. Кто взялся бы доставить больной вонючий груз до места назначения, кто? Одна, ночью, в этом городе, с полным ничтожеством на руках… Спасала от людей, осознавая, наверное, только это: у человека есть дом. И он, наверное, осознавал нечеловеческим уже чутьем, что хотят ему добра. Мать привыкала: сын мог не вернуться ночевать. Звонок в дверь… Но у сына свои ключи, если возвращался — лязгал замок. Она еще не спала, все-таки ждала, испугалась? Кто там?! За дверью голос, женский: открыла, имя своего сына услышав, и что подумала в первую минуту, то есть что о ней-то подумала? Вот еще одна учительница… Может быть, поэтому не испугалась, ведь привыкла… А она, что же, все отдала таксисту, на другом конце Москвы, в чужой квартире, ночью, без сил?.. Осталась в этом доме до утра, дала себя уговорить. Мать, конечно, не спала. Может быть, и она не спала, слышала, как он чавкал водой под краном, а если слышала, могла только возненавидеть это животное. Не спали, вслушивались: ждали, когда все кончится и отпустят, как бы уже только друг друга. Для одной — чужой, для другой — родной. Если бы знали, что каждая свою судьбу в ту ночь караулила… До утра.

Как бы хотел он сказать, что и того не помнил, что было после… Тогда он вернулся домой где-то ближе к ночи. Это было, пожалуй, единственным проявлением его самостоятельности: больше не отчитывался перед матерью. Вошел — только хлопнула входная дверь. Вошел — и застыл, услышав на кухне голоса. Ощущение, что попал в чужую квартиру, сменилось вдруг таким, как если бы в их дом проник кто-то чужой. Было накурено. Можно подумать, много часов вели допрос. Свет показался ярким, будто под потолком кухни корчилась освежеванная, даже без этой своей стеклянной кожуры, электрическая лампочка. Они сидели за столом… Она. Мать. Все повторилось с назойливостью бреда. Тонометр, выложенный на столе, — даже это. Этот предмет, то есть прибор — медицинский прибор для измерения кровяного давления, поразил больше всего. В таких обстоятельствах, должно быть, выпячивается самое бессмысленное. Этот предмет, как и все устройства, аппараты, которыми что-то измеряют, предстал точно бы вещественное доказательство небытия.

Но, похоже, ангела в этой квартире не ждали. Тем более — что спасительница вдруг вернется… Ну да, его мать, после того как находилась некоторое время в руках врачей, утратила веру в медицину. Только представить себе не могла, что получится так натурально... Зачем же было чуть ли не раздеваться перед чужим человеком, только узнав, что имеет дело с какой-то будущей, да еще детской врачихой, педиатром? Рассказывать о перенесенном инфаркте... Просить измерить давление, давно освоив этот тонометр...

Услышал: «Саша принесла для меня лекарство. Саша, вы наша гостья, уже очень поздно и сын вас проводит. Мой сын, мы надеемся, сегодня ты трезв? Ты проводишь Сашу до метро? Я рассказывала вам, он мечтает стать художником. Он влюблен в живопись. Но если вам это о чем-то говорит, кумир моего мальчика, к сожалению, — Винсент Ван Гог».

Подумал: «Говорит, сама не понимает, *что* говорит!»

Почувствовал мучительное, гнев — но сделался тут же беспомощным.

Все это время она задерживала свою гостью потому, что ждала прихода сына... И он понял это — и девушка, конечно, давно поняла.

Врач... Пришла к ней... Может быть, еще права не имела кого-то лечить и больных наблюдала только на практике, но призванием своим выбрала — лечить, спасать, да еще ведь детей, беспомощных, кто о спасении собственном задуматься не способен. Саша, она в это верила... Спасать — значит бороться. Может быть, это — вера, которую нельзя потерять, когда так легко не то что усомниться, но хотя бы уклониться, как в споре, внушила ей мысль и волю такую, или просто упрямство: найти еще раз этот дом, квартиру, оставить, передать лекарство... нужное, зная, что оно помогало, помогло уже тысячи раз.

«Ну что вы, деточка, я столько испытала на себе разной химии!»

Спокойно приняла на прощание и это, вместо благодарности.

«До свидания, это лекарство вам поможет».

«Ну что вы... Чем же вся эта химия способна помочь? Она вредит организму сильнее, чем помогает, уж я-то знаю!»

Вытерпела спокойно несколько последних минут, когда он с какой-то злостью наблюдал за ее пребыванием в своей квартире.

Молча спускались по лестнице, по которой хотелось ему сбежать.

Уткнувшись взглядом в ее спину, подумал: «Неприятная даже со спины».

Удержала подъездную дверь — поравнялись. И он опять почувствовал себя беспомощным, как если бы этот жест и значил — помощь слабому. Нет, его уже тошнило... Пожалела пьяненького, ну и хватит!

Шли, точно скованные наручниками. Осень, темнота, воздух волновал... И странно было идти по безлюдной слезящейся огоньками улице с этой особой, чья близость только мешала; его присутствие рядом коробило ее не меньше. Одна, но вовсе не одинокая, смотрела прямо, собирая глазами мерцающие далеко впереди огоньки, чувствуя, должно быть, то же волнение, разлитое в этом еще теплом сладковатом воздухе.

«Вы всем их разносите, лекарства?» — «Успокойтесь, больше я не приду». — «Нет, вы не понимаете, я вам, конечно, благодарен...» — «Знаете, я дойду сама». — «Нет, я провожу...» — «Тогда я пойду в обратную сторону». — «Что ты делаешь, стой... Так нельзя, понимаешь?!» — «Хорошо. Только идите молча». Да, и он поволокся, с отставанием, как тень, хоть она даже не ускорила шаг. Эта победа над ней, оказалось, ничего не стоила, лишь его мрачный серьезный вид мог бы, наверное, внушить опасение, попадись кто-то навстречу.

У павильона метро, похожего своим куполом на уменьшенный в размерах шатер цирка — в огнях, как будто давалось представление — она остановилась, обернулась, и его поразил этот взгляд: твердый, почти скучный. Проговорила с мучительно-доброжелательной улыбкой: «Ну вот, вы исполнили свой долг». Он сказал в ответ, не задумываясь: «А вы, наверное, свой». — «Ваша мама очень одинокий человек». — «А вы?» — «Она вас любит». — «А вы любили, ну когда тащили? Смешно, можно спасать, но испытывать отвращение. Я вот испытал, благодаря вам, к себе. Всех пьяных спасаете? Нет, серьезно, сейчас примерно столько же времени, мы стоим у метро... Большой выбор, посмотрите... Давайте кому-нибудь окажем медицинскую помощь, кого-нибудь спасем...» Но резко оборвала — вдруг сказала: «Я не знаю, кто такой Ван Гог». — «Ван Гог?» — повторил за нею, сдавленно усмехнулся... Потом выдавил: «Вы узнаете, это гениальный художник... Если хотите, в Пушкинском музее... Пойдемте, и я покажу, расскажу... По студенческому можно бесплатно в любой музей». Она согласилась. Невозмутимо просто, как если бы поставила перед собой эту цель: узнать.

Это ее «да» он носил потом в себе несколько дней, ничего не понимая... Он что, хотел получить это ее «да»? Нет! Представлял себя в роли поводыря этой врачихи по музейным залам — и хотелось провалиться под землю… Студент и студентка… Но странно, когда увидел ее — вышла из последнего вагона метро на «Кропоткинской» — отвращение, то, воображаемое, сменилось волнением. Да что там — трепетом! Ни на одну женщину он еще не смотрел так — как ребенок. Странная прогулка — из метро к особняку музея лишь перейти улицу. Дымил кратер бассейна, еще не потух. И чудилось, это над Москвой, незамерзающей, хоть уже пришли холода, двигался горячий пар. Облачность его застыла — но в ней ежесекундно что-то менялось. Школьниками их водили учиться плавать в бассейн «Москва», всем классом. Увидит этот дымящийся кратер бассейна, вспомнит… На уроке плавания утонул одноклассник, Сережа Парамонов. Просто утонул, и никто не мог объяснить причины, как это произошло, — тело плавало само по себе в этом тумане. Он лежал на воде, раскинувшись, но уткнувшись в нее же лицом. Был отличником, примерным мальчиком, лучшим учеником в классе. Странный умник, такой вечно ссутуленный, будто что-то давило на плечи, и ходил тихо, как старичок, пригибался, но в глазах одиноких — усмешка надо всеми, осознание своего превосходства. За это били его: бывало, пробегая, ударишь в спину — и уже сам смеешься над хиляком. Еще чем он выделялся — его отец работал в КГБ. Все знали, какие у кого родители, — и вот о нем говорили, что его папа работает в КГБ. Сережа ни с кем в классе не дружил, в доме у него никто не бывал. Поэтому веяло от дверей их квартиры какой-то тайной. Отец его рыдал на похоронах, выл: злой, чудилось, страшный. Всем классом отвели вместо урока на похороны. Прощание у подъезда девятиэтажки, в ней многие жили из их класса. Первые похороны, которые видел, — и лежал Сережа Парамонов в открытом гробу в школьной форме, даже с галстуком пионерским на шее. Место его за партой потом никто не занимал... «В вашем классе учился Сережа Парамонов... Вы все должны учиться, как Сережа Парамонов... Сережа Парамонов решил бы эту задачу...». Кем бы он стал, этот мальчик? Почему он, а не кто-то другой? Пока шли к музею, рассказал... Саша слушала и ничего не прибавила. Почему-то он был ей за это благодарен.

Успокоился, — такой бывает, светлой, лишь печаль, пронизывая все закоулки души. Там, на той стороне, Сережа. Тут, через дорогу, Ван Гог. И она — слушает, молчит. Гуляли по музею — не замечал времени, а сколько же незаметно минуло веков!

И вот уже он сам чувствует себя призраком. Здесь, где-то в этом пространстве. В этом огромном муравейнике, что потряс и унизил когда-то своей красотой. Всего-то вечность тому назад мальчик вошел под гулкие своды, поднялся по лестнице... Глядя и не отрываясь, задирая голову, будто проваливаясь в бездну.

Плоть в исполинских мраморных статуях, как живая...

Лабиринт залов, переходящих один в другой по прихоти эпох...

Тысячи предметов, поднятых на поверхность со дна времен: все уже тонули и погибали в их пучинах... И эти устрашающие то своей огромностью, то самой физической реальностью изображения, застывшие в золотых рамах. Проемы их красочные в стенах, даже самые огромные, похожи на окна. Чудилось, из окон своих домов смотрят молчаливые люди в старинных одеждах.

Сюда привел своих учеников школьный учитель рисования.

О, слепой Карандаш... Он думал, что они внимали его рассказам, пристраиваясь у каждого алькова стайкой амурчиков, чтобы, не ведая стыда, жадно разглядывать женские прелести. Страшная сила, как же было ею не проникнуться и еще долго, долго блуждать, чтобы все обойти, но так и не обрести покоя...

Учитель входит в класс... Он похож на верблюда. Долговязый, сгорбившийся под своим грузом — это классный журнал.

Он все помнит — не зло, но очень зорко и чутко запоминает. «Здравствуйте», — обращение ко всем и каждому. На его уроках не звучало ни имен, ни фамилий. И никого не вызывал к доске. Это чем-то претило. Подходил к ученику — и только с ним говорил. С кем-то говорил — кого-то переставал замечать. Его оценки: «отлично», «хорошо», «посредственно»... Как бы реплики. Он доволен, удовлетворен — или он разочарован, ему скучно.

Поведение этого человека не могло остаться незамеченным. Оно удивляло и возмущало учителей истории, литературы, математики, химии, биологии... Вслух звучало: «Это непедагогично». Казалось, новичок хотел выделиться, поэтому и к нему, чтобы дать это понять, но уже в учительской — в царстве нервных обидчивых женщин — обращались на вы, пользуясь только этим личным местоимением. И если учителю рисования приходилось что-то выслушивать, он смущался и молча кланялся в ответ с медлительной грациозностью и высоко поднятой головой, чуть подаваясь вперед, как будто благодарил — что воспринималось даже обидней. Только учитель музыки, еще один мужчина, боязливо сочувствовал собрату и делился, наверное, с надеждой на взаимность, мыслями о сокровенном: об искусстве. Он гордился, что преподает свой предмет, музыку, по методике Кабалевского. Но когда произносил благоговейно: «Музыка покоится на трех китах…» — раздавался смех, стоило вообразить себе это. Учитель рисования нисколько не презирал бесед с этим одновременно серым и светлым, искренним и трусливым, униженным и возвышенным человеком, чье прозвище было Смычок.

Дети безжалостно, почти изощренно казнили обнаруженное уродство или хотя бы нелепость. И новый школьный учитель — он был откровенно нелеп, некрасив. Сутулая худоба с плетущейся походкой. Строение черепа, большие оттопыренные уши, отвисшая нижняя губа. Остатки волос, остриженные коротко. Такая же седоватая куцая бородка. И все его именование: «Семен Борисович Аксельруд». Само липло прозвище: Верблюд. Он мог стать еще одним смешным человеком, чье существо в их глазах уничижительно слилось бы с его же наружностью. Но не стал.

Взгляд насмешливый — и грустный. Он одинок даже в стенах своего кабинета, среди изуверского оснащения: набора стальных геометрических моделей и огромных гипсовых болванок.

Сидит боком к учительскому столу, обозревая класс, положив одну руку на колено, другую совсем опустив... Она безвольно повисла. Казалось, это не новый учитель пришел — а уходил отработавший свое и уставший, то ли потеряв, то ли так и не найдя места. Вдруг спросил, но не сам себя, а как если бы отвечал на вопрос: «Что такое живопись?

Все очень просто. Перспектива определяет контур... Свето-
тень сообщает рельефность путем расположения света и теней, приведенных в соответствие с фоном... Цвет придает
изображению видимость жизни... Вот чему я должен учить.
Но эти действительно простые слова принадлежат, поверьте
мне, великому художнику. И я бы хотел, чтобы каждый из
вас почувствовал себя художником. Поэтому... Поэтому мы
будем учиться немножко другому».

И еще это... «Я прошу поднять руки тех, кто любит рисовать. Понимаете, любит!» Кто-то все же не поднял руку. Учитель усмехнулся. «Ну что же. Надеюсь, остальные полюбят
черчение. Что такое черчение? Очень просто. Черчение —
это труд. Ленивые поймут это очень скоро». Было унизительно молчать и слушать. Новый учитель преподносил себя так,
как будто его урок был первым в их жизни. Но многие подчинились: слушали, забывая себя. Весь урок учитель говорил,
больше не сдерживаясь, с напряжением, нервно, как никто
еще не рассказывал о своем предмете, — и произносил никому неведомое.

Вот и он вдруг услышал: «итальянская земля», «испан-
ские белила», «берлинская лазурь»... И эти звуки окунули
в теплую нежную дрожь. Всего лишь названия красок. Чу-
десные — и невидимые, потому что видимость придает
цвет. Может быть, он коричневый, зеленый или желтый.
А потом — о художнике с отрезанным ухом. Но... что они
понимали? И у каждой свой, неповторимый цвет — то, чем
светятся краски. Краски — это цвет. Цвет — это свет. Но мы
не видим — этот свет мы чувствуем. Художник с отрезанным ухом чувствовал в коричневом золотое, а в черном —
зеленое...

Все оборвал звонок. Учитель велел принести на следующий урок бумагу и краски. Кто-то не выдержал, почти воскликнув: «Мы будем рисовать?»

И он ответил в своей насмешливой манере как бы веско заявлять: «Красками — пишут. Рисуют — карандашом».

Наверное, это повторилось на каждом его уроке и в каждом классе, потому что по школе прокатилось победно, точно эхом... Карандаш!

От него ждали удивления, продолжения таинственной и поэтому занимательной игры. Взрослые дети, они обманывались, не чувствуя, что у этого человека могла быть своя, вполне осознанная, возможно, высшая для него цель, которой служил он сам и хотел заставить служить. Бумага, краски... Учитель... И теперь, действительно, урок, у которого уже есть название: «урок фантазии». Он произносит это испытующе, обозначая — будто свое же присутствие в классе — значительной паузой... Все должны запомнить это, запомнить — и получить на что-то право.

Он предоставил ученикам полную свободу, какую только дают краски. О, как это было странно и трудно: осознать, что свободен и, вспоминая себя ребенком, выдавливать на бумагу голубые деревья, желтое небо... ну, что же еще? Новое задание, еще один урок: описать то же самое в словах. Это уже сочинение. И каждый должен начинать свое словами: «Я вижу...»

Карандаш объявит, что хочет создать изостудию. Нет, не кружок — «студию изобразительного творчества».

А в один день на голых и пустых стенах его кабинета вдруг появятся репродукции: цветные картины в настоящих рамах. Принес их сам — и развесил, не спрашивая ни у кого разрешения.

Странности его и без того оказались к этому времени под подозрением. Терпеть их приходилось лишь потому, что, пока не окончился учебный год, избавиться от учителя не было возможности.

Директриса распахнула дверь, молча вошла в класс, осмотрела широко стены — и заорала, приказав все тут же убрать... Была она не напугана — а разгневана страхом. Учитель застыл, ничего не услышал. Она приказала ученику — но в его присутствии никто бы не посмел это сделать. Карандаш спокойно произнес: «Это репродукции картин великих художников, хранящихся в советских музеях». И несчастная опустошенно застыла... Потом она бросилась куда-то звонить. Весь день в школе царил переполох, как будто здание горело и дымило. Кто-то приехал — и, осмотрев стены, уехал. Карандаша куда-то вызывали и о чем-то с ним беседовали — но репродукции остались на своем месте. Директор школы, казалось, сама же проверяла их сохранность что ни день — распахивала дверь, входила и, убедившись, что в ее отсутствие ничего не подменили, разрешала продолжить урок. Может быть, мстила. Карандаш замолкал — но ее появление встречал уже со спешащей покорной благодарностью за внимание.

Можно было услышать, что школа не дворец пионеров... И его, похоже, не волновала чья-то успеваемость... Он был холодно безразличен ко всему, что не имело отношения к его работе, и брезгливо раздражителен, если постороннее отвлекало от нее же его учеников. Эту заповедь они усвоили первой. Учились — на уроках. В студию приходили — работать. И поэтому же бросали, уходили. После воодушевленных походов толпой в изостудию очень скоро с учителем осталась горстка, как он же внушал, «лучших из лучших».

И они зачем-то были нужны Карандашу. Вечерами это был резкий до грубости судья. Бескомпромиссный, не прощающий ошибок. Все прощал он, по его словам, «дуракам». И если кто-то сдавался, ломался — казалось, даже радовался. Иногда он так и начинал занятие: «Ну что же... Сегодня у нас нет желающих записаться в посредственности?»

«Надо смешивать краски не на палитре, а на холсте!»

«Живопись — это пот и кровь!»

И он же прилежно отчитывался об успехах: «Работы наших студийцев заняли первое место». И только первое! Почетные грамоты, дипломы, кубки творческих олимпиад... Ученики его студии работали: юным художникам доверяли оформлять самое святое, — а он рукой мастера подправлял радостную лучистую мазню и портреты вождей. Это было важно, нужно — потому что было работой. Учитель-новатор. Кабинет изобразительного искусства. По боковой стене, вверху, над стендами с творениями учащихся, располагаются репродукции и портреты великих. Вместо парт, похожих на скелеты каких-то недоразвитых животных, — умные столы для проведения занятий по живописи и графике... Они даже расставлены не рядами, а как бы освобождая место для чего-то важного и общего. На полках секционных шкафов, где прежде зияла хамская нагота, — «Библиотека юного художника». Номера журнала «Юный художник», диафильмы, диапозитивы музейных шедевров в пронумерованных коробочках, картотека справочной литературы, а на почетном месте: «Энциклопедический словарь юного художника». И еще это чудо в виде складных мольбертов, подставок для натюрмортов, чертежных инструментов, диапроектора... Пугавшие своей необычностью уроки — теперь как образцовые перенимали восторженные учителя, присутствуя целыми делегациями в классе, как если бы его трудом выстлан был путь к успеху для всех.

Уроки красоты. Уроки фантазии. Беседы об искусстве. И этот, образцово-показательный: «осязательное моделирование»...

Стоп. «Ощущение», «впечатление» — его слова. И еще это: «воображение»... Да, и это: «замирание»... Мгновение, парализующее волю, потому что оно прекрасно... Но как же он был — нет, не прав, а чуток, все понимая; живопись — это сама красота, но не изображение ее распрекрасное, а свет, состояние света!

Мы замираем — и видим как мгновение свет, ведь это так просто! Тот, что не исчезает, во все проникает, все помнит, все чувствует, все знает, но это свет, наш свет, в котором вся жизнь, и даже вся наша жизнь, нет, вы понимаете это, понимаете!

Она так близко. Слушает. За все это время не сделала и не сказала ничего, что его бы оттолкнуло. Вдруг почувствовал: колотится сердце от ощущения ее близости. Ну вот опять, оно, это слово... Это детское сладострастие, сосущее своим хоботком дурманящий нектар... Нечаянное прикосновение — и внутри дрожь. Да, он уже не любовался, а наслаждался ею... В окружении величайших, отобранных во славу человеческую женских ликов... Ее кожей, ртом, взглядом, грудью... Вся она замерла — или это в нем все замерло. Странно, он ничего не узнал о ней, не спрашивал. Прочерки во всех анкетных данных. Познакомил девушку с Ван Гогом, к нему привел. Да, он был знаком с Винсентом Ван Гогом... Читал письма... Знал то, что можно доверить лишь самому близкому другу. Был ознакомлен с историей его болезни... Знал, когда еще сам несчастный рыжий голландец не знал, где найдет свой последний приют. Знал о том, что Эмиль Бернар напишет Густаву-Альберту Аурье... Знал, что было, когда... Можно сойти с ума, сколько всего он знал о нем — и сколько он, великий страдалец, знал о нем, если тоже без стеснения проникал в душу. Этот доктор Феликс Рей — Винсент ходил делать к нему перевязки... Но всмотритесь в лицо лечащего врача... Усики, бородка. Подаренный ему портрет доктор потом спрятал на чердаке, стыдился, пока, к его удивлению, за него не было предложено сто франков, теперь он, этот портрет, стоит миллионы. Доктор Пейрон... Доктор Гаше... Сидели на банкетке около портрета доктора Феликса Рея. Оказалось, прошло несколько часов.

Пахло в залах древностью, формалином — чуть ли не смертью.

После выхода из лабиринта от воздуха кружит голову; оно, это ощущение, до сих пор самое сильное.

Вышли — стемнело.

Можно было пройти по той же улочке, в узость которой влекло, спуститься в Александровский сад, блуждать, заблудиться… Но было холодно — и тут же, будто теплом, затянула в свою нору подземка. Линии расходились в разных направлениях. Огромный зал, в котором стояли, был почти пуст.

Она: «Почему в метро столько несчастных лиц…»

Он: «Ну я-то чаще всего в метро вижу умерших. Бывает, настолько похожие».

Она: «Как себя чувствует ваша мама?»

Он: «Мы мало общаемся. Она делает вид, что презирает меня. Говорит, что у нее со мной нет духовной близости. Я не ходил на выборы, когда каждый голос решал судьбу страны, поэтому. Она голосовала за Ельцина… Знаете, мне все равно, я не собираюсь мучиться. Этого она как раз не может простить… А вы? Вы? Вы за демократов или за коммунистов, отвечайте…»

Она: «За демократов!»

Он: «Ну вот, ведь это смешно, смешно…»

Она: «Меня ждут, мне нужно ехать».

Он: «Можно я вас провожу, куда хотите».

Она: «Нет, не хочу».

Он: «А вы были в Третьяковке?»

Она: «Конечно, я была…»

Он: «Это неправда — а демократы должны говорить правду. Как хотите. Но у меня есть еще один любимый художник… кумир. Великий русский художник, пойдем в Третьяковку и я покажу, расскажу?»

Она: «Я знаю… Он страдал, пил и сошел с ума».

Он: «Приблизительно так. Это все, что вы поняли? По-вашему, доктор, я больной? Тогда тем более… Вы должны… Вы давали клятву Гиппократа?»

Она: «У меня есть любимый человек, он меня ждет».

Он: «По-моему, когда любят, то уже не ждут, потому что не расстаются. Если любят — женятся, я хочу сказать. Не женятся и говорят о любви, по-моему, подлецы».

Она: «Всегда добиваетесь своего? Хотите приобщить к культуре? Ну а потом? Куда поведете, что же, сразу в загс?»

Он: «Потом я бы повел вас на кладбище… Не смейтесь, пожалуйста, я не шучу. На Новодевичье кладбище. Это мое любимое место в Москве. Такой тишины больше негде нет. И там люди, понимаете — таких больше нет. Мы просто боимся самих себя… Того, что можно почувствовать…»

Она: «Нет, нет, мальчик, мне не страшно, не страшно… И всех… ну после знакомства с Ван Гогом? Но куда же потом, потом?»

Он: «Никуда. Вам смешно. Значит, действительно, пора прощаться».

Она — вдруг посерьезнев — сухо, почти с черствостью: «Значит, на ваше любимое кладбище. Но сначала — в Третьяковскую галерею».

Появилось. Нет, не чувство — мысль, в себе уверенная, будто летящая в цель: он ей понравился, нравится.

Через день встретились на станции метро «Третьяковская».

Еще через день — на «Спортивной».

Пока шли, молчали.

Сторож у ворот — суетливый, поживший. Подозвал к себе на всякий случай двух глупых больших собак, что вертелись у его будки; тоже, наверное, служили. Псины пятились, виляли опущенными хвостами, провожая и прощаясь, хоть только что встречали, радовались, завидев людей.

Предъявил удостоверение… Хотел, чтобы она почувствовала и тайну, и власть его посещать заповедную для других территорию, где лежало столько сильных мира сего.

Живые, за незримой чертой, переступив ее, вошли в неведомое, сразу погрузившись в окутанное строгостью и силой безмолвие.

Росли ели, посаженные в далеком времени. И теснее, наплывая рядами, как обрубленные — глыбы, плиты, кресты.

Свернули на одну из дорожек.

Тут же потерялись, попав в тесноту могил.

Узкие проходы.

Безлюдье.

Имена незнаемые.

Окаменевшие всюду неузнаваемые лица.

Одинаковые формы то светлых, то угольно-черных камней.

Непроницаемое, как вечность, стояние.

Это дядя Сева когда-то привел сюда. Если бы не дядюшка — это место осталось бы для него… ну да, пустым местом. И еще для чего-то поведал вкратце историю страны родной. Шептался здесь же, на кладбище. Сталин… Хрущев… Может быть, хотел произвести впечатление. И было действительно страшно. Должен был что-то понять. Но слушал, пожалуй, как сказку. Кладбище — сказка. Сказка — как путешествие в загробный мир. От ощущения, что попал куда-то, где не место для живых — и этот страх, как в детстве.

Подумал — и удивился, потому что теперь сам же привел чужую женщину и, чтобы стать сколько-то ближе, должен, наверное, рассказать о своей семье, но ничего о ней не знал и даже забыл, как пройти к участку. Храбрился, притворялся, что все ему тут знакомо… Она тихо шла за ним. Но что-то останавливало ее почти у всех надгробий, и каждое рождало жалость, чувство вины.

Почему в женщине для мужчины всегда главным становится ее тело, а не душа? Не всегда, но почти всегда, даже если любишь… И получишь ведь не к душе ее доступ, а к телу… А у женщин как? Они-то чего хотят?

«Ой!» — улыбнулась, мелькнула радость. Он узнал этого смешного актера… Смешной, потому что смешил. Актеры, актеры… Все же он больше был знаком с писателями, а она — с актерами. Но теперь в кругу знакомых… И все увиделось ему садом, канувшим в эту осень. Вдохнул полной грудью кислую сырость земли. Осень. Люди — как опавшие листочки — все для них кончилось. Наконец он увидел — и вспомнил… Генералов гряда — это за ними, за ними академический участок.

В ее глазах был только немой вопрос… Зачем привел, почему не сказал?

Он проговорил: «Тут лежит мой дед». И почему-то замолчал…

Место, которое считал родным. Там, где отец, чувствовал себя сиротой, но это здесь, здесь — потомком, наследником. Покой всемогущего советского ученого потревожила только его жена, когда подхоронили урну с ее прахом. Мавзолей академика, оплаченный государством — и бедная табличка, воздвигнутая в память о ней… Как заплата. Через тридцать лет. Дядя Сева, дядя Сева… Эта выставленная напоказ слабость человеческая и тогда уже ничего не стыдилась… Своего унижения — уж точно.

Она боялась тишины… Старалась, обо всем спрашивала. Но ответы давались ему тяжело. Мать успела — доложила, что вырос без отца. Но какое это имело значение… Теперь, теперь… От страха колотилось сердце, мешая даже дышать. Но, казалось, всё, и он сам, подчинилось только одному желанию. Обнимет, свяжет поцелуем, свободную руку уложит на грудь, стиснет… Обнял, будто крал из-за плеча… Замолчала. Это было холодное, почти безразличное ожидание того, что должно произойти.

Кружило голову. Потом они шли вдоль бурой, кирпичной погребальной стены: шли, оказалось, по кругу. Она разглядывала лица на медальончиках и не могла оторваться. Там замурованы сотни жизней. С той, другой стороны, за стеной — гул проезжающих машин, город оглох, ничего никому не прощающий. И вдруг она заплакала — не выдержала, увидев на какой-то мраморной полочке… конфетку. Она плакала, жалея. Всех на свете, наверное.

Почти стемнело. Было освещено только пространство у ворот, даже похожее в своей светлой пустоте на остановку. Собаки залаяли, выскочив навстречу, стараясь куда-то не пропустить. Сторож высунулся наполовину из теплой будки, наверное, ровно столько тревожась по этому поводу. Кажется, узнал. Ворота были еще открыты. Точнее, оставлены открытыми лишь для выхода. Поразил их вид: пустующий проем, сам темный, но углубленный стоящим за ним светом, в котором роилась пылью жизнь, ее шум, ее огни. Это заставило пережить почти физическое ощущение смерти — конца, и потом, стоило войти — и выйти, найдя себя на тротуаре, среди шума и огней, в огромности города — легкость, с которой все произошло. Легкость свою, невесомость — и как будто легкость небытия. Невероятную легкость возвращения… Оглянулся и увидел: углубленный теперь уже темнотой свет, задремавших, будто в лужах, собак, стор->живших чужой покой, как свой, и те же безмолвно открытые ворота. Чудилось, это были ворота тишины — в которую никто так и не проник, но которую все покинули.

В сознании, будто приснившись, возникли немые слова: «Духи предков, простите нас». Они шли, не зная куда, вдоль бурой стены, но ощутимо вверх и вверх; да, слева — тянулась эта стена, а справа — проезд, разделенный сквером, в таких выгуливают по кругу собак. Проезд то бурлил движением, покрываясь, будто пузырями, кубышками автомобилей, поминутно останавливался, закипал, так что в небо валил гремучий пар; то мелел до самого своего дна, когда весь этот горячий ядовитый поток, упертый будто в плотину, с грохотом водопада схлынывал куда-то, стоило перемигнуться в начале и в конце асфальтовой реки светофорам. И тогда забрели в монастырь, даже не заметив, как стена кладбища сомкнулась с другой — вековой, стиснутой сторожевыми по виду башнями, на чьих круглых башках держались белокаменные зубчатые венцы. Указатель, что это территория Исторического музея… Попасть внутрь, как пройти сквозь толщу стен, — и перенеслись в спящее царство. Где-то в огромных разоренных гнездах деревьев трезвонило воронье, поднимая на воздух свой каркающий набат. Но все плыло, все спало над пропастью выше крестов… Чудилось, медленно сгорая, роняют свет фонари. Вот милиционер застыл на посту, будто уснул стоя. Светится сувенирный киоск, похожий на аквариум, в котором дремлет старая большая рыба, выпятив губу, и ничто не тревожит ее покой — все почившее в глубокой необхватной вязаной кофте. Хотел купить билетики куда-нибудь, отогреться, ведь это был музей, хватило бы даже его медяков. Но рыба, чей покой он все-таки потревожил, открыла и закрыла рот в своем аквариуме, будто что-то проглотив. Над кассой уже висела табличка ЗАКРЫТО.

Оказалось, и здесь было кладбище, совсем оставленное. Кресты на куполах, кресты на могилах — будто в них и смерть. Увидели, как двое влюбленных целуются на скамейке в темноте. Встречались еще чьи-то странные тени, как привидение той женщины, наверное, пожилой, очень сутулой. Только фигура в балахоне, сливались в одно темное пятно платок на голове и плащ. Можно было принять за горбунью — потом лишь разглядел, что за плечами не горб, а обмякший, будто котомка, туристский рюкзак. Она стояла у столбика, что торчал одиноко в стороне, кланялась, что-то бормотала в поклонах, можно подумать, колдуя. Все выглядело так таинственно, даже зловеще, что они невольно затаились и выждали, когда она ушла. Подошли — и увидели еще один могильный знак, каменный столбик. Он с трудом, напрягая зрение, разобрал: Муравьев-Апостол, декабрист… Это и заключало в себе жизнь, наверное, весь мир, тот же самый. Вдруг подумал, понял: мир рождался и умирал уже миллионы раз. И все, все они, видели только его конец.

Потом в это царство теней нагрянул милиционер — проснулся, прогнал. Все закрывалось, прекращало свою работу, освобождаясь от посетителей… Потом очень скоро пришлось уйти из маленького уютного кафе, где люди, похожие на благородных больших птиц, стояли у столиков и клевали что-то по глоточку в маленьких кофейных чашечках, будто зерна, погружаясь в табачный дым, в раздумья, тоску, точно бы какие-то последние — не посетители, а люди, люди на земле. А потом они успели заскочить в троллейбус, чудилось, в последний, не зная, куда он идет, но ведь куда-то же он шел и у него была своя конечная оста-

82

новка… Он ехал пустой. Можно было выбрать место, какое только хотелось, нет, самое желанное, где исполняются желания — и ехать, ничего не заплатив, потому что некого было бояться и даже не перед кем стыдиться. Поэтому водитель так долго их ждал, увидев, что бежали к остановке, и рад был, что нашлись, успели — потому что нет ничего печальнее, чем быть водителем троллейбуса, в котором не осталось пассажиров, пусть хоть безбилетных, и нестись для самого себя, чтобы догонять и догонять лишь опустевшие остановки, где никто не выходит и не заходит, будто не существует и не существовало его маршрута. Наверное, этот водитель только притворялся, но не был строгим, даже сердитым, как его голос, когда объявил следующую остановку… Наверное, ему нравилось объявлять остановки, поэтому и объявлял теперь каждую, получалось, только для них двоих — и все эти светящиеся каким-то бездонным светом московские проезды, бульвары, площади, улочки, переулки, обретая голосом простого уставшего человека уже почти в ночи свои названия, воскрешали очертания, воспоминания прошлой жизни. Да… Да… И он — он жил во времена, когда водители общественного транспорта объявляли остановки глуховатыми, будто утерянными в репродукторах голосами, что звучали откуда-то сверху — казалось, лишь для слепых.

На конечной троллейбус распахнул все двери, но как будто не выдержал этого и мертво заглох, выпустив наружу тепло. Потому ли, но, когда вышли, чувство было в душе опустошенное, их прогнали и отсюда. Они доехали до «Кропоткинской», как это было ни смешно… Обнаружить себя там, где расстались, то есть впервые встретились и расстались несколько дней тому назад: около Пушкинского музея и этого незамерзающего бассейна. Но вот кончилось будто бы все их время, некуда было идти даже в огромном городе. Потому некуда, что не мог бы он пойти с ней, за ней, к ней — как и она — с ним, к нему, за ним... Поэтому нужно прощаться... Поэтому все кончалось... Но почему же лишила хотя бы этого права, всего лишь провожать себя? Нет уж, он скажет, скажет, что не может так больше... Хотел обнять — но не позволила, дав почувствовать, наверное, силу свою.

На ней черное велюровое пальто. Тонкое, будто вырезали из бумаги — кажется, порвется. Он стоит прямо перед ней — и он выше ростом. Кажется, она злится, потому что не хочет, чтобы кто-то так смотрел на нее, сверху вниз.

«Ну зачем это... Мне же холодно. Холодно. Ваша мама уже волнуется... Хотите, чтобы я вас пожалела?..»

Она сильная, просто сильнее, чем он. Нежная, сильная. Пожалела пьяненького — и попалась? А он... Эти тыканья, робость и бесстыдство, томление в благородной груди — ну чем не блевотное, а потом вдруг злость... Протрезветь, протрезветь, но разве напился? Привязался, значит, хорошее дельце, привязанный, на привязи. Ну и что. Он без нее уже не может. Без нее ничего не хочется, даже воздухом этим дышать, но почему, почему? Вот когда почти противна была, плохо дышалось? Что же это такое? Это и есть, что ли, любовь? Любовь... Тогда, может, признаться в ней-то, в любви? Девушка, вы просто персик, а я, просто абрикос, хочу вас любить... Признаться, кстати, в чем? В том, что больше ни на что не способен, очевидно... Что сам себя боится... Того, что сейчас, что потом... Потом-то что будет? Что потом?! Усталость встреч, даже этих, почти обреченность. Музей, кладбище, монастырь… Нет, из музея в монастырь, а потом на кладбище было бы даже более жизненно. Все, что обходят стороной счастливые люди, минуя еще, наверное, больницы, морги, тюрьмы… Это потому что он урод.

Должен задержать, остановить, ведь истекают минуты, минуты последние — а потом она исчезнет… Каждый раз на этих станциях метро он уже ее терял и мог больше никогда не увидеть, если бы не пришла, просто забыв, что-то перепутав… Или если бы он — если бы опоздал, застряв где-то в этом огромном городе, она бы, ничего не узнав, ушла. Но теперь в этом заключалось самое страшное, что зависело лишь от случайности, такой же, как тогда, в проклятом хаосе туполобых голубых вагончиков: встретить — или потерять. Он попал в сказку, замурован в чудовищном сне, где теряешь все, проснувшись… Вот что она и дает понять: все кончится, все кончится… Уже хотела сказать, вот сейчас скажет ему это. Каждый раз хотела — но еще не смогла, не смогла…

Вспышка — и он вспомнил, что летом ездили на практику в Загорск, это был всего один день, но очень долгий, может быть, самый долгий. Голос его дрожал, даже срывался… Дала себя уговорить. Только не в эти выходные — она свободна в следующую субботу. Упросил, как в последний раз, поехать… поехать, в общем, неведомо куда, в Загорск, смотреть древние иконы, потому что далеко, назвав все «экскурсией», боясь сказать об этом как-то иначе… Даже мысли о целом дне с ней жгли страстью. День, которым он будет владеть, который проживут вместе. И она согласилась, обещала, отдала!

Отпустив, но не чувствуя, что расстался, — думая о ней, как будто даже ради нее, он покорил в общем-то бессмысленную дистанцию от «Кропоткинской» до самого сердца своей великой необъятной Родины и, счастливый, одинокий, свободный, надышавшись какого-то такого воздуха, снизошел наконец-то в метро. Он действительно перепугал мать, с порога сообщив, что принял решение жениться. Подумала, опять пьян. И хоть приходит мрачный, если выпил, впервые где-то развеселился. Испугалась, поняв, что трезв. Ей стало очень страшно — и потому, что это вдруг случилось, и потому, что еще не видела сына таким счастливым. В груди что-то резко, больно сжалось. Успокоило хоть как-то, не растворив, но разбавив теплом эту боль, понимание, что он здесь, он вернулся, и все же как потерянный ждет, чтобы она объяснила ему, где он, что с ним, как это случилось. Алла Ивановна никак не ожидала, что была так прямо знакома с избранницей своего сына. Но, узнав, с кем он, оказалось, встречался, даже не удивилась, уверенная, что именно она познакомила их, сделав этот выбор, будто счастье сына и было в ее руках. И, не сомневаясь в его правильности, пришла к выводу, что ее сын влюблен. Потом, думая, что внушала веру, нисколько не усомнилась ни в чем глубоко за полночь, когда принят был наконец целый план будущей жизни. Их… Его… Ее… Все, чудилось, для того и смешалось, чтобы возникла на пустоте эта как бы мечта. Ее не смущало, что та, которой отводилась чуть ли не главная роль, ничего не знала об этом, что не состоялось еще само признание в любви — но как раз увлекало и взволновало глубоко, что все было впереди, впереди! Светло, даже безрассудно, она верила в будущее, смотрела в даль, где зажигались яркие праздничные огни, — и не видела ничего другого, кроме праздника, счастья, огней. Непонятно к кому, поэтому вроде бы лишенной смысла, будто бы ко всем людям. Достаточно было искры. Кухня воспарила в сигаретном дыму. Чувство вспыхнуло не одно, их возник целый рой — и все устремились в будущее, то есть ввысь, именно улетучиваясь, как эти выдыхаемые душные облачка. Он уснул, больше не вытерпев, пьяный своим счастьем и не понимая, в каком часу — а проснувшись, обнаружил с отвращением к самому себе, что молчит, и все потом делал молча: молча встал, молча натянул на себя что-то, что валялось тут же, под рукой… Смолчал и не тронул завтрак, оставленный матерью на кухне, увидев кругляшки вареной колбасы на хлебе, который сам уже очерствел. Голод все же заставил отпить чай — сладкий, давно охладевший, будто бы грязный. Но во рту запеклась приторная сладость — и, совсем потеряв вкус к жизни, как утратил этот чай свой, повалился на расхристанную сном кровать, решив, что никуда не пойдет, ничего не хочет, только курил, уставившись в пустой экран телевизора. Отравленный чем-то, больной. Нет, ничего не приснилось — мучила эта явь, серая и тоскливая.

Столько терпеть, жить, а они, эти дни, будут тянуться, тащиться, ползти до конца — до субботы. И ничего уже нельзя поменять до субботы. До субботы она не свободна, то есть как же, свободна! И он свободен, свободен…

Эти дни текут сном у телеэкрана. Шел спектакль, нудный, черно-белый, точно сам же из прошлой эпохи, лишь это могло запомниться — серый цвет, дворянская усадьба и как будто старый театр теней. Вдруг пронзила, заставив очнуться, чья-то реплика: «Никто вас не будет любить так, как я!»

И он быстро повторил: «Никто вас не будет любить так, как я…» Твердил, заучивал судорожно, начиная от волнения путаться: «Вас не будут любить…», «Никто не будет вас…» Но потом произносил с достоинством уже без запинки, успокоился… «Никто вас не будет любить так, как я…», «Никто вас не будет любить так, как я…», «Никто вас не будет любить так, как я…» Какой спектакль, чем он кончился — узнать было поздно. По телевизору шло уже что-то другое.

Проснулся в субботу. Казалось, теплокровная плотная пелена сна разорвалась, не выдержав всего, что переполнило душу. Только и сознавая, что дождался, он ликовал… Но даже то, что можно было увидеть за окном, представляло собой холодный мрак, в котором среди дождя голодно рыскал ветер. Всю ночь, пока он спал, умирала осень: а утром готов был промозглый свинцовый гроб и только воздух еще содрогался, еще угасал, будто ее последнее дыхание.

Но она пришла, появилась. Ее переполняло непонятное ему счастье. Так бывают счастливы провожающие, успев к поезду, когда им почему-то кажется, что успели встретиться, — а не к расставанию. Утренняя ясность, свежесть во всем — в летящих движениях, легкости, похожей на беззаботность. Казалось, она просто не заметила или даже не осознала, что с утра лил дождь, дул сильный ветер. Или там, откуда она спустилась на землю, было вечное лето. Но в руках зонтик — как и у него, будто бы так и договорились узнать друг друга при встрече.

«Едем?» — улыбнулась, вот и все.

Он столько времени не видел ее, столько времени — а это прозвучало почти как соседское «здрасьте»… Будто были все это время где-то очень близко, в сущности, жили рядом.

«Куда же…» — хотел сказать про дождь и ветер, все это ненастье.

«Куда ты хотел. По-моему, в Загорск?»

Он почувствовал что-то еще, но не понимал, что это было: что же она ему сказала, отчего он вздрогнул, будто и коснулась рукой… Ты, ты… Она сказала ему: «Куда ты хотел…» И в этом почудилась ему нежность, доверие самого родного прикосновения…

Пучились паруса зонтов, под ними исчезали человечки.

Шли как по воде… Зонты — его и ее. Раскрылись, спрятали внутри.

Перроны — пристани.

Электрички — корабли.

Рельсы — шпалы — волны — пути — реки.

Можно подумать, знакомятся. Деликатность, щепетильность, тонкость. Они сидят напротив друг друга, в тесноте с другими. Зонтики в руках, вымокшие, похожие на тряпки, больше ничего.

Долго. Далеко. Электричка тоскует, подвывая. Побольше бы остановок скопить, минуток этих — так устала. Коротки, только сердце и успевает заглохнуть — а оно у ней есть, свое, нагруженное и, кажется, больное. Но рывок, усилие, еще одно — вытягивает всю себя заунывно в даль. Едва лишь тронулась, а платформы из бетона, что как помосты казнящие, уже пусты. Никто не попрощался, никого не встретили. Окно в слезинках дождя, плачет — там, за мутным глухим стеклом. Плачет — и все родное. Теряется из вида, но не кончается, длится. Мелькнут люди… Потянутся полосой поля, леса, поселки… Уплывает родное, неведомо куда — уплывают они, родные, в Загорск. Прошлым летом в Загорске — так он говорил, когда рассказывал ей о своей летней практике... Пыльный городок. Дремлет. Тепло, светло, тихо, пусто. Простая скука, ничего достопримечательного, кроме этого древнего монастыря. К нему и вела одна дорога, прямо от станции. Но было весело по ней идти, все равно что насмехаясь над окружающим убожеством. Принудительное знакомство с древнерусским искусством закончилось для студентов-практикантов тоже весело, пьянкой в электричке, когда ехали обратно, в Москву. Теперь это какое-то лето, и можно сказать, ничего не испытав, даже вспоминая — прошлое. Но было странно подумать, что когда-нибудь кто-то из них скажет: прошлой осенью в Загорске... Хоть они еще и не доехали — проезжали Мытищи, Пушкино, Софрино... Вот и все.

Это было осенью... Тот безбожный, вполовину деревянный городишко, отсырев, пропах гнилью, провалился в промозглое небо, как в яму. Пропал. Но это не погода украла его у жизни, у людей. Что-то пришло и все переменило, как приходила когда-то чума.

Разлетались на ветру сорванные листья, гремел мусор. День, темнее ночи, что выпал как мутный, отравленный осадок. Длиннее ночи. Но в котором будто и осталось времени — до ее конца.

Все закрыто, ничего не работает, как ночью. Не ходят автобусы, как ночью.

Сортир, бензин, бойня, пивная — почуешь это в воздухе, но как чует, наверное, зверь. И склизкая загаженная станция, и улицы, облитые грязью, вымерли... нет, еще вымирали, по человеку.

Попадались испитые мертвецы; подошел, попросил дать ему копеек, пришла чума, а пьяница давно сожрал свой пир, ходит, никак ни уйдет, ищет, что пожрать. Шатались, ничего и никого не боясь, пьяные солдаты, похожие на сумасшедших, голодных, злых, искавших себе еду; приставали — но отпустили, выклянчив несколько сигарет. Еще видели истощенного старика, что еле передвигал ноги, опираясь на лыжную палку, которую вонзал в грязь будто копье, тяжело выдирая назад, к себе, — как будто забрел с небес Дон Кихот. В какой-то очереди что-то стерегли с тоскливой злобой в глазах бедные одутловатые бабы. И куда-то исчезли — будто их съели — милиционеры, дети школьного возраста, семейные пары, красивые или просто молодые здоровые лица. Те несколько одичавших подростков, которых они встретили на дороге, чудилось, искали, кого бы ограбить и убить; они-то и шли за ними до самого монастыря — не сближаясь, но и не отставая, то орали издевательским смехом, то страшно выли матом. Но все же не нападая. Похоже, развлекались так. Хотели пугать собой — и смотреть.

Сидя, будто на привязи, у ворот монастыря, лаяла, наверное, настоящая сумасшедшая старуха: «Мяса хочу! Дайте мяса!»

Она всего-то на миг успокоилась, когда одна, такая же нищая старуха, не выдержав, крикнула в ее сторону: «Хватит жрать!»

Только читая до этого в книгах — у Диккенса, у Достоевского, первый раз в жизни он видел, когда просят подаяния: у всех на глазах. Это ведь был музей, памятник истории, так он думал, не понимая, что делали тут странные люди, когда кланялись его входу — и накладывали на себя одну руку, точно бы что-то запечатывая где-то в груди крест-накрест. Странные, другие. Шли поодиночке. Все они тоже казались больными, голодными. И он сам, вспомнив, что ничего не ел, начал думать о еде, когда бродили среди запертых наглухо немых строений, зданий, тюремных по виду, даже с решетками на окнах, долго не находя хоть одной открытой двери: музей не работал, нигде не горел свет. Вдруг… Оконца теплятся. И не свет — алое свечение… Слышно гул, поющий. Маленькая, похожая на печь… Отсвет огня, будто прогорают в печи поленья. Узкий сумрачный проход. Пахло каким-то сладковатым дымом. Кажется, это пещера глубокая. Душное тепло. Головы, головы… Толща людей…Там, куда устремлены все взгляды, полыхают золотом царские сказочные врата… Люди пели на непонятном языке. Со стен стекали небеса… Свечи, капель огней. Лики пламенели на иконах. И голоса сгорали, как свечи. Но будто не хватало воздуха, как под водой, чтобы дышать. Он не смог вынести, выдержать, задохнулся. Но это был уже не страх. Трепет, ужас. То, что успел пережить, как ребенок, пока душа не переполнилась, вытолкнув, чтобы жил, наружу. Саша… И опять ужас от мысли, что осталась в той толпе… Саша, оказалось, вышла сразу же за ним, она испугалась за него… Она что-то ему говорила… Что это церковь… Что это молятся… И он слышал ее, даже понимал, так как знал такие слова — но не мог осознать, что же увидел. Некуда было идти, только обратно, на станцию. Еще поднялись на стены монастыря — и увидели с их высоты весь этот городишко… как будто в последний раз. Если бы можно было тут же, как птицам, улететь… Но, бессильный, мог лишь думать, что больше никогда сюда не сунется, никогда, никогда… Все тот же сон… Однажды такой вот осенью маленькая девочка, что гуляла сама по себе во дворе, когда и он не хотел идти домой, научила его делать паутинки из опавших листьев: отделяя их кожицу до самых маленьких прожилок, отчего становились похожи на скелетики. Он вспомнил об этом… Там, внизу. Это был городской парк или просто сквер, запущенный, замусоренный листвой. Он поднял с земли умерший лист — и сделал из него паутинку. «Никто вас не будет любить так, как я…» Целовал… Наверное, через каждые шагов двадцать, не в силах ничего с собой сделать — терпеть, ждать, думать о чем-то другом — обнимал, целовал… Глаза, губы, щеки, шею, руки — все, что было оголено. А она — все позволяла, обмякла в его руках, будто спала, и все это было сном. Только шептала одно и то же: «Хороший мой…». Скулы его сводила дрожь, и потому, что не давались слова — вырывался смех. Он смеялся над болью, смертью, воображая, что выкрикивает одно лишь слово… всему этому миру и его бреду. Пусть он будет страдать, умирать, рождаться, страдать, умирать — но никто, слышите, никто!

На станции голод завел их в стекляшку, там даже не пахло едой, но что-то жевали, ели… Стояли, как лошади, жевали в тепле. Пьянь, рвань, дрянь. За стойкой взирала на все баба — огромная, сильная, как бы даже надзирала, продавая замутненный кипяток по пятаку, будто простое тепло. Тут же усмирила кого-то. Наверное, чтобы покрасоваться. Дав по шее кулачищем какому-то пьяному — и выгнав за что-то вон. Может, просто надоел. И народец пропитой присмирел. Такие, как она, наверное, обожают слово «ассортимент». А летом ее мучили мухи… Летом много тут летало мух, обгадивших даже ценники. На них значились «пельмени отварные», «сосиски отварные»… Ассортимент.

Наверное, теперь подлавливала на это приезжих от скуки… И стоило произнести «пельмени» — как прихлопнула — «Мухи съели!»

Кто-то начал жужжать — хлоп!

«Своровать не можешь — покупай!»

«И это называется у вас чаем, гражданочка?»

Хлоп!

«Называется, называется — и, гляди, в стакан наливается…»

«Вы здесь кто есть-то? Как? Унижать простого человека?!»

Хлоп!

«Простой он, гляди, простой — тогда ходи босой!»

Возглас пьяненький: «Ох, чайку, да с сахарком!»

Хлоп!

«Хрен тебе на блюде… А будут талоны, тогда с гондоном!»

На стене красуется плакат, и только в его сторону смотрит хоть как-то уважительно, может, мерещатся портреты вождей, может, сладко — мужчина там из себя видный, может, сама же повесила, для утешения ума и сердца… «Трезвость — норма жизни!»

«Во, во, алкаши… Глядите, глядите, какие нормальные из вас могли получиться… Все пропили… И жизни вам осталось — рыгнуть только».

«Риточка Петровна, согрей, царица… Ну граммулечку…»

Хлоп! Хлоп!

«Налей — за пять рублей! Чем в долг давать — милее в рот брать!»

Тарелки, вилки, стаканчики — одноразовые, пластмассовые.

Тут же бак — для использованных, полный.

Хлоп!

«Убирать за собой надо, товарищ, не в столовой…»

Собаки спят на полу — нажрались объедков. Никто их не гонит, даже эта баба.

Порция оладий, кипяток — и мука, жир, вода, соль растворяются в желудочной кислоте так, что хочется спать…

И многие, кто пьяненькие, клюют в тарелки, уже дремлют, будто и пришли сюда не выпивать, а поспать, как за легкой смертью…

Хлоп!

«Спите, спите, пока бесплатно!»

Уехать… Скорей… В Москву! В Москву! Но баба расположилась за своей стойкой, будто в первом ряду… Всё ей одной видно. Все перед ней, и кто вошел, и кто засобирался… У нее и муха не пролетит… Хлоп! «Москве в жопу — едем на работу!»

Когда все же вышли, пес увязался за ними — наверное, самый глупый. Вышмыгнул сдуру на холод, сам не зная, для чего это сделал… Поскуливал, заглядывая в глаза, будто и просил нижайше объяснить, только и понимая, что просит у людей. Хотелось, чтобы унялся, отцепился. Но вдруг Саша перестала понимать, что это собака. С ней что-то творилось. Присела на корточки, прилипла к ней, к этой грязной вонючей псине, гладила, говорила нежные слова, порывалась прижать к себе, согреть… Пес взвизгнул и отскочил, как ушибленный, весь сжавшись. Оскалился жалко, пугая, защищаясь. Куда-то шарахнулся — и сразу пропал.

Пустой вагон электрички… Темнота проносится и воет… Мчится, мчится в Москву… Он целует ее, обнимает… Она же прощается, спешит сказать все главное... Приготовилась, ждала... «Я старше вас, вы станете известным художником, я верю — а я совсем другая, обыкновенная, поймите, вы всё обо мне придумали, вы полюбите, а это все не нужно, ни вам, ни мне... Вы полюбите, полюбите, я в это верю... свою ровесницу, незаурядную прекрасную девушку, с которой вам будет интересно, которая сделает вас счастливым, поймет вас...» Он молчал — и она замолчала. Молчали, как будто осталось мало слов и нужно было их беречь. Не выдержав — уснула у него плече. Или притворялась спящей до самой Москвы. Когда открыла глаза, стала отрешенной, чужой. Хозяйка, устала, вернулась с работы — а тут гость пригрелся, то есть он. «Я вас не забуду... Но это ничего не значит». Прощаясь — прямо на вокзале, целует в щеку, дотягиваясь, почти утыкаясь... Теперь уже он — ни мертвый ни живой. Все чувствует, все понимает. Вот она с ним прощается... Целует... Гладит по щеке... Так близко она — и так далеко. И будто он кричит, орет ей что-то — но не слышит она, горе у нее.

Только не смогла похоронить... Пришла, через несколько дней. Вечер. Звонок в дверь. Стоит пред ним... Знала, что это должно случиться. Он ждал. И она так долго его ждала. Он стал ее первым мужчиной.

Проводил до метро — и это все, что позволила. И вот он трепетал, что не раздастся телефонный звонок и что не услышит больше даже ее голоса. Ворох презервативов — тех, что купила мать. Провожая, возвращался один и чувствовал уже не счастье, а тоску.

Что-то такое же темное, будто предсказание, с детства, когда пропал в земле отец, бродило в его душе. Ребенком он мучился, чувствуя приступы одиночества, страха: стоило подумать, что те, кто забрал отца, придут за ним, и что мама знает об этом, знает: скрывает от него что-то тайное и молчит... Но когда любовь светом и воздухом ворвалась в душу, понимал лишь то, для чего теперь живет... И, обессиленный, но обнимая свою женщину так, будто тело срослось с ее плотью, испытывая блаженство, упоение, судорожно отдышался смешками, слыша весь этот бред... Кто может отнять ее у него, ну что за бред! Нестерпимо хотелось воды, холодной, чтобы погасить не огонь, а жар во всем теле. И хоть изнывало оно от жажды, дрожал в ознобе, предвкушая как бы еще одно возможное, почти райское наслаждение: пить, пить! Но не смел оторвать себя от нее, страшился оторваться... Было это, когда всю ее видел... Было, как еще не было, будто исполнил каждый последнее желание. Для того чтобы раздеться и лечь в одну постель, они ловили те часы, когда Алла Ивановна, могло показаться, понимая это, освобождала квартиру. Остаться на ночь, хоть упрашивал, вообще — остаться после того, как это с ними случилось, Саша отчего-то не могла себе позволить, отказывалась и уезжала в свое общежитие, где уже ему не было места. Пришла — а он больше не мог ее отпустить. Все другие слова отдали себя. Он сказал: «Я хочу, чтобы ты стала моей женой». Услышал: «А если я умру, ты женишься на другой?»

И тогда он сказал, как много раз, нарочно, уже шутливо, говорил и потом, зная, что случилось... «Ты будешь жить вечно».

Все в ней вдруг отвердело, он это чувствовал. В заполненном пустотой молчании, похожая на кончившую позировать натурщицу, Саша встала и закрылась спиной. Минуты, нет, секунды отбивали дробь в стянутых болью висках. Скользнули вверх трусики… Вот лифчик вспорхнул своими лепестками и принял форму захлопнувшихся твердых бутонов. Скомканное, тоже сброшенное прямо на пол любимое платье раскрутилось и тенью заглотило по самое горло, как наживку, свою же теплокровную владычицу… Все, что сняла, отдала, положила, сбросила, переступив порог, совершив весь этот медлительный обряд, похожий на птичий танец, взвинченное какой-то силой, лишь убыстряясь, кинулось куда-то вспять, застывая в бездушно-опустошенных, повторяющихся с точностью до наоборот жестах…

И вдруг время остановилось! Обрушилась тишина! В комнате стало пусто. Почему-то казалось, что исчезли вещи — все ее вещи, и только после этого пропала она сама, так бесследно, как если бы ее даже не существовало; а он, оглохший и немой, бродил голым по своей квартире и что-то искал, пока не разрыдался как ребенок… За что?! Как отыскал, вернул? Это вместо мужа помнила Саша. Знала с его же слов и хранила предание о себе самой… Искал, нашел, среди тысяч и тысяч, увидел ее лицо, но даже не скажешь «увидел», этого не передать: встретились взгляды, и оно явилось ему одному… Нет, без тени переживаний, хотя бы растерянности… И не радостью или жалостью просияло… В ее глазах увидел он торжество… Торжество… В общем, бессмысленное упоение победой, но не над ним одержанной, а будто бы над судьбой, вызов которой бросила, безжалостная к нему, к самой себе, не задумываясь, зачем же было нужно пройти такое испытание. Это было такое хладнокровие, которое его ужаснуло еще при мысли, что она там, в своем медицинском институте, расчленяет трупы, изучая их анатомическое строение, и это просто учебный предмет, просто какая-то анатомия. Приучила себя — и приучала его. Но что найти ее было почти невозможно — вот что уже никогда не забывалось... Торжество, торжество!

Время притупило все... То, о чем они оба помнили.

Как же мало они хотели: больше не расставаться друг с другом. Это было лишенное уже всякой страсти желание, даже устраняющее ее, страсть: вместе ложиться спать и просыпаться. Только в детстве было так страшно во сне одному. И, казалось, тот же страх, возмужав, наполнился вдруг потребностью любить, быть любимым, а таинство это, когда двое как будто согреваются в телесной тесноте — без него нельзя было ничего почувствовать. Обнявшись, сжавшись в комок, чувствовать — а иначе стать совсем бесчувственным и омертветь. Как мертвело в конце время свиданий, скомканное... Короткие замыкания любви — и чужой порядок, убранная тут же, как вагонная полка, постель. Противное чувство вины — не то, когда стыдятся себя, прячут... У них и не было для этого темноты. Не прятали... Прятались. Мать возвращалась с работы, но к ее приходу они успевали расстаться, пережить это состояние, когда все кончено. Было, заплакал ночью. Ничего не мог. Даже любимой, самой любимой — ей, Саше, был нужен, казалось, другой человек. «И я имею право на существование! Я знаю, что могу быть совсем другим человеком! Какую же пользу могу я принести, чему же могу я служить?» Шептал в черной, непроглядной пустоте, но уже умоляюще... Через несколько дней студенту сообщили в деканате, что его работу отобрали для выставки молодого искусства. Она, такая, была первой. Отбиралось для нее сто, почему-то именно сто молодых со всей страны, но еще из Италии, Польши, Швеции, Финляндии, что делало ее не просто студенческой — открытой, международной, в духе времени.

Саша взволновалась и посерьезнела. Ходили на выставку. Еще и не жена, но держалась так, будто все кругом должны были знать, что это — ее муж, она — его половина. Столько людей, столько картин, пестрый шумный хаос, в котором все, чудилось, лишь терялось, исчезало! Но вдруг: приз! Самый молодой... Интервью... Поздравления... Приглашения... Похожие на свадебки знакомства... Призеров то ли почетно, то ли образцово-показательно принимали в Союз художников — и вот, еще студент, он превратился в самого молодого в истории члена МОСХа! Мир распахнулся, в глаза ударил ослепительный свет. Появился тут же ценитель — не кто-нибудь, американец, купил картинки для своей галереи: все, что до этого времени успел, смог выжать из возбужденного будто бы голодом воображения, чувствуя то радость и легкость, то отчаянье и страх. Торжественное закрытие разгулялось студенческой пьянкой, брался финн с итальянцем, поляк с русским, и в упоении человек сорок горланили: «Горбачев!», «Перестройка!», «Гласность!». Кричали победно уже на разных языках: «Искусство или смерть!». Кто-то первый выкрикнул — и вот, сбившись в кучу, чувствуя себя последними, кто остался в живых на поле боя, кричали... «Искусство или смерть!» И он орал, пока не вытянула из всех объятий Саша, увезла, едва стоящего на ногах, домой; и все повторилось, как уже когда-то было. Но теперь он стал тем, кем до этого дня не был, потому что победил!

Вскрыл призовой конверт — а в нем награда. Улетели картинки за океан — получил другой. Мог сказать: «Мне заплатили». И отчего-то даже подумать не мог: «Я продал». Но и не думал о них, о деньгах, кружилась голова от ощущения то ли праздника, то ли свободы… Это было мечтой исполнить все желания… Что же отдал, если столько получил, — не успел почувствовать. Деньги остались у него — и казалось, повезло, вытащил счастливый билетик, не отказался, взял.

Тогда и появилась эта квартира — на краю Москвы, без телефона, почти без мебели, съемная. Он спешил найти хоть какую-нибудь… Не потому, что мечтал отдельно жить, нет. Это она, Саша, мучила себя мыслью, будто нужно было иметь какое-то большее, чем даже любовь, право, чтобы жить с ним — не под одной крышей, разумеется, но в доме, который он-то считал своим. Эту ее психологию, раздражаясь, он называл «деревенской»… Будто какая-то поросшая мхом старуха внушала все эти пещерные истины: «пузом вперед не лезь», «в дом чужой босая не заходи»… Плевать, кто и что подумает… Не было у нее — было у него. Ведь даже эту квартиру — он сам нашел, оплатил, и вот они живут. Он сделал это для себя, для нее, она приняла это — и они счастливы вместе… Ну и какая разница… Все это, свое — эту квартиру, эту московскую прописку, он способен и должен ей предоставить, а иначе кто он такой, загулявший морячок? Разве можно жить в Москве без прописки? Как на вокзале? Но зачем?! Для чего скитаться по чужим брошеным квартирам, когда есть своя? Что это за принципы такие: выйти замуж и как бы тут же подать на развод? Да и каким другим способом она себе мыслит получить прописку, то есть вообще остаться в Москве? Да что там прописку, хоть без нее даже на работу не примут, — но квартиру, жилье? Что, сами заслужим, а пока поживем так, на съемных? Сашенька, сколько это лет, когда же мы ее получим… Как?! Заработаем сами, своим трудом, на кооператив? Ты будешь работать, я буду работать… И мы копить будем полжизни на то, что уже есть у одного из нас… Но это какой справедливости торжество? И поэтому нужно себе устроить все это?

Нет, только не об этом… Мрачнела, глаза не видели света. Идти ей было некуда, ведь выехала из общежития, но бросалась прочь; не успел, не догнал — садилась в автобус и до глубокой ночи тот ее из конца в конец возил… Москва! Темная, вся в огнях, но холодная, чужая — встречным поездом на бешеной своей скорости проносится, все несется, несется, и нет ей конца… От Солнцева до Теплого Стана как в омут… Туда-обратно… Бедная его девочка, как же мучила себя… Нет, она не истеричка, это нужно понять — железные нервы. И комплексов не было провинциальных, какая там «провинциалочка»… Тут другое, тут Джомолунгма, Эверест, все вершины, неприступные… У него сердце проваливалось, конечно, но все же беглянка возвращалась, только уже ночью, если он сам не перехватывал ее, когда догадался, что бросается в первый попавшийся, остановка же, как гриб, росла прямо у дома… Час стоит, два, три, четыре… Автобус подходит — там три маршрута, глазами обшарит по стеклам, запрыгнет и вдруг — вот она, живая… Пока шли — молчали. Но это было особенное, трепетное молчание, которое каждый боялся нарушить. Когда начинали прорываться наружу слова, лезло, конечно, больное. Только это было не порывом что-то расковырять, сделать больней: так дети жалуются, показывают, где у них болит, успокаиваясь, прощая и даже переставая чувствовать свою боль, когда их жалеют, как бы разделяя ее с ними, тоже страдая. Больше было невыносимо терпеть — и всегда в один миг все зло, какое только мучило, испарялось. И ничто, казалось, уже не могло их разделить — ни по пути до замызганного подъезда, ни в душах, ни в жизни. Он клялся, во всем соглашался, отступал… Но сдавалась, прощая, все же она. Казалось, это и есть быт, семейный быт. Правда, не было еще семьи, как не было и дома — только эти стены, где ничего своего, и место в очереди на регистрацию брака, и она тянулась, эта очередь. Своих вещей поэтому не перевозил и наезжал к матери, возвращаясь с необитаемого острова на землю, где все оставалось как есть, как он привык. Всего-то через несколько месяцев, в декабре, поставить должны были этот штампик в паспорте, думал дождаться, а тогда пересилить Сашу — и переселить как раз под Новый год с острова на землю. Но когда сбежали они вдвоем на свой остров… Как же он трепетал, когда уходил… за ней, к ней, с ней… Юноша, он стал вдруг мужчиной. Подрощенный пугливым опытом случайных связей любовник бесстрашно превращался в мужа… Утром мать провожала, хотела накормить, но все валилось из рук — а он сбегал, бросив завтрак. Дом, в котором вырос, опустел, — а он и не думал об этом. Так легко обрел свободу, ничем за нее не заплатив, разве что завтраком, брошенным, недоеденным. Больше они были ему не нужны, эти завтраки, эта забота. В тот день уж точно, будто отрекся. Действие, которое должно было почему-то повториться еще много раз… Переступил черту — порог родного дома.

Он все решил. Все знал. И все исполнилось. Все.

Когда ждала у своего общежития с вещами, их и не оказалось почти, вещей. Только держала на руках, что-то прижимала к себе, как живое существо, и он подумать успел: какая-то игрушка любимая... Смешно, все равно что мягкая игрушка — плюшевый, в плюшевом переплете. Желтушный, облез. Он и набит был памятью, временем, так, что распух, этот плюшевый альбом. Она считала это хранилище времени своим, как если бы и получила в подарок, но со всей жизнью — толщу спрессованных фотокарточек, в которой больше не осталось пустых листов — а стоило раскрыть, читала, приникнув, будто книгу. Добирались туда, в Солнцево, на метро, автобусом, и, пока ехали, тут же, как ребенок, обо всем забыв, раскрыла... Можно подумать, только что попал в руки или мог исчезнуть. Спешила... Наверное, пока он был рядом... Детское желание увидеть и показать себя — только ему, только на минутку... Вот вдруг на лице появляется гримаска, выражение светлой бессмысленности... Через мгновение взрослеет, превращаясь в школьницу, поджаты губы, взгляд связывает что-то в узел... Возвели лесенкой, плечом к плечу весь класс, кажется, хор глухонемых. Назойливое: «Угадай, а где здесь я?». Как и стремление тут же — в метро, в автобусе — перезнакомить со всей своей родней... Все ее внимание и даже волнение отдано лицам неизвестных ему людей; и странно чувствовать, понимать — для нее близких, родных... Огромный дом, погруженный, пока не отворила плюшевую дверку, в темноту, тесно населенную призраками в одиночных комнатках, каждый из которых готов ожить в ее глазах... Замирают, смотрят в никуда, чтобы осталась память... Но уже с фотографий прямо в глаза смотрят; кажется, так и смотрели когда-то на него — молча, долго. И вот ему неловко, тягостно, как чужому.

«А здесь, а здесь? Где я, где?»

Угадал — расколдовал спящую мертвым сном.

Одна нотка в голосе чем-то ранила, но чувствовать заставляла не ту боль, противную, как укол тоски, свою — ее нежность. Растворилась в нем капля ее крови, ее слезинка. Нежность. Это была она, она, только маленькая эта девочка ничего не знала… Будто бы ничего не знала… Но шла за ним. А он знал… Да ведь он действительно знал, уже проделав весь этот наземный и подземный путь, один заглянув чуть ли не в будущее — и вернулся, чтобы забрать с собой…

Весь этот путь… Светофоры, которые передавали чьи-то зашифрованные сигналы — идти, ждать, стоять; и улицы с их асфальтовыми лентами тротуаров, что двигались вместе с людьми; судьбоносные туннели подземных переходов; одинаковые сцепленные между собой вагоны метро, как минуты, часы, дни, месяцы, годы, что пронеслись, пронесутся, — и оставалось только ждать свою остановку; эскалаторы, то поднимавшие на ступеньках раскладных пьедесталов вверх, то опускавшие вниз, чтобы в конце вдруг исчезнуть из-под ног, юркнув в свою преисподнюю… Две точки в геометрическом хаосе всех этих путей, по которым что-то и перемещало их так неимоверно долго только навстречу. Расстояние, чтобы увидеть… Расстояние, чтобы услышать... Сжималось. Сжималось. Потеряв себя, нашли как будто вместо себя человечка, каждый своего. Они будут жить вместе, любить своих человечков. Жить, чтобы любить. Любить, чтобы жить. Но что-то нарушилось, сместилось. Так странно было ощущать, что две их жизни сложатся, сольются в одну: будто бы на одну больше, но и на одну меньше. Легче? Тяжелей? Всего-то вещи ее стали его ношей, взялся, нес — чемодан, связка учебников, — а она уже порывается эту ношу с ним разделить, цепляется надоедливо как-то сбоку, мучаясь и его мучая, успев, наверное, сто раз повторить одно и то же: «Тебе тяжело… тебе тяжело… тебе тяжело…»

Они шли, оставалось пройти совсем немного, она не понимала этого… «Это он, это здесь? Этот? Где же, где?» Придумал игру: пусть отгадает, где он, этот дом… Смеялся… Ну да, над ней, чтобы любой выбирала, какой захочет… Как будто можно было зайти в первый попавшийся подъезд… Они стояли, как пирамиды, эти блочные многоэтажные усыпальницы, что-то попирая в душе одним своим видом… Одинаковой высоты, вообще одинаковые — и одинокие, белые-белые, светясь на фоне какой-то вечной мглы… Черный космос, высвеченный ледяными огнями… Чувство невесомости… Небо — вечность. Спальный район, какая глупость, звучит глупо… Вчера он искал то, что было пустым словом, адресом. Спрашивал у людей, блуждал, как если бы ничего не видел даже там, где стояли все эти дома. Теперь — уже вспоминал по очертаниям, как бы на ощупь, где он, этот дом, как он к нему шел. Район, о котором не слышал, его и не существовало — а теперь возник, существовал. Наверное, это было единственное место на земле, которое почему-то так называлось, почти город… Солнцево… Вспомнил прочитанное в книге: Гелиополь… Где оно, божественное Солнце, и его священный город? Вспомнил: Эхнатон и Нефертити… То же небо, но оно как дыра, многоэтажки похожи на колонны без сводов… Солнечное затмение. И они, маленькие человечки, одинокие даже перед их высотой, как если бы и своей судьбой…

Ключи от квартиры — все, что было при нем... Чудилось, ее окна должны тоже светиться точкой в скопище теплых желтоватых звездочек...

«Ну где же, где?» — кажется, он до сих пор не отгадал, и это она знает ответ, не терпит поскорее сказать, ее тайна.

Примета, по которой он узнает этот подъезд, — косоротая надпись, ее нельзя не заметить. Она как будто только что появилась. И все читают, прямо на дверях, если входят, наверное, даже если не хотят... СВЕТА СУКА... Подъезд — погребальная камера, стены которой искромсала своими криками чья-то злая дикая радость оставить о себе память... Лифт — лязгающая, стонущая гробница, где странно стоять и мучает что-то похожее на электрический свет... Кнопки этажей выжгло. Одну, теперь уже свою, опознает — и вдавит в пустоту. Осторожно, двери закрываются... Лифт подымается на последний этаж, но ощущение, что это спуск под землю, глубоко в шахту, на дно. Что они делают, ведь ничего нельзя изменить и что-то произойдет, чего могло не быть, если бы не сделали этого шага, остановились... Комната страха — подвешенная на стальных тросах кабинка, из которой, если что, уже не выбраться, в которую пойман... Почувствует: и она боялась... Когда попадаешь в лифт — и под тобой его шахта, навязчиво возникает одна и та же мысль...

Вот эта чужая дверь в карауле себе подобных. Продырявилась, будто износилась в странствиях, дерматиновая обивка — и клочья ватной ее подкладки торчат паклей из разрывов. Вход в тот мир, в пустующую одиночку. Взламывали когда-то и уже не раз меняли замки. Пробоины от старых залатаны напросто фанерой... Откроется, пропуская вперед, — а воздух, свет будто застыли. Слышалось, внутри кто-то есть. Звучала ясно плавная речь. Но это вещала неумолчно радиоточка. Пахло куревом, и чувствуешь, забывая, что дышишь: все хранило лишь горький спертый дух… Когда войдут в квартиру, она увидит все это, чужое… Первое, что вырвалось: «Здесь кто-то умер?». Произнести не смогла «жил», «был»… Не верилось, что это было жизнью, — все в эту минуту — ни ему, ни ей. Он притворился, что не услышал, почувствовал, что становится жалок. Он должен был хоть что-то сделать, подготовить, но, получив ключи — решившись, отдав хозяйке деньги за месяц жизни вперед, — не выдержал даже своего одиночества в этой квартире, бросил, уехал… чтобы привезти сюда Сашу… Нет никакой еды, надо что-то купить, он забыл, спешил, не позаботился и об этом. Но еще не поздно, где-то же здесь есть продуктовый… Он спустится, найдет, купит, хоть что-то будет… И он ушел. Сбежал… Когда вернулся, она мыла полы. Улыбалась, радовалась тому, что успела сделать, и уже гордилась собой. Он принес макароны, оказалось, не купив соль, но было поздно идти за солью — и с раздражением чувствовал себя калекой, ни на что не способным.

Саша скоблила, замывала, как будто следы преступления, и ползла, ползла все дальше, продвигаясь почти ничком, на коленях. Он помогал, нашлось для него занятие, орудие труда — ведро. Уносил, когда заполнялось грязной жижей. Сливал в унитаз то, что было водой, когда набирал под краном чистую, теплую. Ведро, еще одно, еще и еще… И не успевала остыть, выносил помои — во что превращалась, теплая еще, пройдя уже неведомые самой себе, водопроводной, страдания. Так несколько часов… И это могло быть для кого-то работой… Ведро живой — легче, мертвой — тяжелое. И вот он точно бы вычерпывает — то мертвую, то живую. Или сам это придумал, как ребенок, для которого все должно быть игрой и лишь тогда имеет смысл: что добрая легкая вода впитала человеческие страдания и стала мертвой жидкой землей. Саша не сдавалась и не уставала, хлюпая тряпкой… Но прекратился день — наступила ночь. После потопа — тишина. Чудилось, она все же смогла выжать из тряпки всю грязь, и сырость в квартире пахла стиркой, как будто не полы сохли — отмокало свежее белье, распустив свои паруса.

Отмыв, отчистив, жалеет все, как живое. Прикасаясь теперь даже к чужому стакану, горемыке, — кажется, хочет с ним заговорить, утешить. И вот вдруг начинает говорить, да, как с живым, так что становится не по себе, страшно, откуда она, эта жалость?

Потом возилась со своими вещами… Перебирала уже ощутимо родное, драгоценное до мелочей. Будто что-то искала — и нашла… опять в руках этот альбом.

Теперь не разглядывала — вглядывалась… Вдруг провалилась в какую-то старую размытую фотографию, на которой совсем маленькая, когда еще себя не помнила, где-то у моря, лепит куличики в песке… Нет, вспомнила: Азовское море, отец привез их к морю…

Глаза ее вдруг заслезились от нечаянной сильной радости… Она радовалась… Радовалась… Но теряя память — проникаясь к этой малютке своей нежностью — как безумная, но тихо, почти беззвучно, через несколько мгновений уже плакала…

Лицо некрасиво дрожало.

Он ничего не мог сказать и ничего не понимал, понимая, что она не плакала — оплакивала кого-то… Подумал почему-то: кого-то, о ком он не знал, но кого еще могла увидеть в этом альбоме.

Эта была такая минута... Встречи? Прощания? Но с чем?!

Она молчала — и он молчал.

Сколько раз еще раскроет? Подумал — как загадал. Со всей силой, самому себе страшной, глядя на нее, подумал: уберет в чемодан — и больше не откроет, даже не возьмет в руки...

Плюшевый любимец в ее руках — спал, заснул, пока прижимала к себе и оглаживала его бархатистую поверхность, как слепая. Может быть, эти однообразные движения успокоили что-то в ней самой. Теперь думала. Вздохнула. Спрятала альбом в чемодан...

Пришло время, выложила... Халат, ночную рубашку, свое белье постельное — все как у невесты. Что-то шелковое, бирюзовое. Но стыдилась. Мучило, будто они у всех на виду. Ее попытки занавесить голое окно на кухне простынею угнетали своей нелепостью. Нелепой казалась сама мысль, что кто-то мог бы подглядывать в окно на пятнадцатом этаже, пусть даже из домов напротив. Нелепой была эта простыня — огромный кляп. Успокоилась, когда добилась своего — и на кухне, где было уготовано лечь, воцарился глуховатый больничный покой. Тогда оставила его на несколько минут в этом странном пространстве, исчезла: а ему казалось, что сейчас погаснет свет и на этой простыне, как на экране, вспыхнет яркая цветная жизнь, начнется кино, ведь почему-то же так напоминала экран. Она появилась в шелковом бирюзовом халате, расшитом пламенеющими цветами, драконами... И еще подумал: кукольное все какое-то, как у маленькой девочки. Все это было такой игрой — искренней, но опять же очень детской. Откуда все это богатство? Об этом он подумал... Но чемодан — тот, с которым забрал ее из общежития, хранил не одну эту тайну... Возникали предметы... Фарфоровые чашечки, будто из перламутра... две чашки такие же странные, можно подумать, кукольные, как этот игрушечный экзотический халат. Точно бы отчеканенная серебристая блестящая кофейная турка и тонкая стальная ложечка вместе с ней... Произошло что-то красивое, таинственное, созрел запретный плод, распустился горьковато-сладостный аромат кофе — как ей хотелось, это исполнилось ее желание. То ли явь, то ли сон... Все должно быть именно так... Там, где она. Простыня колышется, будто за ней что-то происходит, прячется, но потому что от окна дует. На кухне включили плиту, уже все четыре конфорки. Холодно — и они включали их, по одной.

Она, будто в чем-то виновна, ждет — и не ложится.

Он думает лишь об этом — об этом, а не о ней — и до сих пор не может хотя бы обнять, поцеловать.

Теперь они сами, как время.

Свет погас... Сброшены, будто кожа, тряпичные оболочки...

Когда ложатся — на детском этом диванчике-малютке — нельзя ни повернуться, ни растянуться. Можно лежать, как-то сжавшись, так плотно, что чувствуешь себя эмбрионом — или тот, кто с краю, сползает, падает. Только вместе, как по команде, менять положение своих тел, уже и во сне... Легли. Обхватились, как дети, которым стало страшно, но вместе уже не страшно. Теплее. Гул — это гудит за окном ветер. Так высоко, так свободно и дико. Гул крови,

даже он слышен. Гул, гул… Он всюду. Но, совсем притихнув, они вдруг слышат дрожание стекол — и гул, новый,
далекий, но давящий, точно бы пронизывающий все вокруг… Он раскатисто приближается — и удаляется где-то
там, высоко, где-то в небе.

«Я тебя люблю».

«И я тебя люблю».

Больше ничего.

Островок их любви оторвался от земли, выше птичьих
гнезд. И еще этот гул… Можно было посмотреть в окно,
будто в небо, и увидеть плывущий вдали, как бы по самому
краю, чтобы не упасть, самолет. Пассажирские авиалайнеры
пролетали и днем, и ночью, в одном направлении. Снижа-
ясь, потому что шли на посадку, возникая в узкой воздушной плоскости прямо над срезом белесых многоэтажек, чьи
вершинки равнялись до горизонта, упирались в тупик…
Последняя ступенька широкой бетонной лестницы в небо.
Чудилось, только и можно подняться. Ни он, ни она еще не
жили так высоко. Кто жил до них, должно быть, потерпел
бедствие. Все давало это почувствовать, и в брошенном пространстве пустой квартиры отчетливо отпечаталась чья-то
прерванная жизнь…

Чья, почему… Кто же думал об этом… Думали, что остались одни… След присутствия человека — помазок на рако-
вине умывальника, окаменелость. Что-то похожее на заско-
рузлую рыбью чешую — одно, другое — бритвенные лезвия.
Совмещенный санузел. Вода пересохла в колодце унитаза —
но пусто капает из крана, как время, утекая в ноющую черную дыру. Тайно и на виду, если закрыться, сидя на стульчаке,
устроен и алтарь, и гарем — здесь и собирал, и прятал свою

коллекцию… Стайка пестрых бумажных бабочек веером облепила дверь: японки в бикини, розовые заморские чушки, фигурки, наверное, любимых актрис и венеры, венеры, венеры, будто подброшенные в перевернутых позах… Даже не понимаешь, сколько, чьи, откуда… В середине, крупнее всего этого телесного роя, но в нем рожденная, она, та самая, только без жемчужной своей раковины, его, что ли, богиня… Уже в комнате, на стене — Высоцкий. Как хозяин — не гость. В кепке, в зубах сигарета…

Голо, пусто — но во всем какой-то застывший, все пропитавший беспорядок. Нет даже штор на окнах. Что еще стояло — перекосилось, вся она дала гибельный крен. Все в ней, в этой комнате, сдвинулось, сломалось — и застыло, опустошилось. Прямо на полу, совсем как ящики, составлены несколько допотопных телевизоров. Наверное, жалко было — и кто-то же хранил здесь этот хлам, копил… Отжили, теперь стоят, гробики, некому вынести. Но усопшие экраны тупо смотрят — и там, в их лупах, что-то мерцает. Вылупились — и смотрят, все еще сосут какую-то жизнь, поймав ее будто муху в паутину. Всюду гильзы пустых бутылок. Выпитое до дна. Послания о спасении. Каждое не доплыло, вернулось. Кухня, в которой как загробное приданое собрано то немногое, что еще могло послужить; хоть казалось, что уцелевшую мебель, посуду, штук шесть осиротевших заварочных чайников, вилки и ложки — все это, и мусор с рухлядью, на пустынный этот берег, разметав, швырнуло волной… Теперь вдруг вспомнилось: «В начале было слово»… Было! Это было слово МИР! Беззвучно его вмещая, холодильник этой марки, округлый саркофаг, поднявшись в человеческий рост, казалось, на том и стоял. Из него пахнуло тленом. Темно.

Тепло. Пусто. Так пусто, как если бы НИЧЕГО превратилось в НИЧТО. Но стоило воткнуть штепсель в розетку, просто воткнуть штепсель в розетку, все равно что попав ключом в замок — произошло обыкновенное чудо... Встряхнулся, громыхнул, затарахтел... Казалось, можно прожить без телефона и телевизора, но без холодильника жить нельзя. И вот он работал, трудился, точно бы соображая неустанно, как электронная вычислительная машина, чем наполнить теперь эту жизнь.

Пустой холодильник, он пугал. Страх... Голод... Нет, это было что-то другое... Давки за водкой, у винно-водочных уже не очереди — стоны, вопли, ходынка... Но шампанское никто не замечал. Пропало молоко — но больше никому не нужное на каждом углу продавалось мороженое. В общей жадной панике, в которой запасались, скорее тратили деньги, расхватывая что еще можно было купить, будто наступал какой-то последний всенародный праздник, он выстоял поблизости очередь — стояли, оказалось, за суповым набором, и когда упрятал в морозилку добытые кости, ощутил умиротворение: шампанское и мороженое уже заполнило холодильник. Сам собой в сознание проник голос из радио... Оно и не умолкало, лишь приглушенное, чтобы прислушаться или забыть. Диктор сообщал о событиях в том, огромном и далеком мире... Услышал: «Объединение Германии, свершившееся в согласии с соседями, с другими государствами и народами, — великое событие не только для немцев. Оно произошло на стыке двух эпох. Стало символом...» Услышал как во сне — и тут же забыл.

Пустила в эту квартиру — взяла у него деньги и отдала ключи — оставшаяся безымянной пожилая женщина... Первое впечатление: сторожиха, уборщица, санитарка… Такое существо: бедное, простое. Напоминая смешно ворону, грузная и суетливая, прошлась как-то боком, еще раз обыскивая глазками все, что бросала. Вдруг то ли важно, то ли обиженно каркнула: «Живите!» — так же громко, грубо: «Платите!» — и пугливо, лишь получив свое, пропала за дверью. Кончился месяц — возникла первого числа… С укоризной, что сами бы о ней не вспомнили, осмотрелась. Отмерила что-то своими приставными шажками, как метраж. Глядела боязливо, моргая. Все узрела и стихла, пугливо застыв на месте, как если бы никогда здесь не жила… Квартира стала другой и даже пахла теперь по-другому, потому что обитали другие, новые люди… Потом очнулась, спохватилась, каркнула: «Платите!» Цапнула. Пождала еще чего-то… И, казалось, обиженно, обделенная чем-то, ничего не говоря, ушла.

И осталось чудовищное, быть может, ощущение пира. Странное ощущение, что все в последний раз. Тепло, покой, в которых сгорает нежность. Он… Она… Они… Каждый вечер ужин при свечах. Эта свеча на столе для нее была чем-то до трепета сокровенным, чуть ли не сияние блуждало по лицу. Желание, даже условие, так она хотела. На первое — костяной бульон, на второе — макароны. Свингующий в полумраке джаз, прелюдии Баха в джазовой обработке, настоящая американская пластинка. Казалось, это звучало чуть приглушенно что-то далекое, неведомое, может быть, само время, что было такое легкое, нежное — и сменилось на тяжелое, угрожающее; ушло почему-то, исчезло, еще когда-то до их рождения. Огонек свечи пробивался, как лучезарный росток. Он светит и лучится, как звезда. Огонек — праздник. Ничего у них не было своего. В подарок к этому празднику они купили себе… хомяка. Теперь он жил в большой стеклянной банке. Гуляли по Арбату, и кто-то у зоомагазина продавал хомяков. Саша стояла и стояла у аквариума, в котором они копошились… Самого жалкого разглядела — и вот они уже принесли еще одного жильца в свой новый чужой дом. Повторяла: «Какой он хороший, какой он хороший…» И, оказалось, придумала прозвище: Хорошка.

«Хорошка, Хорошка, выгляни в окошко!»

Хомяк грызет длинную сухую макаронину, просунутую в его банку — свою же лестницу в небеса. Ужин подан, налито шампанское! Голоса джазовой капеллы жонглируют нотами Баха, будто разноцветными шариками… Бульон — драгоценный, переливается кристалликами жиринок. Но как же это было смешно! В стране нет мяса, зато полно костей… Горела, горела на столе свеча… Маленький огонек озарял пещерные стены, вздрагивал, точно бы от прикосновений, а кругом вздрагивали похожие на пляшущих человечков тени. И вот, сидя на троне, он провозглашал: «Бульон из костей — не для гостей!» Птичка поймана! Бьется и трепещет ее сердечко в его силках! Смех, ее смех, нежнейшая из ласк! Табуретка — это трон… Да, она понимает, понимает: великий и могущественный, он так смешон! И, вся содрогаясь, не в силах вместить в себя столько счастья, беспомощно умоляет глазами: молчи, молчи… «Но из гостей бульон вкусней!». Пляшущие на стене человечки взметнулись черными искрами. «Хватит…» Стонет, задыхаясь, изнемогая от смеха. «Бульон из гостей, моя королева!» — «Из чьих… Из чьих…» — лепечет почти в забытьи, безумная. «А из чьих лично костей, узнаем завтра, из новостей!» О, как они смеялись, забывая себя прежних, и тут же, с первого взгляда, влюблялись, смеялись, теряли память и влюблялись… Уже в бесчувствии, пили жадно шампанское, как воду, и оно не пьянило. Пустой костяной бульон вызывал в желудке противное ощущение каменной тяжести, как будто коричневатая жидкость и была отваром из камней.

В дни, когда ленятся купить хотя бы хлеб или картошку, в суповых тарелках на их пиру плещется шампанское — или разогревают в кастрюльке на медленном огне мороженое в брикетах и подают к столу… «Пьяный бульон!», «Суп-пюре из крем-брюле!» Гул, дрожь, эхо… Начиналась новая игра… Вместо наркоза — веселящий газ. Пузырьки шампанского, которые он с брезгливым видом — теперь старый брюзга — выискивал ложкой в своей тарелке… Ягодное, шоколадное и самый густой, сливочно-шоколадный суп из эскимо!

Все еще играя, танцуют — танцуя, раздеваются. Пытаясь стать чем-то целым, погружают свои тела в тесное для двоих, эмалированное корыто ванной — диванчик на кухне, где спали, совсем детский, малютка, был еще тесней. И вот — это ложе, застеленное воздушной шуршащей пеной. Оно плыло облаком, обнимая, согревая, подымая куда-то высоко-высоко.

То, что происходит с ними каждую ночь в этой квартире… И даже гул, что заполняется временем в те пустые молчаливые минуты, когда оно вдруг останавливается, как бы умирает… Да, да… Это какая-то церемония. Как та, что на ее фарфоровых чашках: загадочная церемония, то ли жизни, то ли смерти… Мандариновое дерево в цвету, на нем бумажные желтые фонарики вместо плодов: молодая китаянка в саду, чаепитие… Но цветы, вышитые на ее халате — они такие же, а в руках, в ее руках… маленькая фарфоровая чашка…

Она разрешала себя рисовать — то, что под шелковым халатом...

Позволяла ему так на себя смотреть только пьяной.

Так, будто перестала чувствовать, что с ней делают.

Алкоголь.

Ну хотя бы притворяясь, что опьянела и поэтому согласилась.

Откроет себя, свою тайну.

Пустое замкнутое пространство. Здесь, посреди голых стен, когда позировала, ей казалось, наверное, что отдает себя совсем, всю — и это жертва. Такая, когда жертвуют собой. Но и хотела все испытать. Это превращалось в какие-то гимнастические этюды на грани извращения, что можно увидеть в цирке и делается всегда чему-то наперекор через боль.

Тело легко освобождалось — сильное, дикое.

Подчинялось — выполняло упражнения.

И — вдруг — мертвело. То есть всего лишь замерло. Замерло, как в той считалке детской, когда раздается: «Замри!» Но вот что-то оборвалось, как дыхание. Как будто сам же нечаянно убил. Потому что теперь его сердце замерло… Потому что любил — и убил.

Голое тело, выставленное напоказ, внушало чувство, что оно теперь мертвое. Расстояние, которое разделяло, чтобы видеть ее всю, надвигалось и сжималось от этого страха — успеть вернуть, спасти… Рисунок оставался единственной ощутимой связью с той, живой. Чувства, мысли передавались с одержимостью импульсов. Это было что-то судорожное, как показания осциллографа, будто взлетало и проваливалось перо самописца на бумажной ленте, когда, устремившись куда-то вспять, запись билась и билась в одной точке времени, то вырываясь, то цепляясь за бумагу.

Ожило в этой возне — точно бы сбросившее кожу, сотканное нитями линий из клочьев пустот — и опустошилось.

Все это время она молчала. И он должен был молчать. Все это время на него смотрели ее глаза. А он, лишь раб, не мог оторвать своего взгляда, хоть даже выражение ее лица не менялось, лишенное, как у манекена, жизни. Таким сделала с решимостью, вызовом показать гордость, презрение... Это было лицедейство. Бездушное и трогательное. Почти пошлое, бутафорское — и выстраданное. Она защищалась как умела... Он получил свое. Придя в себя, чувствует это с раздражением. И тело ее теперь неприятно ему, даже хочется зло, чтобы прикрылась. Она же, когда все кончено, с видом исполненного долга расслабляется — лежит. Но ему кажется — валяется на полу в своей старой коже, похожей на ороговевший чехол.

Ожидание. Молчание. Но уже такое, как если бы что-то умерло.

Любит свое тело. Любуется. Оглаживает живот, груди, бедра, будто сама мучилась, рожала.

И вот удовольствие, радость — распласталась, давая отдых мышцам. Но не мыслям — мысли не дают покоя.

Осматривает рисунок, как если бы делал это с другой... Не своя — а его тайна. Волнение ревности глушится безразличием узнавания... Кажется, смотрится в кривое зеркало — но чужое лицо наливается скукой, отвердевает, как маска африканского божка. Оскорбляется, чтобы оскорбить: я не такая, похоже на порнографию, противно... Но добивается признания, точно бы уличив: я такая, такая? И вот слова, настигающие, как расплата: «Ты меня не любишь».

Он станет только жалок, пытаясь доказать обратное... Он как преступник на очной ставке. Когда он унижен, она почему-то обретает покой, внушительно давая понять, что стерто какое-то грязное пятно. Чистота, нет, выскобленная стерильность — и это в ней самой наружу вышло что-то властное, самоуверенность домохозяйки. Только это — и новые подозрения, возбуждает в ней вдруг желание, чтобы взял здесь, сразу же, смяв, подчинив, но и отдав даже эту свою силу. И ее. Тело. Подарок. Оно было подарено. Ему.

И вот уже оба лежат, откинувшись, на полу.

Произошло что-то удушливое, быстрое. Положение тел будто обведено контуром — так глубоко и тяжело дышат. Она зашевелилась, рукой нашла его руку — и сжала. То, что пережила, этот удар, не дающий опомниться, всего через несколько минут пробуждает нежность ей самой непонятного раскаянья. И он чувствует, точно проснувшись: живая, родная... Но хочется уснуть, обняв — уснуть там, где она и ее нежность, уснуть и не просыпаться... Но вдруг встает, как по сигналу будильника. Она. Ничего не говоря, ей нужно. Прячется. В ванной шумит вода. Все кончилось. Потом неожиданное гадкое чувство вины от картинок, с обратной стороны двери этого совмещенного «санузла», когда тупо смотрел на разноцветное месиво женских тел... Что же за урод здесь жил... Зачем жил? Нужду справлял. И откуда-то мстительное желание: ободрать, ничего не сказав квартирной хозяйке.

Близость их стала какой-то супружеской: засыпали как будто отдельно, просыпались вместе, но возникло ощущение покоя — странное, потому что и он, и она приняли это вдруг по умолчанию и от этого было хорошо. Отсутствие желания, такое долгое — и ощущение покоя, в которое вторгалось лишь чувство вины, что ему хорошо, одному, и она лишь для этого покоя ложилась с ним, как бы только для того, чтобы согреть, самой согреться.

Каждую неделю она бегала на почту — приходили письма до востребования из Магадана. Было, пришел денежный перевод. И уже на этот адрес — красная икра, получила посылку, шесть литровых банок, переложенных тряпьем, газетами... Шесть огромных ярко-красных яиц. Драгоценность. Икринка к икринке, переливаются. С посылкой записка на заскорузлом клочке, прочла: «Доченька, продай икру, в Москве можно хорошо продать, возьми себе на учебу и на жизнь, понемножку трать, и вам хватит». Понял, теперь о нем знали — вот и все. Он узнавал, слышал: «мама на берегу», «маме не платят зарплату», «мама простудилась». Но, казалось, приносила что-то еще, пряча. Молчит, спросишь: «О чем ты думаешь?» Тут же обманет, оставив ни с чем. Прошлое успело появиться — или возвращалось, давая о себе знать такими тычками молчания... Но даже того не дано понять, к чему прикоснулся. И еще этот альбом, в нем вся ее жизнь... Потом понял... Все, за что могла уцепиться, — этот плюшевый альбом... Он своей матери, пообещав, каждый вечер звонил из телефона-автомата у подъезда. Но Саша — она даже позвонить не могла бы домой, потому что не было давно никакого родного дома. Мать давала знать о себе этими письмами, посылками, переводами до востребования, на которые ей некуда было отвечать… Жиличка, без своего угла, пока ждала на берегу, или морячка, когда плавала — мыкалась, одна, и на берегу, как на плавбазах, в море… Где работа, там койка. Получать много. Копить долго. Вернуться с машиной в кармане… С квартирой кооперативной… Счастье, которое сулили шахты, прииски, путины, трассы… Новая неведомая жизнь… Куда кидали себя, срываясь целыми семьями, утекая с необъятных просторов на край земли, к подножию вечной мерзлоты… Отдавали годы, оставляли силы, теряли здоровье в мечтах обеспечить и себя до старости, и своих детей… Одинокое свободное плаванье далеко от материка. Нашла только это. Работала и работала. Но никто нигде не ждал, кроме дочери. Вспомнит, только подумает — «братик», «мамочка», и радуется, будто для радости этой родилась. Все это было. И дом, и семья — отец, мать, старший брат… Это и было жизнью, все родное… Мысль, что все где-то под одной крышей… То, что не могло перестать существовать в ее сознании, но уже не существовало в реальности.

Саша, Сашенька, а когда умирала? Никого не звала… И точно бы не верила, не понимала, что это смерть… С собой боролась, себя же заставляя боль терпеть, лишая помощи… И не он уговаривал: потерпи… Она ему шептала: я еще потерплю, потерплю… Родная… Когда умирала… Ведь это же смерть за тобой приходила? Смерть?! Что могла себя убить — не понимала… Когда решила, что с ней это случилось, еще неделю ждала… Решила — значит, решилась. Это была только ее же убежденность, что в ней зародилась новая жизнь… Нет, еще только пряталась — и вот она прятала ее в себе, молчала, скрывала… Чужая, безликая, ничья… Поэтому не пошла проверяться, чтобы ничего так и не узнать... Не могла же, конечно, не думать, что это — его ребенок... Но если никто не знал, что этот плод любви существует, то его вообще ни для кого не существовало — и в этом тоже была уже какая-то преступная убежденность.

Спасение, все оно в последней минуте было, но если бы знал... Если бы он не успел — никто бы не успел. Так бы и уснула, если бы не оказался кто-то рядом — а быть это мог только он. Но самое страшное так и не почувствовал: к чему готовилась, что же сделала в эту ночь с собой... Было тоскливо сидеть дома — у матери, как будто навещал в больничной палате: рассказывал о себе, выслушивал что-то страждущее и восторженное о спасении всех и вся за пятьсот дней, делая вид, что понимает, сочувствует... Говорил, слушал — а думал о ней, о Саше: ночь без нее лишала смысла прожитый день, даже обрывая их, этих дней, связь... И нельзя позвонить, хотя бы голос услышать. Там нет телефона. Ждала, одна в этой съемной квартире. Потом, конечно, мчался к ней, вырываясь на свободу. И тогда мать ждала — молчала в пустом без него доме. Приезжал, оставался ночевать, потому что не мог быть довольным, счастливым вдали от матери... Это было чувство вины за свое счастье, только чувство вины... Слова текли в странной отрешенности, похожей на покой. Должен был остаться, для этого и приехал, за этим покоем. Но сбежал, не выдержал, сорвался на ночь глядя, что-то толкнуло... Поэтому все произошло именно в эту ночь — когда знала, что останется одна... Ждала, когда уедет он к матери, чтобы вколоть себе эти ампулы... Выкинув эту жизнь — всех освободить. В это верила, во что-то же нужно было верить. Но ошибку совершила как врач... Она, врач, совершила первую свою ошибку. Только эта ночь у нее была… Спешила, нужно было успеть, и, наверное, теряла чувство времени. Сначала две ампулы — как сказали. Но через несколько часов ожидания — еще столько же, потом еще… Решила увеличить дозу. Думала, быстрее подействует. Дождалась боли — той, внизу живота. Что же это было… Страх, неизвестность, одиночество, боль — все… Что переплавилось в решимость и стало страданием.

Успел, не разбудил: диванчик их, малютка, был постелен, но не ложилась… И она смогла обмануть, притвориться беззаботной, почти счастливой. Прямо из темноты и холода, беглец, обнял — тут же согрелся. Ощутил это тепло и ее волнение. Радовалась… Стало ей, наверное, легче терпеть, ждать… Но усиливалась только боль. Он был взбудоражен своим побегом. Кажется, не спал всю ночь. Сбежал от матери. Глаза матери: обида, растерянность, как будто просила, чтобы забрал с собой, а он не взял ее с собой. Вспомнил: обещал позвонить, когда доедет, чтобы не волновалась… Пообещал. Забыл. Вспомнил, чтобы забыть… Он привез талоны на водку: свои и еще мать отдала. Он купит водку — и обменяет на кофе для своей любимой. Сидел в чем пришел, лишь разувшись и сняв куртку, пришелец. Она пьет свой кофе, ничего не ела… Когда он уезжает к матери, она ничего не ест. Забывает себя сонливо, бродит в своих мыслях. В комнате общежития варила кофе в углу, на спиртовке. Тратила легко все, что высылала мать. Могла позволить себе не думать о еде, но платила за блажь. Огромный город… Общага… Соседки по комнате… Всего этого не замечала. Так она могла существовать… Слабела… Как он хотел еще побыть с ней, слабой, нежной… Придавливала рукой, будто укрывала, прятала это место. Он заметил, околдовал сам жест… Ранимость…. Рана… Женщина в шелковом китайском халате с распущенными до плеч волосами. Увидел как во сне. Ему даже представилось, что сквозь пальцы могла сочится кровь, шелк окрасился бы кровью — и пятно, оно распускается будто цветок, еще один в этом узоре… Только тогда очнулся. Спросил: что с тобой? Обманула: ничего, сейчас пройдет. Прошло, прошло. Но в какой-то момент лицо ее вдруг стало мертвенно-бледное, фарфоровое. Думала, началось, дождалась. Терпела, не вскрикнула. Мгновение — не испуг, а злость — что помешал все сделать, как готовилась. Стал свидетелем. А ей не нужен был свидетель. Спряталась в туалете. Долго не выходила. Гул воды… Вышла, пошатываясь, кружило голову. Но так себя держала, как будто это пришло облегчение с усталостью. Сказала, что хочет спать. Легли. Но не хотел уснуть. Обнимал. Она не сопротивлялась. В темноте вдруг призналась — «у меня болит внутри»… Пожаловалась — «как больно»… Во второй раз еле выползла из туалета: подхватил, уложил на диванчик. Лежала, похожая на куклу, глаза открыты, в зрачках пустой пронзительный свет. Только что было тихое блаженство… Все было, как всегда, как должно быть… И вот та, которую любил, она… умирала на его глазах?! Она врач — мысль об этом сделала его почему-то беспомощным. Потерялся, лепетал, как маленький: «что мне делать», «что с тобой…» Просил у нее же помощи, и она, пока могла, говорила с ним… Шептала: «я еще потерплю, потерплю…»

Эти ее слова…. Она ведь молила, умоляла… Теряла сознание, но тянула время, чтобы не вызвал врачей, потому и мучаясь. Хотела остаться здесь, на диванчике. Боялась даже его вмешательства в свои страдания. Но навряд ли от бессилия что-то чувствовала. Скомкала одеяло, затыкая этим комком живот, уже не пытаясь внушить надежду. Сорвался, бросился. Вниз, звонить, вызывать неотложку. Весь отчего-то трепетал. Могло так быть, если бы рожала… Таксофон у подъезда — вот и все. Схватил трубку эту, отяжелевшую на холоде, что будто прикованная — а там молчание загробное. Колотил по железному панцирю кулаком. Трубка молчала. Страх, неизвестность, одиночество, боль… Так молчала, как не выразить даже, будто что-то с мучением сдохло и мстило теперь за это молчанием. Запрокинул голову — сквозь отвесную черную стену пробивался свет, светилось несколько окон. Там люди спрятались, и они не спят, в какой-нибудь квартире во всем этом доме должен же быть телефон… Ломиться в двери, никто не откроет. Мысль, бессмысленная, как крик, что раздался в опустошенном сознании: помогите, помогите! Но было страшно так закричать, не закричал. Ночь. Пустота. Выскочил на улицу, мертвую. Почувствовал, что ничего не дождется, даже если промчится машина, нет, не докричится и не остановит… Бросился к домам, в их лабиринт из просветов и темнот. Наткнулся: еще таксофон у какого-то дома. Взрыв радости — и тут же ярости: трубка оторвана. Метался, ревел и рыдал, не сознавая ничего, кроме боли. Если бы день, если бы не ночь… Она осталась одна, в этой квартире, на диванчике. Сколько прошло времени… Где же очутился… Но увидел будку на пустынной улице, внутри темную, как бы вход куда-то. Гудок… Голос… И кому-то, чей голос отозвался, задыхаясь и поэтому отрывисто, неожиданно осмысленно сообщает все, что знал… Все, что знает о ее страданиях… После волны счастья и облегчения — погружение в новый ужас. Вдруг обнаружил, что потерялся, не знает, куда попал. Дверь захлопнулась — а ключи-то, ключи у него… Она в ловушке. Как это могло быть, что это было, за что, за что… Одинаковые улицы. Одинаковые дома. Все окрашено в мутно-желтый.

Должен вспомнить — обратить время вспять и увидеть, где же выход. Время — это он сам. Все спрятано где-то в нем самом, этот лабиринт — он сам. Бросается бежать — и сырой холодный сумрак расступается, устрашившись. Впереди вспыхивают знаки, знаки вспыхивали, знаки, и целые картинки только что бывшего, куда влекло неимоверной тоской… Задыхался, воздух будто не проникал в сжатые легкие. Своего тела больше не чувствуя, бросал себя вперед, туда, пока не узнал этот дом, он узнал этот дом, отыскал, это был этот дом, тот дом, подъезд… Вот оно… СВЕТА СУКА…

Квартира, в которую все это время никто не мог войти, кроме него — кажется, никого нет, опустела. Она лежит на диванчике, как оставили, бросили — застыла, уснула. Разбудил своим приходом, напомнив о боли, вернул ее, боль, что обрела вдруг голос, утробная, медлительно-тягучая. Ныла и замолкала, ныла и замолкала… Как будто мучилась роженица… Не стон, не плач. Жалобное натужное усилие что-то побороть, от чего-то освободиться, подвешенное на этих качельках.

Безумный этот мир… Звонок в дверь. Что-то рвется, прерывается. Сам этот звук, бездумный, он как дыра. Входит. Случайный, помятый. Прислали. С чемоданчиком, ко всему готов. Сверху грузная телогрейка, под ней тощий медицинский халат, фалды которого плачевно свисают, напоминая оборванные крылышки — казалось, в того, кто в телогрейке, впихнули еще кого-то. «Ну-с… Пройдемте…» Бурчит под нос, сурово и безразлично оглядывая новое место. Дежурство. Поступил вызов — выезжают туда, где болтаются между жизнью и смертью беспомощные живые существа. Но все этой ночью для него мимолетное, ничто не останется в памяти. «Ну-с… Что у нас тут…» В этот момент хочет казаться самому себе всесильным. Бесстрашен, величав. Присел около нее, смотрит — и не смотрит, насквозь… Прощупал живот… Сказал, нужно увозить. И не было сборов. Пальто наброшенное. Пошла сама, по стеночке, до лифта. Замирала, морщилась. В кабину лифта шажками как бы перенесла себя. Но под конец, уже внизу, он донес на руках, подхватил. Машина «скорой помощи» у подъезда, как отцепленный маленький белый вагончик со светом внутри. Слегла там на носилки, не издав ни звука. Сбоку еще крепилось сиденье, все равно что несуществующее, откидное. Не спрашиваясь, он занял эту боковушку и остался при ней. Она лежала под своим пальто, что спрятало ее всю вдруг. Грубоватый шерстяной мешок с пустыми ненужными рукавами, будто бы вылезшими зачем-то наружу из его нутра. Ворот запахнул рот, которым дышала, умолкнув, сложив на груди эти ватные обрубки. Машина неслась, хотя мерещилось, что, сжигая себя скоростью, гнался по бесконечной прямой, сузившись до огненных точек в своей черной пустоте, вымерший город.

Вдруг стремительность ночной гонки улетучилась. Так быстро, что в это еще не верилось, расплылся свет, уши глуховато заложило тишиной. Пандус больницы, всплытие. Спасение, нахлынувший почти бессмысленный покой, будто бы душа, как волна, перенеслась, все равно что в будущее —

и вернулась уже без сил, опустошившая себя там, где даже время исчезало и пока не появлялось.

Все и вся на маленьком пятачке не иначе между жизнью и смертью погрузилось лишь в полусонную возню. Хлопали поочередно двери, будили приемное отделение. Мелькали в проемах белые помятые халаты. Кого-то громко звали. Кто-то что-то ворчал. Подгребла с весельным скрипом каталка.

Пока с лежачей возились, перекладывая на голое железное ложе, та пыталась заговорить, казалось, не понимая того, что происходило.

Высвободила рот, черепашьим движением вытягивая шею из своего тяжкого душного панциря. Шевелила губами. Но глотала свои же слова и оставила попытки что-то кому-то сказать.

Сдав по какой-то накладной свой груз, «скорая» тут же исчезла.

Он помогал и толкал позади каталку на ржавых колесиках, чтобы двигалась куда-то вперед. Но стоял как бы прямо у нее перед глазами, сам смотрел чуть ли не свысока… Ее лицо вдруг на мгновение ожило: стало строгое, упрямое, как всегда. Наверное, даже не чувствуя, что каталка, на которой лежит, куда-то движется, она своим взглядом запрещала ему на себя смотреть и думала лишь об этом. Заспанный, похожий в обвисшем халате на бабу, паренек — медбрат — недовольный, что за его спиной что-то происходит, остановился и буркнул, что дальше посторонним вход запрещен. И ее увезли на его глазах — по коридору, что был, как тоннель, где в конце зиял дежурный свет — сунув ему в руки ненужное пальто, которым была укрыта.

Еще стоял под угловатой стеной больницы, с мыслью, неприкаянной и безумной, что ей там холодно без пальто. Но ни одно окно не светилось, это привело вдруг в чувство, потому что пугало… Осознал наконец — пока ночь, к ней не пустят. Пальто не осмеливался скомкать — и нес на руках, так что оно плавно изгибалось, где талия. Ночь шла и шла за ним, провожая, ждала, пока не подобрал автобус, первый, будто заблудившийся, но какой-то уверенной обратной силой, оказалось, вернул на ту же улицу, к этому дому.

На кухне забытый яркий свет. Диванчик, на котором она лежала… Теперь комкалось растерзанное постельное белье. Чьи-то следы чужие — там, на полу. Отпечатки грязных подошв от мужских ботинок очень большого размера. Кто-то натоптал — и ушел. Тот врач, это был он… Вспомнил и даже обрадовался, что хоть кто-то был, как будто к нему приходил и лишь ненадолго оставил здесь одного.

Ждал — и уснул на диванчике, обняв ее пальто, не выключая свет, ничего не делая, не раздевшись. Ждал, понимая, что не могла бы вернуться. Но нравилось чувствовать себя сумасшедшим, верить лишь тому, во что хотелось… Тепло, свое, и ее запах, наверное, усыпили. Кожа ее пахла, пахнет… травой, а волосы — цветами.

Ему кажется, что всего на минутку закрыл глаза… На кухне тот же морок — но прошло много часов. От этого ощущения даже тошнит. В окне все темное, сгустилось страшной загадкой… Настало утро — или отходит день. Сумрачно. Шевеление жизни. Огни в домах. Должен успеть к ней, в больницу. Больше некуда. Он так ненужен сам себе, что ему безразлично, жив он или мертв. Вероятно, он жив, он все еще существует — но, вскочив с диванчика, отбросив как тень лишь ее пальто, не падая и не разбиваясь, снижается тут же сквозь спрессованную толщу этажей, а прямо за подъездной дверью, чувствуя, что опустился вдруг на землю, шагнув на мокрый фосфоресцирующий асфальт, по холоду, как по воздуху, переносится на остановку, которую помнил. Сырость, холод, мрак ноября. Очутился в одном из двенадцати миров, самом промозглом. Замер и дожидался. Долго, если замерз, мучился, отчаялся, обозлился — и отошел бездушно от этих назойливых мук. Но все, что помнит, без усилий возвращается: и вот подъехал автобус, не мог не остановиться. Маленький зал ожидания, что сам же развозит своих пассажиров за сущие копейки. Подумал: помнить — это продлевать ожидание. И вот он ждет свою остановку. Спросит — подскажут, она так и называется: БОЛЬНИЦА. Это где боль... И уже удивительно осознавать: ему не больно, у него ничего не болит... Несколько женщин выходили там же, кого-то навещали, родных. И его роднило с ними это ожидание.

Женщины тревожно встрепенулись, будто какие-то большие птицы — это знак для него. И от остановки идет за ними — а они ведут, молчаливо поделившись памятью.

Что было дальше, почти не помнил... Внутри не светло — ярко, ослепительно. Птичья суета. В сумках несут угощенье, еду. Кажется, праздник у всех. Стайки у гардероба, где, расставаясь с верхней одеждой, исчезают, будто куда-то улетая. У стены между окном и дверью умещалась койка, тумбочка, ее перевезут из операционной отходить после наркоза. Тело, спеленутое во что-то больничное. Кажется, безрукое и безногое, лишь туловище. Продолговатое, покоится, будто рыба на боку. Она зарыдает, открыв глаза, осознав, что вернулась… Пласталась и плакала, ничего не понимая, до бесчувствия аморфная, одурманенная наркозом… Как могли ее усыпить, все равно что убить, а потом вернуть душу в это тело… За что… Мычала, вяло совершая над собой даже это усилие… Содрогалась, задыхаясь в своих же всхлипах. Боль там, где резали, пока не ожила, то есть ничего не чувствовала, ведь обезболили, но лицо мучительно кривилось, о чем-то кого-то умоляли в испуге глаза… Он забыл, что молчит. Почему-то улыбался.

НУ ВОТ, ВИДИШЬ, ТЫ НЕ УМЕРЛА…

И она почти взвоет, но глухо, выдыхаясь… Когда утихнет, произнесет вдруг отчетливо, резко…

БОЛЬШЕ НИКОГДА НЕ ОСТАВЛЯЙ МЕНЯ ОДНУ.

Чудилось, вспыхнуло что-то, тут же погасло.

Глаза отрешенно широко смотрели. Нечто вроде тусклого и тупого безразличия, как будто уснула — и спала, но с открытыми глазами.

Какое-то время он находился рядом с ней, не покидал ее, исполняя ее же приказ. Но без слов, тихо вышел, осознав, что был ей не нужен и чему-то мешал своим присутствием.

Медсестра на посту, чье скучное лицо озолотилось под светом обычной лампы, лишь кивает безразлично — ординаторская — это туда… Полоска света под дверью. Он стучится. У него есть это право, он знает. Долго ничего не слышно. Наконец раздается надсадное: «Открыто!»

Захламленный врачебный кабинет, холодильник, старый диван… Немолодой, будто выпивший, не вставая с дивана, стонет…

«Я вторые сутки, понимаете вы это, вторые сутки!»

Но все же взгляд несчастного мучительно осмысливается, он заставляет себя слушать, он говорит…

«Какое состояние, ну? С чем… Палата, фамилия…»

И уже в ответ повинно бормочет что-то почти бессвязное…

«Крови литра три, мамочка, в пузо набрала… Успели, повезло… Жить будет… Зашил. Все. Состояние прекрасное! Чудесное!»

Ослабел, сдался — и, отвернувшись, все равно как робот отсоединился, утратив память, обретя покой.

Больница закрывалась, гардеробщица, дождавшись последнего, всучила верхнюю одежду, обругав и забыв спросить номерок. Когда неожиданно, как метку, он обнаружит в своем кармане эту кругляшку с номером, то ничего не поймет — и выкинет, уничтожив, наверное, единственное доказательство, что эти сутки не были чудовищным сном… Он бросился к матери: вспомнил, что у него есть мать… Ему нужно было спрятаться, обрести защиту… Он обо всем рассказал своей матери… И все, о чем рвался, спешил рассказать, действительно, отделилось от реальности как что-то воображаемое… Да, он все рассказал… Рассказывал, рассказывал до глубокой ночи, пока все не оказалось прожито, но уже за несколько этих часов, что беспробудно курили на кухне, ничего не делая, как если бы это было такое переливание крови, когда даже не двигаешься.

В конце концов все умещалось в словах, что ночью Сашу увезла «скорая», что она могла умереть… Но Аллу Ивановну успело взволновать лишь одно событие: что все это время ее сын не давал о себе знать… Остальное выслушала она почти хладнокровно, похожая на учительницу... И когда он промямлил неуверенно про внематочную беременность, разочарованно хмыкнула, выражая этим свое окончательное мнение… Когда ей удалили кисту — а это была сложнейшая хирургическая операция — она уже через неделю вернулась на свое рабочее место. Беременность — это то, что происходит с каждой женщиной… Саша допустила это? Но как же она, медицинский работник, проявила такую беспечность, не планируя, очевидно, так рано заводить детей? И почему не смогла определить, что беременна, ведь это, стало быть, состоялось? Но ее сын почему-то сам не знал ответов на эти примитивные, казалось, вопросы… О, как же легко он предал свою бедную девочку, начав обсуждать с матерью эти вопросы… Может быть, потому что надежно спрятался и успокоился — а мать его защищала, как и должна была, почувствовав опасность, от той, другой… Но и себе не позволяла думать иначе: это решение, которое принимает женщина, поэтому женщина должна отвечать за него… Трагедия — потерять ребенка. Испытание — родить, вырастить. Но не избавиться от нежелательной беременности с помощью какой-то там операции, представлявшейся ей не цинично, а как-то легкомысленно, чуть ли не разновидностью аборта. В общем, она посчитала, что ничего трагического не случилось… Это было с ее стороны даже как бы мужеством: поставить ей самой непонятное зло в тупик и обезоружить. Даже огорчение, что Саша попала в больницу, превратилось во что-то деятельное, вызвало прилив сил…

Она не легла, отправив своего блудного сына спать. Стала готовить, будто хотела кормить маленького: питание, а не пищу. Столько лет заботилась лишь о нем, одном — а утром, как бы не заметив, что старалась не для него, оставив чуть ли не угощение для попавшей в больницу то ли неприкаянной девочки, то ли взрослой женщины, но все равно не ставшей родной, ушла на работу. Она больше не знала, надо ли его будить, как делала это всегда, когда уходила, и поэтому лишь проговорила, сонному, что уходит... Казалось, забыв о том, что в его жизни есть еще кто-то, кроме матери, сын спросил, который час — наверное, чтобы отстала, и, ничего не понимая, тут же опять провалился в сон.

Саша встречала взглядом, почти потухшим от ожидания. Ждала, будто верила, что мог бы тут же забрать с собой.

Он примчался, но мертвым грузом в палату проносит лишь еду. Увидев эти баночки, все поняв, ни к чему не притронулась, замкнулась. И ему нечего рассказать — связать то, что разорвалось. Видит лишь лицо, опрокинутое на сиротской больничной подушке. Чужое. Обескровленное. Похожее на гипсовый слепок. Сказала... Ей нужны ее вещи: зубная щетка, тапки, ночнушка, халат... Они там, в квартире. Больше ни о чем не просила. Последние слова, и время, которое для посещений, что пробыл, как последнее. Свидание в больнице. Истратилось, кончилось, будто его давали, чтобы отсрочить что-то под конец; и то лишь для тех, кто встретился.

Он вдруг подумал, что все дни, которые он и она прожили вместе, они ведь только исчезали? Он даже не заметил безжалостной смены... Весна, лето, осень... Теперь в опасной черноте, похожей на затмение, мерцает капельками ртути уже как будто ледяной дождь... Воздух, еще не замороженный — зараженный. В чьих испарениях болотный бронхитный кашель; гриппозный изнуряющий жар... Он болен. Он уже, наверное, болен. Этот озноб... Это жар...

Смятая, брошенная — теперь, кажется, кем-то, кто был здесь в их отсутствие — постель, на которой возлежало, точно бы ожившая тень, женское пальто… Зашел в квартиру за ее вещами — и остался. Спустился, позвонил матери, сказал, что не приедет, останется там… тут, здесь… Где ждали ее возвращения даже эти вещи… Когда он спустился — тот телефонный аппарат, у подъезда, работал. Он осознал это, лишь по странному как бы заявлению матери, когда спросила, будто не веря ему, откуда он звонит… Что-то случилось — ее сын к ней не вернулся. Она хотела, чтобы и сегодня он приехал домой. Она ждала. И вот ей некого в этот вечер ждать. Она станет ему нужна и он приедет к ней, когда ему будет плохо… В это она верит, его мать…

Саша просила привезти тапки, халат — а он собрал все ее вещи. Все, что принадлежало ей в этой жизни. Перед ней, этой горкой вещей, успокоился — и стал теперь заново разбирать, вспоминать, узнавать… Холмик. Песок. В пальцах, на ощупь, те же привычные ощущения, от прикосновений, будто к ней он прикасается. Это были ее чулки, трусики, лифчики… Эскулаповы ее учебники, в которые впихнула медицинская наука все человеческие внутренности с их болезнями… И студенческие общие тетрадки… Почерк, сделавший еще более одинаковыми все их страницы: чернильная мания преследования, ученическая отмершая кардиограмма, где в каждой букве все же бился сильный и ровный пульс… Заколки, резинки — где вдруг ее, ее оборванная ниточка волос! Это легкое ночное платье, ниспадающее до пят, этот шелковый халат с перламутровой застежкой — подарок, приданое от одинокой матери… И вот турка, вот нашлась эта ложечка… Чашки… Бездушно, бесчувственно — и больно, как если бы нельзя воскресить живое. Но вдруг, в одно мгновение, это живое тепло страдания растечется, будто кровь, когда в руках окажется плюшевый альбом. Открыв, совсем слепо, тут же увидит фотокарточку: маленькая девочка на берегу моря… Будто бы увидел, как она ждала, что-то к себе прижимая… Это она, в мире нет и не будет другой такой же, никогда-никогда такой же другой в мире уже не родится… Мысль, только мысль, что она могла не родиться, так потрясет его в этот момент, что видение девочки у моря, смотревшей откуда-то из времени прямо на него, ничего о нем, будто бы очутилась где-то впереди, в далеком будущем, не зная, действительно начнет, горячо набухая и расплываясь, растворяясь в светлой мути, терять резкость, почти пропадать, исчезать.

Она рассказывала… Вспомнил… Маленькая девочка набила кармашки пряниками и отправилась на своем трехколесном велосипеде, ничего никому не сказав, в путешествие вокруг земли. Думала, круглой, такой же маленькой, что можно прокатиться, как по кругу, и вернуться прямо к дому… Хватившись, нашли в нескольких километрах от их поселка. Ее уже кто-то задержал, взрослый, обратив внимание, заметив на обочине трассы. Но даже не испугалась, радовалась, была счастлива, думая, что увидела весь мир, пока ехала и ехала на своем велосипедике.

Она ведь уже все ему рассказала… Он заполнен ее историями, тайнами, и это лишь малая доля того, что хранится в его памяти, разумеется, на замке. Но все, что о себе рассказал, почему-то забыл. Помнит, что утаил, спрятал, то есть как раз «несказанное». Как мало живут слова — те, что свои… Разве что когда их возвращают, тогда это ранит. Ну конечно, они ведь не в нас должны прорастать, эти семена… В немоте слова сила, там они и не слова уже — мысли. Свои, уму и сердцу близкие. И зачем врать, не нужна ему была ее откровенность, эта грубая изнанка слов… Каждое было как прикосновение, вот они для чего, свои слова, чтобы прикасаться… Притягиваться с ее словами, соединяться… Тогда кажется, что передаются через дыхание. По воздуху, но через дыхание. И дышишь, жадно дышишь, надышаться не можешь. Забываешь себя опустошенно. Кожа, кожа — и та ничего не чувствует. Но чувствуешь до трепета и дрожи, если становишься ближе, косноязычие свое же преодолев как стыд. Проникаешь, будто червь в яблоко, то есть кажется, что ты сам, но это твои слова проникают — и куда же, как не в ее сердце, как будто своего-то нет. Хочешь заполонить собою, чтобы сердце ее принадлежало тебе одному. Кажется, чувствовать начинаешь, как она, и потом наступает момент, когда задыхаешься, лишаясь воздуха, просто не слыша ее голоса, и словами осязаешь — так у слепых зрением становится слух. Да, слова-чувства, почти прозрачные, аморфные медузы с тысячью щупальцев. Но не замечаешь, что вдруг наполнился ее словами — нет, звуками ее вселенной! Потом каждое слово было как признание, даже самое обычное, что можно сказать, если не молчишь. Пока не уснули, почему-то в постели, до изнеможения, сознавались в самом странном. Он тянулся к ее свету — наполниться, с ним слиться, будто был для себя же черной дырой. Пока не услышал этот зов: ищи себя во мне… Какой-то страдающий, как будто и найдешь-то в ней страдание, смерть. И это выше разума, потому что понимаешь, страдаешь — но идешь, как животное, исполнить чью-

то волю… Но чью же тогда, если не ее? Паук, запутавший-
ся не в ее — в своей паутине, просто потому что ее — это не
есть твое, а твое — это всегда ее… И вот ты уже заговорил
не своими, а ее словами… И то, что не можешь узнать ее
мыслей, — сводит с ума, точно бы лишился своих… Боишься потерять, когда уходит одна, в никуда, хотя бы на теле-
граф, мучаясь сознанием ее, такой естественной, свободы,
как бы еще одной, другой жизни… Готов лишить себя свободы — но чтобы не было у нее…

И вот он живет одиночкой в этой похожей на захлоп-
нувшуюся ловушку квартире, заперся в ней изнутри, будто заперт кем-то снаружи. Лишь вечером выводит себя
на свидание. Это время, оно как тюремное, дается на два
часа. Свою ненужную свободу препровождает арестант-
кой в больничную палату, где койка между окном и дверью, давно своя, родная — пристанище, место их встреч.
Радость. Тоска. Нежность. Простыня, одеяло, одомашнен-
ные, точно бы нездешние, не от мира сего, посланные ее
согреть и укрыть, дающие ни за что приют. Рассказывала, как, ничего не понимающую, но в сознании, ее везли
на операцию... И что ночную рубашку — ту, что была на
ней, — в спешке разрезали прямо на теле ножницами…
И что какая-то бабка брила ей лобок… И он вдруг начинал
это видеть. Девочка его будет взрослеть, набираться сил,
а он будет много дней жить с ощущением, что все делает,
как должен, и ему поэтому разрешают ее навещать, приходить… Он будет приносить сладкие конфетки и глупые
книжки от скуки, горячие поцелуйчики и просто нежные
слова. Ужин — тот, больничный, что всегда как бы чужой,
съедают вдвоем; она говорит, что сыта, отдавая ему луч-

шие кусочки, если что-то повкуснее можно выловить в этой сосущей из людей желудочные соки бесплатной баланде. Званый ужин! Вот по коридору кричат санитарки, зовут: «На ужин! На ужин!» Чудилось, он приходит каждый вечер на ужин… Голодный, хоть и не чувствует этого, и скрывает от нее, что почти ничего не ест. Даже за продуктами для себя выходить не хочется, забросил занятия, к вечеру просыпается, а днем спит — спит и не стелет себе, лишь бы проспать беспробудно весь день, когда не хочется жить. Но любимая, конечно, ничего об этом не знает. Она думает, он учится, он ходит на свои занятия, покупает себе еду, а по выходным навещает маму… И это ее, Сашу, очень радует. Она хочет, чтобы все так было: как всегда. И он во всем соглашается с ней, это так легко… Да, любимая, да… Еще снова и снова, в доказательство чего-то одного и того же, точно на осмотре, отклеив пластырь, обязательно покажет осторожно свой шов, свою ранку, и от какого-то нетерпения — все, что стало совсем как у маленькой внизу живота, обритое, так откровенно открывшись взгляду. Этот его взгляд она ловила с замиранием, чего-то ждала, теперь как будто всю себя дав даже не увидеть, а познать. И он в порыве унизительной, но пронзительно-нежной страсти целовал еще припухший розовый рубец, что, заживая на его глазах, день от дня сам все нежнее обозначался как что-то совсем новорожденное, младенческое, дарил одну лишь радость — и они радовались, радовались…

Свою мать он навестил несколько раз… Приезжал, не выдержав одиночества, — но порывался скорее уехать. Ее вопросов, рассуждений он уже почти не понимал… Ее волнует, как он думает жить. Какая у него цель в жизни… Институт…

Готовится ли он к сессии, ее тревожит… Он должен… Но кому и что?! Этой фабрике благородных девиц, где будущее одно у всех — что-то нудить у школьной доски… Учитель — это само благородство? Семен Борисович благородно посвятил свою жизнь развитию творческих способностей у детей… Но почему, почему он должен быть похож на Семена Борисовича!

Когда-то учитель вошел в класс, посмеиваясь, с авоськой своих, дачных яблок. Раздал каждому, сказав: «Если не знаешь, что рисовать, — рисуй яблоко!» Несколько штук он для этого тут же разложил. И все рисовали эти яблоки — но свое, плотное и весомое, можно было только чувствовать, как бы взвешивая. Это было очень неожиданное и острое ощущение — видеть яблоко в перспективе, но и чувствовать его прямо в своей руке. В конце, оценив рисунки, довольный своим опытом — и произведенным на учеников впечатлением, Карандаш провозгласил: «Ну а теперь попробуем, какое же оно на вкус!» И он помнит этот вкус — и ту радость, что была, как голод. На показательных уроках в конце раздавались аплодисменты. Они гордились.

После занятий в изостудии учителя провожали до метро. Так они сливались в своем обожании — все, кто его любил, — оставаясь однородной массой. Она то прибывала, то убывала, но робкая верная стайка человечков обязательно дожидалась на школьном дворе, когда он появится. И это было, как свидание — провожая, окружив, засыпая вопросами, стараясь блеснуть и запомниться, с трепетом, похожим на озноб, идти если не рядом, то близко с ним — и слушать, и верить, что заслужишь его любовь. Только если спешил или был не в настроении, просил оставить его: и тогда как-то ощутимо бросал, покидал, — а они расходились поодиночке, ненужные самим себе.

Этот человек заменил ему отца: какие страшные слова. Это был отец. Отец... Родной — его больше не было на земле. Но между учителем и учеником стояло такое же небытие. Поэтому он не имел и никогда не получал права так его называть. Поэтому носил другую фамилию. Физически живой — и не существующий. Не одевал, не кормил. Не опора, не защита. Учитель, воспитатель. Очень просто, воспитатель — значит, воспитал. Насытил яблоком. Появился из ниоткуда — ворвался, все переменил. Кого-то лепил вдохновенно, как будто из глины человечков. Новых, то есть заново.

Растворял в себе речью, взглядом. Опустошил. Внушил чувство своей ненужности — новый и гнетущий страх перед будущим, так что, казалось, постоянно решался вопрос о жизни твоей и смерти. Но мучительней всего было его же равнодушие, когда переставал обращать внимание, замечать — и ты в его глазах умирал. Пусть хотя бы одно занятие тебя окружало поле его отчуждения. Презрение и гордость. Наказание и прощение. Больше ничего. Все лишь для подчинения неясной цели кем-то стать, чего-то достичь в будущем, хоть концом всего пока что было отчисление из студии. Не из школы, где учили всех и всему, — а из его студии. Из этого мирка, куда он принимал, разглядев «способности», для начала поощрив. Его студия: чулан, в котором лучиком света оказывалось его же признание, похвала. Каждый учитель, наверное, должен влюбить в себя, и тогда любовь проникает во все, как будто и учишься любить, любви. Но почему же тот, кого любили, причинял боль, понуждая страдать за каждую ошибку? Ошибки, он видел и находил их, конечно, как никто другой, — а потом унижал, ранил, казалось, изощренно, без жалости кому-то за что-то мстил, всегда попадая в цель. Хоть боль переживалась совсем бездушно. Он приучил ее не чувствовать: терпеть.

Власть над душами учеников — и боязнь душевной близости с ними же. Как могло так быть? Почему? Даже не обращаться по имени, заранее отсекая саму эту возможность, но какую же, если не полюбить кого-то? Никто даже не знал, где он жил. Можно подумать, спускался с небес… Прилетал на голубом вертолете… Вечно в одном замусоленном траурном костюме. Рубашка. Галстук. Портфель. И ничто не менялось год за годом.

Только однажды он вдруг стукнул по столу, издав глухой стон: «Убожество…» Все затихли — не понимая. В опустевшей школе с некоторого времени доносились вопли оркестра, но к этому привыкли. Духовые инструменты, переданные подшефной воинской частью за негодностью, лет двадцать пылились в какой-то кладовой. Учитель музыки пообещал директору, что у школы появится духовой оркестр. Набрал учащихся, у которых обнаружил слух и чувство ритма, а по вечерам натаскивал издавать звуки. Можно было лишь угадать, что это разносится марш… И вот, умолкая лишь временами, начиная и начиная заново, репетировали — а Смычок дирижировал.

Карандаш… Раб своей службы, вот он отслужил еще один урок… Учитель, будто бы мстивший кому-то успехами своих учеников… Одинокий, мучительно затаивший в себе что-то, как болезнь, человек… Верблюд… Что он чувствовал? О чем действительно мечтал? Что же было его «целью», если стремиться к ней он сам только учил? Спрятался, втиснув свою душу в стены школьного кабинета. Говорил, говорил, говорил, освобождаясь от своих же мыслей и еще от чего-то, о чем никто, кроме него, не знал. Он высмеивал вдохновенье, он говорил, что творчество — это стремление человека к идеалу, и его достигает тот, в ком есть сила, вера, воля... Быстрее? Выше? Сильней? Идеал?! Что называл то «правдой», то «красотой»... Искали? Искали — и это все? Все?!

Он сказал: «Этот мальчик мне очень дорог».

Он был взволнован. Учитель, он пришел к своему бывшему ученику — и привел кого-то, за кого-то просил.

«Здравствуй, Павлик».

Он так сказал.

«Здравствуйте, Семен Борисович».

Вальяжный, чуть рассеянный мужчина в велюровом костюме, больше похожий на поэта, протянул вялую руку, поправился: «Рад, очень рад».

«Павлик...»

«Да-да, все, что в моих силах!» — поспешил, наверное, преподаватель, чувствуя неловкость или еще что-то неприятное. И, казалось, обеспокоенный, но с равнодушной скукой, куда-то повел.

Прошли по коридорам, где было так просторно и пусто, что звук шагов отделялся и удалялся сам по себе в тишине между шеренг, в которых глухие массивные двери стояли, точно кавалеры напротив прозрачных замерших оконных рам. Он дышал и чувствовал, что воздух весь пронизан светом. А потом решалась его судьба... И он, лишь это понимая, жалко попятился от своих работ, только что отданных то ли на осмотр, то ли на суд.

ОН согласился посмотреть работы...

ОН назначил встречу...

Бедный Карандаш повторял это, точнее передавал испуганному мальчику, как послания, — а потом прятал глаза. Молча, покорно ждал.

Таинственное, волнующее, звучное... Был это конкурс или еще какое-то творческое состязание — и он внушал: «Решается ваша судьба!» Нет, уже не призыв и не заповедь... То, что внушало страх. Когда он пугал — и становилось страшно. Да, отчего-то очень страшно, как если бы в этот момент учитель лишал своей защиты. Страх не проиграть, оказавшись слабее в творческой игре, — а потерять право сразу на все... Да, все потерять, потерять.

История о художнике — том, что отрезал себе ухо... Страшная сказка без начала и конца... Он вовсе не хотел понравиться новому учителю, но думал и думал о том, что услышал. Не узнал — а услышал. Слушал и слушал, потеряв покой, начав точно бы бредить, видеть *это*, — мучился, как будто стал перед кем-то виноват. На уроке учитель что-то молча положил перед ним, как бы тут же забыв. Пожухшая желтая книжечка, похожая на блокнот. Послание. Письма. Ему не верилось в ее реальность. Одна ночь. Первая бессонная ночь в его жизни. Он не хотел жить. Душа его разрывалась от нежности. От непонятной тоски. Карандаш спросил, с удивлением получая обратно свою книгу: «Вы так быстро нашли ответ на свой вопрос?» И тогда... тогда ничего не ответил. Не ответил на вопрос учителя. Карандаш смутился, растерялся: казалось, это его ранило. Но спустя время положил перед учеником новую книгу. И сухо, даже, казалось, с раздражением, сказал: «Прочтите это. Но прошу вас об одном: читайте медленно». Может быть, для него это было новым экспериментом, только на этот раз ему не пришлось выбирать подопытного — и он наблюдал молчаливо за результатом. А мальчик в тринадцать лет прочитал «Историю импрессионизма» Джона Ревалда... Чувство близости, оно пришло через книжные страницы, ведь это были книги учителя. Сами как домики, в которых живут — теперь любимые художники, — они пахли домом. Тем, где сберегались, хранились. Мальчик вдруг осознал, что был впущен в этот дом — и это стало его тайной.

Учитель сказал: «Я думал, что вас увлекла живопись, а вы любите читать».

Когда он попал в эту квартиру... Они шли, почему-то одни — и учитель вдруг спросил, ждут ли его дома, будут ли переживать? Спросил — и вот они спустились в метро. Всего через одну остановку. Чужая улица. Старый угрюмый дом. Он чувствует, что в квартире много комнат, но только эта кажется жилой. Комната погружена в беспорядок. На стенах — картины. Кругом книги, они уже не умещаются на разбухших и высоких, до самого потолка, полках. Тахта, покрытая ковром. Столик. На столике лампа. Учитель ложится на тахту. Лампа освещает комнату и его уставшее лицо. Овчарка занимает свое место, у ног хозяина. Он усаживает мальчика напротив, ставит пластинку... «Это Бах».

Музыка обрывается. Но что-то электрическое забыто гудит. Только когда он спросил о картинах на стенах, учитель болезненно сморщился... Не захотел говорить.

Вдруг хлопнула входная дверь. Вошла взрослая девочка и заговорила с ним, своим отцом. Учитель слушал ее — но не поднимаясь с тахты. И когда она вышла, сказал суховато: «Это моя дочь». Потом, через мгновение, как бы очень странное: «К сожалению, ее мама умерла». За стеной включили магнитофон — и ворвались другие, режущие металлические звуки. Он улыбнулся. Молча улыбнулся. Опять повторив это, странное, только уже безо всякой скорби или боли: «К сожалению, ее мама умерла».

Ему чудилось, он уснул. Спал — и уже не мог очнуться. Реальность всего лишь растворилась в этом сне и поэтому больше не ранила, ничего не значила. Сомнамбула. Он ходил на уроки, не помня себя, учился, что-то делал, возвращался домой, а по вечерам — в студию. Текло медленно время. Вдруг, как в песочных часах, просыпалось... Ему говорили, что он должен сделать очень важный выбор. Точнее, даже не выбор: должен был осознать как приговор, что не может продолжить обучение в школе. Плохое поведение... Плохая успеваемость... Но теперь это надоевшее понукание отлилось в свинцовую формулировку: негоден. Пятерка по рисованию. Четверка по истории. По литературе. Это были его оценки, жалкая горстка преданных доблестных воинов в окружении трусов и предателей. Да, все потерять, сразу все потерять, даже не дав сражения и не понимая, когда же, кем решалась его судьба!

Карандаш был бледен, растерян. Утешал, понимая, что ничего нельзя изменить. Ходить в его студию? Даже в этом больше не было смысла. Какой же тогда был смысл раствориться в его занятиях, какое он, учитель, готовил своим ученикам будущее? Блистать на образцово-показательных уроках? Умилять родителей своими поделками, очень и очень далекими от мастерских работ? Ведь этому учат в особых школах, еще с детства — рисовать, писать... И все они заранее обречены в этом сражении, ведь их школа самая обыкновенная и они — самые обыкновенные, а необыкновенным был лишь он один, их учитель.

Он расплакался в его кабинете, когда остались одни. Расплакался совсем как ребенок. Как это стыдно помнить. Такие слезы. Бедный Карандаш, и он сдался... Он пообещал все устроить — переменившись, перестав быть самим собой. Все такой же сосредоточенный, но тихий, покорный и еще, казалось, ласковый, но отчужденный, он что-то решил — и отобрал для этого его работы. Точнее, забрал, потому что многое незаметно подправил.

Мальчик придумал: он хотел, чтобы учитель пришел к ним, чтобы они встретились — его мама и его учитель. И он пришел, думая, что должен убедить ее дать свое разрешение... Был ужин, на столе даже очутилось вино — но Карандаш не пил. И речи этой женщины, казалось, мучили его, но он сдержанно отвечал на все ее вопросы. Она кокетничала с ним — его учителем, и лишь из кокетства ей хотелось говорить о живописи, задавать напыщенные вопросы, без желания слушать, понимать. Когда учитель уходил, улыбка размазалась по ее лицу, как будто вместе с губной помадой. Мальчик ненавидел себя — и ее, свою мать, сгорая от унижения и стыда, хоть сам подстроил то, что заставило сойтись на несколько часов двух бесконечно чужих взрослых людей.

Прощаясь, учитель обронил: «Ваша мама очень одинокий человек».

Она отрешенно курила на кухне. Строгая, сильная, другая, как бы тоже чужая. Почему-то мальчик чувствовал, что и она все поняла, но простила. Она удовлетворила свое любопытство и, наверное, ревность, потому что решила, что этот человек, о котором столько слышала, как будто похитивший ее сына, не мог ни любить сильнее, чем она, ни влюбить в себя, если она за этот вечер нисколько не влюбилась в него: и это был даже не художник, а какой-то учитель.

Только потом: «Мама, меня приняли в художественное училище. Я буду художником». Она ответила, нисколько не удивившись, как если бы это не было для нее хоть какой-то новостью: «Я всегда это знала, мой сын». И учитель исчез из его жизни. Или это он, его ученик, пропал, больше не давая о себе знать, потому что не понимал, как это может быть: что он снова придет на урок — или как будто придет, как будто это будет урок... Вдруг зарядил легкий быстрый дождь. Всего лишь дождь, но все сделались беспомощными, не зная, что делать. Капли сыпались на этюды, размазывая краски. Учитель метался, спасая их, своих учеников, от простуды. Все прятались. Смех кружился по парку, доносился со спасительных зеленых островков, как если бы это ожили и смеялись деревья. Оставленные мольберты мокли жалко под дождем. Мокли и размывались брошенные этюды. А когда дождь пролился и стих, самый счастливый человек, он проносился по роще от мольберта к мольберту, созывая всех, кто был вокруг. И сиял, почти трубил: «Смотрите на эту кра-со-оту! Кра-со-ту-у!». Так это было, казалось: человек, о котором помнил, умер, но это не принесло никакой боли, только не забывалось. И все время хотелось, чтобы учитель о нем узнал — и прийти, если бы тот позвал. Но обходил школу, в которой учился, и боялся встречи с этим человеком, а если бы это случилось, то, наверное, скрылся бы или что-то сделал, чтобы тот его не увидел и не узнал.

Да, он многому научился у этого человека, но стать таким же, чтобы иметь потом одну такую же надежду: запечатлеть себя в учениках… И гордиться не собой, а каким-то учеником, считая его своим, но чем же, если не оправданием… Она совсем ничего не понимает или притворяется? Она думает, что живопись вполне могла бы остаться для него просто увлечением. Рада будет, если лишится свободы, упрячет себя учителем в школу, где однообразная успокоительная трудотерапия вылечит его душевную болезнь. Испугалась, если теперь ее сын решит, что он — художник. Если не задушится мечта, если вера не испарится, еще детская! Но самое странное, нет, чудовищное, она же сама заразила его мечтаниями… Ничего ну хоть сколько-то практического от нее не слышал: глотал и глотал мамочкин дым… Практическое привнес в его жизнь какой-то Семен Борисович, да, именно что учил. Священный трепет — и вот суховатое, глуповатое: «Если ты хочешь быть свободным художником, ты должен понимать…» До сих пор это звучит в ее устах с нескрываемым пафосом… Все дети любят рисовать… Он всего лишь любил рисовать… И теперь мечтает рисовать… Всю жизнь хочет только рисовать… И ему не страшно! Но, возвращаясь из больницы, он все же звонит каждый вечер матери… Для Аллы Ивановны это разговор о здоровье Сашеньки, и он знает: мать задаст с десяток вопросов, то есть примет, конечно же, участие в ее судьбе. Но закончится это общение суховатой, бездушной паузой, ведь ее сын должен почувствовать, что больше ей не о чем с ним говорить… Он действительно раздавлен. В общем, не может выдержать карающего материнского молчания. И она простит его милостиво, как только почувствует, что обрела над его душой власть. И он врет. Ложь дает свободу, приносит успокоение. Это она как прощение. Даже матери она приятнее, можно подумать, чем-то выгодна. Странно, в детстве он почти не врал своей матери, так доверял — и верил каждому ее слову. А теперь готов врать, но и сам не верит ни одному ее слову, начиная понимать, что это такая игра слов. Пусть же услышит, что ей так хочется услышать, и он опять станет, хотя бы притворяясь, ее сыном. Любящим? Любимым? Сегодня им должен быть кто-то, кто получит диплом о высшем образовании и с чувством долга перед своей будущей семьей вдохновенно отдаст себя служению у школьной доски… Пусть. Это так легко, легко…

Новенький этюдник скукожился.

Перед ним лишь пустое широкоэкранное окно. Прозрачная стекловидная пленка пропускает свет — но не воздух. Небо в проеме стен. Точно бы содрали обои и открылась штукатурка: слой мелкого песка, мрамора, истолченного в порошок… Оно сливалось с тлевшим сиреневым тоном обоев, как бы входило и закрывалось в полупустой продолговатой комнате, когда чахло и болело, тонуло и шло ко дну, к декабрю. В совсем редкие, будто спасенные, дни на чистой глубокой синеве вдруг появлялась белая-белая точка… Плывущий в свой порт авиалайнер. Ночью, возникая на обширной черной сфере одинокой кровинкой, пульсировал, чудилось, летящий в космосе, огонек.

Простая геометрия мироздания — вертикаль и горизонталь.

Зрение — это чувство.

Распинающая себя над землей душа.

Мастер Небесного Свода работал и днем, и ночью, как будто водяной краской по сырой штукатурке, начиная все заново, лишь в чем-то повторившись, хоть знал бессмертье.

Взгляд падал с высоты вниз — туда, где ползала, копошилась жизнь в застроенных ландшафтах, а ночью все пряталось и пунктиром, как на карте, прокладывали маршрут колкие звездочки фонарей. Окно — чтобы видеть. Только видишь все далекое. Распахивал — и тогда в глухонемую комнату с красками врывался ужас небытия… волнообразный полетный гул… он только и слышался или уже мерещился. Что-то манило сделать это. Хотя бы свесив голову, с ужасом и наслаждением испытать ощущение падения — пролететь глазами все этажи под собой. Так было, когда уже ничего не чувствовал и будто сходил с ума в этой комнате. Принять решение и отвечать за него, то есть лишиться оправдания… Броситься в неизвестность, выйти из подчинения чуть ли не у самой судьбы… Разве это не то же самое?

Он заберет Сашу из больницы в конце ноября.

Чем же было это возвращение… Ей покажется, после долгого отсутствия, что мир изменился, даже дышала с трепетом, удивлением… Но ничего не менялось — тянулось время… Радость, покой… То, что обрела там, в больнице… Сделают только больней, поэтому их лишится. На почте будет ждать посылка. До востребования. Простыни, постельное белье. Все для первой брачной ночи. Хоть и запросто, но посланное заранее, как прилично. Его покоробило. Она искала в посылке хоть какую-то весточку, но не нашла. Казалось, получила на почте что-то, что вернулось за неимением адресата… Они решили, что свадьбы не будет. Когда лежала в больнице. То есть она решила… Она чувствует себя некрасивой, она хочет, чтобы это было весной, нет, просит, чтобы он, он еще раз все решил, обдумал… Думал — а сказала первой она… Это лишь очередь, формальность, ничего не отменяющая, кроме какой-то регистрации, пропустят, снова подадут заявление, лучше перенести, весной, ей нужно время прийти в себя… Но что, если она ждала услышать другое?.. Об этом не думал почему-то. Хотела начать все сначала, а он чего хотел? Думал, решал — и оказывалось разумней всего, удобней, в общем, выгодней отложить не решение само, но эту процедуру. Он должен готовить свою первую выставку, он ведь все еще победитель, это выставка победителя… До этого он мечтал рисовать, как ребенок мечтает, чтобы исполнилось желание… Потом это стало желанием нарисовать как можно лучше… Надо что-то делать, он остался без лучших своих работ, продал, что-то есть, но слабое, жалкое, и все это время вымучивал, одно и то же, а не работал, он должен доказать, должен успеть…

Он хотел, чтобы она увидела его картину… Поставил холст на этюдник — прямо посередине комнаты, напротив окна. Она вошла в квартиру, все еще было волнительно, эти первые шаги… Он приготовил шампанское… На кухонном столе маленький театрик: все, что ставится на его сцене, сегодня играет праздник… Но вот она заглянула в комнату, подошла к этюднику, подумав, что и это приготовлено для нее, к ее возвращению… Или не для нее… Недоумение. Растерялась, не ожидая увидеть что-то похожее на кусок замызганных размытых грязно-сиреневых обоев… «Это какая-то фантазия?» Подавленная, не дожидаясь, переспрашивает:

«Эта белая точка, она что-то значит? Это все? И больше ничего? Все?». Разглядела почти на краю белый-белый, одинокий мазок... Замерла, опустошенно молчит. Он скажет: «Это самолет. Маленький, потому что такое огромное небо». — «Небо... И что?» — произносит она с равнодушной жестокостью... «В нем люди». — «Люди?» — «Люди, много людей, в этом самолете люди».

Саша резко обернулась и смотрела уже не на эту белую точку — ему в глаза, а в ее, все еще каких-то ожесточенных, но умоляющих, дрожали слезы, те, которых не могла сдержать... Он мог быть вполне доволен — это действие его образа, созданного одной белой точкой и мучительной пропастью фона. Образа, что был просто засохшим комочком краски, если бы не оживило воображение еще одного живого человека. Он принес ей горе... Минутное. И вот оно прошло. Она чувствует, она понимает... Восхищается, любит за это: за то, что способен на такое... Значит, способен...

Вдруг спросила: а где моя Хорошка?

Он соврет: скажет, что хомяк выбрался как-то из банки, пропал... Банка — банка пахла, банку он просто выбросил. Да — он ничего ей не говорил... Она не спрашивала — а он ничего не говорил, не хотел расстраивать... Но поверила... Ходила по квартире, звала: Хорошка, Хорошка... Кусочки какие-то подкладывала... яблоко, хлебные корки. Как будто нарочно делает что-то несуразное, бессмысленное. Потом вдруг сказала, раздраженная, злая: наверное, ты от него избавился, я знаю, ты его не любил, ты вообще не способен кого-то любить... Ничего не ответил... Ей хочется, чтобы ему стало больно. И ему больно... нет он любит, он способен, он умеет любить...

Вдруг… «Хорошка… Хорошка…» Вспомнила, опять зовет…

Пройдет всего неделя — и проступит пустота, в своем самом выразительном виде, молчащая. Можно ведь молчать, даже произнося слова, это бывает тогда, когда слова теряют всякую теплоту и произносятся только для того, чтобы было что-нибудь сказано. Казалось, это ее, этой съемной квартиры, пустота, но пустоту заполняло время… Все уже хотелось считать только репетицией будущей, то есть настоящей жизни, чего-то ждать… Но мыслей о будущем не стало, копилось другое… Будущее, оно скрылось, оставив теперь, здесь и сейчас, в неизвестности этой свободы, вынуждающей почему-то осознавать свое бессилие. Минуты покоя, свободы, тишина… Потом целые часы, когда каждый был занят лишь своим, только собой. Разделив молчание, делили, наверное, пустоту, одиночество, страх. Странное ощущение, будто бежишь вверх по лестнице, а она движется вниз… Или, что же, просто жить, так и жить, день за днем, год за годом? Легко было воображать, мечтать, как они будут жить вместе, но и жить, жить, точно бы в будущем… Пчела, влипшая в свой же мед желаний — а потом муха в янтаре. Когда постепенно, конечно, исподволь все начинает казаться ненастоящим… Кажется, что сам же, сам же все время притворяешься, недоговариваешь, скрываешь, лжешь зачем-то именно что в мелочах, не как-нибудь так, ее предавая — а себя предавая, муторно, повседневно… чтобы не молчать, чтобы не дать ей повод подумать… Да, да, в конце-то концов, просто жить!

И когда хочется, чтобы все оставалось хотя бы так, хотя бы таким, как есть — что-то каждодневно меняется, нет, уже только разрушается... Ему кажется, что это Саша принесла с собой что-то больное, ноющее недолеченной раной... Но из чего делать трагедию, какая-то неправильная беременность... Кажется, сказал ей, чуть ли не словами своей матери: трагедия — это потерять жизнь ребенка... А что мог бы он сказать, какое горе ее должен был утешить... Даже близость, что казалась такой долгожданной, желанной, кажется, приносит ей одну лишь боль, она ее не хочет — и он унижен уже в самих своих желаниях как мужчина, не понимая своей вины, но осознавая, что это наказание. Она требует краски, бумагу... Кажется, ему назло... Этого он о ней еще не знал. Она умеет рисовать. Ее рисунки все хвалили, она даже занимала на школьных конкурсах первые места... Его краска, его бумага... Она рисует его портрет. Нет, он отвернулся, спрятался, и он ей не нужен, это рисунок по памяти или даже такой, каким себе представляет... К его удивлению, очертания имеют что-то общее с его внешностью... И это приводит его в состояние тоскливого отвращения, конечно, к ней, к этому ее портрету... У него ничего не получается. Все, что начинает, портит и бросает, мазня. Он валяется на полу и от полной бессмысленности читает ее учебники по анатомии, других книг здесь нет, только ее учебники... А она рисует... теперь она рисует... Хорошку. Они мешают друг другу жить. Уезжала на свои лекции, один в квартире, он прислушивался, как будто это было откровение: принадлежал самому себе, становился собой... Но представить, что ушла и больше не вернется, было мучительно страшно. Она возвращалась... Он уезжал, врал, говорил, в институт... Несколько раз ночевал у матери, он и хотел, чтобы мучилась своим одиночеством, как мучился он своим... Что-то должно произойти, он чувствовал. Что-то происходило каждый день, ведь он об этом знает... Однажды, вернувшись, понял, что это случилось. Уткнулся в запертую изнутри дверь, звонил, стучал, пока на шум не полезли из своих щелей соседи. Вызвать милицию было бы очень кстати... Ждал, когда там, за дверью, сама издаст хоть звук. Он был спокоен, как ни странно, и доволен собой. Это было состояние свободы. И услышал наконец-то мычащие звуки, расплющенный до неузнаваемости человеческий голос... Она смогла открыть дверь. Все мысли ее, какие уж были, привели в действие жалкое беспомощное тело. Он увидел то, что должен был увидеть, ведь он, он сделал это с ней... И если бы могла закричать, кричала бы что-то ему в лицо, но речь ей не подчинялась...

В этой квартирке и должно было происходить что-то такое: запой, с животной дракой, воплями, безумством... Готовенькое, теперь уж точно гаденькое местечко для сведения счетов с жизнью. Комната тоскливых ужасов, будто разбуженная, стряхнула прах, как машина, пришла в движение, отслоила паутиной что-то зыбкое и жуткое, погрузилась в ожидание и тогда почему-то ожила... Саша в ней одна. Она не переносила водку, даже запаха, но ничего, кроме водки, в квартире не оказалось. Он купил водку по талонам, чтобы не пропали, если можно выменять сахар, кофе, сигареты, много чего. Она даже не знала, что напьется в этот день до бесчувствия... Нашла случайно то, что можно было выпить... Потом, понимая, что опьянела, думала, наверное, ну и пусть он увидит ее такой... Все ему скажет... Эти мысли ее выстроились, как солдаты: все кончено, все кончено, все кончено... Да, скажет, а потом хлопнет дверью и навсегда уйдет. Вещи, их надо собрать: упакован чемодан, с которым пришла. Это занимало время, которого уже не ощущала как время, просто куда-то далеко плыла. Но опять она, быть может, плакала, как будто хоронила кого-то, листая свой плюшевый альбом… И опять, вспомнив о своем Хорошке, звала, искала… Она не думала, куда же потом пойдет, где окажется одна, пьяная, ночью: воображала, что сядет в автобус и куда-то поедет, как будто это мог быть тот ее трехколесный велосипедик, на котором так легко собиралась объехать вокруг земли, всего лишь набив кармашки пряниками… Бесстрашная, она ничего не боится. Да, она великодушна и щедра, это маленькое снисхождение к нему ничего ей не стоит, только ожидание, оно мерзкое, в этой мерзкой квартире. На фоне этой мерзости она, пожалуй, должна сделать напоследок ему, бедненькому, еще что-нибудь приятное… Пусть помнит всю свою жизнь, когда войдет и увидит ее, какой она встретила его беззаботной, красивой… И еще успела беззаботно принять ванну, разбавив это удовольствие новой порцией водки, глотая которую уже чувствовала приступы тошноты, точно бы страха и омерзения, но презирая свой же страх, подавляя силой своей воли даже это омерзение, глотала… Пусть бы это был яд, но теперь она даже в глаза своей смерти смотрела бы с презрением, повинуясь одной лишь гордости, которой что-то бросало вызов… Тогда алкоголь совсем притупил в ней всякое чувство боли, сделав бесчувственным даже посвежевшее, водой и теплом упоенное тело… Она забыла о нем, чем-то прикрыть — или уже тоже желала выставить напоказ, свое как чужое… Что осталось на уме… Красивую прическу… Броский макияж… Волосы ее успели высохнуть, сами покрыли голову, даже лицо, на которое как бы нежно стелились… Наверное, пока старалась что-то сделать со своим лицом, путаясь в них, от своих же попыток, глядя на то, что получалось, в подлое, чудилось, смеявшееся над ней, своей хозяйкой, зеркальце, она его разбила: его осколки усыпали пол. Вот что ее надломило, сломило: она хотела их собрать, смести, убрать, но не могла… Раня ее босые ступни, впиваясь в них, чего она, наверное, не чувствовала, они разбегались, будто бы падая на пол, разбиваясь, рассыпаясь вновь и вновь… Кровяные отметинки на полу, но как следики от птичьих лапок, всюду, от порезов, ранок этих — в комнате, на кухне, в санузле… Чего еще хотела, бродила, для чего… Этого он уже не может понять, даже представить. Он попал в квартиру, потому что она очнулась и впустила его… Вспомнила о нем, заставила себя… Вот она развалилась на диванчике, мычит, ей плохо… И он спокоен, он все еще спокоен, потому что понимает, что она лишь пьяна, она просто до бесчувствия напилась… Сколько он видел таких животных, сколько раз был сам таким вот животным, теперь главное никого не жалеть, ни себя, ни ее, нужно помочь ей, как будто это мучается корова или овца, помочь избавиться от того, что в нее вселилось и мучает. Размалеванное лицо, кровавый кривой рот, от попыток обвести его губной помадой… Черные круги от поплывшей туши вместо глаз… Это для него, что уж осталось… Унитаз. Ванная. Холодный душ. Понял, где достала, сколько же в себя ее влила, почуяв водку. Ему нельзя ее жалеть, он жесток, он поливает ее ледяной водой из душа, успевая поймать себя на мысли, что если не испытываешь к своей жертве жалость, сострадание, то, как эти санитары в медвытрезвителях, получишь удовольствие садиста… Бедная врачиха, она была к нему куда добрее, она ведь его-то спасала, спасла от этих пыток… Саша, Сашенька… О, нет, молчать, молчать! Через полчаса все повторяется… Унитаз. Душ. Диванчик. Он спокоен, он делает свое дело… Но теперь она пробудилась… И что выдавила, было: «Я тебя ненавижу».

Закрыв глаза, тут же провалилась в забытье. Но через время вдруг что-то пробудило, подняло… Было давно за полночь. Бродила. Уходила. Дух ее куда-то рвался. Обнаружив, что запер дверь, спрятал ключи, будто во что-то уперлась. В полусознании, как если бы и подчинялась не самой себе, но нахлобучив одежду, глядя сквозь него, в никуда, угрожающе завывала одно и то же: дай уйти, отпусти. Это вселило в него злость или такую же ненависть к ней, да, теперь он уже ненавидел это животное, издеваясь над ней, он бросал в нее что-то грязное — а она отвечала ему тем же. Наконец она вспомнила… Заговорила… Она думала, что забеременела, она решила, что этого зародыша не будет, сама решила, все сделала… Что он понимал… Ничтожество… Если бы этот его зародыш в ней был, то его бы уже не было… Так она произносила с наслаждением, как бы даже на языке медицины: «зародыш»… Все сказав, ощущая вокруг себя даже не молчание или тишину, а сдавленную будто до полного отсутствия в ней жизни атмосферу, слюняво улыбаясь, чему-то радуясь дурочкой, стихшая, в блаженстве успокоилась и, еще подождав, насладившись, прилегла на диванчик, потому что устала.

А через несколько минут уже противно храпела.

Страх…

Унижение…

Стыд…

Бешенство…

Ничего этого не почувствовал, лишь усталость — и осво-бождение. Как мало он знал себя, оказалось. Лег на полу в комнате. Что он сделал, ведь что-то же он должен был сде-лать? Он погрузил эту квартиру во тьму, просто выключил свет.

Утро. Кто-то толкает его. Это она. Наверное, ждала бы, но вид спящего собакой на полу стал невыносим. Она собра-лась, хоть ставшая такой короткой ночь своей порчей объела ее лицо. Оно какое-то голодное, темное, будто уже из про-шлого…

Дрогнул голос… Голос, он и вернулся к ней, не обманы-вал, самой чистой явью. Той, что говорила в ней, с ним… В этой наполненности душевной отсутствует какой бы то ни было смысл. Все хрупко, нежно. Хочет казаться твердой, чужеродной, но сейчас же расплакалась бы, выплакав лишь горе.

Мысль — ведь она хотела избавиться от его ребенка — но разве он сам хотел, готов был даже к одной мысли, что может родить? Он тупо не чувствовал ее страхов и что это значило для нее… Но если бы случилось, это случилось — склонял бы сам избавиться. Тогда бы, конечно, хотя бы что-то понял, по-чувствовал… И это ему бы пришлось сознаться в том, что же для него главное… Что главное для него — это они сами, их жизнь, то есть, конечно, он сам, его свободное, так сказать, состояние. Вот он, ответ. Или это уже такой же вопрос, что потребует однажды к ответу?

Слова, слова, слова… Они тут же сгорают, так мало у них времени, кажется, одно слово — как одно мгновенье. Сколь-ко мгновений нужно было, чтобы повернуть это же время вспять… Торжественно зачем-то выливаются в раковину остатки водки. И это она дает ему обещание никогда не пить, верит свято всем своим словам, а от него ждет если не нежности, то хоть какой-то теплоты, ведь оживает лишь для любви… Она забудет о бредовой идее пытаться строить свой дом, семью под чужими крышами… Ему нужна мастерская для работы, эта квартира становится теперь его мастерской. Дом ее — это его дом, жить они будут на проспекте, с матерью, по-другому не может быть. Его выставка в марте. Он должен только работать и ни о чем больше не думать. Его денег хватит прожить до весны. И весной она получит свой диплом… Весной они станут мужем и женой… И она, конечно, пропишется у него, с него хватит ее комплексов, он устал, и не то время… Все по карточкам, по талонам… Она не понимает, в какое время они живут?! А дети, если дети? Она что же, к своей маме улетит, в Магадан? Будет в Магадане рожать его детей? В Магадане устраивать в детский сад, в школу, воспитывать? Жить? Работать? Спасает, не зная кого, ее или себя — а потом, терпящих бедствие, их подобрал маленький диванчик, что был для того только и нужен, чтобы кого-то спасать.

Саша переедет на проспект через несколько дней… Уезжая, она просит порвать рисунки, для которых позировала. Что могли иметь какую-то цену — это было ей противно. Она не хотела, чтобы кто-то когда-то их увидел… Чтобы кому-то хоть когда-то попали на глаза… Но ведь это значило совсем другое, о чем думала, ничего ему не говоря. Он бы осмелился их только сжечь. Унести и сжечь, но в укромном месте, чтобы не привлечь внимания. Около дома ютился сквер, у пруда, невдалеке от шоссе. В сквере был поставлен монумент павшим воинам, неизвестно почему на этом месте, но делавший его каким-то кладбищенским, так что хотелось обойти стороной. Он вышел уже в темноте. Прямо на снегу сжигал один за одним листы... Секрет, письма — вот что это было, еще никогда так легко не освобождался от своих тайн. Жег, согревая голые руки...

Огненные прихотливые цветки.

Отпадающий лепестками хрупкий пепел.

«Война будет», — голос за спиной. В нескольких шагах от него стоял человек в шинели без ремня и погон, глядя на огонь. Седеющий, с непокрытой головой на холоде — и овчарка, что замерла у его ноги, не приближаясь к огню.

Молчание.

Отошел в темноту, отделившись от самого себя тенью. Тогда и овчарка, обернувшись тенью, растворилась в темноте...

Она уедет одна — он останется один.

Работал.

Обстановка, жуть заброшенной квартиры вдруг соблазнила, заполнилась воображением, мучеником которого он давно уже стал.

Будет приезжать, навещать их с матерью, возвращаясь домой будто бы откуда-то издалека.

Теперь его возвращения домой всегда ждут две женщины.

Алла Ивановна вообразит, что дожила до счастливых дней... Чувство долга не изменит ей, оно и превыше всего. Лишившись возможности заботиться о сыне, гордится, что он посвятил себя искусству. Что это такое, искусство... Ее сын однажды скажет, что искусство — это обман, за который художник платит жизнью. Но никто не знает, как он боится своих слов…

Еще придет вдруг, под Новый год, поздравление молодоженам с открыткой в цветочках. Извинения отдельно, на клочке бумаге, что не побывает в Москве, на свадьбе, потому что ушла с торговым судном в Корею, по знакомству, буфетчицей. Извинение, что не смогла выслать на этот раз денег, поиздержалась, но придут в Корею, все наладится, что-то получит, пришлет.

Но ничего больше не пришлет…

Он не выдержит, бросится в сберкассу и снимет со счета все свои деньги. Он сделает это, когда испытает потрясение, зайдя в один продуктовый магазин, потом в другой, чтобы хоть что-то купить, увидев похожие на аквариумы, из которых спустили воду, витрины, пустые стеклянные гробы прилавков, тарахтящих холодильных камер, где трупный запах проник всюду, смердело даже у касс… Ему виделись одинокие люди в мерзлом, обледеневшем городе. В этом видении было что-то смерти подобное, ему почудился блокадный город на краю гибели… Но никто этого не понимал. Никто не думал о спасении, потому что еще никто не умирал от голода. Город прожорливо истощался к наступающему, опустошенный все же так, будто это была объявленная всем дата конца…

И вот телевизоры, превратившись в огромные часовые механизмы, приковали к себе ожидание миллионов, длящееся всего одну минуту, транслируя в прямом эфире само время, отсчет секунд, с которым сверяют свое, чтобы совпасть с той, самой последней…

Бой кремлевских курантов! Наступил новый тысяча девятьсот девяносто первый год…

За столом новая семья. И столовые приборы пронзительно звякают, будто раскладывали хирургический инструмент.

Алла Ивановна блистает, за столом она одна одета как-то вызывающе нарядно, празднично, успела опьянеть. Она вполне довольна, что они уедут, оставят ее одну, дождавшись боя курантов. Она говорит, что одиночество для нее — это наслаждение…

Деньги, деньги, как сладостно их сжигать в эту ночь, просто прокатив себя через всю Москву, заплатив, сколько бы не заплатил в другую ночь, сколько никогда бы не запросили… Шампанское, буханка хлеба — все, что есть… Саша прижимается, затихает…

Мчатся сквозь ночные перестрелки, трассирующие выстрелы огней. От которых уносят взлетные полосы проспектов.

Ей ничего с ним не страшно.

Впереди, вся в их власти, ночь.

Или это они в ее власти, пойманы, схвачены…

Ей кажется, она гостья в холодной квартире.

Проведет с ним эту ночь, согреет и не останется.

НУЖНО ПРОСТО ЖИТЬ, НУЖНО ПРИВЫКАТЬ ЖИТЬ.

Когда ложатся — на детском этом диванчике-малютке нельзя ни повернуться, ни растянуться. Обхватились, как дети, так теплее. Включили плиту, все четыре конфорки. Гул, заунывный — гудит за окном ветер. Гул крови. Гул, гул… В новый, далекий, приближается… там, высоко, где-то в небе.

Сберечь, сохранить, спасти…

Потерять, исчезнуть, погибнуть…

Впереди гул, и какой, если не судьбы…

Это их самолетик, это они в нем куда-то летят…

Его страхи… Успокаивает, что есть деньги, он сразу успокаивается, деньги успокаивают… Ее страхи… Мамочка, братик, отец…

Я тебя люблю.

И я…

И больше ничего…

Разрыдается. Истерика. Но не от слабости и жалости к себе… Вот и теперь это взрыв! Она родит… Она так любит его, она родит ему ребенка, она видела сон… Ей приснился мальчик, он был похож на него, он сказал, что он их сын, что он уже где-то появился, он придет… Потом порыв доказать свою любовь, или внушила себе, что сон исполнился: в эту ночь, в эту ночь, как по зову, в нее войдет, спустившись, неведомая, но уже хранимая драгоценная жизнь!

Как утром она была счастлива, ее живот, сам живот, казался ей, наверное, уже вместилищем какого-то чуда. Она радовалась, что так легко запомнить, какой сегодня день… Считала, очень серьезно, дни, месяцы вперед: май… август… сентябрь. И не было страхов, все прояснилось, как этим вот днем: буднично, просто внушая одну лишь надежду на счастье. Ели жареный черный хлеб, смеясь, что хлеб можно жарить на сковородке, как колбасу, что никогда еще не ели ничего подобного, — и это было счастьем. Вечером они пошли в кинотеатр — первый раз пошли в кино. И она радовалась: это ее любимый фильм, они идут в кино. В холодном пустом зале будет слышен каждый звук… Никто не пришел. На всех сеансах возвращаются «Генералы песчаных карьеров». Молодой мужчина с женщиной, купив билеты, заняли неловко свои законные места в серединке — а несколько подростков, пьяные своей свободой, развалились в первом ряду. Ряды незанятых мест похожи на провал. Гаснет медленно свет. На экране возникают миражи исчезнувшего времени. Но теперь это как трансляция в прямом эфире. Оно всплывает, себя воскрешает, широкоэкранное, по-летнему яркое, цветное под хохот и похабные выкрики подростков — как будто последних зрителей.

Потом деньги, они начали таять, обесценивались день ото дня. Что осталось на руках — вышло из обращения. Того, что не потерял, хватало... на что же хватало?!

Побег из дома кончился тоже бегством — тогда, в конце января.

Бежал домой, куда же еще, если некуда.

Дом — это квартира, в которой у него есть своя комната. Ее называли «детской», «маленькой», но вот он вырос, совсем большой, и комната вдруг уменьшилась. Привел любимую женщину. Потом грудой, как хлам, набилась брошенная работа, у которой не было места — ящики с красками, бумага, холсты. Время остановилось — или нет, жизнь. Резко, тупо дернулась, как вагон, когда его отцепляют, встала без движения. И потом время потекло, ненужное — нужны были деньги, деньги. Саша устроилась медсестрой в детскую инфекционную больницу: ночами работала, днем доучивалась. Все, на что мог рассчитывать он, застряло где-то впереди, но этого было достаточно, чтобы ничего не делать, имея перед ней оправдание, почему так живут. Самый молодой член МОСХа! Пока это звучит. Первая выставка, заграница, своя мастерская — все это, как ни странно, молодой художник успеет получить накануне всеобщего развала. И однажды все потеряет в один день. Будет лишь терять и терять. С чего это начиналось… Квартирная хозяйка — как с того света посланница. Являлась, уносила оплату и оставляла жить. Платить стало нечем. Дожидался ее прихода, официального визита. Уже состоялось подобие переезда. Должна произойти передача ключей.

Заранее покинул, освободил — и не ощущает своего присутствия. Но кто-то остается, остался. Радио вещает о новой войне, мир гудит, встревожен… Скрип… Стук… Капает вода из крана… На острове они были не одни — это его последняя страшная догадка.

Хозяйское не тронуто — а от них остался выводок бутылок из-под шампанского на кухне, в уголке, уже из прошлой жизни. Бутылка одинокая коньяка — и о ней забыл, пустив под стол… Коньяк опять помог уснуть, иначе в этой квартире, оставаясь один, давно не мог… Хозяйка приметила, не поморщилась, то ли привыкла к бутылкам, то ли уважала стеклотару. Но хитро ухмыльнулась: «Что, сосед, на коньяк потянуло? А вы кто хоть были, влюбленные?» Он застигнут врасплох, казалось, грубостью, но ничего не может, будто и не способен, ей ответить… «Ну, не по фамилиям, а как есть, в наружности? Ясно… Да я не без понятия, студентов, что ли, не видела… Девчонка крепкая, чисто все у ней было, зря турнул, а то видела я прошмондовок этих, молодых… Ни стыда, ни совести, из грязи деланные, в грязи живут… Или это она, что ли, отворот дала, квартирой, может, не устроил? Чего же вместе-то не жить? Человеку одному нельзя, а квартиру дадут… Вы живите, а оно само, жизнью-то как ей лучше устроится… Или по-модному у вас было? Порезвились, шампанского попили, погуляли одни свою свадебку, без родителей, а чуть что, разбежались, и вся любовь. Мой-то сыночек, кровиночка, год как помер, ага... Здесь его нашли, вот здесь он лежал, пропащий... Не, не завонял, я как почуяла, домой вернулась... Жить с ним не могла, ты пойми, он как выпьет, прямо с ножом на меня бросался, такой дурной, это я у него во всем была виноватая... И батя его, горький достался пропойца, терпела. Ну ничего, смерть-то свою не пропил... И ему страшно стало, хоть напоследок человеком помучился, пока землю от себя избавил. Долго, паскуда, помирал, от рака. Не то что сыночек. Сыночек-то враз, уснул он у меня и не проснулся... Сердце, сказали, больше не выдержало, напившись. Как так? Я живу, шестой десяток меняю, а сыночка нашего нет?»

Отпускает его — но тут же, будто уходят вместе, прилепилась, пошла за ним... В лифт, из подъезда — куда и он.

Хрустит снег под ногами, свежий, его жует, хрумкает морозец.

«Теперя у дочери живу. Это для них выгода. У зятя зарплату не дают... Ко мне квартиранты просятся, платят. У меня прямо завтра новые сюда просятся, ага... Денег надо, куда же без них. Еще уборщицей подрабатываю, институт технологии-биологии, большущий, наука, говорят, а по мне так мышей они там разводят, чтобы над ними издеваться, как эти экономы по науке, блядь, над нами издеваются, над людьми... Всю жизнь за бесплатно в своем доме полы эти мыла, а если зарплата, чего науку не помыть, мне там порошка дают бесплатно, спецодежда у меня, перчатки резиновые, и удобно, прихожу, когда у них рабочий день кончается. У них вообще стерильно все, которые в обуви, нанесут за день, там и убирать ничего, так, освежить, ну и в туалетах... Ссут они, я тебе скажу, ох с-с-сут... Наука, ага, пять этажей… У меня дочка хорошая и зять хороший стал, теперя с пониманием ко мне, не дурак. Внучков растить помогаю, двое их, пацанчиков, у меня, ага. Ты не думай, мне у них хорошо. Много, что ли, надо, уважение, конечно, и угол, а я с внучками в одной комнате ночую, при своих, при мужичках… Ночую, ночую… А мне все он, сынок мой, снится. Заявлялся тут во сне. Живой, гляжу, и не умирал… Задумался, важный такой, ага, он если трезвый и задумался, очень важный был… А как живется вам, мамаша? Ничего себе живется, Миша, хорошо, говорю, живем, все как у людей... А как у вас с колбасой? Нету, говорю, не достать. А сыр и масло у вас есть? Да нету, мы без них пока, ничего, терпим, обещают, и на том спасибо... А он и говорит… А у нас, мамаша, говорит, все есть. Слышь, «все есть»! Сказал, значит, — и уходит от меня… А я зову его, зову, а он даже не оглянется, хоть проститься. Вот как там ему хорошо… И все у них есть, слышь, все есть — не врут, значит. Все, окромя поганой этой выпивки… Не, он если напьется… Он бы так бы не заявился… Прямо, блядь, депутат какой! Важный-важный… Сыночек мой, кровиночка, Мишенька…»

Ей нравилось идти хоть куда-то, хоть с кем-то. Падал снег… Чужой парень и даже никакой не сосед лишь молчал в ответ. Но ей нравилось. И когда падал снег… И когда уводило куда-то само собой… И когда в жизни было так спокойно, так хорошо.

«Как же это помер так... заплутал... прямо так... без дома...»

Отшатнулась. Бормочет уже за его спиной.

Всего в нескольких метрах от них снег укрывал труп человека. Но можно было пройти мимо — и не заметить, уже сугробик, если бы не сборище случайных прохожих, застывших сиротливо, будто на похоронах. Это был мужчина, об этом говорили, не понимая, когда и отчего произошла смерть, кто он был, что делать, и не трогали, лишь что-то стерегли. Застряв среди людей, он сам не мог сдвинуться с места, потому что никогда не видел прямо в городе, как брошенный, человеческий труп. Выдыхаются в молчании облачка… Вдруг остановился еще кто-то и оказался свидетелем. Поразился смерти, к своему удивлению, повстречавшись с ней на узкой дорожке, протоптанной по какой-то людской надобности через почти голую снежную пустошь. Сверкали зимние сумерки. Совсем недалеко разливалось яркое освещение, и вокруг роилось что-то похожее на праздник. Хозяева выгуливали на снегу лающих от одури собак. Дети с криками играли в снежки, превращаясь в сверкающих бесстрашных человечков. Покажется, что все это с ним когда-то было, но рядом уже нет бормочущей квартирной старухи, что увязалась за ним и бесследно исчезла. Потом и он постарался исчезнуть. Но встретил этого мальчика… И ехал в полупустом тусклом автобусе, то глядя на свое отражение на черном глянцевом стекле, то пытаясь что-то разглядеть там, в глубине, и видя очень близко, будто сквозь время, суетливый космос, мелькание огней. Помнил о смерти неизвестного человека и о квартирной старухе, думал об этом мальчике, завороженный всем, что увидел за один короткий миг жизни.

Коробка кинотеатра, на краю, за ней лишь пустошь, обрыв — и все открыто, что дальше… Пруд в глубине, безымянное пустынное белое поле, под которым лед, а подо льдом — мертвым сном уснула вода. Шоссе — шумный поток с разносторонним течением колеблется, несет себя из новых районов в Москву и обратно. На другом берегу, что отсечен шумом, — чужое, безмолвное кладбище панельных пятиэтажек и вознесенное на его фоне чуть ли не в небо, само какое-то птичье, театральное строение районного ЗАГСа. День и ночь дымит труба ТЭЦ далеко, за шоссе, сетью подземных своих сосцов питая теплом каждую квартирку, а небо, глотая этот дым, наливается тусклой сизой мутью, нависает бездвижной давящей массой — день и ночь, день и ночь... И потом дымящая труба ТЭЦ зрительно соединяется с коробкой кинотеатра, на которой огромные буквы, неоновые, горящие даже в ночи: СОЛНЦЕВО... И будет снегопад... В пушистых потемках, почти по стежке, где уже не осталось ничьих следов, мальчик со школьным ранцем за спиной, похожим на горб, катит куда-то снежный ком; он уже ему по пояс, но растет и растет, пока мальчик пыхтит, борется, упрямо толкает его перед собой вперед.

КАРТИНА ЧЕТВЕРТАЯ

Сны страха

Он помнит. Шел снег и накрывал труп. Скоро не стало видно даже очертаний фигуры. Все проглотил сугроб. Это время, зима. Человек, его никому не нужный труп, под снегом, неподалеку от похожего на крематорий типового кинотеатра. И уже у самого дома, на проспекте, когда доехал и вышел наружу из метро: чуть в стороне в растоптанной слякоти лежал труп, прикрытый большим куском картона. Из-под картона торчали ноги в точно бы раздавленных ботинках. Это место охранял одинокий милиционер, туповатый в своей власти, строгий на лицо, в голубовато-серой шинели похожий на огромного голубя, слетевшего что-то поклевать, — и теперь топтавшийся на асфальте, лишь зыркая с глупостью птицы по сторонам и на людей, поворачиваясь для этого вместе со своей головой на толстой шее. Он помнит этот день. Даже не ужас, а бесполезную усталость. Он это видел. Именно он? Именно в этот день? Вернулся домой. Без ничего, даже без ключей от своей квартиры, лишившись той, другой — чужой, съемной. Потому что не было денег. Потому что нужно было жить дальше, жить.

Саша. Мать. Его комнатка. Их квартира. И еще не возникло это словцо: существование... Потеряв все свои деньги, так и не привык их иметь, но и не научился беречь — разве что тратить. И все исчезало, как бы прямо в воздухе. Старое умирало. Новое тут же становилось старым и умирало. На улице продают с лотков лифчики, зазывают: «Это очень модный фасон, берите, девушка, вам пойдет!». Девушка пялится на лифчик, щупает, примеряя, как он будет сидеть на ее груди, то есть воображает тут же на улице свою грудь... Пьяненький, играющий прямо в винном отделе на скрипке, которого не прогоняли, потому что иначе, наверное, если бы не это жалобное, сиротское его пиликанье, народ бы озверел. Играет, а ему, кто выбрался из давки, намучившись в очереди, проклиная жизнь — но еще хоть кого-то пожалев, скинут мелочевку, понимая его нужду, на пропой души, так что по мере продвижения очереди копит и копит у всех на глазах на бутылку, пока не раздается народное: «Скрипачу без очереди! Расступись, без очереди скрипачу!» Армянка с огромным животом, беременная, торговала на рынке овощами. Было чувство, что не за двоих она трудится, но что их трудится у прилавка двое — она и огромный ее живот, точней, тот человечек, что сидел в ее животе, будто он и ручками пихал-помогал, и ножками как мог толкал. Муж, армянин, сидел на ящике и ничего не делал... Охранник на автостоянке, похожий на мародера: с женскими часиками на ручище... Проплывают перед глазами картины — это не забыл. Забывал тут же почему-то другие, написанные.

Все только умирало: прекращало свое существование, исчезало... Слова. Деньги. Все. Стало привычно узнавать из новостей о новых и новых убийствах. Люди убивали людей. За деньги. Но уже никто не замечал. Существование — когда снова и снова приходилось искать смысл существования... Когда копить — страх, а не жадность. Деньги. Осознание, что деньги — это спасение... В долларах? В рублях? Как бы гадание, как спасти себя, обезопаситься, да еще бы хорошо хоть с маленьким процентиком, то есть при этом выиграв, а не проиграв, если все же рухнет, но, главное, в какой валюте рухнет огромная часть этого мира… Европа… Америка… Россия… Но это потом, потом… Начали исчезать, бесследно пропадали слова. Исчезли бензин, сахар, крупа, подсолнечное и сливочное масло, спички и соль, вино и молоко, точно стал выдаваться по карточкам каждый день.

Вспомнил... Они с матерью стояли в очереди. У табачного киоска. Очередь — толпа, где все пытались запомнить своих ближних, чтобы не потеряться. Людское море, в которое вливались по человечку страждущие со своими талонами. Сплоченное, терпеливое, пока ждали завоза. И что пришло жалко, пугливо в движение, когда в окошко полезли: стало рекой, все втянутое в это казавшееся пустым отверстие, которое будто бы глотало по человечку, как по капле, измученных людей. Окошко то захлопывалось — если поднималось возмущение и раздавались оскорбительные злые крики, то снова открывалось, когда очередь умолкала, согласная покорно ждать, продвигаясь вперед. Кто-то пытался пролезть, втиснуться — и очередь, защищая себя, на какие-то мгновения вдруг роднилась. Вокруг бродили какие-то типы. Сигареты тут же перекупали блоками — и открыто перепродавали, ничего и никого не боясь. И было такое чувство, что кончилась власть: та, которая этого не позволяла, охраняла порядок, защищала. Людское море всколыхнулось, когда прошел шумок, что товар вот-вот закончится: что на всех не хватит. Толпа стиснула киоск. Опять кричали и давились. Они с матерью были близко к окошку. Он помнит страх, который охватил, но не толпы — а что ничего не достанется. Мать держалась за него, все терпела: он чувствовал ее за своей спиной. У окошка, прямо перед ними, вперед продавился крепенький низенький мужчина, сунув свои талоны и деньги. И он схватил эту руку, потянув ее обратно, увидев лицо: искаженное, напуганное. Ему тоже стало страшно — и теперь тело охватила дрожь. Мужчина напрягся — и всей силой выдернул свою руку. Замахнулся... И тогда он вдруг ударил его: ударил прямо в лицо, испугавшись, что тот сделает это первым. Мать обхватила его... Кричавшего что-то человека с разбитым лицом тоже кто-то обхватил... Обхватил — и душил. Казалось, его сейчас же растерзают: за то, что пролез. Он запомнил, как кто-то закричал: «Что вы делаете?!» Запомнил, как втиснул свою руку с рублями в окошко... А потом, отжимая наседавших со всех сторон, пропустил к окошку мать... Они выбрались из толпы. И только тогда он осознал, что ударил человека... Первый раз в жизни — до крови.

Начали исчезать, бесследно пропадали слова. ВЕЛИКАЯ ГРАЖДАНСКАЯ ВОЙНА СЛОВ. Съезды, выборы... И деньги. Деньги. Скоро все стало зависеть лишь от денег.

Он еще не понимал, что случилось нечто более страшное: сгорели все сбережения Сашиной матери... Жила в Магадане, снимала угол у знакомых, пока ждала вакансий на промысле. Копила много лет на свое жилье после того, как они с мужем разошлись, воспитав детей, продали дом, разделив деньги между детьми. Саша сказала: «Мама не приедет...» Не прилетит на их свадьбу. Первый год — разорвалась связь. И она не могла к ней прилететь, навестить: сколько же лет? Посылки какое-то время еще продолжали приходить — и это спасало: он продавал икру знакомым или менял на то, чего нельзя уже было ни найти, ни купить.

Похороны деда. Или как же, без церемоний, смерть?

Он умер, проболев несколько месяцев. При первом известии мать выехала туда к ним, в Киев, ходила к нему в госпиталь, но потом, когда ему стало хуже, он запретил пускать к себе: умирал один. Они уже привыкли жить в Москве без нее — одни. Он готовился к своей первой выставке, думал только об этом — а попал на похороны деда. Саша провожала. В вагоне познакомился со студентками из соседнего купе. Пьяный, бесстыжий флирт. Одну зажимал в тамбуре. Утро. Прибытие. Гудящая с похмелья голова. Генеральская квартира: покои в коврах и бархате, где не слышно звуков. Череда соболезнующих. Дом офицеров. Он, мать, бабушка — родные у гроба. Он не видел своего деда много лет — а теперь видел в гробу. Уснувшего последним сном и чужого. Его провожали. Оркестр военный — и траурный марш. Караул воинский у могилы. Залп из карабинов — там же, будто расстрельный. Это воинское кладбище: ряды могил, рослые плиты, как будто стояли в строю... Молодые немые лица, совсем молодые — чудилось, целая, уже небесная, армия. И все когда-то где-то погибли, исполняя какой-то долг... Поминки. Бабушка, точно бы разомлевшая после похорон — и помолодевшая. И мать, пьяная, рыдающая — «Папочка! Папочка!», — когда разошлись все... Рядом с ней за столом оказался самодовольный полковник, чинуша. Прилипал — и сам, приняв лишнего, для чего-то подливал и подливал вино, называя «Аллочкой»... Как он ее презирал за это — а потом жалел... Тогда, уже ночью, жалея ее, он и заплакал: но все же от злости... И его мысль, даже удивление: «У нее всегда был отец — а у него не было отца. А теперь она тоже осиротела». Бабушка постелила ему в комнате деда, на его диване. Там в особом шкафчике хранилось оружие. Наградное. Он знал, помнил: там его прятал дед. В замочке ключ: бабушка забыла, доставая что-то. Ночью все спали. Он открыл — и точно бы выкрал... пистолет. Держал его в руке, тяжелый, холодный. Из которого, наверное, убивали. Потом передернул затвор, не понимая, что делает и что была в нем полная обойма. Когда понял, испугался. Пистолет этот в руке стал вдруг как смерть. Положил с дрожью его на место: и тут же уснул, спрятавшись под одеялом. Наутро — после похорон — за оружием деликатно пришли офицеры. Кто-то сказал бабке, тут же его проверяя, что в стволе пистолета патрон... И бабушка охнула... А потом, когда ушли, ходила по квартире, бормотала: «Что же это, меня он хотел убить или застрелиться... Да что же это...» И мать — всю дорогу будто бредила, ныла и ныла. «Папочка... Папочка... Он хотел покончить с собой...»

Из Киева они везли наследство: фарфоровую парадную вазу с портретом деда и финскую дубленку, которую тот за десяток лет не износил. И еще везли суповые наборы, макароны, сахар: жратву, которой уже не было в Москве.

Они расписались после его выставки. Выставка была важнее. Он боялся. Он так загадал. Ему был нужен успех, только успех. Отказ Саши идти в ЗАГС накануне — и его истерика. Приревновала к какой-то на улице, на которую посмотрел... Собрала вещи, уходила в никуда… Он плакал, рыдал: ничего не понимал. Почему? За что?! Не выпустил из квартиры — и тогда разрыдалась она. Что это было? Испуг матери. Она спряталась в своей комнате: не выходила, ждала. Утром — не страх, но чувство обреченности. Свадьба. Кольца золотые: бабка озолотила, золотые коронки умершего — это из них получились обручальные кольца, он сдал это зубное золото ювелиру и получил в обмен два маленьких кольца. Он. Она. Даже без свидетелей, не оказалось друзей.

Пришли на могилу отца с бутылкой шампанского. Было тихо и спокойно. Отец смотрел со своей плиты на них — и, чудилось, безмолвно присутствовал на этом странном свадебном торжестве своего взрослого сына.

Дома встретила мать, что-то приготовила, ждала.

Позвонил дядя Сева: «Алла сказала, ты женишься?»

«Женился».

«Прими мои поздравления. Ну и дурак».

Саша новая: молчаливая, спокойная. Жена.

«Алла Ивановна, я помою посуду».

Потом Саша мерила ей давление.

И утром его кормила завтраком жена.

После этой выставки послали в Финляндию, что-то представлять, ну да, еще советскую, молодежь... Саша провожала на вокзале, как на войну. Всего-то одна ночь в купе — а она плачет.

От волнения лепечет, наверное, сама не понимая что: «Ты же вернешься?»

Он смеялся...

Ленинградский вокзал. Синенький поезд «Москва—Хельсинки», фирменный... То есть как же он назывался... «Лев Толстой»! Сумка, сумища — большей, чем она, в той стране, наверное, и не было, но продавалась отчего-то как «спортивная» — с надписью СССР.

Страх — как это стало там ощутимо, где все было и никто ничего не боялся, разве что оголодавших и обезумевших своих соседей. Их поселили в студенческом общежитии в пригороде Хельсинки. И в его комнатке, с видом на лес и озеро, чудилось, поселилось безумие. Им предлагалось писать в этом лесу и у этого озера каждое утро; днем — казалось, подопытным, чем-то больным — представлять на обсуждение каких-то засушенных богемствующих идиотов свои этюды; вечером — возвращаться в свои комнатушки. Но при этом свободно самим же передвигаться по окрестностям. Он заперся — и никуда не выходил. Кончились сигареты, и он докуривал — то есть высасывал — собственные окурки. Спички, когда остались только спички и нечего было курить, он одной ночью сжег их

179

все до одной. Спичка-шизофреничка. Вспыхнула буйно. Сгорела. Коробок. Одну за одной. Точно бы каждая что-то свое, вспыхнув, ему оставила, сказала. Несколько дней. Он страшился. Одной мысли, что переступит порог комнаты — и потеряется, заблудится в этой чужой стране, со своим ломаным английским, жалкими суточными в кармане. И он писал то, что видел из окна. Жрал красную икру с родненьким зачерствевшим хлебцем. Днем к нему стучались — но он не открывал. И только вечером, когда возвращались свои, заслышав родную речь, выходил в холл и старался попасться на глаза, чтобы о нем вспомнили — и спасли. Но каждый был занят собой. Все проходили мимо. Обратиться же к кому-то из них стыдился, боялся. Только голод выгнал его наружу. Он вышел — и пошел по улице, подчиняясь ее направлению, хоть и неизвестно куда. Было безлюдно. Редко проезжали странные — непохожие, как и все вокруг, автомобили, в которых точно бы и не было никого за рулем. Медленно и плавно прокатывались мимо. Везде, где возникало свободное пространство, оно огораживалось от тротуара забором, похожим на сетку. Наверное, это были чьи-то владения — но пустынные, только деревья и земля. Он останавливался, чтобы успокоиться, не встретив еще ни жилых домов, ни магазинов, хоть шел довольно долго: но, может быть, потому, что шел только по прямой, зная, что обратное направление обязательно вернет его, приведет опять прямо к этой студенческой гостинице. Это был, наверное, промышленный район — но вместо заводов встречались аккуратные пластиковые коробочки бесшумных глухих корпусов. И не было видно людей — лишь оставленные на парковках машины. Нигде не было людей. Ни души.

Как будто это было не днем, а ночью — такой вот, светлой, как день. В другой раз он совершил такую же прогулку — но уже поворачивая на каждом перекрестке только налево: так тоже нельзя было ошибиться. Так он набрел сначала на кафе — в которое не вошел, но был счастлив своим открытием. И потом — на маленький магазинчик. От обилия того, что он увидел в нем, у него закружилась голова. Он чувствовал себя почему-то вором, — но хозяин за стойкой с кассой, нисколько не смущаясь, радушно улыбался, приглашая сделать покупки. Он побродил внутри, не понимая, что означали цены и даже что продавалось во всех этих упаковках, но увидел хлеб — тот, чужой, какой-то неузнаваемый хлеб — и опять закружилась голова, но уже от мысли, что он купит хлеб, наестся хлебом. Тест на зависть: когда текут слюни при виде еды и тут же чувствуешь внезапное дикое чувство голода. Наверное, это и было не жадностью — завистью. Он нахватал чужого хлеба, разного, таких сортов, которых еще и не видел в своей жизни, сколько можно было унести в руках, и мучительно пытался представить, как расплатиться чужими деньгами за этот чужой хлеб, боясь, что их, денег, не хватит. Видя его замешательство, добродушный хозяин что-то участливо спросил на чужом языке... Тогда он выдавил в ответ — и даже не понял, что ответил ему на русском — но вдруг услышал, казалось, с восхищением: «О, хорошо, хорошо... Перестройка! Горбачев!» Может быть, он был первым представителем своей великой необъятной родины в этом магазинчике — и хозяин поэтому улыбался, радовался, показывая своему гостю, как он польщен.

И его касса что-то проворковала.

Он вынул какую-то купюру и даже не спросил, а показал...

Хозяин расплылся в улыбке, аккуратно вытянув эту купюру своими пальцами — и еще зачем-то помахав ею, как будто на прощание, чтобы он видел — и показывая что-то похожее на фокус, спрятал ее в кассу, тут же вынул еще какие-то купюрки с монетами, бережно выложив перед ним и предлагая принять, то ли как сдачу, то ли как подарок: «Перестройка! Горбачев! Хорошо, хорошо!»

Когда он вышел из магазинчика, то оглянулся — и увидел через стекло витрины, что лицо хозяина застыло, стало скучным, почти безжизненным, точно бы это застыл даже не человек, а манекен.

Он шел обратно и жадно ел мягкий, чудилось, теплый, чужой хлеб, не чувствуя его вкуса — а только эту мягкость, тепло. И уже жалел, что не купил ничего другого: ведь это было так просто.

Он ходил потом в этот магазинчик каждый день: всегда один посетитель, говоривший «хлеб» и «молоко». Лишь однажды хозяин, точно бы желая удивить его, вдруг выпалил: «Водка!» Это была, наверное, такая игра, как он думал, этот чужой человек... И он вдруг тут же сам выпалил ему в ответ, испугав: «Селедка!»

Он помнит, как встретил этого парня из Ленинграда... Как-то это было удивительно и смешно, когда человек остановился и спросил у него: «Ты откуда?» И никого вокруг, только бесконечная и унылая, как туннель, пустынная асфальтовая полоса, где не могли никогда бы разминуться, если шли навстречу два человека. Это был еще один посетитель магазинчика — и вот они стояли в пустоте, он — из Москвы, тот — из Питера, прилипнув тут же друг к другу от тоски. Парень возвращался. Если он что-то произносил в магазинчике, то этой фразой тогда уж было «пиво». За его спиной в маленьком рюкзачке — заграничное баночное пиво. Он возвращается, чуть пошатываясь, обратно, с рюкзаком за спиной и приглашает пить пиво... Оставшийся путь он говорит лишь о пиве. Бормочет ласково, какое оно здесь, чужое. Пьет его тут же на ходу, все же озираясь. Останавливается через каждые метров двести — и, озираясь, тут же, на тротуаре, притираясь к сетке, справляет нужду. Улыбаясь виновато, как бы принося свои извинения. Потом, неожиданно: «А пожрать у тебя есть?» И, услышав в ответ: «Красная икра», с изумлением застывает на какое-то мгновение, понимающе качает головой: «Это, брат, серьезно... Валютные махинации. Расстрел». Услышав, сколько ее, снова с изумлением застывает уже у порога его комнаты: «Ты ее просто жрешь, привез и жрешь, красную икру?!» И, грустно ожив, сообщает: «Дурдом». Ему воображается, сколько можно было бы выпить пива, если продать красную икру. Почему-то он тащится в его комнату, в его номер со своим рюкзаком — это и есть его приглашение, но не к себе, а выпить с собою. Он валится на пол, усаживается, как индеец, и тут же печально ноет, что не хочет видеть ничего, кроме пива... Они намазывают огромные бутерброды с красной икрой. Съев всю его икру и выпив в его номере все свое пиво, парень уходит, тащится к себе, даже не успев или не захотев сказать, как его зовут. О чем они говорили? Он не помнит. Он был так счастлив! Ему и не нужно было напиваться, чтобы забыться: нет, нет, к нему наедине с этим парнем вернулось бытие, московское или ленинградское — но какое-то свое, бессмысленное, но свое, свое...

Он увидел Хельсинки. Перед самым отъездом. Наверное, кто-то догадался — и ему под дверь просунули что-то наподобие инструкции на русском языке. Она начиналась словом: «Господин...». Господин, обращались к нему чужие люди этого мира, ваше пребывание на нашем форуме принесло бы для вас плоды, если бы вы принимали в нем участие и позволили нам сделать ваше участие в нашем форуме как можно более приятным для вас... Это была карта: скрупулезно расписанный маршрут с конечным пунктом, отмеченным крестиком! Столько дней тоски и уныния — как на необитаемом острове, — и вот в его руках оказался план, как спастись и доплыть со своего острова к другому: острову сокровищ, где общались молодые разноязыкие представители человеческих рас, получая похвалы и признание! Он был поражен, когда под конец ему выдали конверт... В конверте оказались деньги, такие драгоценные их бумажки: вознаграждение за что-то... Может быть, за этюды, которые он оставил, которыми провоняла его комнатушка? Или за его мужество, терпение, стойкость? Или вообще потому, что столько дней ничего не ел и не видел, мучился и страдал, ожидая, что будет хоть кому-то нужен? Он боялся этих денег — и почти все истратил. Последний великий поход в тихий финский магазинчик. Вспотевший от усилий все понять и исполнить его хозяин... Туда он тащил свой этюдник — и две банки красной икры. Обратно — даже не шмотки или что-то деликатесное: сосиски в банках, сухое молоко, сахар... жратву. Зачем? Для чего? Просто было так страшно, так страшно... В последнюю ночь на всех этажах гуляли. В задымленных холлах мешалась речь. Уже безразличный ко всему и точно бы пропитанный какой-то до этого неизвестной, даже неизвестной самому себе слабостью, он плюхнулся в кресло. Смеялся. Курил. Пил пиво. Она заговорила с ним на русском. Она была толстой, маленькой, черненькой, некрасивой, эта болгарка. Он не понимал, как оказался в ее комнате. Но это был другой мир: женский, теплый, ухоженный, будто он привиделся ему вдруг во сне. Она разделась и лежала голая, даже, кажется, не обнимая его. Было душно, жарко. Он валялся на ее простынях в одежде, не снимая обуви. Очнулся под утро, поднялся и тихо вышел. Плутая по коридорам и этажам, нашел свою комнату. Разделся догола и лег в пустую свою кровать, как будто с женщиной: с той, которой не было, которая спала, одна, без него, любимая.

Сколько он объездил этих стран... Искал свой остров сокровищ? Страны — города. Мощеные, как если бы ручной работы, улочки... Старые дома, похожие своим благородством на книги. Кажется, проник в библиотеку, где закаленная кровью и верой мудрость веков читается — нет, слышится в ее глубоком покое, будто это чьи-то шаги... Гостиницы, приюты эти временные для бездомных, тех, кто сам же лишает себя зачем-то своего дома, — и самолеты, вагоны, с безвременьем одних под стук колес и чудесами перелетов других под гул турбин, когда переносишься по небу, по воздуху, сам жалкое бескрылое насекомое. Номера гостиниц, похожие на купе вагонов. Поселившись, ты все еще находишься в пути, и вот можно попасть в хороший вагон или дешевую ночлежку даже без душа, только и разница, только и разница.

Тогда же, летом, он успел получить мастерскую. После старого хозяина ему достались мусор, гора искалеченных подрамников, закопченный чайник, электрическая плитка — и крысы, крысы. Кажется, это они оставили в подвале то добро, которое не могли или не хотели уничтожить. Это было их жилище, их царство. Одну мразь он увидел, когда снял замок и вошел, в ту же минуту. Она встречала его, отвратительная, у самого порога. Крысы снились ему потом все годы. Это был его кошмарный сон. Даже когда все дыры были забиты дробленым бутылочным стеклом и цементом, чудилось, они ходили где-то около и что-то свое стерегли в этом подвале. Чаще всего снилось какое-то заводское строение, полуразрушенное, где он оказывался внутри, то ли отстреливаясь, то ли прячась, когда кругом стреляют; шныряют крысы, а одна, с оторванной головой, так что из туловища торчали только кровавые ошметья, сидя в углу, намывала лапками вместо мордочки пустоту, будто бы потирала над собой от удовольствия лапками; после этого туловище крысы прыгало, прямо на него, но не долетало, шлепаясь на бетон, уже бездыханное; еще помнил, что стрелял по крысам — и попадал в них, отчего они разрывались кровавым салютом.

В этой мастерской на Пресне он все пережил — но это уже был не сон — он пережил все это крысиное время... Пережил — и оно ничего с ним не сделало. Тогда он увидит, как по улице в горячей пыли проносятся бронемашины — и спрячется в мастерской. В подвале только радио, «Маяк». Он не знал, что происходит, где Саша. На следующий день вышел наружу и в одном переулке отыскал работающий телефонный автомат... Сказал, чтобы они с матерью не выходили из дома... В своем подвале он слышал волны шума, потом все вдруг стихло одной ночью, потом нахлынули опять волны шума... Все это время, несколько этих дней и ночей, он не выходил наружу. У него был чай, был хлеб. Сигареты, спички. Текла великая русская музыка по равнинам радиоэфира... Господи, через два года все повторилось — и тоже не было сном. Но подвал содрогался от танковых залпов. И опять они, как будто те же самые, окрепнув и обозлившись, хотели крови, убивали друг друга... Маленький телевизорик — щель в этот безумный мир. Теперь по телевизору, как в перископ, он видел все, что происходило там, снаружи, так близко. О чем он думал? Что это, гражданская война? Да, он так думал. Он даже думал, что бы делал, если бы это был какой-нибудь 1905 год, когда здесь же, на Пресне, люди убивали людей... Он бы спрятался в подвал — и не выходил. Потому что не хотел и не мог бы идти убивать. И они, те, кто это мог, были ему все, все одинаково омерзительны. Они покушались на жизнь, на жизнь — на его жизнь и его семью. Они все чего-то хотели, но будто бы одного: крови, крови... Танки, этот огромный белый и точно бы рыхлый дом, который били и разрывали орудийные снаряды. Там, где эта бойня. Всюду зрители. И у экранов, и в экранах — те, что возникали уже со своим мнением, со своей гражданской позицией... Вскочил, заорал что было сил: «Убийцы!» Бегал по подвалу, метался, зубы стучали от омерзения и злости, и только выхаркивал через дрожь... «Убийцы... Убийцы...»

Вдруг.

Загнанный и какой-то детский голос...

К нему в подвал кто-то просился, скребся — не стучался, но чувствовалось, что это мог быть только человек, у которого и не было сил стучать. Скулил «помогите» или «впустите»... Поэтому отозвался, открыл засов, впустил.

Человек ввалился — и, глядя на него огромными от ужаса глазами, пролепетал, чтобы он скорее закрылся, никому не открывал. Окошки подвальные, хоть из них ничего нельзя было увидеть, все же светились. И он подчинился, погасив тут же свет. Человек отполз — и затих. Было слышно его дыхание. Он чего-то ждал каждое мгновение. Но они длились — и ничего не происходило. Было понятно, что он оттуда... Почему-то это было понятно. Только наутро он рассмотрел этого человека. Это был молодой низкорослый мужчина, заросший и беспомощный, как ополченец, будто бы вылезший в интеллигентских брюках, свитере из грязного сырого окопа. За все это время они не произнесли ни слова. И он так сам вдруг решил, что не будет у него ничего спрашивать и о себе рассказывать ничего не будет. Вскипятил чай для двоих, собрал завтрак. Он думал, что разбудит. Он думал, что этот человек уйдет. Нет, хотел этого — и завтрак казался искуплением своей непонятной вины. Незнакомец лежал прямо на полу. Спал — и не дышал. В углу, куда забился еще в темноте, чувствуя или чуя самое укромное место. Сам он уснул тяжело, может быть и не спал, слушая и слушая ночную тишину. Несколько раз ночью где-то близко раздавались одиночные выстрелы. Мучительно хотелось курить — и лишь теперь он закурил, почему-то боясь, не смея делать это ночью. Курил — и смотрел отстраненно на этого человека. На его лицо. Обыкновенное. Но то вдруг стал делать набросок, карандашом. Тихо. Человек, что-то почувствовав, очнулся. Кадык его голодно, нервно дернулся. Лицо исказилось. Казалось, он одновременно почувствовал Страх, Голод, Боль. Но он не двигался — а только смотрел, как будто его убивали у этой подвальной стенки. Стало не по себе. Но, подчиняясь какому-то своему голоду, страху, боли, он тоже не проронил ни слова — и теперь уже впился в это лицо. Он очнулся, когда осознал, что рисунок готов: что все, что он видел и чувствовал, появилось на бумаге. Человек за все это время не шелохнулся. Но это было не терпение или даже покорность судьбе — а потрясшее его так глубоко удивление, что кто-то зачем-то его рисует, сковав своим взглядом. Может быть, он уже понял, что этот подвал был мастерской художника. Увидев, что все конче-но, он робко попросил сигарету — а пока курил, похожий на пса и глодая ее, будто кость, хозяин уже тоже пришел в себя и кивком позвал к столу. Бурлил на плитке чайник. Тихо подсев с краю, на табурет, незнакомец молчал, гло-тая жадно лишь кипяток. Чудилось, он чувствовал, что его здесь не оставят, — и тянул эти минуты. Он чувствовал, он все понимал почему-то. Живой, он безропотно подчинял-ся: ждал. Молчаливое чаепитие затянулось... От его одежды дурно пахло. Дурно — человечиной. Он покорно терпел, но пока не напился кипятку. Раздался просящий, униженный голос: «Можно мне в туалет?» Хозяин остался один за сто-лом, он был сам отчего-то унижен этой простой просьбой и растерян, впустив кого-то теперь в свой сортир. Когда во двор ворвался топот сапог, крики, он так и остался сидеть за столом... Но это было так странно, как если бы ему-то неку-да было бежать и негде уже спрятаться. В дверь заколотили. Потом застучали прикладами. Наверное, кто-то из них со-ображал, что, если в петлях нет замка, то заперта изнутри, на засов. Он успел подумать, что если найдут этого, то схватят и его. Если проломятся, ворвутся: увидят его и схватят, потому что не открывал... И он бросился открывать — громче, чтобы было слышно тому, в сортире, дверка в который была точно бы спрятана за отгородкой, крикнув: «Иду! Открываю!» В подвал вошли трое — два мальчика-десантника и один взрослый, нагловатый и суетливый, в штатском. Быстро окинул цепким взглядом подвал — и рявкнул: «Документы!» Кажется, он промямлил, что он художник и это его мастерская, что он не выходил из нее несколько дней и здесь нет его документов. Штатский, больше не слыша его, прошелся по мастерской... Увидел чайник — и два стакана на столе. Там же, на краю, — лежал свежий лист с наброском. «Документов нет, документов нет... — приговаривал и обыскивал взглядом. — Художник, говоришь? — Он схватил лист — и посмотрел. — А это кто такой красивый?» И он поскорее, угодливо ответил: «Это набросок. Набросок к моей будущей картине. Революционный рабочий». Штатский криво ухмыльнулся — и скомкал, как тряпку... Этот лист бумаги и казался в его руках тряпкой. «Революционный? Баловался, значит, чайком? А стакан второй? А?! Вот это вот, откуда?!» Двое мальчиков с автоматами, озиравшиеся с любопытством по стенам на картины, подтянулись и напряглись. Он вскрикнул — или почти взвизгнул: «Что вы себе позволяете! Я член МОСХа! Это мастерская МОСХа!» — «Челен, челен... — ухмыльнулся штатский. — Счас возьму тебя, суку, за член, и не будет в твоей башке мозга, понял?» В этот момент кто-то крикнул, точно бы бросив в подвал что-то взрывчатое: «Взяли!» И штатский бросился наружу.

Он еще боялся, что они вернутся... Дрожал — и ждал. Но прошел, наверное, час. Шум смолк. Он постучался, не в силах терпеть, в свой же сортир. Этот человек ушел ночью. Молча, без слов. Утром он сам запер мастерскую на замок — и вышел в город. Было тихо. Пахло горелым мясом расстрелянного дома. В переулках на Пресне его несколько раз останавливали — и проверяли армейские патрули, осматривая руки, одежду. Но, разве что покуражившись и заставив постоять враскоряку под дулами автоматов, пропускали.

Потом он написал картину. Портрет неизвестного. И эту картину купил, тронутый ее реализмом, иностранный господин. Картина пропала, как пропал этот человек.

Остался только страх где-то под кожей.

Поэтому он крестился?

Значит, наказывал Бог?!

Первое в жизни причастие. Исповедь. Церковь Покрова Пресвятой Богородицы. В тот же день гнусно напился. Отпраздновал.

Страх, страх… Это как будто снилось… Взрывы домов… Взрывы в метро… Сны страха — и тот, последний… Когда снилась мастерская — и в ней крысы, как будто взявшие подвал в осаду. Глядят из всех дыр и щелей, снуют под мебелью, от них невозможно избавиться. Отбивался, боялся, пока вдруг не заметил, что крысы превратились в других существ: больше всего похожих на хорьков, но совсем рыжих и с красными глазками… И он проснулся, пытаясь мучительно понять, почему же они превратились в этих странных, новых зверьков…

Может быть, эта шутка, которую он сам же придумал, была финалом: «Несмотря на то, что С. решил стать продажным художником, его картины все равно никто не покупал».

Это была его любимая идея, что искусство художника должно умирать вместе с ним. И вот он умер как художник. Или умерло его искусство где-то на какой-то свалке.

И пришли это сделать не крысы — хорьки, перекупившие подвал и все его содержимое у крыс.

Сбылось.

КАРТИНА ПЯТАЯ

Сад камней

Думая с ноющей тоской, что существует лишь для того, чтобы отдавать долги, он усмехнулся, когда услышал ожидаемые и ставшие обычными в разговорах с матерью слова, что должны были ранить, но не ранили... В конце, конечно, сказала, что он «эгоист, думающий только о себе»…

А в его жизни возникла эта старуха.

Пышущая здоровьем, полнотелая женщина: властная, сильная в каждом своем взгляде, движении. Приходила на праздники, дни рождения. Ребенком, бывало, плакал, как наказанный, будто бы она что-то принесла — и не отдала. Родителям приходилось долго внушать, что это не так и все его любят, перед сном вручая неожиданно найденный подарок. Но мальчик, пока рос, скопил лишь осознанную нелюбовь к прожорливой грубой гостье, не получая от нее одной подарков на дни рождения.

Отец, тот благодушно подшучивал над своей старшей сестрой: «Тетенька поела за наше здоровье».

И умер.

Москва принимала Олимпийские игры. Он почему-то ждал, верил в то лето, что за ним приедут и заберут домой: мальчика отправили в пионерский лагерь. Но в тот день за ним приехал на своей машине дядя Сева с друзьями отца. Таинственная важность того, что произошло, читавшаяся на их суровых, сосредоточенных лицах, передалась мальчику — он сурово хмурился, молчал... Это казалось игрой, а он любил играть, притворяться... Он многого не понимал, многое было стерто потом временем — но это сохранилось в памяти, еще той, детской, этого не забыл: тетка в последний раз появилась в их доме на поминках по отцу. Мальчик сидел во главе стола, на отцовском месте. Потерянный в своем одиночестве, разглядывал пьющих и жующих людей. Кто-то поднимался с рюмкой наперевес, просил у собравшихся слова. За ним порывался другой. Как будто соревнуясь, считая своим долгом, обижаясь, если не слушали в застольном гуле. Только она одна ела и молчала, молчала и ела — и мальчик вдруг почувствовал ее для себя самой родной. Но больше не видел. Тетка жила — и не помнила о нем. Она исчезла. Перестала существовать.

Профессор говорил, что она не любила, даже ненавидела за что-то его мать... Но когда дядюшка решил как бы пооткровенничать, ему было безразлично, кто и кого ненавидел в этой семье, в которой ничто не связывало ни умерших, ни живых.

Стоял и возвышался над Москвой лишь этот дом, похожий на гигантский монумент. Тот самый, призрак светлого будущего, «высотой сто семьдесят шесть метров», как восхищался — не мог забыть — профессор, не получивший в дележке с родной сестрой ни одного квадратного метра. Жилой дом на Котельнической набережной... Братья, они покинули его. Она осталась, жила — одна, с безумной старухой-матерью, никого не впуская: как выражался дядя Сева, «стерегла», но чего-то большего никогда не говорил.

Давно не осталось обиды, в душе не было жалости... Состарилась, одряхлела. Ну и что — вот и получила свое... Он помнил о ней, только было не по себе, что вдруг появилась обязанность: проведать родную тетушку. Об этом сказала мать. Он не воспринял ее слов всерьез. Просто буркнул, что не хочет ничего знать... Внушила себе что-то красивенькое, душеспасительное, придумала повод... Оказывается, ее мучило чувство вины!

Алла Ивановна боялась сына, его постоянной угрюмости, скрываясь у себя в комнате, и если искала возможности оказаться с ним наедине — значит, долго готовилась. Ей нужно было понять и разобрать все его поступки, воскресить сонмы нечаянных слов, вырвавшихся когда-то в пылу их ссор или споров, сознавая лишь, что не в чем себя упрекнуть. Ребенком она заставляла его страдать, когда молчала. Это было такое наказание: делала вид, что потеряла дар речи, стала немой — и он мог заслужить прощение только слезами. Теперь мучила, начиная говорить... Значит, он обидел ее. Он понял это сразу, как только она вышла на кухню, когда увидел ее вылинявшие за сутки, похожие на тряпочки глаза.

«Я никогда тебя ни о чем не просила...»

«Наш долг...»

«Твой отец...»

А потом... Этой репликой всегда завершалась ее обвинительная речь. После этих слов ничего не могло последовать. Разве что еще один, совсем уж маленький выстраданный спектакль. С трагической решимостью, так вызывающе хладнокровно, будто хотела, чтобы это было не лекарство, а яд, несчастная пожилая женщина принимала маленькую белую таблетку нитросорбита, и ее сын должен был видеть, что причинил своей матери в который раз почти смертельную боль.

Инфаркт — какое-то трюмо, этого сердце ее не выдержало.

Мать, посмотри на своего сына…

Сын, посмотри на свою мать…

Кто это сказал?

Для отца она была совершенством. Позволяла себя любить. Но что-то бесчувственное гнездилось в ее душе, делая одинокой. Вылупилось бескрылое чувство долга. Он умер. И она принесла себя в жертву. Хранила кому-то верность, хоть больше не ждала. Только чтобы повторять и повторять: «Я любила твоего отца». Это и было ее наказанием. Потому что могла любить, не любя… Любить только свою же красивую ложь.

Вздыхала: «Я воспитана на классике». Он заразился той же любовью, но возненавидел эту фразочку, когда вырос, слыша в ней только фальшь. И эту: «Я люблю одиночество!» Или это: «Я переживаю за твое здоровье, ты много куришь…» Он уже не может спокойно слышать ее голос… С курением — это что-то новое… Она выкуривает пачку в день. Он столько же. Так что вредят они своему здоровью одинаково. Только он еще в детстве пропах табаком. И курить начал, таская у нее втихую сигареты, ведь она не думала их прятать. Притворялась, что ничего не замечает. Вот и он теперь притворялся, что не замечает ее присутствия, хоть каждое слово бьет по нервам. А что воспитали в нем книги, если уж не врать? Подростком притянули к дивану — обленился, привыкнув к положению лежа, целыми днями ничего не делая, только читая. Это учило наслаждаться, пусть содрогаясь, даже страданиями, когда ранящее душу восхищало и тут же доставляло удовольствие. В его воображении упоительно проносились чужие судьбы, страны, времена... Знал он больше сверстников, конечно. Мог блеснуть на уроках, особенно по литературе. А химию или физику зубрить стало скучно. Все, что требовало усилий, казалось лишенным смысла. Даже чистить зубы каждое утро было утомительно, и уже не пытался себя преодолеть. Его поощряли, говорили, что у него «гуманитарный склад ума», «богатая фантазия», хотя он вряд ли глубоко понимал, какой же смысл заключало в себе это увлекательное времяпрепровождение, забывая прочитанное, как только проглатывал книгу, — и сразу брался за новую в ненасытном стремлении прочесть больше и больше, ведь только этим, казалось, мог он быть интересен умным взрослым людям, от которых получал похвалы. Страх быть таким, как все, будто бы исчезнуть, пришел с ними, с книгами. И не то чтобы он желал возвыситься, нет-нет, боялся провиниться, низко пасть, чувствуя себя раздавленным и жалким, если был не в силах одолеть какой-нибудь талмуд, зная, что его ценят и понимают эти люди. И еще, как же такое можно забыть: их ведь и не было, книг. Ни одной, даже детской. Только шкаф, забитый для своей работы инженером, на полках которого сохли технические журналы, папки с чертежами, институтские учебники, научные труды. То, что больше всего возлюбил или хотел иметь, он просил на время, чужое. Потому ли библиотеки, куда ходил, пронзали, стоило переступить порог, душком бедности, так что, получая книжку, чувствовал унижение и испытывал с каждой полюбившейся книгой мучительное желание ее украсть или как бы потерять, но не смел, каясь за каждое сальное пятнышко на обложке или надорванную нечаянно страницу, когда сдавал в отпущенный срок скупым строгим теткам. Отравленный этой библиотечной пищей, он влюблялся в придуманных чьей-то фантазией героев, плакал и смеялся, но во сне. Все лучшее в нем тянулось верить, любить — а он погружался в этот сон. Мог только лежать на диване и мечтать, испытывая тоскливое разочарование собственной жизнью, не покидая свой продавленный спасительный плот.

Своему сыну он сам будет придумывать и рассказывать сказки. Будет любить, прощать. Может быть, детей так хотят, когда больше уже не во что верить? Очищение… Вера, вера — что жить они будут в лучшем мире и сами вырастут лучшими! И это, единственное, что еще заставляет думать о будущем… Он заведет для него собаку, чтобы еще маленьким научился любить живое и понял, что такое дружба. Он выкинет из дома все книги, которыми пичкал себя, телевизор вышвырнет. Он воспитает его как мужчину. Научит плавать, да, обязательно плавать, чтобы отлично держался на воде и мог спасти утопающего! Его сын будет заниматься борьбой или боксом и сможет постоять за себя, защитить слабых! И еще он будет ходить с ним в церковь — поведет его в храм.

«Начитанный мальчик…» — этого не скажут.

Скажут что-то настоящее.

В офисе журнала, где проводил весь день за стеклянной перегородкой — но и здесь, дома — негде укрыться, спрятаться.

Это было его время. Ночь. Мог побыть один. Курил. Думал. Просто молчал. Не замолкало лишь радио в комнате матери. Даже ночью она не выключала круглосуточное болтливое «Эхо Москвы»…

Выпуски новостей.

Это было важно.

Прогноз погоды — и это.

Будущее.

Предсказания чего-то атмосферного, когда уже сегодня известно, что ожидается завтра.

И она всегда знала прогноз погоды на завтра.

Но боялась тишины.

Особенно этой, ночной. Когда лежала одна в темноте.

А когда-то говорилось стихами: *«Тишина — ты лучшее из того, что слышал. Некоторых мучает, что летают мыши»*… Теперь, как ни смешно, уже не для себя, сделала ее действительно наслаждением. И если хотя бы одну ночь не доносилось голосов, бубнящих что-то сквозь стену, — казалось, прекращался бред.

Почему ему не было стыдно, когда привел свою женщину?

Теперь стыдно, невыносимо: мать все слышит. Ощущение, что, когда лежишь в постели — она там, за стенкой, прислушивается.

Жила с мыслью, что родится ребенок — и круг ее ненужности в этом доме окончательно сомкнется.

Скажет: «Я мешаю вам жить».

Казалось, так и должно быть.

Только кот — мучился, если дверь оказывалась закрыта от него, но они-то прятались в этой квартире от себя.

В ее комнату он почти не входил.

Скованные молчанием, как бывает, когда не о чем говорить, мать и сын встречались на кухне, и обычно приходилось терпеть, чтобы освободился чайник — один на всех, как будто больше и нечего делить. Электрический, с немецкой фирменной точностью, казалось, надзирая за временем, этот кухонный прибор работал, как хронометр, выключаясь с тупым щелчком точно в тот момент, когда сухо вскипал… Чувствуя вдруг беспокойство, мог спросить неловко у матери, нужно ли ей что-то, получая холодный отказ: нет, она ни в чем не нуждается. Лишившись возможности заботиться о сыне, Алла Иванова не принимала и его заботу. Сын был ее любимым мужчиной, и она делила его с другой как женщина: мучаясь и страдая, чувствуя себя отвергнутой. Но все терпела. Терпела и чего-то ждала.

Она варила себе каши. Все, что обычно готовили они для себя, желудок ее не принимал — о чем заявляла с раздражением в ответ на попытки позвать к столу. Это получилось как-то само собой. Алла Ивановна даже свою кашу ела отдельно и предпочитала уйти с тарелкой в комнату, внушая чувство вины. Полюбила фруктовый творожок, но узнала, сколько стоит — дороже, чем пачка ее сигарет с фильтром, — осудила. Она и сигареты курила самые дешевые. Принять как заботу или хотя бы в подарок что-то менее вредное для своего же здоровья отказывалась, потому что «не могла себе этого позволить»; то есть никому не позволила бы для нее это купить. Чтобы угодить, нужно было делать вид, будто стараются не для нее, или соврать, например, что творожок стоит не тридцать рублей, а десять рублей и сорок две копейки. И она бы вернула до копеечки, оставшись довольной собой: не чувствуя себя благодарной.

Болело сердце, мучила слабость — и это безысходное одиночество в своем теле. Не верила врачам, будто и отказывалась принять вероучение — догму, строгую своей особой, как приговор высшей инстанции, определенностью, будь это рецепт или диагноз. Но время то ли терпения, то ли ожидания, так вот, день за днем, заполнялось лишь пустотой. Мысли о смерти, своей ненужности никому. Она сама не отпускала их, хоть еще скрывала. Нет, стремилась показать обратное — бесстрашие, мужество. Просить не хотела, не могла. Чувства, эмоции замещало одно лишь раздражение. Раздражалась, желая показать или доказать — она ни в ком и ни в чем не нуждается. Жила на пенсию, не покидая квартиры, — не выходила хотя бы прогуляться, как будто объявила бойкот. Стоическая безразличная жизнь без жизни. Это безразличие не заставляло ее страдать, но было выстрадано. Быть выше… Существовать. Медленно угасать. Пускай даже мучиться от неизлечимых болезней… Мыслить, чувствовать — и осознавать, как самое важное, что больше не интересуется жизнью. И когда почему-то заговорила о себе в прошедшем времени, вдруг возникло это слово: «всегда». Круг замкнулся. Безмолвно преодолевала трудности… Не думала о себе… Была доброжелательна к людям… Прощала… Заботилась… Понимала… День за днем, длинная череда лет.

Мать — сохнущий, обездоленный бессонницей взгляд.

Шаркая тапками, ушла — и все стихло.

Он делал вид, что работает, — на столе макеты, эскизы.

Офис. Фрау Зиберт.

«Кулинария — это искусство соблазна, не так ли, голубчик?»

Стоило ей пожелать — и он должен исполнить ее прихоть.

Оформить, изобразить... На этой неделе это блюда из картофеля.

Картофельный суп-пюре с шампиньонами.

Картофель, запеченный с ветчиной.

Сладкое картофельное суфле.

Оформитель.

Это его работа.

Хозяйка, фрау Зиберт, с особым чувством опекает в своем журнале кулинарную страничку.

Ее стиль, ее вкус — все то, что немолодая состоятельная дама стремится привить таким же дамам в этой стране — изыск и простота.

Показ блюд — продукция для заурядных домохозяек. Приготовили, съели! О, нет... В ее журнале это будет волновать, искушать. Никаких банальных фотографий! У себя она хочет видеть тонкое, чувственное изображение еды. То, что должно вдохновлять!

«Кажется, это называется натюрмортом, не так ли, голубчик?»

И вот перед ним лежит «Кулинарная библия» — для вдохновения, в которой фрау Зиберт лично отобрала — и очертила — меню из трех блюд на эту неделю. По ее желанию оно подается под названием «Кулинарный Эдем». Этой поправкой она гордится, чувствуя себя несравненно выше автора массовой кулинарной похлебки.

Библия — это для масс. Эдем — для наслаждений.

В словах этой женщины звучало презрение ко всему: то ласковое, то совсем холодное и грубое, если что-то рождало еще и ревность.

Она получила новую фамилию и родину благодаря, наверное, похотливому, но чопорному немцу, что польстился на молоденькую потасканную актрису и, спасая от ужасов коммунизма, вывез когда-то в свободный мир, сделав для этого своей супругой. Она не родила ему детей, наследников. И улизнула в обратном направлении — теперь уже на свободу, облагораживать все еще дикие просторы, умножая их семейный капитал. Так в России появился модный журнал для состоятельных и уверенных в себе женщин, которым по очереди заправляли ее любовники. Все, конечно же, молодые — моложе, чем их госпожа. И все получали в ее постели одну и ту же должность: арт-директор. Она нисколько не смущалась, что ее личная жизнь оказывалась как бы у всех на виду. Она слишком презирала всех остальных — персонал, — чтобы уделять этому хоть какое-то внимание. Она привыкла покупать и продавать. Наверное, даже любовь ее удовлетворяла, больше похожая на контракт.

Теперь ее окружали артисты, писатели, музыканты, художники.

Ее слабость — люди искусства. Она покупает их признательность и тщательно расставляет вокруг себя, точно бы это не люди, а фигурки, у каждой из которых должно быть место в ее жизни.

Странно видеть эту бабу. Понимать, что купили когда-то и ее любовь. Или продала сама — но единственное, последнее, что уже не возвращается, чего лишаешься, как души. Ее бездушие, как ампутация. Даже видеть радость на ее лице, именно радость, а не натянутую снисходительную улыбку, было жутко — казалось, это дернулся и беспомощно обнажается обрубок, культя.

Когда она улыбалась, он не выдерживал, прятал глаза.

От ее спокойного ровного тона пробегала дрожь.

Чудилось, она все знает, все понимает, все видит насквозь и, если оставалась довольной, то лишь потому, что хотела этого: чтобы ее не любили — боялись.

Он боялся ее, потому что презирал.

В офисе, лишившись чего же, если не свободы, люди ведут себя не как осужденные, но как звери в клетках: это и цирк, и зоопарк.

Это потому, что у них есть хозяева, которым служат.

Те, кто лишил свободы.

За это их тайком ненавидят, презирают, боятся, но служат.

Поэтому слуги думают, что умнее своих господ.

Поэтому начинают служить — как бы мстить.

И все хохотало, ликовало, стоило точно бы выругаться про себя: «Фрау Зиберт...» Один раз эта сука спросила, о чем он мечтает. Есть ли у него мечта. «Голубчик, ну как же это можно, жить без мечты?»

Действительно, как же мог он жить... Он бы не мог подумать, что в подвале его дома когда-нибудь будут жить люди — но живут и даже благодарят. Попадаясь на глаза, не здоровались — а кланялись. Это семья. Жещина моет по утрам подъезд, все десять этажей. Мужчина в бедном, но опрятном костюме — брюки, пиджак, — поверх которого носит, не снимая, оранжевый жилет униформы, убирает двор. И кто-то все время оставляет свой мусор прямо на лестничной клетке, подкидывая, не доносит до помойки. Потому что есть эти люди, которых накажут, если не уберут в подъезде. Делают все, что прикажут. Приказали, выдав краску, малярные кисти, — и, наверное, стесненный своей робостью таджик, как умел, раскрасил в яркие цвета дворовую арку... Огромный, но как будто детский, рисунок. Горы. Солнце. Радуга. Похожие на деревья цветы. Скамейка для влюбленных. И еще русские березки почему-то.

Жилец.

Он работает в модном журнале, преуспел по нынешним меркам, потому что находится в подчинении у тех, кто преуспевает.

Сегодня в офисе разорался новый арт-директор.

«Тебя хотят, тобой восхищаются, тебя покупают. И все, кто с тобой, тоже не в обиде. А кто эта шелупонь, вылезшая отовсюду, кто эти ноющие паразиты, понять не могу! Пишите, делайте рейтинговые программы, рисуйте, сочиняйте симфонии и пьесы — пожалуйста, творите! Делайте, делайте хоть что-нибудь. Тогда посмотрим. Посмотрим, кому вы нужны, сколько стоите. Одно могу сказать: все, кто вне этого мира, — покойники. Они живут вечностью, и правильно делают. Мы живем здесь и сейчас, и мы ценим профессионализм. Не умеешь, не можешь — сделает другой!»

Повергать людей в трепет?

Это работа Бога.

Чудо.

Вот чего нельзя купить и продать.

Все остальное можно, кроме грозы и молний, конечно.

Но разогнать облака — пожалуйста.

Деньги — это сама реальность.

Они исполняют желания, бесконечно во что-то превращаются…

Существует лишь то, что можно продать или купить.

Нет, их журнальчик еще вполне приличный: в нем не прочтешь о том, как сын зарезал мать или как подкинули еще живого младенца на помойку и тому подобное. Нет, такого не прочтешь, как в этих газетах. Да, да… Зло самовыразилось. Транслирует себя из каждой щели, но в сравнении с каким-нибудь медийным ретранслятором всего этого их глянцевый журнальчик — цитадель добра, бездна вкуса, территория смысла… Уж лучше пир во время чумы… Пусть это будет мир развлечений — а мы его населяем. Не самый плохой. Пришел в этот мир — наслаждайся, развлекайся. Всемирный Диснейленд. Планета Голливуд. Величайший за всю историю человечества Аквапарк. Столько способов и видов развлечений — как будто спасения! Удобно, весело, вкусно — это благоустроенный мир. Кто-то пожелал бы устроить его иначе?

Но офис — отсеки, отсеки, отсеки… Застенки.

Рерайтеры — в их отсеке рабская тишина.

Дизайнеры — молодые угрюмые ребята. Вывесили у себя размашистый лозунг: РОСКОШЬ ПОБЕДИЛА КРАСОТУ. Курят пачками. Если не молчат за работой — грязно матерятся.

Копирайтеры — молодые и веселые — щелкают слова как орешки. Кажется, от нечего делать. «Десять ситуаций, в которых женщина будет готова на все!» И на лету, в ответ:

«Характер девушки можно определить по цвету ее трусиков!» Подача — удар... Подача — удар... Проигрыш — хохот. Кажется, постоянно над чем-то издеваются. Или что все вокруг ходят у них в дураках.

Он озлобился. Это вместо страданий — злость. Разве что бессильная — хоть это в оправдание, сил нет даже у злости.

Он давно забыл вкус еды, которой кормила мать. Ее семь хлебов... Фрикадельки, гуляш, гороховый суп, жаркое, рыба под маринадом... Сытое ощущение покоя. Почему под маринадом? Жив был отец — жарилось мясо. Вырос без отца — и куска не съел. Этому никакая кулинарная книжонка не научит: жарить мясо. Чутьем лишь, уважая как свою добычу, обожая и плоть его и кровь, заставишь будто бы ожить — накалиться мышцей, просочиться жаром, и тогда готово.

Теперь на этой кухне он жарил мясо, жена варила борщи.

Каждую неделю — борщ.

У борща огородная душа.

Такой же, наверное, каждую неделю варила ее мать, ведь если причащают в семьях пищей — только любимой.

Кажется, какая-то домашняя котлета все и знала сто лет о любви.

Стоило вообще заговорить о еде, Алла Ивановна не могла удержаться и возвышала свой голос: «Мои блюда...», «В моем меню...» Нет, она не училась готовить. Вряд ли хотя бы примеряла кухонный фартук. Поэтому со своей матерью не имела ничего общего, даже презирала невольно, обделенная почему-то благодарной памятью. Заботиться о себе заставила только студенческая юность. И готовить научилась то, что ела сама, где же, если не в столовых. Но, когда произносила очень значительно, с большой буквы — *Блюда*, эхом, будто из глубины души, отзывалось напрасное: блюла, блюла… Фрикадельки, гуляш, гороховый суп… Тут же звучало еще одно, несъедобное, слово — «разнообразие». Но всякий раз было не по себе слышать пронесенное через всю жизнь, как если бы лишь это и осталось сказать: «Я всегда следила за тем, чтобы в твоем питании было разнообразие».

Слышала, молчит, как стражница, не выдавая своих мыслей.

Чуткая, сильная.

Каждое слово, произнесенное в этом доме, кануло камнем или камешком в ее душе, терпеливой, но до времени. Ему-то вела свой счет. Только если забудет о времени, простит.

Саша… Александра.

В ее имени так и видишь: твердость худобы, широкоплечая, спортивная осанка, как у гимнасток, что похожи на ангелов, только без крыльев за спиной — прямоходящие, даже когда взлетают. Все в этом характере какое-то несокрушимое, будто уже девочкой готовили стать не женой, не матерью, а чемпионкой мира… И умеет лишь побеждать. В ее гордыне что-то детское и воинственное. Пионерское, из тех времен, откуда же еще… Когда тобой гордится коллектив — и поэтому получаешь право гордиться собой. Гордыня, которую взлелеяли почетные грамоты, утруждали ответственные поручения, скрепляли звонкие клятвы. Отличница, медалистка… Голоногая валькирия пионерской дружины, суровая весталка комсомольской организации. Всегда первая… Всегда одинокая, потому что первая… А он — всегда последний. Одинокий, потому что последний… Последним принят в пионеры, последним вступил в комсомол. Он даже страдал, честно плакал, всегда плакал. А она никогда бы не заплакала так, жалея себя… Посеклись волосы, ее, шелковистые — отрежет выше плеч, ничего не говоря, и только после этого покажет себя, новую. Нет, не любуясь тем, что сделала как слепая, а радуясь, светясь — вот она, ждущая с этим трепетом, что примешь такой. Это сделала для тебя… Сделала сама, лишь твоего восхищения достойная… Ему же хотелось спрятать, нет, даже выбросить, чтобы не было в доме, ножницы! Казалось, изранила себя, истыкала этими ножницами. Это не прическа, это же постриг! Но пойти в парикмахерскую было пыткой: обмякнуть в кресле, отдать себя в услужливые руки, чувствуя каждое легкое, будто бы заискивающее, прикосновение. Это были чужие руки. Чужие. Да, конечно, тобой в некотором роде пользуются. Осматривают и оценивают, чтобы найти какой-нибудь изъян. Плохо, хорошо — это не добро и зло. Чисто, аккуратно, приятно. Но ей было мучительно, когда волосы, будто их что-то обесчестило, осыпаются грязно на пол. Противно ощущение спеленутой беспомощности. И не могла уже смириться с мыслью, что у кого-то, кроме нее самой, получится увидеть, какой же она хочет быть, а значит, и сделать ее такой, вернув что-то неминуемо отнятое возрастом. Даже не быть, нет, а всего лишь остаться, обманув время, девочкой с отстриженной выше бровей челкой, когда казалось — взошло смеющееся солнышко. Вернуть для него ту свою полудетскую улыбку, радость, свет! Оказалась на улице, где стояло общежитие мединститута, вспомнила себя другой, какой была когда-то. Была. Однажды вышла, пошатываясь, из ванной, как будто в клоунском парике:

покрасила волосы, цветом красной вишни. Только увидел, содрогнувшись, пряча глаза — и сразу же: «Я тебе не нравлюсь?» Вопрос бьет в свою цель так безжалостно, что становишься — уже потому, кажется, что мог он прозвучать, — подлецом. Голос роняешь, потому что вытащило из гласных и согласных какой-то хребетик. Брякнул, не удержавшись, конечно, с заменяющей бесстрашие иронией, что-то скользкое или вскользь… «девушка с красными волосами». Спустя месяц все же перекрасилась снова, в черный. Свыкся. Шутил: вишня в трауре. Не понимал ничего, дурак. Ни одной морщинки на лице — но обнаружила седой волосок. Нашла же, разглядела сориночку. Значит, ждала.

«Любимая…»

Вздрогнула. Прислушалась. Не верит.

Устремив в одну точку то ли взгляд, то ли мстительный яркий свет, сузившиеся, как от боли, глаза пронзают: не приближайся!

Застичь себя врасплох — отупеть, испугаться — он не позволял. Волновался, но чувствовал свою роль. Понял, привык, все повторяется. И тогда сердце мучилось нежностью к жене, как могло, до боли, точно бы видел перед собой слепую. Зная, что, все еще ослепшая, поникнет в своей угрожающей позе, слыша как бы чужой, но умоляющий голос… Что слезно потускнеет взгляд…

«Если я умру, ты женишься на другой?» — так звучал почему-то самый выстраданный вопрос, встревоженно-детский, ставящий тут же нелепо перед выбором. Ответить, чтобы успокоить, можно было не задумываясь. И только глупец, тогда уж, воспринял бы это всерьез. Но сознание, что веру можно заслужить обещанием и как бы обманом, делало его глупцом... Раздражался, не понимал, мучился... «если», «если»... ну зачем опять придумывать... Бред какой-то, умрет она, опять этот бред... Давай пытать, я — тебя, ты — меня, узнаем, кто пыток не выдержит, будущий предатель. Зачем мучить того, кого любишь, вообще, если любишь... Если столько лет вместе, потому что не могут друг без друга, вот именно: жить, жить...

Она же, как выдыхала — легко, без усилия, могла сказать: «Если ты умрешь, я не буду жить». И ничего не изменится в голосе. Казалось, обычные слова. Не пугала — но звучало все просто, поэтому и страшно. Верила в то, что говорила. Слыша это, не мог вынести ее решимости. Саму логику эту понять, принять, ведь уже его собственный вопрос, а что будет, если он полюбит другую и уйдет к другой, нисколько ее не ранил. Не ранил ни издевательской ноткой, ни откровенно предательским тогда уж смыслом... Изображает полное равнодушие. Можно подумать, мысль об этом — о его вероятной измене — была для ее сознания более приемлемой, нормальной. Прекрасно без него устроится и ни дня не останется одна, конечно. Слова, слова... Вот что было важно. Ей не будет больно... Повторять: мне не больно, мне не больно... И ни о чем потом не думать, обрести покой. Что-то с усердием, ревниво облагораживать в туалете, не думая об этом дне — но смотреть до глубокой ночи, не отрываясь, паршивый телесериал лишь для того, чтобы узнать, чем кончится... Плакать, кого-то там жалеть... Но скажет даже не мучаясь. «Если ты умрешь, я не буду жить».

Люди могут жить без любви. Он знает. Так жили и они с женой, только не любя свою жизнь в маленькой квадратной комнате, где ютилась бы еще одна душа, родись у них ребенок.

Услышать детский смех.

Чтобы к ним пришло счастье — ребенок — и не пришло.

Очная ставка. Мужчина и женщина.

Секс, только секс, как следственный эксперимент.

И каждый месяц с мерностью тупых толчков: нельзя.

Ему больно видеть, как она тянется к детям, чужим — и как дети тянутся к ней, отзываясь на ее тоску.

Мечтала лечить детишек — и как в насмешку — омолаживает богатых господ. Пошла на курсы лечебно-косметического массажа лица с изучением гигиенических и косметических процедур, устроилась в салон красоты.

Еще казалось, что все это временно.

Годы, годы, годы...

Саша без стонов и всхлипов тянула свою лямку: двухкомнатную баржу с мамочкой и сыном.

Родная — и чужая. Родная ему — но чужая с матерью. Это такое отстранение, с каким врач относится к пациенту, к его боли.

Уставала — молчала.

Тогда в ее жизни появился алкоголь. Сначала джин-тоник, этот баночный коктейль. Потом водка. Маленькие бутылочки было легче прятать. Вышла из ванной. Ушла на кухню и вернулась через некоторое время. Вдруг менялся голос, взгляд. Лицо глупело и оживлялось. Притворялась радостной, защищая себя, все отрицая. И он искал, находил, выливал в раковину. Делал это одним и тем же способом: у нее на глазах, зная, что в этот момент она презирала его, ненавидела. Только он и сам презирал, ненавидел себя.

У него не было постоянного заработка, он не мог содержать семью. Себя самого — и то не смог бы.

Пришли другие люди. Другие, откуда они появились? И там, и тут — всюду. Видел — и ничего не понимал. Он так хотел быть кому-то нужным. Пока не лишился жизни, настоящей, своей. И ничего не спас. Было поздно. Вернулся — и наткнулся на стальную дверь. Все содержимое мастерской было утрамбовано в мусорный контейнер: новые хозяева освобождали площадь под офис. Контейнер куда-то увезли, на какую-то свалку. Перекупили помещение. То, что было внутри, уже не имело никакой ценности. Это принадлежало кому-то, кто для них умер, сдох, если вообще жил когда-то — до них, пока не перекупили, пока не получили во владение... А мертвые не оживут.

Да, ему говорили, что он должен воскреснуть, делать все то же самое, работать! Вспомни, вспомни... Делакруа. Спасался трудом. Годами не мог говорить — туберкулез горла — и вот почти вся жизнь стала молчанием, работой. Гоген. Отрицал чувство долга — семейного, христианского, перед обществом, признавая только долг художника. В этом он весь: страх потерять свободу. Мученик, как и все они, кто шел своим путем... Только он яростный, отчаянный. Долго не сдавался. Но сколько ни было в нем хватки деловой, умения устраивать дела, в драке этой не остался живым. Как хотел покончить с собой — ушел в джунгли, стрелялся, в надежде, что труп сожрут муравьи. Для этого требовалось его бесстрашие — так умереть. Но не умер, промахнулся. И еще большее бесстрашие — смириться, продлевать эту свою жизнь нищего урода. Как это красиво говорят, «погиб за свободу». Не за правду, как многие — а за свободу. Без свободы — нет творчества. Без творчества — жизни. Мунка лечили электрошоком — вот когда, наверное, орал… Мучился, вот и он все время мучился. Холсты. Краски. Это было мучением — и вот ничего не мог, ничего не чувствовал, как труп.

Еще окружали удобные вещи в удобной квартире.

Дни проводил, уткнувшись в телевизор, лежа на диване.

Спрятался, никого и ничего не хотел видеть.

Но очень скоро о нем забыли, пойти стало некуда и не к кому.

Осталась одна картина. Та, что на стене в их комнате.

Была его подарком для нее, для любимой.

Спаслась — но ни от чего не спасла.

Просто еще не пришло время умереть.

Она посмотрит, скажет вдруг: «Какое тоскливое нытье…»

Последний, но уже даже не мазок: жирная маслянистая точка.

Он взял тюбик с краской — и раздавил что-то на холсте, сделав, наверное, то, что сделали с ним, когда раздавили.

Все стало правдой.

Тоскливая ноющая дыра.

Ничто.

Все это время перед глазами, столько лет.

Ну да, все улетело, сорвалось в пропасть, упало, разбилось… Такое небо, как дыра… Хоть мучило, что вся мазня не умерла, вся, до последнего мазка… И не умрет, потому что где-то висит, что-то украшает, кому-то принадлежала. Это мучило: что не мог уничтожить все, что сделал. Освободиться. Исполнить волю свою в конце концов… Они могли, могли — а он уже не мог, потому что не в его это власти. Сколько же их было? Сколько продал? Но не помнил уже ни одной, ни одной… Самое мучительное бессилие: когда лишаешься права избавиться от того, что сам же создал.

Увидела, поймет, затаит в себе, уже не простив…

«И что ты этим хотел доказать? Что?!»

Он молчал.

В окно тянулась ветка рябины.

Вызревала, как заколдованная, горсть ярко-красных ягод.

Деревце. Росло во дворе, кто-то когда-то посадил. Заглянуло в окно. Весной рождаясь. Зимой умирая, оставляя окостеневшие ветки, круглые капельки крови, почти ледышки.

До весны их успевали выклевать птицы.

Весна, лето, осень, зима… и снова весна.

Сколько помнил себя.

Ветка рябины.

Дерево спилили, оно засохло.

Спилили дерево — и ничего не осталось.

Страх.

Так страшно, так больно жить?

Даже с котом бороться за место на кровати.

Комедия дурацкая жизни…

Он получил работу, согласившись сбрить бороду.

Его так и спросили: мог бы он сбрить бороду?

Он понимал, что вопрос задан вполне серьезно.

И нисколько не смутился.

Мертвец.

Ответил с той же серьезностью: разумеется, конечно.

Измениться внешне: разве это уже что-то значило?

Мысль, мысль — та, что приходит ночами.

НУЖНО, ЧТОБЫ ЧТО-ТО ПРОИЗОШЛО.

Только одно еще ранит. Нежность к жене, уже спящей. Когда, наверное, подсознательно она кажется ему мертвой.

Гладил волосики на затылке.

Она не чувствует, не шелохнется.

И поэтому хочется, чтобы проснулась, как будто и потом будет такая возможность: вырвать лаской у смерти, вымолить любовью.

«Может быть, я стал мерзавцем, только не понимаю этого?»

«Ты опять поссорился с матерью? Что ты ей наговорил?»

«Ничего. Я три года не был на могиле у отца».

«Давай поедем. В эти выходные. Купим цветы».

«Зачем на кладбище цветы? Кому это нужно?»

Он проснулся.

Ищет глазами фотографию отца.

Вот она — чудилось, маленькое окошко в стене.

Скажет: «Если бы он любил меня, он бы не умер».

А потом, поднимая голову, умываясь над раковиной в ванной, вдруг увидит в зеркале того, кому это говорил.

Страхи, выловленные сетями сна.

Утро, которого больше нет.

Провожала жена.

С плаксивым упитанным котом на руках: нянчила, как младенчика, не давая освободиться и вырваться за порог.

В тот день — когда решился — он играл в офисе на компьютере в шахматы и проигрывал все партии, впервые вдруг подумав: кому?

А вся жизнь, разве вся она может быть поражением?

И если поражение, то кому же, кому?!

Стоило услышать этот голос, приглушенный массивной дверью, но так близко — и он как мальчишка хотел сбежать.

Старуха впустила гостя со страхом, похоже, так и не расслышав, кто он такой, но тут же плаксиво преобразилась, с порога называя молодого мужчину доктором: или ждала, или верила только врачам.

Глазки ее уже благодарно слезились, хоть он ничего не успел сказать. Теперь было поздно, и он страшился: себя самого, ее жалких, выдавленных из себя слезок, всего, что видел.

Даже поворачиваясь, она задыхалась, и, боясь потерять опору, хваталась то за стены, то за мебель, передвигаясь точно в полусне.

Розовый махровый халат без пуговиц, когда-то, наверное, перешитый из полотенец, в котором не умещался живот, будто в наказание вис на плечах, распахнув исподнее, обноски: безразмерные панталоны, майку в дырочках… Все, что осталось, кроме спущенных и перекрученных чулок. Старуха толкала, передвигала свою же тушу. То, что душило, давило и стало бездушной массой.

Больше ничто не помогало в огромной запущенной квартире. Как если бы и не было ничего своего. Только стулья. Стулья, на которые опиралась, как на костыли. Но хватало сил даже не жить — цепляться за жизнь. Цепляться — и чего-то ждать. Теперь на одном из них сидел он. У скомканной кровати, похожей на гнездо, где старуха, напоминая своей беспомощностью птенца, открывая рот, жадно просила в ответ его слов. Бесцветные жиденькие волосики на голове, слюнявые губки. Белая, рыхлая, как из муки, как дитя. Оно, время, сделало ее такой. И что-то сделало с ним, безжалостное, если тетка смотрела — и не узнавала.

Пахло лекарствами...

«Я не какаю! Я не могу покакать!»

Было, старуха растерялась, глядя на него, умолкла — но снова подала голос, испугавшись своего же молчания.

«Ко мне приходит женщина, соцработник, она сказала, звоните в поликлинику. Доктор, что мне делать? Я выпила слабительное. Позвонила в поликлинику, в "скорую помощь". На меня кричали, помогите! Поставьте мне клизму... Я этого не вынесу!»

Его вырвало у подъезда.

В чувство привела какая-то молоденькая стервочка. Но даже не испугалась — напала, огрызнулась: «Совсем совесть потерял, урод!» Сама как зверек. И шубка, шкурка... Белый мертвый мех.

Накренилась, будто бы падая, угрюмая каменная башня.

Поскользнулся на ледяной корочке — но удержался.

Спасительное чувство опустошения.

Сумерки.

Этот город.

Слился в сплошную сумасшедшую линию.

Зарево рекламы.

Движение, где тянутся без конца потоки машин, как сцепленные, отправленные кем-то куда-то вагоны.

Тлеющий, дымящийся.

Замороженный воздух. Тающий, когда дышишь. С дыханием превращаясь в пар, но вмиг замерзая — исчезая, так что не отогреть.

Наледь, по которой передвигаются одинаковые инвалиды, точно у всех протезы вместо ног.

У метро он вытащил из портфеля коробку конфет и впихнул в задавленную всем, что стало прахом, чугунную урну в форме цветка.

Купил самые дорогие.

Теперь избавился, выбросил.

И не успел отойти — его подарок выхватил пьяненький, с улыбкой блаженного на побитом испитом лице.

Старуха в своем склепе... почему она жила столько лет — а его отец был мертв? Она и этот шизик-астрофизик — а его отец?! Кто же достоин жизни? Кто из людей? Кто готов на все — на все, что получит вместе с жизнью и будет цепляться из последних сил?!

Всего мгновенье — эскалатор плавно погружает в мир иной.

Здесь тепло.

Метро — вход куда-то.

Исчезновение, отсутствие.

Как и его мысли — это вход куда-то.

Человек со своими мыслями — он как под землей.

Ему кажется, он становится невидимкой.

Но все видел, все понимал.

Люди под землей.

Девушка в переходе, каждый раз на одном и том же месте, но только в рабочие дни. Маленький подлый театрик жизни. Голова упала, как у повешенной, на груди картонка, где большими буквами: ПОМОГИТЕ УМИРАЕТ МАТЬ.

Мать.

Как бы он хотел оглохнуть и не слышать ее, совсем, навсегда.

Зачем ей это было нужно?

Хотела, чтобы ему стало больно?

«Я любила твоего отца!»

«Если бы любила — он бы не умер».

Пощечина.

Он скажет: «Ну вот и хорошо, нам пора разъехаться».

Ночью вызывали «скорую».

Ей сделали укол.

Саша, ее мольба: «Почему? Почему?»

Ответил: «Всем почему-то нужно кому-то приносить боль».

Через некоторое время появится, должен появиться, стареющий ловелас, выдающийся ученый нашего времени. Дядя Сева… Хотел ему добра.

Деятельный. Подвижный. Обломок чего-то, профессор обиженно вдохновлялся верой, что наука еще всесильна… Взывал к совести — и рассчитывал на жалость. Искал, как выражался, «меценатов». Домогался того, что называл «моральной поддержкой».

Где-то на дачном участке своего давнего приятеля — тоже как бы взаймы — добыв деньги, надстроив хозблок и проделав в крыше дыру для собранного из подаяний телескопа, профессор соорудил то, что, с его слов, было «первой частной обсерваторией в России», считая ее своей собственностью, и уже несколько лет вел судорожную слежку за космосом в ожидании каких-то «гамма-всплесков». С тех пор он часто мелькал в теленовостях на фоне этой постройки из гаражного кирпича. Обещали затмение или пролетал астероид — рыскающие в поисках сенсаций репортеры выстраивались в очередь. Ученый рассеивал панические слухи, тогда-то и давая о себе знать… Он поменялся. Отпустил волосы до плеч, бороду. Потом появилась ковбойская по виду шляпа, в которой красовался, позировал... «Человек — единственное животное, которое смотрит на звезды!»

Когда-то он рассказал ему о десятой планете: как мечтал открыть десятую планету солнечной системы. Это было его тайной, еще детской. Хранил, доверив почему-то такому же мальчику...

Однажды позвонил. Больше, оказалось, было некому.

Долго и пространно говорил...

«Космос — ну что еще не изгажено людьми? Это храм. И только астрономия осталась чиста. Да, именно так! Наука провоняла смертью. Можно подумать, не умертвив что-то живое, просто не способна существовать. Человек — мыслящий орган? Куда же, куда они лезут со своими ракетами? И для чего?! Лезут даже не для того, чтобы изучить, понять — это предлог, — а чтобы в конце концов присвоить. Это лишь человек может: все мое! Весь мир, вся Вселенная! Каждый безмозглый идиот: мое, мое, мое... Видишь ли, мало ему... Какое там аморфное «я»... Мое! Они уже продают и покупают звезды! Торгуют участками на Луне! Лезут... Туда, где и воздуха нет! Птицы небесные гадят — и что? Любое ваше дерьмецо грохнется вам же на голову. Граница, естественная, среды обитания, ну если она может быть нарушена, не несет в себе запрета, осознания, что все там не для вас, то куда же эта планета катится! Эгоизм, пожравший все добродетели человеческие: люби себя, думай о себе... Насилие жизни над мыслью, говорите? Нет уж, слизь победила жизнь!»

Интересно, что же могло так заставить страдать?

И вот снова, но уже ласковый и вкрадчивый голос в телефонной трубке: «Здравствуйте, здравствуйте, молодой человек… Как поживаем… Что расскажете… Это ваш покорный слуга».

Возник.

Обзавелся манерой: прежде чем сказать прямо — играть, притворяться…

«Прости, но я все знаю».

«Удавиться, что ли, пойти».

«Должен признать, твой поступок меня огорчил».

«Поучай-ка ты своих паучат».

«Видишь ли, воспитанием моих детей занимаются их матери, мне себя упрекнуть не в чем, я выбрал прекрасных».

«Это официальное заявление?»

«Прекрасные женщины! Люблю. Уважаю. Ценю».

«Мою не забудь…»

«Пошло, глупо. Кстати, не забываю. Желаешь услышать правду? Ты убиваешь свою мать. Свою».

«Тогда беспокоиться больше не о чем. Все живы».

«К этому я был готов… Я хочу с тобой серьезно поговорить…»

«В таком случае, ты опоздал».

«Давай посмотрим правде в глаза…»

«Я это делаю каждый день. Могу передать ей трубку».

«Ну что это такое! Почему с тобой не договоришься? Объясни, ну чего ты хочешь?»

«Сына. Внуков, внучек… Хочу всех любить — и чтобы все они любили своего дедушку. Хочу умереть, не поняв этого и не чувствуя боли. Во сне. И чтобы меня похоронили рядом с отцом, а Сашку потом рядом со мной. Ну и мать. Все».

«Прекрасное завещание! Полный идиотизм!»

«Хватит. Что тебе нужно?»

«Хочешь жить отдельно, никто не против. Но продать квартиру — и разъехаться с матерью… Об этом не может идти речи, конечно. Это ее дом, она не должна страдать».

«Это было шуткой. Что дальше?..»

«Алла сказала, ты был на Котельнической… И она тебя вспомнила? Ты видел ее, говорил с ней? Ну с ней… Я имею в виду свою сестру… Что ты молчишь?!»

«Разыгрались родственные чувства?»

«Полагаю, мы одна семья».

«Надо же. К чему бы это? Осталось вспомнить моего отца».

«Да! Твой отец бы этого не допустил! Послушай наконец! Я готов… Я знаю, как все устроить… Всем, абсолютно всем, будет хорошо!»

«Так это ты… Как же я сразу не догадался, что это ты».

«А ты?! Ты видел эту квартиру? Ты знаешь, сколько это стоит?»

«И моя мать — она знает?».

«Алла? В каком смысле? Она думает о тебе. Да это все, что мы имеем! Я знаю свою сестру — ни о ком не подумает даже перед смертью. Тем более меня, моих, как ты выразился, паучат — близко не подпустит. Но если тебя впустила — это шанс! Ну кто еще! Ты имеешь полное право. Потребуется… Уход, питание, лекарства. Творожок… Кефирчик… Ну что еще? Под рукой всегда моя машина. Пожалуйста, я в твоем распоряжении. Используй меня. Мы поделим честно, без всяких формальностей. Сразу же продадим — и все! Поверь, купишь квартиру — и еще останется! Пока она ничего не сделала. Но если сделает… Все! Конец!»

«С меня хватит. Хватит. Не хочу».

«То есть как… Это наша, наша собственность! Мы можем, мы должны получить… Но будь любезен приложить усилие, волю… Это миллион! Слышишь? Понимаешь? Долларов! Сумма инфернальная!»

«Вы мне чужие. Вся ваша семья».

«Наша?.. Что ты хочешь этим сказать?..»

«Я не люблю вас, я вас не люблю!»

«Это просто бред! Бред! Слонялся по европам: искал себя! Возвратился к разбитому корыту. Его не поняли, его не полюбили. Заработать, получить — на это не хватило талантов. Сенсация! Все творения выкинули на помойку! Жил на иждивении у жены: мучился, страдал! Устроился на работу — ну, это Голгофа! Хотя как удобно устроился! Но все, конечно, напрасно. Сейчас напыжился, мстишь. Так же, впрочем, бездарно, потому что получается ноль».

«Почему же. Могу преуспеть. Могу одурачить старуху, тебя, всех вас. Зачем вы нужны мне? Усилие воли — и вот я один, и в моем распоряжении элитная жилплощадь стоимостью миллион долларов».

«Я понял. Я согласен на половину. Почему ты молчишь?! Сколько же ты хочешь? Алло! Ты думаешь?! Нет, дарственную от нее ты никогда не получишь. Под пыткой не подпишет, исключено!»

«А с чего ты вообще-то решил, что ей нужен твой кефирчик? Ну и творожок? Она любит черную икру, шампанское. Веселая старушка. Или это была не она и я попал не в ту квартиру? Если бы я знал, почему моя мать верит тебе, слушает тебя… Твои жены… Твои дети… Твоя обсерватория… Твои достижения… И все твои идеи с идейками… В общем, вся твоя жизнь. Пыль! Но тебе мало, мало… Поэтому! Ты как пылесос готов всосать новых жен и новых детей, даже манну небесную проглотить с шестью нулями. Старуха, она есть. Живая, я видел. Есть твоя распрекрасная квартира, где она еле ползает, разлагается — и не существует для тебя! Хотя самое смешное, что и для нее никого не существует. Она не узнает, не вспомнит, кто ты такой. Сообщаю, пользуйся! Растаскивайте свои нули!»

И уже само роилось... То, что говорил профессор. То, что бросал в ответ этому шуту. Еще и еще... Говорил сам с собой — но, казалось, там, в сознании, звучали все их голоса... Кричал, орал обиженный ребенок, у которого что-то отняли, которому чего-то не досталось. Это он — дядя Сева. Маленький, он хнычет, гневается, рыдает, взбешен... Подумал о нем, о дяде Севе: ведь он сумасшедший, но об этом никто не знает, даже он сам. То же самое — о матери. И вдруг — о себе. Эта мысль. Они все давно сошли с ума... И Саша, Саша — она тоже. О да, какое тоскливое нытье! Ноет все, ноет, ноет... И каждый стремится принести другому боль — и одержим, что это истина, высшая справедливость! Вот что такое безумие. Но это безумие жизни, пожар, в котором сгорают заживо, даже если мирно спали, когда пьяница-сосед за стеной уснул, не потушив свой окурок... Что скажет мать? Или все сказала? И он уже огрызался, бросал первые попавшиеся слова ей в ответ... Такие, которые мучили, но почему-то мучился он сам, думая, что освобождался, когда все это произносил... Он боится ее — и поэтому боится замолчать... Господи, чего все они от него хотят?! Он все время боится сознаться себе в том, чего же он хочет... И теперь заставлял себя думать — но только не о том, что можно получить, когда старуха умрет... Все обыкновенно: думать о ремонте, о своей отдельной комнате, но уже не о матери, как будто умерла… Замечаешь грязные обои — и ее, свою мать, замечаешь, только раздражаясь. Тяготишься теснотой — а тягостно жить с ней, терпеть, что продолжается и продолжается эта жизнь…

Какой могла бы она оказаться, если получить столько денег? Думает о квартире и этих деньгах… Миллион! Думает — и это значит… хочет лишь ее смерти? Тетка ведь все равно когда-нибудь умрет. Так, значит, «кефирчик»? Стань миллионером!

Ну и что же, если согласится?

Согласиться — и стало вдруг легко, он подумал отчего-то уже безо всяких мучений: завтра он позвонит профессору, завтра позвонит, завтра… Все.

Утром.

На кухню вышла мать.

Встретились молча взглядами.

Слов он в который раз оказался недостоин.

Безмолвное презрение.

Только это.

Хотя даже не понимала, какое же он, действительно, ничтожество… В ту минуту он спокойно подумал, что однажды все это кончится. Пусть она его презирает, пусть мучается дядюшка, пусть плачется никому не нужная старуха, пусть пропадает эта квартира… И одно стало приятно: осознание, что каждый получит свое… Да, он подумал тогда об этом с усмешкой… Но старуха умерла. Она умерла.

Стоит в очереди: впереди всего два человека, за ним уже совсем никого. Очередь эта не прибывает — но и не движется. Дверь в кабинет открыта, распахнута… Все это время на пороге топчется старуха. Получила свое свидетельство и застряла: не хочет уйти. У регистраторши — молодой девушки — сдают нервы.

«Какой тяжелый день! Ну что за народ, я не понимаю!»

Бабка канючит…

«А за деньгами, говоришь, куда?»

«В собес, бабушка, в собес! Я же сказала вам, мы только оформляем…»

«Сказали, справку дадут на помощь, а это она, что ли? Тут он как умер, и больше ничего. Вы орган, к вам сказали за помощью, вы и дайте».

«У меня зарплата маленькая давать!».

«Паспорт, паспорт верните — что же это, забрали…»

«Так положено. Паспорт изымается у вас на законных основаниях, потому что ваш муж скончался и больше не является гражданином России».

«Вот и я говорю… Он как ни есть гражданином, этой, ну России, был, состоял в ней, родненький, а теперь кто же он, без паспорта? Там еще у него пенсия осталась, там еще помощь ему нужна… Кто же выдаст без личности?»

Бабка почувствовала, что когда отдавала паспорт покойника, говорили с ней уважительно — а теперь брезгливо терпели.

«Свидетельство выдано? Выдано! Можете идти».

«Куда же я пойду, родненькая… Мне же его хоронить не на что, родненького… Сказали, иди в орган, получишь помощь… Вы же орган? Вот я, как есть, прошу помощи у вас… Помер он, помер — а мне куда? А пенсия у него целиковая за февраль? А помощь ему на гроб, а на могилку?»

В этом коридорчике, где томилось человеческое горе, было тесно.

Где-то рядом, тут же — радость, шампанское, смех…

«Это ЗАГС — а вам нужно в собес!»

«Сколько можно упрашивать! Прикидывается юродивой. Работайте спокойно, девушка, продолжайте прием, — не выдержала скорбная, интеллигентного вида дама. — Глубокоуважаемая, у вас есть совесть?»

«А? Чего, родненькая?» — потише настроилась бабка.

«Совесть! У нас всех кто-то умер. Мы все оказались в этой очереди, потому что потеряли своих близких, родных… Я, между прочим, лишилась вчера своей мамы, понимаете?! Почему я обязана, я… я…» — и слезы брызнули вдруг из ее испуганных глаз.

«Ну пойду я, пойду, не плачь… Жили мы жили, гроб с могилкой стоили как новое пальто… А теперь сказали, что даже в землю не хоронятся, так стало для людей дорого… Ох, как же это, ему-то покой настал, а мне куда? Значит, родненькие, в собес? А помощь у них какая? Другая? А бумага, она, что ли, примерно как паспорт для него будет? Вижу, вижу, ну хоть с печатью… Пойду я, пенсию, говорят, ветеранам войны к февралю успели, добавили. Он же у меня ветеран».

Молча дождавшись своей очереди — строгий, одинокий — вошел и вышел, как призрак, мужчина средних лет, получив свидетельство.

Следующим был он.

Сделал, что делали все: отдал паспорт, справку о смерти…

Действовало, наверное, как наркоз, когда люди проходили через эту комнату, — что вся она по-деловому не для скорби.

Рабочий стол: компьютер, принтер, факс еще для чего-то.

Девочка, что могла она понимать, — но работала.

Другие выдавали свидетельства о рождения, о браке, а ей не повезло.

Мертвых отделяла от живых.

Глупое милое личико умело смеяться, впитывать и отражать свет, кокетничать — но должно было потухнуть, закрыться наглухо маской.

И ролью своей не жила — а плохо, хоть и стараясь, играла.

Присутствие. Отсутствие.

Для нее это каждодневный ритуал.

И, наверное, боясь в своем кабинете истерик, старается выглядеть важной, строгой — все понимающей, но безучастной.

Звук небытия — теплый гул, — когда из принтера, будто в нем что-то мгновенно сожглось, но и сотворилось — сухо вышел наружу бланк этого акта гражданского состояния... Смерти.

Протянула еще одному.

Он взял — и точно бы обжегся.

И еще было противно, потому что все-таки взял, подчинился, хоть мог отказаться и ни в чем не участвовать. Но почувствовал себя безвольным, слабым, во всем раздавленным человеком. То есть как же, почувствовал — стал таким. И вот оказывал услуги похоронного агента... Профессор ничего не прощал, именно поэтому говорил не с ним, а с матерью — и распоряжался... Ну да, все оказались в его распоряжении, потому что, ничего не обещая, дал шанс что-то заслужить. Объявился, когда быстренько получил в больнице, где умерла сестра, справку о ее смерти, ключи от квартиры, паспорт... Поставил в известность, что уже заказал гроб, автобус до крематория, кремацию: доказал кому-то свое право, только свое! Хоть никто, кроме него, ни на что не претендовал, потому что никак бы не смог оспорить это его право, нет, даже не право — а первенство, что и было понятно.

И, конечно, он экономил средства.

Будущий миллионер, экономил свои миллионы…

Стал еще бережливей, чем был!

Утром с ним поехала Саша, кто же, если бы не она.

Уже стоял автобус — тот, в котором не было людей и дожидался гроб.

Все таяло в середине февраля.

Небо упилось грязной влагой.

Зима помешалась: вдруг, чуть ли не за одни сутки ослабев, потеряв себя.

Пошла по миру, бросив свое же — растекаться, растаскиваться…

Огрызает ледышки, лакает из луж, задыхается, гниловато пахнув теплом, кажется, прямо в лицо… Шаталась, бродила… И здесь, по двору.

Так похож был этот раскисший февральский двор на кладбище…

Прогулочный, покрыт трухлявой наледью — она истыкана следами, точно бы прошли целые толпы.

И вот следы вымерли — а в дырах этих, как в лунках, водица.

Обглоданные скамейки торчат из тающих куч.

Пока невидимые, покоились аллейки — сугробики рядом с черными деревьями-крестами, в которых путалось и трепыхалось, как пойманное, воронье.

Двор больницы — безлюдный и жуткий, как будто это после взрыва остались стены... без крыши, но с окнами внутри. Панельные, сомкнутые прямоугольником белые корпуса, шесть отвесных этажей. Сверху падает, бьется, громыхая, что-то обледеневшее. Льется вода. Звонко, шумно, гулко. Слышишь — а небо прямо над головой опрокинулось, пустое, ни капли в нем, ни звука. Но двор в состоянии какого-то неумолчного брожения, шумный. Слышно и все, что за стенами, суету, обыденность: человеческий рой. Больница проснулась. И в эти часы в ее стенах творилось, наверное, все самое главное... Кто-то поступал. Кто-то выписывался, освобождая койки. Кто-то передвигался по кругу больничных процедур. Кто-то умирал.

Морг в подвале — за оцинкованной для вечности дверью. Ее солидно распахнул пожилой, но крепкий санитар. Показать себя за ним появился, как из-под земли, еще один в белом халате — озираясь и щурясь на дневной свет... Торговались, похожие жадностью на мясников. Выгрузили гроб, предложив тут же в услугу женщину, очень, наверное, пьющую, но смиренную, тихую... «Это Зина. Она вам покойницу обмоет, приготовит. Будет стоить пятьсот рублей». Зина кивала, почти кланялась, согласная на все...

И солидный принял оплату — а ее увел обратно в подвал.

Через какое-то время она застенчиво выглянула, спросила: «Смертное при вас?»

Ни о чем таком он не знал — дядюшка ничего не передал и не сказал...

Профессор обо всем забыл — и вопил в свой мобильный, пока не сообразил: пусть крышку гроба заколотят.

Солидный ухмыльнулся — пожалуйста!

Согласился на сто рублей — и еще получил за простыню.

Зина радостно ее предъявила, больничную: хоть что-то чистое и белое. Стараясь, пристала: «Накрывать или обернуть? Я красиво сделаю, вы не сомневайтесь! Вы не подумайте, я это бесплатно!»

И еще пролепетала вдруг: «Или, может, запеленать?»

Но одна не смогла — позвав кого-то на помощь из подвала.

Санитары пропали: вдвоем ушли искать молоток и гвозди.

Он стоял — и не двигался.

Саша, она сжалилась над ним, спустилась туда, кутать старуху…

Подумал: ведь она не боится ни крови, ни трупов…

Действительно — наружу вышла спокойная.

Заколотили гроб.

Все было готово.

Солидный объявил, что надо бы еще прибавить за труды… Он перебил, не выдержав — «Сколько?» — и тот начал спокойно подсчитывать: «Туда-сюда. Побольше центнера будет. Сто рублей… Пятьсот… Сто… Туда-сюда. Итого…» Саша молчала. Но, когда рассчитался с ними, слышно сказала: «Какие же скоты». Он почему-то оскорбился: это ему стало больно… Она же ничего не хотела чувствовать, понимать — одна, в стороне. Солидный, все услышав, ухмыльнулся, буркнул себе под нос — как будто выругался: «Ну да…» Но уже громко сказал, на прощание: «Счастливого пути!»

Автобус ритуальный, в котором только они с Сашей — и гроб.

Пахло бензином, именно бензином.

Вдруг произнес: «Представляешь, миллион долларов».

Саша ничего не ответила.

Они молчали — и не заговорили, — даже когда откуда-то вынырнул такой же автобусик, но совсем затрапезного, провинциального, что ли, вида. Это происходило прямо на Ленинградском шоссе, в час пик, в густом потоке машин. Глухо занавешенные окна — кроме одного. В котором показывала себя и, просунув в отдушину мегафон, пьяно орала: «Люди! Глядите!» — полуголая девка, приплющив к стеклу груди. Несколько минут они наблюдали это, пока автобус шальной не вырвался вперед — и так исчез.

Профессор встречал с букетом цветов, как жених. Паспорт оказался только у Саши — а свой этот шут, конечно, забыл. Поэтому все оформляли они. Дядюшка так и не отлип от букета. Гроб выгружали из автобуса: теперь это были его сыновья, взявшие в свои руки то, до чего он то ли боялся, то ли стеснялся дотронуться. В этот день он собрал для чего-то в ритуальном зале крематория все свое потомство. От разных жен, такое непохожее на него самого — и поэтому, казалось, постороннее — но сплоченное одинаковой туповатой угрюмостью в лицах.

Братья были старше. Старшие. Сестра — младше, от последней жены, с которой дядюшка тоже развелся, но это еще не стало далеким прошлым, так что девушка все же неловко стояла поодаль от отца. Он почти не был с ней знаком. Братьев помнил — и они, наверное, дали понять, предупредив взглядами, молчаливо и деловито кивнув, что узнали.

На Сашу никто не обратил внимания. Чужая всем, она и в зале отошла, когда они, как стадо, приблизились к этому гробу.

Профессор суетился, не находя места себе — и букету.

В конце концов, он уже прослезился — и положил неприкаянные цветочки прямо на гроб, установленный для спуска в многоразовое, массивно обрамленное мрамором, наподобие саркофага, отверстие, а сам потерялся, встал как-то сбоку: и можно было смотреть лишь на букет — казалось, кем-то забытый.

В тишине зала, потрескивая, как дрова, горели, оплывали и точно бы шевелились, казалось, тоже забытые перед выставленной здесь одинокой иконой, церковные свечи.

Дама, которая приготовилась дирижировать еще одну церемонию, растерялась — и не могла начать — уставившись на крышку гроба… Но все же нашла какие-то слова, призывающие с кем-то проститься — и по гулкому холодному залу разлилась траурная музыка… Он стоял и думал, что это — спектакль. Что все они — актеры… Минутная отвратительная и фантастическая пьеса без слов, без движения… Музыка вдруг оборвалась, прекратилась. Лифт загудел — и гроб, медленно опускаясь, исчезая, как бы сам ожил и уехал, забирая с собой задрожавший букет цветов. Потеряв на миг ощущение реальности, он обрел сознание, увидев, что братья, да и сестра с небрезгливым любопытством оглядывались на его жену…

Саша сглаживала на щеках слезы, хотела спрятать — но в глазах ее все плыло, бессмысленно отражая какой-то свет.

Разошлись, не прощаясь даже друг с другом. Провожая братьев взглядом, он представил, как мог бы крикнуть им в спины, поразив: «Счастливого пути!»

Профессор порывался всех пригласить: «куда-нибудь». Но, когда сыновья разъехались, фыркнув джипами, каждый своим, выдавил из себя казавшееся, наверное, спасительным: «когда-нибудь».

Уже куда-то спеша, их он мог подвезти до ближайшей станции метро, взяв в свою машину. Дочь, которую должен был вернуть домой, ее матери, замерла на переднем сиденье, рядом с ним, уткнувшись в книгу, делая вид, что читает. Профессор заговорил, обращаясь лишь к ней, что-то спрашивая, хоть девушка пугливо молчала. Он забыл, что должен взять квитанцию, именно что забрать ее себе... Этот человек был должен. Понимал же он, что если не старуху — а то, что останется — должен еще кто-то похоронить? И вот стало мучительно: ждать, что дядюшка сам об этом вспомнит... Но дядюшка высадил их, ни о чем не вспомнив.

Мать, она, конечно же, и не собиралась очутиться на похоронах. Но можно было подумать, даже не понимала, что произошло, откуда же они вернулись... Саша не находила себе места: сказав, что кончился стиральный порошок, ушла в магазин. И, вернувшись, но уже возбужденная, схватилась за молчаливую работу, как машина что-то делая: готовила, убирала, стирала. Пока вдруг не остановилась под вечер — сломалась. Было бессмысленно допрашивать, бороться с ней... Она знала, чего хотела — а в тот момент уже не могла ничего скрыть, шатаясь, когда вставала и куда-то шла, то есть порывалась пойти. Он видел, как она менялась в течение дня... Понял, что произошло. И сам впал в какое-то невменяемое состояние, когда жена — наверное, даже не чувствуя, что он присутствует где-то рядом, — рыдала, бессильно вдавленная в диван, на котором оба они лежали перед включенным, мигающим то скучно, то весело телевизором. Он вскочил — и бросился на кухню, чтобы найти то, что она там прятала, как и всегда: искал — и находил. Давно зная все эти щели, в которых спасала, чтобы только успеть выпить, потому что, найдя недопитое, он выливал.

И ничего не нашел!

На кухне, в туалете, в коридоре, ванной — всюду — где она сама от него прятала себя, исчезнув, исчезая.

Кажется, он не переворошил только комнату матери — и свою, в которой пролежал до вечера на диване у телевизора.

Саша уже не рыдала. Она смеялась над ним, смеялась ему в лицо, с болью и злостью показывая свое торжество, свою радость!

Но как будто от кого-то, кто невидимо и властно ткнул именно туда, куда бы сам не подумал, он получил то, что хотел, когда успокоился, когда взял себя в руки… И пришел в бешенство!

Взмах — и бутылка полетела в стену. Разбилась и разлетелась по кухне, оставив на стене влажное вонючее пятно. Чудилось, эта вонь, от которой мутило, растеклась тут же по дому, как эфир. Она еще нашла силы, они к ней вернулись — и ворвалась сама на кухню. Увидев, что он сделал, с хохотом бросилась босыми ногами на осколки — но не смогла, не поранилась, потому что, опомнившись, он успел подхватить и утащил обратно в комнату, кинув на диван.

«Ненавижу!»

Кричала — и билась, рвалась, — а он, даже не давая подняться, легко, движением одним, отбрасывал на диван, чувствуя себя отчего-то и мужем, и отцом — и палачом.

Ей нельзя было позволить вырваться.

Выкрикивая уже что-то беспомощное ему в лицо, Саша наконец сдалась — и, только утихнув, закрыв глаза, лишилась памяти, чувств, жизни, застыв в опустошенной отвратительной позе, как убитая.

Он подождал — потом, на кухне, прилежно подмел опасный пол, убрав бутылочные осколки.

Мать весь день не выходила — радио в ее комнате молчало.

Он вспомнил и подумал о ней только потому, что поразила эта тишина: молчание во всей квартире.

Кинул себе подушку и плед на пол, лег, прислушиваясь, как жена то храпела, то, судорожно глотнув воздух, спокойно и глубоко дышала. Почувствовав, что воцарился покой, отчего-то возле него, на полу, приютился в темноте кот — и тихонько благодарно урчал, будто на краешке чужой, теплой и мягкой подстилки.

Одна жизнь кончилась, ничего не получилось, все развалилось… Новая, новую… Но как это возможно: все изменить. Родишься заново? Притворишься, что умер, но вот вдруг — воскрес! Да что это такое, что это — «новая жизнь»?

Всю свою сознательную жизнь он лишь чего-то мучительно ждал. Ждал. Как ждал любви, хоть какой-то, к себе, нежности хоть чьей-то. Как ждал, что у них родится ребенок. Как ждал умершего отца…

Вдруг осознал: она выкрикивала это свое «ненавижу», как выкрикнул бы и он сам всей этой жизни… «Я не живу, я жду, жду, жду… Страшно, как страшно жить!»

Лежал в грузном горизонтальном положении — покойника — а, лишь закрыв глаза, увидел старуху… Вспомнил: когда не стало отца, кто бы ни пришел в дом или куда бы ни повели его, мальчика, попадал в сомкнутое кольцо взрослых

236

людей, похожих серьезностью на судей. Больше никто не заискивал — и он уже не говорил со взрослыми играя, бездумно. Молчал. Если задавали вопросы, отвечал какую-нибудь неправду, только и чувствуя, что делает это назло. Это было страшно. Но что-то помогало преодолеть страх. Все смотрели на него — смотрели, смотрели… Все они. Все. И теперь — она.

Старуха! Она втянула во что-то своей смертью, повлекла куда-то, где только можно сойти с ума, возненавидев все и всех!

И он дождался дядюшкиного звонка… Далекий — перепуганный, беспомощный голос. Связь обрывалась несколько раз. Все рассказал уже по дороге, в машине, простонав: «Собаки породистые, кошки — а люди, не понимаю… Что стало с людьми?»

Он проговорил: «Домашних животных любить проще».

Профессор взорвался: «Что?! Какие животные? Какая любовь? Это человек ведет себя как животное… Да! Голодное! Дикое! Вот этот, кто он, по-твоему? Врач?! Это Чехов, Антон Палыч, извиняюсь, был врачом! Скотина! Нет, ну как это возможно: пользоваться страданиями, беспомощностью! Больница! Так быстро, ловко — как по маслу! Не первая и не последняя она была… Это действует целая мафия!»

Они еле продвигались в дорожных пробках.

Нагрянул, обрушился снегопад. Как последний: слишком быстрый, торопливый, мстительный. Москва тонула и барахталась в снегу. Где-то на Охотном Ряду, наверное, перекрыли движение, выезжал из Кремля кортеж — но не остывал горячий дымящийся поток машин. Зависли на Большом

Каменном мосту, профессор упрямо не хотел сдаться и пробираться как-то иначе, но не через центр, где все замерло, остановилось... Кремлевский торт. Шоколадные башенки и стены. Сахарная снежная пудра. И все его церкви — бело-розовые, зефировые, облитые светом, будто сочащейся из них же сладостью.

Дядя Сева теперь уже тоскливо пожаловался: «Вот кто из грязи в князи... Да что там, сразу в цари!». Тут же изрек: «Свобода — то, что рождается в воображении рабов».

Прорываться никуда не пришлось: кто-то, кто не скрывался, распорядился их пропустить, как если бы уже ждал, назначив встречу.

Дверь указанного врачебного кабинета в отделении неврологии оказалась запертой. Дядюшка озирался, может быть, думая, что попал в ловушку, привлекая внимание прогуливавшихся по коридору больных. Но вдруг подбежал спортивный молодой человек, перед которым все расступились — и оробели любовно. Белые кроссовки... Хирургическая блуза, облегающая мускулистый торс... Какой-то американец.

Наверное, разгоряченный игрой — с ракеткой для пинг-понга в руке — он успел с любопытством осмотреться, отпирая дверь кабинета, и уныло пригласил: «Проходите».

Почти сразу — за ним — в кабинет впорхнула медицинская сестра.

Кинув теннисную ракетку на стол, успев сбросить блузу, нисколько не стесняясь, он обтирался в эту минуту полотенцем — и мгновенно, как солдат, надел свежую, точно такую.

«Иван Федорович, вы будете обедать?»

Резко, даже не глядя: «Уйди. Потом».

Кажется, лишь тогда заметив, что в кабинете есть кто-то еще, глупенькая медсестра обиженно развернулась, показав тугой, под нейлоновой белой кожицей халата, зад — но услышала…

«Стоять! Разберись-ка с этим, пожалуйста».

Бросил, как мяч, уже что-то скомканное.

Она поймала — послав в ответ капризный взгляд.

Обстановка кабинета могла бы сойти за бивуак, место отдыха и ночлега: похожая скорее на унитаз раковина умывальника, протертый диван, канцелярский стол… Умывал руки, принимал пищу, отсыпался… Читал. Книга, брошенная — на столе, — видимо, такое же увлечение, как и теннисная ракетка. На обложке крупно: «Клиника и нейрофизиология глубокой комы и смерти мозга».

Покончив, провалился в офисное кресло, откинулся, но — почувствовав какое-то неудобство — достав из-под стола бутылку, кажется, джина, плеснул в стакан…

«Это вы хотели со мной поговорить? Я вас слушаю».

«Нет уж, это я… Да, это мы… Пришли вас послушать… Я профессор Московского государственного университета! Этот молодой человек — известный в России и за рубежом художник, мой племянник…»

«Понятно. Цвет нации, — снисходительно хмыкнул тот, сделав глоток. — А можно ближе к делу? Тем не менее, вы чего-то хотите от меня… У вас во мне какая-то нужда?»

«Наша встреча вам не кажется странной, молодой человек?» — волнуясь, все же попытался взять себя в руки профессор, надеясь выглядеть как можно внушительней.

«Да, странно. Очень странно», — спокойно ответил тот.

И профессор проговорил слабым голосом: «В таком случае, могли вы ознакомить нас с этим завещанием?»

«Вы же знаете, что это дарственная. Подарок. Мне что-то подарили. Ну и какое вам дело?»

Вспылил, возмутился: «Такое, что я намерен оспорить этот документ в суде, в судебном порядке… И откуда же столько самоуверенности? Я бы даже сказал, наглости? Отказываюсь, простите, понимать!»

«Хотите суда — идите в суд. Это все?»

«Ну какая наглость! — упрямился обескураженный и беспомощный истец. — Вы присвоили себе чужую собственность! Какое вы имеете право…»

Но тут же услышал: «Как видите, имею. Полное право. Теперь».

Он произнес это, допивая, по глотку…

И, расслабленный, то есть почувствовав, наверное, что сопротивление во всех смыслах бесполезно, посмотрел вдруг как врач, который должен был что-то объяснить тяжелобольным…

«Вашу сестру я мог — и продержал в отделении месяц. Здесь ее хотя бы кормили. Но дальше вопрос стоял только о помещении в специнтернат. Она уже не могла самостоятельно передвигаться, есть, пить… Родственники, кстати, что-то не появлялись. Но, как вам сказать… Через месяц она бы умерла. Она это понимала по-своему. Люди пожилые чувствуют приближение смерти, ее час, почему-то это так. Она просто хотела спокойно умереть. Предложила мне дарственную — я не отказался. Я оплачивал ее дальнейшее пребывание в нашей больнице — ну, можете проверить… Лекарства. Питание. Отдельный бокс. Даже сиделки. Все это у нее было. И она умерла. В общем, не мучаясь — и ее никто не мучил. Свой долг я выполнил. Дарение — не взятка. Ну, наверное, меня могут уволить... Могли бы, наверное, ну да. Но не уволят. Признаюсь, наш главный врач дурак. В больнице нет самого необходимого, а он решил установить видеокамеры, чтобы за всеми следить... В ближайшее время я сам покину это заведение».

Профессор вдруг криво улыбнулся: «А старушку-то вы не того?.. Ну, не топором. Вам-то было достаточно сделать один укольчик... Это не процентщица, конечно... Это на одни проценты можно процветать!»

«Валяйте... Вы, я вижу, тоже дурак. Пожалуй, идиот, — отвечу тем же. Мы ведь интеллигентные люди, не так ли? Только не обольщайтесь. Вы значительно более безнравственный человек, чем я. Вы оставили свою сестру умирать. Ну а я — я всего лишь помог ей умереть достойно».

Голос дядюшки возвысился — и задрожал: «Теперь вы там поселитесь, надо полагать?»

Тот улыбнулся: «А я в этой стране жить как-то и не собираюсь».

Профессор выдавил из себя: «Ну да, с такими-то деньгами!»

«Стойте... Если вы заметили — в квартире не поменяли замки. Считайте, что это приглашение. Заходите, берите что хотите. В милицию не позвоню. Что дорого, имеет ценность, ну я не знаю, семейные реликвии... Она ваша. Скажем, даю вам месяц. Мне понадобятся только стены».

Он мог бы бросить дядюшку, но все же поехал с ним.

«Ну что, доволен? Ты же этого хотел?!» — накинулся профессор. И со злостью крикнул: «Поехали! Простишься!»

Трехкомнатная гробница, полная вещей, на которых слоем лежала пыль.

Дядюшка метался в ее стенах — и теперь-то мучился, страдал.

Пока профессор хватал, складывал, он свободно и бессмысленно бродил по комнатам — в пустоте…

«Кто это?» — спросил бездумно, увидев на стене фотографию.

Дядя Сева дернулся, замер — и выпалил: «Твой родной дедушка, можешь познакомиться! Возьми себе на память. Не волнуйся, он тоже был академиком… Только где могила, не узнаешь, прости. Жертва сталинских репрессий! Придется ограничиться этим. Где, когда, за что — прошлый век. Квартира — она чего-то стоила в этом времени, здесь и сейчас. Я знал, говорил — останемся жить в нищете!»

«Это ваш отец?»

«Дурацкий вопрос, поэтому оставлю без ответа».

«И вы… вы всегда знали об этом?»

«Боже мой, уже заговорили стихами! Только не мучай, пожалуйста, свою мать… Алла боялась, не могла — и она ни при чем в конце концов. Лично я не помню, меня вырастил и воспитал другой… Это отец твой помнил, простить себе не мог… Никому не мог простить, если хочешь знать, никому! И эта все помнила, все! Но никакая память столько не вместила бы — только зависть и жадность! Я должен был когда-то рассказать, конечно… Думал, пришло время… Решается судьба квартиры… Наша судьба… Но ты не соизволил проявить интереса… Да, к ней… Ну вот, узнал. Наконец! Знаешь, ты прав, какая мы семья! Ее не было, семьи. Ты этого хотел? Этого?! Получи! Пожалуйста! Но тогда и урну с ее прахом получай… Вот именно! Я, как ты выражался, тоже никого не хочу любить. Есть и у меня такое право, воспользуюсь. Все, мой дорогой, я оплатил похороны — а со всем этим делай что хочешь! Что хочешь!»

КАРТИНА ШЕСТАЯ

Литургия оглашенных

Пустой вагон метро, заполненный отсутствующим белым светом. Подумал: вечность. Было очень одиноко. Но в проходе возник отряд: белые кители, золотые погоны. Впереди своих офицеров приближался командир. Совсем юноша. Высокий. С лицом, которое как будто светилось. Свет, сила, все благородство человеческое: покой и бесстрашие. Остановился — все остановилось. Молча поцеловал в лоб. Отошел. И он уже отчего-то понимал, что этот юноша пришел позвать за собой. Понимал, что мог пойти теперь же за ним, все оставив, забыв себя самого — но испугался вечности, куда уходил отряд. Испугался — и не успел. Только вагон, где стало пусто, как было, уносил куда-то сквозь воющий кромешный туннель.

Мальчик, маленький мальчик — один, в этом страшном пустом вагоне, несущемся куда-то... Почему остался один? Почему стало так страшно?

Проснулся от страха. Комната... Ночь... Тишина... Он в своей кроватке. Заплакал. Услышал ее голос: «Что с тобой?»

«Сон... Я скоро умру».

«Что это было?»

«Это было в метро».

«Ну что с тобой творится...» — усталый мучительный вздох.

Обняла как ребенка.

Успокоился. Забылся. Уснул.

Утром вспомнил свой сон: вагон метро, царский конвой, юноша… Ни живой и ни мертвый — с этой крохотной армией. Вдруг осознал, кто это был. От этой мысли, себе же и поверив, ощутил волнение — предчувствие чего-то, что еще не произошло, хотя видел чудо во сне. Забывал — но вспоминал и почему-то верил, что жизнь должна по какой-то причине преобразиться, и что-то случится, такое же чудесное, все изменив.

Этот сон — и ужас реальности: вагон метро… Когда столько раз чудилось, что вагон, в который он попал, должен взорваться… Когда попадалось вдруг на глаза угрюмое или даже бледное лицо этой национальности, и уже через мгновение он был убежден — террорист… И нельзя остановить состав, обыскать или закричать о своих подозрениях на весь вагон, ведь это его безумие: только одинокое ужасное ожидание, которое могло разорвать сердце, если бы не выскакивал через несколько минут ожидания на станциях, пропуская и пропуская составы…. Безумие… А тот мужчина, который избил подонков... Полупустой вагон, никто не смел возмутиться. Они резвились, глумились надо всеми: несколько пьяных парней. Обыкновенный, по виду крепкий, средних лет, мужчина неподвижно сидел напротив. Но вдруг поднялся и, мгновенно превратившись в живую безжалостную машину, начал удар за ударом молча истреблять. Оставив корчиться и хлюпать слюнявой сопливой жижей, вернулся на свое место. Кулак в крови разжался: пальцы дрожали. Уже пряча, мужчина невольно сжал их в кулак. Палач. Кромешный полет минут от станции до станции. Все смотрели на него самого с диким испугом. Он сидел, потупив глаза. А когда открылись двери — встал и вышел.

Избавиться от ужаса, внушив себе, что это иллюзия, видение, сон… Поверить в иллюзию, внушив себе, что это явлена была чудесная реальность… Весь день он думал об этом… Офис журнала, перегороженный отсеками: лабиринт. Мозг — это тоже лабиринт, он должен найти выход хотя бы из своего… Но мучили звуки. Офис полон звуков — и, кажется, собственный мозг гудит, как офис. Тонкие стеночки. Сплетни. Вздохи. Хохот. Радиоволны. Мелодии мобильных телефонов… Люди-звезды. Мода. Секс. Гороскопы. Жратва. Все шумит… Даже тараканий шум — бег сотен пальцев по компьютерным клавиатурам. Все слышно!

Хотелось дико заорать зверем — и чтобы это прекратилось!

Вкус мяса — фрау Зиберт не понравилась его стряпня… Блюда из баранины. Она даже сморщилась, сказав, что это «невкусно»… «Все это вам придется переделать, голубчик!»

Приплелся в свой отсек. И тут же услышал откуда-то, чудилось даже, что свыше: «Современные девушки оценивают парней по тому, какой у них мобильный телефон!»

Тишины! Покоя! Воздуха! Света!

Но, как пыль, всосало в свою трубу метро…

Сумасшедшая старуха на эскалаторе: безумие вопиющее во всем! Людское стадо давно раздето весной, теплом — а она в этом зверском зимнем пальто, как заблудший зверь среди всех людей с тонкой кожицей, одетых чуть ли не в летнее… Кричала, задыхалась, всем, кому успевала, кого видела, — свое злое, дикое: «Китайцы отнимут у русских земли! Люди! Придут китайцы! Всех русских превратят в рабов! Люди! Вас всех будут мучить и резать! Люди! Идут на Россию китайцы!» Шахта — глубокая, гулкая, как эхо, — и все замурованные в этой бетонной полости, лишь ползут вверх и вниз гусеничные гремящие кишки... Застывший людской поток спускался вниз, встречный плавно подавался наверх... Эта спускалась в свою преисподню — и ей было страшно! Кто-то даже улыбался, но было жутко... Жуткая мысль: что будет, если старуха перестанет держаться, опрокинется на людей, и как все это вдруг повалится... Человечки на лестнице без начала и конца, по человечку на каждой ступеньке... О, а как бы оказалось, наверное, смешно, если бы старуха действительно увидела китайца! Но видела всех таких же, как сама... Как это жутко: чувствовать, что они где-то есть — и не видеть ни одного! Может, еще и каталась на эскалаторах, то вверх, то вниз? И это было даже занятием: мучить людей, потому что сама мучается... Просто потому, что некому пристрелить, как застрелили бы люди какую-нибудь бешеную собаку — и та бы отмучилась. Эта тварь так страдала, понимая, что страдать должна до конца... Но если бы это чумная орала: «Чума!» Как бы ее боялись... Как смерти.

Радостно, легко оказалось под небом, чувствовать себя освобожденным, увидеть его свет... Вспомнил свой сон. Когда вышел, тогда лишь и смог почувствовать это... Свет! Свет!

Прямо у выхода из метро на асфальте грелись и дремали стайкой бродячие собаки, которых все обходили... Подземелье метро — их берлога, тянет тепло, впадают в спячку, но это зимой. Никогда бы не пнул собаку... Нет. Нет. Но почему их жалко так, как не жалко, может быть, людей? Даже человеческое безумие, его вид — не страшно, потому что это человек, — а картина безумия обыкновенной собаки должна быть очень страшной, когда она вдруг из животного превращается в безмерно страдающее, не понимающее себя существо... Старуха — та страдала, потому что все понимала, все знала! И с ума сошла — все понимая, все зная!

Надо знать что-то главное. Делать что-то главное. Это, что ли, и называлось когда-то «смыслом жизни»?

Ну да... Он шел по улочке к дому. Любимое время года, время жизни... Их у него два. Весна — и осень... Странно, как это возможно: любить после весны осень... Увядание после цветения, тоскливую нежность после трепета радости... Как если бы любить даже смерть после жизни... Любовь. Конечно же, вот что: любить! Как можно испытать это чувство, любви, во сне, так можно и после смерти, увидев где-то там, в конце, свет, жизнь! Человек, если полюбит, силой своей любви способен привязать к себе любое животное, растение и сделать другом даже кактус, даже червяка... Все живое, в чем только есть она, жизнь! Но это к ней, к любви его, потянется живое, это она станет светом... Она и не от мира сего, пришла на землю из других миров, дана только человеку как высшая способность действия на все живое. Но любовь, великая самая, не заставит все живое собраться в кучу, действовать во имя себя самой — и только коснется чего-то такого, деятельного, материального, сразу же превращается в корысть, в полную свою противоположность... Как вся эта тупая социальная деятельность по спасению кого-то и чего-то, когда и не просят! Как это назойливое желание добра своему ближнему, когда и не просят! Тебя повернут к свету! Заставят увидеть свет! И пошагаешь к свету... Кончится пошлостью пословиц, «мудростью народной», которая, не дрогнув, перережет своим ножичком горло воркующее, небесное... Из жалости любви не выкроишь... Стерпится — слюбится... Бьет — значит любит... От любви до ненависти один шаг... Кто любил — тот убил... Вот так! И все для того, чтобы кто-то нажрался на ночь за все человечество макарон и уснул, вполне довольный собой?

Ближе к дому он погружался в больное нервозное состояние — а еще, когда добирался на работу, где ожидала встреча уже не с беспомощной, чуть не каждый день умирающей матерью, но с фрау Зиберт... Подлое ощущение страха, да, именно подлости своей. Тут взывали к его совести, пытались внушить чувство вины... Там, получая хозяйское удовольствие, ставили на место, изысканно каждодневно унижали лишь за то, что получил работу: делал то, что умел и как умел... Тут возвысят, наверное, как подлеца... Там понизят... Дом... Работа... Легко становилось, если хоть как-то забывал. Свобода! Что же это такое? Подумал о жене... Саша — она была свободна и в своем салоне красоты, и дома с его матерью, и всюду. Ее терпели, любили, боялись потерять... Могла быть душевной — и черствой, доброй и жестокой, как меняется настроение, мысли, отношение, то есть свободной! А он даже перед ней должен был чувствовать свою вину, будто бы отчитываться каждодневно за все как на работе. Он боялся ее потерять — а она не боялась! В чем же ее сила, лишь в этом? Он только с одним не согласился, не смирился: и вот каждый день должен чувствовать себя подлецом... Засыпать и просыпаться с мыслью — что стал подлецом, пока не исполнит

чью-то волю... Пока не упокоит в земле сам же чью-то подлость... Каждый день! Мать только ждала момента... Вы-
ходя из себя... «Фу, как это низко!»

Торжествующее лицо матери... СЕМЬЯ, КОТОРОЙ НЕ
БЫЛО. Нет, он ни о чем ее не спросил, ничего не рассказал...

Твой отец был бессребреником! — а ты подлец... Жалко
тебе денег? Но для кого? Для чего?! Кто вообще придет, кто
будет помнить? Какую память, кому будет являть миру этот
очередной мертвый домик, пусть хоть самый скромнень-
кий, дешевенький? И сколько не было бы жалко, ну, чтобы воздвигнуть? Тысячу долларов? Триста? Сто? А столько,
сколько не жалко вообще потерять, дать кому-то украсть...
О, но этого не хватит — значит, жалко... То есть оплатит из
своего кармана память о ней, никому не нужную... Сделай
это хотя бы в память о своем отце! — подлец... Сколько лет
не был даже на отцовской могиле, впрочем, как и твоя мать,
когда решила, наверное, что так проще жить... У нее больное сердце, оно не может выдержать — и так далее, и тому
подобное... У нее был инфаркт! Ее вдруг стали так пугать
кладбища... Поэтому не поехала на похороны своей родной
матери! Она позволила себе не поехать на похороны родной матери, потому что ей стало плохо! И он тоже никуда
не поехал — он устраивал ее в больницу, потом навещал
ее в больнице, потом... Было поздно, бессмысленно, стыдно ехать в Киев, где ничего не осталось, ничего. Он должен
был исполнить свой долг перед матерью — а бабушка умерла, уже умерла, ее больше не было — какой это был выбор?
Подхоронили к деду — «исполнили волю». Кто-то это сделал — но не они. Но скажи это, попробуй... Это может сказать только подлец!

Твой отец очень любил своего брата и свою сестру! — слушай, подлец, и запоминай… Вот перлы лицемерия! Оказывается, любовь к тем, кто готов был бы лишь пользоваться тобой бездушно, должна передаваться по наследству! Оказывается, он возлюбить их должен, забывших и о нем, и о его отце, и о совести!

Отец никогда бы не отрекся от родных! — а ты, подлец, не смеешь… Не можешь больше в это поверить…

Дядя Сева — о, это благороднейший человек, он отдал всего себя служению науке, у него нет таких средств… Нет средств!

Господи, сколько же подлости в этом мире… Нет, в одной-то всего лишь семейке! И вот он-то и должен позволить всей этой подлости дать себя, так сказать, распять? Она почему-то лишь его жизнь и душу сожрать хочет — но ничью другую. Может ли он? — но не спросят даже этого… Должен! Должен то, чего они избежали, о чем забыли, что себе сами простили, от чего так легко освободились… Он это сделает — а им опять станет легче. Легче!

Отец ничего у них не взял. Значит, он ничего не должен. Никому и ничего. Нет, ему не жалко. Никого. Он и сам уже переставал понимать, кто же эти они… Его братья? Совсем ему незнакомая глупенькая двоюродная сестричка? Дядюшка? Мать? Старуха? Кто еще? Гундосые галерейщики? Фрау Зиберт со всеми своими любовниками? Весь мир, который кому-то принадлежал? Или это скукожился его мир, до стен комнаты, в которой мог лишь спрятаться или прятать, хоть что-то еще сохранив… Как эту одну картину на стене. Почему человек всю жизнь может помнить какие-то случайные слова? И вот он почему-то помнит…

«Эта белая точка, она что-то значит? Это все? И больше ничего? Все?»

Вспомнил свой сон... Знаки, неясные до кого-то времени? Но зачем, если все могло бы сразу же сделаться ясным: и тот, кому было что-то суждено, мог бы получить это, то есть именно это без ожидания? Входит в подъезд, поднимается по лестнице — а мог бы хотя бы сегодня пойти куда-то, где приютят, никому не отчитываясь, не спрашиваясь, ничего не боясь, просто напиться, забывшись... Но кто-то сжалился над ним — и мать не выходила из своей комнаты. Саша, вернувшись с работы, ни о чем не спрашивала, ничего не хотела, только спать — уснула перед телевизором.

Баранина? Нет, во рту вдруг появился вкус черной икры, будто только что пробовал. Икры! Черной, зернистой, осетровой — красную терпеть не мог. Кто-нибудь видел когда-то где-то на земле рекламу черной икры? Тут же вспомнил, как и когда в последний раз ел черную икру: несколько лет тому назад встречали Новый год, расщедрились, купили пятидесятиграммовую баночку; вспомнил — и захлебнулся слюной. Внезапное дикое чувство голода! Сварил себе сразу четыре сосиски, не мог дождаться, когда сварятся, глотал еще пылкие, залив кетчупом и заедая кусками хлеба, от нетерпения руками рвал буханку. Но не мог насытиться... Жрал хлеб, кетчуп — все, что осталось...

Утром вскочил, побежал на работу — и столкнулся на улице с человечком, которой тоже куда-то бежал, точно бы стукнувшись об него... Человечек, которого знал... Которого узнал... Бывает же такое! Обрадовался, заговорил — человечек... Что он говорил? Вот, что он говорил... Это он говорит: говорит, говорит... Я уже забыл, когда искали, когда был нужен... Телефон молчит. Вдруг, понимаешь, брат, такая пустота вокруг... Молчание Бога! Помнишь, «не просите, все сами принесут»? А я бегаю, выпрашиваю... День за днем... Тружусь. Жить-то надо... (испуганно) Или как тогда? У меня жена, теща, доченька... Вот, завел, теперь в ответе... (пытаясь улыбнуться) Анечка, дочка, купила себе мобильный телефон, в кредит, за двадцать тысяч, двадцать тысяч, ты понимаешь?! А могла-то ну подешевле, долларов за сто, какая разница... Теперь выплачивает кредит... Нет, нет! Сама! Мы бы не потянули... (вдруг пошла кровь носом) Ох! Что такое! Ну ты смотри! (размазал) А наши, кто где, кто как... (утираясь платочком) А ты? Вижу! Вижу! Прости меня, прости... Да что же это! Побегу... Заказик у меня, детский садик. Так что красим, красим... Помнишь? Живопись — это пот и кровь!

Саша открыла дверь, удивленно увидев его...

Подумала, что-то забыл — и вернулся...

А он зарыдал, как урод...

НЕ ХОЧУ БЫТЬ РАБОМ! НЕ МОГУ БЫТЬ РАБОМ!

И ему позвонили из офиса журнала...

Ему все-таки позвонили и сообщили официальным тоном — это была всего лишь секретарша — что он уволен.

И вот уже говорил Арефьеву, неожиданно прилетевшему в Москву — странному тихому человеку, который как-то так, на один день, много лет обязательно появлялся и застревал в его жизни: «Представляешь, наказан человек. То есть происходит с его судьбой что-то такое, чего иначе даже не осознаешь... Какая сила — это не важно. Понятно, что никакой другой разумнее, чем она, тогда уж не существует, отсюда все — а прежде всего точность! Человека наказать: муравья, не тронув муравейника! Кому-то лапку при этом оторвать, кого-то поголодать заставить, кому-то такую вдунуть болезнь, кому-то другую, чудеса! Но я не понимаю, когда всех, когда без исключения: облить муравейник бензином — и поджечь… Когда это, так сказать, история! Тогда я, прости, не верю, что в этом есть хоть что-то разумное. Как и для чего же тогда жить? Просто ждать? Новую мировую войну? Конца света?»

Плотный, с докторской бородкой и гладкой блестящей лысиной, похожей на тонзуру, Арефьев обливался потом, как если бы прикладывал усилие штангиста, сидя за рулем, — но с мягкостью, грустной улыбкой терпеливо выслушивал, отзывался… «Наказание для нас? Получается, так. Афган. Развал Союза. Еще Чернобыль. Еще Чечня. История? Не знаю, я был недавно в Сербии… Кажется, в Белграде под бомбежками погибло больше трех тысяч? Это не то, что Грозный, — это европейская столица… Но пришли в себя, жизнь продолжается… Это, по-моему, политика. Сильный бьет слабого. В конце концов, в любой ситуации можно победить, переиграть, оказаться умней, сильней. В принципе, разумней. Так. Или не ввязываться, сразу сдаться. Не переживай, ничего страшного… Всевышний не поджигатель — он пожарник!»

Ответ не прозвучал трагически — как сам вопрос… Вопрос, наверное, вызвал сочувствие: Арефьев понял — это что-то личное… Почувствовал — другу плохо. Но смутился — в суете говорить о Боге.

Он всегда так отвечал, так, наверное, думал: простовато, без усилия. Как думают и отвечают, потому что должны, например, добросовестные ученики.

Уроков жизнь преподала Михаилу Арефьеву как никому другому. Выпускник факультета журналистики МГУ два года добровольно отслужил лейтенантом в Афганистане, потом работал фотокорреспондентом в информационных агентствах… ТАСС, «Франс-Пресс», «Рейтер»… Арефьев любил свою биографию, хотя даже тщеславие его было наивное. Его отправляли, давая одно и то же задание… Но ни о чем не рассказывал. Так и было: сдавал на проявку фотопленку — а рассуждали, комментировали другие. Грузия, Нагорный Карабах, Приднестровье, Таджикистан, Чечня, Босния, Ирак… Война давно стала для него работой — но почему оказалась так нужна, ради чего если и не жертвовал собой, то смертельно столько раз рисковал? Молчал. Он исполнял журналистские задания, как солдат, но не сражался. Мог погибнуть, остаться калекой — но ничего бы не заслужил, а главное, отдал бы и жизнь, и здоровье ни за что. Чужой среди своих, ничем и никем не защищенный, с одной фотокамерой в руках, которая разве что кормила: его, жену, дочь…

Они познакомились когда-то в какой-то московской мастерской. Потом пригласил его в свою. Что этот странный человек — художник, да еще из семьи художников, узнал позднее, когда тот себя вдруг выдал. Картины — такие же странные — уже хранились в частных коллекциях по всему миру. Но был — или до сих пор оставался — фотокорреспондентом.

Обычно он прилетал из Нью-Йорка в свой отпуск: навещал родителей. Звонил — и приходил. Идти было недалеко. Дома на одной улице — только учились в разных школах. Хотя со временем возникло ощущение, что они — одноклассники… Что связывало такое невидимое родство — а разделяло, тогда уж как братьев, семь лет. То есть, наверное, время. Арефьев был старше. Но, казалось, он к нему приходил чему-то учиться. Приносил бутылку виски, купленную еще в аэропорту, коробку конфет и бутылку вина — для Саши… И уходил, снова исчезая на целый год, отяжелевший, раскрасневшись, как из парной, когда бутылку выпивали, договариваясь до тишины…

Почему он все время испытывал потребность исповедоваться этому человеку? Даже ждал его приездов, новой встречи — томился весь год? Что вообще их так долго и крепко соединяло? Живопись? Какое-то одиночество каждого, такое вот, какое может быть лишь у пьющего с бутылкой?

Теперь прилетел почему-то один, без жены и дочери, как-то срочно. И по казавшейся воздушной майской погоде на взятой им специально для этого напрокат дрянной, как будто пластмассовой, легковушке они ехали, можно было подумать, в гости к Богу… Нет, Арефьев всего лишь предложил: взять с собой, сказав, что должен передать от знакомых лекарство какое-то женщине — реставраторше в Троице-Сергиевой Лавре. Сказал, хочет там поснимать — и действительно вооружился фотокамерой.

Так они провели вместе этот день… Отстояв долгую скорбную очередь к раке Преподобного, побывав в Черниговском скиту, увидев монастырскую ризницу, реставрационные мастерские и, что видели, наверное, совсем немногие, хранилище: собранные на подновление иконы, плащаницы, весь облик которых — старый, истерзанно-страдающий — чудилось, и был тайной.

Еще когда подходили к Лавре, оставив машину — а монастырь открылся глазам и плыл вровень с облаками белым небесным кораблем, с башнями и бойницами, с мачтами мощных церквей, под золотыми парусами куполов — он ничего не узнавал… Ближе это впечатление чего-то невероятного, гигантского само собой сузилось, но потрясение не прошло. И когда протискивались сквозь ярмарочные сувенирные ряды, где бойко торговали — и торговались… И на площади у Святых ворот, куда рынок, казалось, поглотив, выплескивал совсем другой народ: крестившийся с поклоном на обитель… Та же площадь… Вспомнил, нищая старуха кричала… Нищие и теперь караулили на площади — а под сводом ворот выстроились в шеренгу. Арефьев, не задумываясь, давал что-то всем, кто просил. Было их даже больше, чем тогда, но просили назойливей, как если бы с большей верой или наглостью, зная, что имеют какое-то право. Этот чудик бегал по мощеной площади, гремел веригами… Вдруг подбежал прямо к ним и, прыгая козлом, завопил: «Дай миллион! Дай миллион!» Но отогнал своим интересом Арефьев, хладнокровно нацелив камеру. Успел увидеть глаза: казалось, хитрые, живые, злые… И тот отскочил, будто хотел только одного — напугать.

Притворство приносит облегчение — смотри на нищих… Легко же, легко просить… Человек притворяется, желая получить прощение, а когда не может или не хочет — тогда несчастен, зол, гадок. Вокруг все чего-то жаждали, просили! Паломники пласталась прямо у стен монастыря, их было так много, как будто дышавших землей, что вся она оказалась усеянной их телами. Молодые девушки в глухих платках и юбках, одетые как на похоронах, становились на колени прямо на площади… Старухи… Мужчины… Женщины… Нет, ему не казалось, что все эти люди притворялись. Просили — и это приносило им тут же облегчение — а он мучился, но не хотел, не умел, не мог притвориться.

Арефьев — он встал в эту длинную очередь, что по человечку медленно текла в низенькую, похожую на шкатулку, церковь, приближаясь к чему-то сокровенному для себя по шажку, — и произнес для чего-то, заученное: «По вере вашей и будет вам».

Идут люди толпой обрести то, без чего каждый, наверное, чувствует себя калекой… Старые и молодые… Умные и глупые… Богатые и бедные… Каждого что-то ведет… А он? Почему ему даже не страшно? Но *там* в глубине, в темноте настоящая реальность, *там* эта сила, без которой все бессмысленно, как уродлива и лишена смысла была бы жизнь человеческая без правды, красоты… Что-то надломилось в нем — и он почувствовал дрожь, трепет при мысли, что́ может почувствовать, хотя бы испытать *там*… Полутемный храм, где и теперь молились, где звучало, не умолкая, молитвенное пение, впустил — и всей своей строгостью, старостью отстранился, оставив в пустоте. Стало вдруг холодно, очень холодно, и он, как будто лишившись оболочки, осознал… Тайна — он сам. Он должен узнать что-то о себе самом. И за этой тайной о себе сюда и приходят, моля ее открыть, люди… И вот уже видно мерцание лампад над золотом гроба, перед которым молился весь черный в их отсвете монах, склонившись и бормоча человеческие имена — а люди исчезали, растворяясь перед гробом так незаметно, как рождаются и умирают на земле… Слышно каждый звук, потрескивание свечей…

Сплошной стеной возвышается темный, оживающий перед глазами иконостас, сдвигая собой пространство... Последнюю, ковровую, узенькую стежку все проходили мимо женщины, собиравшей в целлофановый пакет милостыню с позволения следившего за порядком — и уже поэтому суетливого, какого-то высокомерного послушника. Он все замечал: одергивал, ровнял, придирался, успевая всем показывать свою власть — вдруг решив наконец-то для чего-то не пропустить маленькую девочку с отцом за то, что пришла в брючках... И хотя отец подчинился — сдавленно простонал, обернувшись, утягивая дочку за руку: «Благодарю за науку, господин начальник!» Но женщина, эта женщина с целлофановым пакетом, блеклые мутные глаза которой тут же вспыхнули страстно, непокорно, стала умолять людей, кто проходил дальше, приближаясь через несколько шагов к золотому светящемуся ковчегу: «Идите и бойтесь Бога! Идите и бойтесь Бога! Идите и бойтесь Бога!» Арефьев пропустил вперед... Он повторил все, как делали это люди, подглядев, волнуясь, на что и растратил, наверное, всего себя.

Это длилось всего одно мгновение. Отошел, придя в себя, и только тогда почувствовал вокруг — ту же самую пустоту. В скиту, где тоже пластались, молились, но подолгу не отходили от икон и мощей, он подходил неловко к святыням с этим чувством, теперь уже щемящим, как больное сердце — но, преодолевая онемелость, тоже, как и все, крестился, целовал, вглядываясь в лики, пытаясь вернуть что-то детское, как если бы заставить себя сойти с ума. Но рассудок холодно что-то отсчитывал метрономом... В детстве бабушка водила его однажды на экскурсию в Киево-Печерскую

Лавру — и в холодной сырости пещер мальчик с любопытством, лишенным всякого страха, разглядывал мощи, следуя с бабушкой за экскурсоводом: кости, черепа… Разглядывал, повзрослев, иконы — на летней практике, тогда, в Загорске… Отбывал студентом летнюю практику — и кривился? Так что помнил лишь голодноватое ощущение пребывания в почти тюремных стенах, где содержались иконы — в таком количестве, что это могло показаться складом. Изображения казались одинаковыми, штампованными. Студенты, они должны были что-то познать, разглядывая лики — но тут же, посмеявшись, забывали. Смешно было, что кого-то когда-то в это заставляли верить, — и легко осознавать свою свободу, право это свое родиться для счастья!

В скиту у ворот собирал милостыню совсем молодой парень: что-то жадно вычерпывал грязной погнутой алюминиевой ложкой из такой же кастрюльки, — а когда подходили люди, то сразу ее ставил на землю возле себя, выпрямлялся, крестился, ждал подаяния… Он прошел мимо — и подал безногой старухе чуть дальше, успокоив, что ли, себя. Но когда возвращался к машине, думая с раздражением только о том, что устал и хочет курить, то подошел и — перед тем, как осчастливить — вдруг спросил: «А ты почему не работаешь? Или это твоя работа?» Парень ответил нагловато, равнодушно: «Я больной. У меня туберкулез». Он убрал руку — ничего не подал — и отвернулся, подумав со злостью: «Ну, лечись». Но услышал произнесенное той же ленивой речью: «Спаси вас Бог».

Под конец кружилась голова… Кружились, как если бы прямо перед глазами, иконы, кресты… Как закружилось все еще в ризнице, в этом зале, где можно было увидеть одно собрание музейное… Их было столько, как будто даже не видишь, а слышишь неуемный младенческий плач… Дитя, еще дитя, еще… И всех то сурово, то жалобно, то мудро — но молчаливо — являли миру их матери… В залах угнетала роскошь — окладов, одеяний, всего, что скопил музей, а до него копил веками монастырь… Глупые лица императоров, вельмож… И лица церковников, глядевших с портретов куда строже, умнее… Екатерина как живая: застенчивая пылкая девушка. Сомкнутые губы, страстные уже. И голос экскурсовода: «Щедро вкладывал в обитель царь Борис Годунов». Шепотки провинциальных, наверное, паломников, расползающиеся по залу: «Грех… Грех… Грех…» На иконе увидел мальчика. Не младенца — а ребенка. Дождался голоса: «Дмитрий — царевич, князь Углицкий, младший сын Ивана Грозного от Марии Федоровны Нагой, шестой или седьмой его жены… Кхм… Невенчанной… Прожил всего восемь лет, однако политический кризис, во многом связанный с его загадочной гибелью, окончился сменой всей династии Рюриковичей… Канонизирован в 1606 году как благоверный царевич Димитрий Углицкий…»

В церковной лавке спросил и купил для себя иконку — Мученик Царевич Алексий, — увидев это изображение.

Слабый голубоглазый мальчик с нежным русским лицом.

Белый нимб над головой — и эта прическа, так причесывают всех мальчиков, внушая, что они хорошие, готовя для какого-то праздника, где всем покажут… В одной руке просфора, с вынутой из нее частичкой… На другую — опустилась горлица… Костюм моряка детский — поэтому, кажется, карнавальный…

Но дорогой мучило, не оставляло воспоминание о том парне с кастрюлькой… Вдруг заговорил: «Знаешь, кто собирает на улицах пивные бутылки? Они еще дожидаются, пока допьешь… Какая это психология?» Арефьев очнулся: «Не знаю, расскажи, очень интересно…» — «Закон-то наконец приняли, запрещающий распитие пива в общественных местах… В телевизор напихали сюжетов. Самое поразительное: опрос этих "бутылочников". Одного такого, кто их собирает, прямо на улице спросили, что же он будет делать теперь, как жить? Ответил: "Я лучше воровать буду, чем просить". Вот и психология. А я себя представил на его месте. То есть как же, на своем! Побираться не смогу. Но я и воровать не могу. Способен, кажется, на все — а брезгливость осталась, это да. Поэтому и покончить с собой не смог бы. Вены резать, в петле болтаться… Отвратительно. Зрелище отвратительное. Полное ничтожество? Ну, что скажешь?» Но Арефьев не успел ничего сказать — в этот момент со встречной полосы на трассу вылетел джип. Это был всего миг: страшная черная уродина, со скоростью, которую нельзя осознать, вывернулась на нескольких метрах асфальта — и с визгом, с ревом, вдруг исчезнув, пролетела мимо… Арефьев резко вырулил на обочину, оглянулся, как будто она еще могла ударить откуда-то сзади, выскочил… И во всем было что-то механическое. Он вел себя, наверное, как там, на войне, подчиняясь лишь мускульным командам. Трасса, загородная, мирно жила своим ритмом. Только остались, прожгли асфальт: черные змеиные полосы. Вгрызлись зубчатые следы протектора. Осознав, что не было жертв, он вернулся… Плюхнулся на сиденье. Давно бросив курить, как-то виновато попросил: «Дай своих подымить».

Через несколько глубоких затяжек, с этой улыбкой: «Ну вот, связался со мной… На этой консервной банке — нас бы всмятку. Бывает. Пуля просвистела... Не моя, не твоя, не этого ковбоя…»

Было так легко, будто веяло ветерком, хоть легковушку, все еще стоявшую на обочине, обдавало с трассы гарью, шумом, пылью… Глуповатая радость: мимо пронеслась смерть! ничего не почувствовал! Но вдруг он понял, что если бы не Арефьев, то они бы действительно разбились… Это он не испугался того, что неслось, — не дрогнул, не дернулся, именно так. Ни вправо, ни влево… Не выжал ни газ, ни тормоз…

«Моя жена умерла. Понимаешь, рак».

Арефьев сказал это. Замолчал. Подождал чего-то.

«Теперь мы с дочкой. Меняю работу, переедем в Вену. Здесь наследство. Дача, квартира. Все было так оформлено, надо получать — оформлю на дочку. Тут рассказали… Смешно. Вполне солидный мужчина хотел посмеяться над женой… Подложил в карман пиджака презерватив. Не знаю, как долго ждал. Мог и забыть. Но та нашла. И в то, что это было шуткой, не поверила. Вот кто полное ничтожество. — Помолчал. Вздохнул. — Понимаешь, не это страшно… Если никто не воскреснет, тогда самая великая человеческая подлость — придумать все это».

Пили, напились… Арефьев сидел напротив картины. Всегда садился так, на это место, решив однажды, что для гостей. Всегда разглядывал поневоле — но молчал.

Вдруг спросил, зачем он это сделал… Он переспросил, делая себе же больно, как думал… Что? Убил свою последнюю картину? Тот скривился, забормотав: нет, нет, нельзя…

Произнес жестче, не желая смириться: нет, нет. И снова повторил: зачем, зачем? Молчали. И тогда Арефьев пробормотал — но ты же верил, верил… И это: «Понимаешь… Не страшно, если обман… Это… Тогда все… Тогда всех… Нельзя… Нет. Нет». С ним что-то случилось. Обмяк в кресле, голова упала на грудь. Провалился в забытье. Ушел от них заполночь, очнувшись: прощался и пятился, извиняясь… Ушел — а легковушка из проката осталась во дворе. И еще стояла, брошенная. Но исчезла.

Это случилось ночью, даже Саша думала, что он умирает. На вызов приехала реанимационная машина. Кардиограмма. Череда замеров, подтверждающих, что ничего не произошло. Когда это становится ясно — и открывается обман — боль исчезает. Но до тех пор, пока в это веришь… Пока кто-то рядом… И все повторилось. Вызвать «скорую» было стыдно. Потащился в поликлинику, сделали кардиограмму, ничего смертельного не обнаружив, послали на анализы. Испуг исчез. И все, что чувствовал где-то под ребрами, к чему старался, замирая, прислушаться, тут же прекратится, исчезнет, в который уж раз. Усталость. Алкоголь. Сигареты. Услышишь в кабинете врача — и набор слов, что красуется крупными буквами на каждой пачке сигарет, как ни странно, успокоит. И даже не бросишь курить… Стоило подумать о ней, о смерти, возникла картинка — минутная фантазия — молодой, как бы ты сам, между жизнью и смертью, когда спасают, в реанимации. Но принесло облегчение: это не я — это он, как бы другой, вместо меня… То, в чем не отдавал отчета… Вдруг так быстро сообразил: я живу, я живой! То унизительно подлое, чего не в состоянии выразить: ощутить легкость спасения — и как просто, именно легко, оказалось ее достичь, получить. Но засыпать и просыпаться уже с этой мыслью навязчивой, душной: о смерти. Помнить и помнить. Как бы о нем, другом.

Утро.

Он сидел в очереди у процедурного кабинета, где натощак сдают кровь из вены.

Только это приносило облегчение — мысль, что он как бы под надзором, под присмотром и за это время ничего не случится.

Поразило — что кругом старухи. В поликлинике. Их было столько, сколько, наверное, только младенцев в роддоме. Тряслись, капризничали, что-то выпрашивали у всех кабинетов.

Голодное ожидание чего-то.

Голоса.

«Я в панике, сейчас сдавала из пальца, медсестра перчатки не меняла после нескольких пациентов, вату брала этими перчатками…»

«Я ходила, так мне она палец проколола, второй, третий — и только из четвертого выдавила кровь!»

«Последний раз тоже пришла сдавать из пальца, и тоже, вот как у гражданочки, кровь куда-то подевалась…»

«Не скажите, из пальца все-таки приятней!»

«Нет, нет, из вены еще терпимо, а из пальца просто мерзко. А потом этот палец начинают мять, жамкать по-всякому, разве это приятно? А из вены сдавать: воткнули, выкачали сколько им надо, заткнули ватой — вот и все. Главное, вату нужно прижимать с силой, чтобы синяка потом не осталось».

«Я наоборот, из вены не люблю. Это действительно больно, муторно, когда вену протыкают. Палец-то кольнуть мгновенье нужно...»

«А мне говорят, что у меня вены тонкие. В позапрошлый раз, в начале апреля, воткнула шприц в вену, а кровь все равно не шла. Тогда она взяла кровь из вены на кисти руки. А что? Необычно...»

Но вдруг стал слышать в нервозной перекличке только этот взволнованный, чего-то просящий, одинокий голос... Женщина, пожилая, одетая прилично, даже как бы нарядно, жаловалась, заискивая, другой — случайной соседке:

«Думала поначалу, ну поднимется, ну хоть зашевелится... Потом думала — протяну, дотерплю, кто еще, если не я... Какая любовь, кого любить... Детей у меня с ним не было. У меня сын, вырастила. И у него свои, взрослые — но отдельная квартира. Сошлись мы с ним. Вдовец. Я без мужа. Очень чуткий был мужчина. У меня к нему претензий нет. Ухаживал красиво за мной. И потом уважал. Ну и что, без детей. Поздно было заводить. Стали жить. А пожили всего-то, поймите, чтобы мне одной до смерти так вот мучиться? Дети от него родные отказались, сказали, зачем нам, если квартира вашей останется. А мой сынок меня зовет, брось, говорит, его, мамочка, квартиру эту брось, живи с нами... Там внуки без меня растут — а я за ним хожу, трачу все на него... Отойду в магазин или в поликлинику — а он в стену стучит, требует, и ночью стучит, я же сплю через стену. Завтрак, обед, полдник, ужин — это как привык. Только это в нем осталось. Но теперь ему безразлично, днем это или ночью — как захочется. Не встану или не дам — стучит. А потом убираю из-под него, подмываю. Еле переворачиваю, такой он крупный стал, откормила… А у меня давление, я живу на лекарствах. И какие мои силы, сколько их еще ему нужно будет… Я живу и мучаюсь, а он, скажите? Ну, если это человек, если это жизнь? Ничего не чувствует. Паралитик. Ему все равно. Сколько людей поднимаются после инсультов, живут… А ему было лень. Ничего не хотел делать. Ни о ком думать не хотел. Помочь постараться, надежду дать — все безразлично. Хорошо есть памперсы. На всем экономлю, но покупаю для него. И пролежней нет за столько лет, потому что чистый он у меня… И еще очень марганцовка помогала, она ведь за копейки, но лучше всяких кремов. Но вы слышали, объявили, марганцовку запрещают в аптеках! Борьба с терроризмом. Потому что бомбы свои с ее помощью чеченцы делают. А у меня только на марганцовку были деньги… И откуда их еще взять? Он теперь даже от сосисок отказывается. Котлеток требует, и только из фарша. Принесу сосиску — не посмотрит. Начальником был, работал по озеленению Москвы — и у него и грамоты, и ордена, — вот щеки надует и смотрит как начальник… А он, думаете, не знает, что у нас в стране творится? Или какие сейчас пенсии? Знает, за всеми событиями следит. Только объявят, что повысили — а он уже в стену стучит. Это радио свое слушает, круглые сутки не выключишь — сразу волнуется, мычит. А требует себе котлеток, колбасы. И бутерброды он только с колбасой, только с колбасой…»

Упал.

Какой-то укол.

Эти стены.

Повели куда-то.

266

Волны холода, потливость, тошнота, головокружение… Лепетал безразличной врачихе уже в кабинете — но ничем не тронул.

Никому не нужен, свободен. Вышел — идти некуда. Это казнило. И не отходил от кабинета, как будто снова встал в очередь на прием, только и мог: продлить ожидание, время… Дома жена нашла лежащим на полу… Он лежал, мог только лежать, вжавшись в пол, даже не звал на помощь. Вызвала «скорую». Эти хотели увезти, забрать. Стало так страшно — чудилось, не себя им даже отдать, а душу свою, чтобы куда-то увезли, там, где все чужие, где эти голоса, где эти стены… Вкололи успокоительное, уехали. Уснул наконец. Просто уснул — и прожил еще до утра.

Этот последний быстрый сон однообразен и жуток, как фотовспышка, застигающая в беспомощной унизительной слепоте. Репетиция смерти. Но с кем-то это длится месяцами, даже годами. Такая вот ложь. Смерть играет для чего-то с тобой. И ты думаешь только о ней, ждешь… То есть этого мгновения.

Боль и страх — страсть, безумие любви, какой-то проклятой, вопиющей в каждом нерве желанием жить… Узнал, что можешь не бояться за свое здоровье, — и стало еще мучительней ждать конца. Тебе всего тридцать восемь лет. Ты хочешь жить. Но должен очень скоро умереть. Тебя некому спасти… Тебе ничто не может помочь… Никто вокруг не понимает, только ты это чувствуешь, знаешь: с тобой все решено, твое время кончилось. Но ты не знаешь, что должен сделать для того, чтобы спастись, какому еще чувству, если не страху, повиноваться. Этот страх, он как смерть… Это он лжет, заставляя верить в то, что умираешь. Он может, похожий на сердечный приступ, вкрутить себя штопором в сердце, а потом тянет, тянет рывками, так что меркнет в глазах. Дышать почему-то становится нечем. Судорожно глотаешь воздух. Задыхаешься. Ты поверил — и умирал. Но не умер — не можешь.

Саша обзвонила всех знакомых медиков, всех, кого могла, повезла куда-то на прием… Огромная клиника. Отделение — как холл какого-то отеля. Вопросы… Ответы… Врач, заведующая — ласковая, заботливая… «Через три недели я верну вам его как новенького! И вы забудете о том, что с вами было, как о страшном сне!» Спасение за деньги! Всего тысяча долларов — и его спасут!

Так он попал туда: дали взятку.

Клинику строили для реабилитации героев, ликвидаторов, жертв — всех изувеченных, но, казалось, все они вымерли в ней когда-то. Больничные корпуса. Часовенка для ритуальных прощаний. Морг. Все рядышком. Въезжают и выезжают машины... Будто бы городишко, где есть все необходимое лишь перед дорогой на тот свет. Каждое утро на площадке перед парадным входом паркуется эскадрилья иномарок — слетаются на работу со своих небес! Самое подлое — это врачи. Поневоле. Потому что смотришь на них и мыслью изводишься жалкой, что они-то никогда не умрут, что им-то не будет никогда больно, как будто есть люди, получившие даже не власть над тобой, а знающие и скрывающие секрет бессмертья.

Какой бы могла быть притча о человеке, который должен благодарить Бога за каждый день своей жизни, чтобы продлевать ее так, день за днем? Это должен быть, наверное, человек, который ходит и всех просит: помолитесь обо мне, и ничего больше не говорит. Нет, все проще, даже лечение физической болезни требует смирения и веры, иначе оно бессмысленно. Думал, понимал… Копаться в своей душе — занятие неудачников. И вот ничего не получается. Даже, когда, кажется, получилось — все понять. Даже тогда. Окна палаты смотрят на пустой больничный двор… Серое асфальтовое дно. Выше — только небо. Похоже на амфитеатр, где должно начаться представление, какая-нибудь Эсхилова трагедия, и места в котором — это окна семиэтажного больничного корпуса, откуда смотрят на мир его обитатели. Но приглядишься — и увидишь, что кругом притаились еще сотни зрителей: с крыш нависают гирлянды голубей. Самые удобные, как если бы в партере, на деревьях, захватило с десяток очень важных ворон. Переносятся с места на место в ожидании чего-то суетливые воробьи. Картинка оживала три раза в день, в одно и то же время… После завтрака, обеда, ужина на дно больничного колодца сыпали остатки хлеба почти из каждого окна. Птицы срывались вниз и заполоняли место кормежки. В давке хватали хлеб — и вороны, и голуби, и воробьи… Хаос царил минут десять, а потом только одинокие воробушки сновали в поисках хоть каких-то крошек. Кончалась надежда — и даже эта суета прекращалась. Снова воцарялось безжалостное спокойное ожидание. Он лежал в палате… Четыре койки — и вся освобождена для него одного. Но пустующие койки угнетали. Отдельная душевая с отдельным унитазом. Телевизор. Холодильник. Окна с жалюзи. Кондиционер. В душевой заведующая разрешила потихоньку курить. Саша купила освежитель воздуха. В палате пахло поэтому, к удивлению медсестер, чем-то цветочным. В от-

269

делении — ни души. Прятались в своих палатах, в назначенное время выстраиваясь у окошка за едой. Если вставал с койки, то подходил к окну… И еще можно было увидеть, как въезжают на больничную территорию катафалки. Туда шли люди с цветами. Выглядели празднично, ведь букетики дарят не от горя. Вот заблудились, наверное — растерялись… Морг находился где-то за их корпусом. Спросил у медсестры, когда получал, лежа на койке, очередной укол: «Что-то часто у вас умирают, лечат плохо?» — «Что вы… У нас же раковые кругом… Это раковый корпус… Поработала я в урологии, вот над нами!»

До этого раздражал парень — все время выпрашивал добавку. Съел кашу на завтрак — просил еще каши… Съел борщ на обед — еще борща… Казался нагловатым и прожорливым, как тот… Все ему было мало. Мало, мало… Задерживал очередь, брал хлеба и белого и черного по пять, шесть кусков — и все съедал, тут же, не отходя от раздаточного окошка. Оказалось, и у парня рак. Из этого человека уходит жизнь, пожирают клетки раковые день ото дня, а он с каждым днем испытывает почему-то все более сильное чувство голода — ест, ест, ест, только вот борщи, каши… Ест, но не наедается, как будто уже и не может. Спросил, как его зовут… «Боря». Стал молиться за Борю. Говорил про себя: «Господи, пусть Боря не умрет». И утром, когда раздавали завтрак, видя его: «Здравствуй, Боря». И на обеде… И на ужине… Вдруг тот сам подошел. Заговорил смущенно — и очень серьезно. Волнуясь. «Мне сказали, вы курите. Вы не могли бы мне дать одну сигарету? Это для мамы. Она очень хочет покурить».

В один из дней увидел мальчика лет семи, в каталке. Бездвижный, даже голова с жиденькими волосиками, как у птенца, пала бессильно на грудь. Возил каталку тихий невзрачный мужчина в спортивном костюме — отец. И в другие дни видел рядом с ним только отца, они поэтому на прогулках казались очень одиноки: сынишка — и его отец. Мужчина, видимо, не покидал клинику. Как-то в холле купил газету «Антенна» — с телепрограммой. Но, казалось, заставил себя сделать нечто, в чем не было для него смысла, только чтобы почувствовать, что есть еще какая-то другая жизнь. Газету разноцветную положил на колени мальчика, как на полочку — и повез на прогулку. Взгляд ребенка, безжизненный, как бы двигался вперед лишь потому, что отец совершал это мерное спокойное усилие. Через каждые метров пятнадцать мужчина останавливался и, склоняясь к сыну, целовал его то в макушку, то в щеку, как если бы это была необходимая процедура, которая его оживляла. На слова этот мальчик, казалось, не откликался. Они все время молчали, то есть мужчина молча, с такими вот остановками, вез перед собой каталку по дорожкам в прогулочном скверике, со всех сторон так густо обсаженным кустами, как будто это были коридоры еще одной больницы… Но не хватило смелости подойти к этому человеку, просто спросить, узнать, как зовут мальчика.

Утренний врачебный обход.

«Здравствуйте… Как наше самочувствие сегодня?»

«Доктор, правда, что перед смертью люди добреют?»

«Шутите? Кто вам это сказал? Больные все как дети. Это могу утверждать!»

«Вчера со мной беседовал психиатр… Вы бы не могли мне показать, какую запись он сделал в карте?»

«И вы как ребенок, начинаются детские капризы! Не могу, не имею на это права!»

«Он спросил, как часто ко мне приходят мысли о смерти… Я ответил, что они приходят ко мне, когда захотят. Думаю о смерти, но, кстати, и о бессмертье, потому что я — человек… Сказал — и за это должен сразу что-то глотать?»

Вспомнилось: *«Эти эксперименты гуманнее, чем над земными кроликами…»*

Но Саша упросила, только она и могла — не оставив выбора… Таблетка должна была избавить его, человека, от мыслей и чувств: то есть заставить думать, что здоров и счастлив, чувствовать себя здоровым, счастливым! Отделить душу от тела — или как же? И вот это случилось… Чудилось, спускаешься, как ангел, и жалеешь собственное больное тело, свою больную душу, свой больной мозг… История болезни, как история жизни. Или жизнь — это болезнь? Нет, нет… Болезнь, она лишь навела во всем свой строгий порядок… Воспитатель. Педагог. Поднимала рано утром, отправляла на новые обследования и процедуры. Следила за питанием. Гасила свет в палате, когда взрослые еще не спят, укладывая, как маленького, спать. Во всем этом порядке только Саша что-то нарушала. Приносила еду, но уже не больничную… Однажды даже вино. Приходила каждый день. Если не гуляли по скверику, лежали вместе на его койке. Она бы могла, наверное, остаться. После семи часов, последних уколов, раздачи вечерних лекарств никто не интересовался. Но уходила — и мучила тоска. Как может он без нее выздороветь? Как может жить без нее? Такой родной? И эта мысль… Надо спросить жену о том, что она скрывает от него, то есть скрывала — так что это мучает, и все ей тут же простить… Освободить от чувства вины и страха, ведь освободить может лишь это… Верность — это вера, а если предаешь, то уже себя самого, и если ревнуешь, то не имеешь в душе веры, то есть в прямом смысле — не веришь даже тому, кого любишь. Любовь без веры — просто страсть, или то, что остается от сильной страсти и все еще связывает людей, способных ее помнить, на которых, быть может, она произвела такое сильное впечатление, что не могут или даже боятся почему-то ее забыть, то есть отдаться всей душой новой, сильной... Если ему конец — останется одна. Но за что наказывать ее, за что? Только ее любит — и только поэтому хочет жить. А если умрет она? Нет, так не может быть... Тогда нет никакой этой смерти, он откажется верить...

Когда валялся на койке и постреливал из пультика в телевизор, выбивая, как мишени, все эти каналы, попалось ток-шоу.

Услышал: «тактильный контакт».

Поцелуи, объятия, ласки — тактильные контакты, — заявлял приглашенный эксперт, снимают стресс, продлевают жизнь. Обсуждали тему. Все хотят быть любимыми, но никто не хочет любить. Люди страдают от одиночества. Эксперт с иронией уточнил: сигналы любви в современном мире уже не передаются даже половым путем. Секс — это физическое потребление друг друга партнерами. Это партнерство, в котором удовлетворяются взаимные желания, но каждый заботится только о себе, получая свой личный эгоистический оргазм. И кто способен испытать наслаждение, доставив его кому-то, но не себе? Кто утешается, утешив в своих объятьях кого-то? Или пожелает обогатить себя, отдав что-то кому-то?

Мнение...

Аплодисменты…

Мнение…

Аплодисменты…

Ведущие, гости, зрители.

Все это длится около часа — и кончается жизнерадостным призывом броситься лапать всех и вся, продлевать жизнь. Все довольны собой. В студии никто не покраснел. Никто не вспотел. Жаркий спор, часовое зрелище, для которого в павильоне под софитами держали в духоте, наверное, несколько часов — но личики как у кукол на глянцевой цветной картинке. Телевизор сам же ее отретушировал, сожрав реальность.

И все-таки заставил что-то переживать, вспоминать, думать.

Он всегда чувствовал что-то неприятное в таких прикосновениях: непривычное, чужое. Лишь когда был жив отец — хотел материнской ласки, страдал, наверное, без нее. Отец совсем не любил нежностей. И нежность его, и ласки были неловки, грубы. Или это казалось… Отца боялся. Если его не было, просился в постель к матери — разрешала. После его смерти целый год спали в этой постели, вместе. Но пришел другой страх, и стало одиноко с матерью. Было жалко ее, до ненависти жалко. И ее забота, ее нежность, став именно что каким-то «проявлением» — пьяная, одинокая, слабая, — отталкивали, вызывали отвращение. Повзрослев, столько раз пытался преодолеть в себе это, но не мог. Было стыдно — обнять, погладить, поцеловать свою мать. И она что-то чувствовала — не позволяла себе. С женой… Острее всего он переживал разлуки. Это чувство даже стало необходимо, поэтому месяцами жил в мастерской, а Саша

274

приезжала к нему на Пресню, кормила — и уезжала домой. Понимала. Ждала. Вот что было важно. Или это… Как бы потерять — и обрести. Исчезнуть — но вернуться. Прикосновения — его и ее, но ни тел, а тогда уж душ. Обнять — но, чудилось, только чтобы не потерять. Если бы так можно было. Или ласкать — но чтобы защитить от чего-то, ну да, защитить, от боли, от одиночества. Мать — с ней он, пожалуй, мог вести себя только разумно, то есть разумно заботиться о том, чтобы у нее все было, помогать, чувствуя свой долг. Но эту помощь, заботу, разумное, она с раздражением не принимала. Жили через стенку, но у каждого закрытой оказывалась дверь. Саша — у нее была своя мать… «Мама… Мамочка…» Где-то была, так далеко, когда пропадают. Брат ее забыл о матери, и обо всех, кажется, забыл. Саша только однажды получила сообщение от него — телеграмму о смерти их отца… Она помчалась на похороны. Не зная, где это — поездом к брату на Украину. Уже не застав его, но узнав, куда — электричкой из Запорожья в Мелитополь. Там нашла таксиста на вокзале, который согласился довезти в это село. Но не успела. Гроб засыпали землей. Остался домишко у моря. Брат хотел продать. Наверное, продал. Только Саша помнила и о нем до слез: «Братик… Любимый…» А с матерью, казалось, ничто и не разлучало. Могла… Беспокоиться, любить, как если бы мать жила так близко и была у нее дочка, все еще маленькая, все еще, как маленькая, хранимая. Они не видятся годами. И сколько раз Саша летала туда, к ней, столько раз он как будто терял ее навсегда. Сам он знал лишь голос — далекий, простой, деликатный — голос ее матери. Иногда брал трубку — а это она звонила из Магадана. Так и не смогла за все годы заговорить с ним как с родным… Обращалась пугливо, растерянно, на вы… Саша говорила — так уважала.

В день выписки, когда еще ждал — вышел покурить. Лето. Свобода. Неужели тоска по тому, что любишь, — она вылечивает? Это как вернуться с того света… Куда же еще вернуться? Сюда! В этот мир! Он тебя не ждет, калеку. Он забыл о тебе давно. Но сколько в нем места, сколько простора, света — он примет и тебя! Хоть родился еще раз, ну и пусть, но ты родился, ты, человек! И залетел воробей в стекляшку вестибюля… Шарахался, бился об стекла. Была и свобода, был и простор — воздуха, свежести летней — но смертно не мог себе это вернуть, бросаясь на стекла, где такой же воздух виделся, наверное, и облачка, пока не выпорхнул, еще живой, в распахнутые двери… Смеялся, рассказывал жене: «Глупый воробей! Можно подумать, тонул!» — говорил: «И почему рыбам в аквариуме так хорошо? Плавают себе — а что это было, чего лишились, не поймут».

В разговор влез таксист — седой упитанный демиург — вот он, вставляет свое словцо: «Воробьи… Рыбы… Люди… И что? Для чего? Смешно!»

Через минуту — влезая в чьи-то переговоры по рации — «Подумаешь! Сломался он! Камера у него лопнула! Смешно!» Чей-то бодрый голос тут же отозвался: «Несчастье — это когда бензин на нуле! Прием…» И другой, навзрыд: «Ну а если есть он, бензин, и все целое — а мотор заглох… Заглох! Ну? Что?» Эфир уважительно затих. Таксист сник, вяло бубнит: «Мне-то что… Смешно! Дураков жалко…»

Увидев мать свою — слабой, одинокой, — обнял.

Первый его день после больницы в своем доме.

Трогательный вечер. Семейный ужин. Пили вино. Он много смеялся. Еще осмелился, когда уже лежала в своей комнате: подошел, погладил, обнял, поцеловал. И Саше сказал — обняла, поцеловала...

Один вечер.

И началось опять, то есть нет, все и не кончалось…

Ему объявили, что он должен захоронить прах старухи в могиле отца… Она согласна, готова уступить… Да, как бы свое — а он должен исполнить ее желание или что же еще? Это пришло ей в голову… Все ее существо, ему непонятное и чужое, пришло в движение, чтобы возвыситься — и, что же, сразить? Пока лежал в больнице, она готовилась совершить величайший подвиг, думая, конечно же, что приносит в жертву только себя, и, наверное, даже не понимая, ради кого, ради чего…

И вот еще: «В последнее время я много думаю о смерти». Для чего должен он был услышать и это?

Был спокоен. Наблюдал.

Сказал: «Ты собираешься умирать — а я уже умер. Делай что хочешь. Считай, что меня больше нет».

Так ответил. Просто. Бездушно.

Перебил, не давая снова заговорить: «Я плохой. И уже никогда не стану для тебя хорошим. Но в чем моя вина? В том, что ты меня родила? И осталась одна, без мужа? Но решила посвятить свою жизнь мне и никому другому? В этом я виноват, скажи? Но я не могу вернуть его тебе… Заменить не могу… Даже выглядеть в твоих глазах достойным не могу — и стараться не буду, не хочу. Мама, тебе нужен муж, муж… У тебя ведь это было, ну, с кем-то после отца? Ну не лги, некому было верность хранить столько лет… Но тебе нужно было, наверное, родить его себе, тогда бы ты любила? И поэтому необходим я, чтобы за это мстить, называя эту свою месть любовью?»

В ушах застыл крик, рев, стон, вопль... Неуемное, неумолчное, утробное, дикое... Что оглушило — и он оглох, видя багровое лицо матери, сжимавшей руками голову, будто ушам было очень больно... Она не двигалась — застыла. Это длилось, наверное, минут десять, неимоверно долго... Он терпел, ни живой ни мертвый — пустой, весь как выпотрошенный. Но когда это вдруг прекратилось — бросился прочь из квартиры. Опомнился на улице. Вернулся через час или около того... В квартире было тихо, пусто. Ну да, как будто кого-то долго убивали, мучили, резали, потом расчленили тело, замыли кровь — и унесли все в какой-нибудь сумке. Дрожа, он открыл дверь в комнату матери — и увидел ее не лежавшей, а валявшейся на кровати. Лицо, его не видел, только копну волос на подушке, ком какой-то ее волос. Опомнился — прислушался. Но не слышал дыхания. Страшась подойти — тут же закрыл дверь. И тогда появилась эта мысль: она умерла, и лежала там, мертвая... Безумие — это его спокойствие, тогда он успокоился. В голове что-то ватное глушило мысли. Пытался осознать — но не мог. Она умерла... Сердце, ее больное сердце, оно разорвалось, наверное... Он странно улыбался, думая об этом. Улыбка судорогой больно кривила рот. Не было мыслей, что делать... Никаких мыслей, что могли бы заставить что-то делать... Час. Еще час, наверное. И только тогда он подумал, что мать может быть еще живой — да, еще живой. И ей нужна помощь — да, помощь... Он должен что-то сделать — да, сделать, успеть... Он вошел в ее комнату — замирая, приблизился, услышав, что она дышит, позвал… «Мама… Мама». Тело заворочалось. Чужой и, чудилось, новый голос дремотно отозвался: «Что тебе? Уйди…»

Жена пришла с работы. Вечер — сгорает еще один, мотыльком, у святящегося в темноте экрана. Их разговор, когда уже в постели лежат перед телевизором — и только мерцают лица.

Он: «Сегодня подумал, что мать умерла — а она спала».

Она — вдруг — безжалостно: «Ну и что?»

Он — теряется, но сам себе не веря, произносит что-то страшное, очень страшное: «Мне стало легче… Легко-легко».

Молчание.

Он: «Я ни разу не был в опере. Почему это никого не пугает… Как будто это загробный мир».

Она: «Ты выпил таблетку?»

Молча отвернулся.

И жена — выключив телевизор — отвернулась от него, замолчала. Через несколько долгих пустых минут — прижалась, обняла.

«Мы ведь поедем на Академическую дачу?»

«Для чего… Зачем…»

«Тебе же там было хорошо, помнишь?»

«Что мне там делать? Бегать с этюдником по лесам и полям? Толпой за вдохновеньем. Бегал. Затопчут. Еще и поля, и леса…»

«Хватит думать только об этом. Не хочешь помнить — вот и забудь. Чего ты боишься? Это отдых. Когда мы уезжали куда-нибудь вместе? Обещай, что позвонишь Марфушину и мы поедем. Всего несколько дней. Они с Антониной трогательные. Всполошились... Вырывали друг у друга трубку... Они так любят тебя...»

Марфушин подхватит его этюдник, потащит к машине, уложит трепетно в багажник, где не впихнуться от своего снаряжения... Он согласился — и этюдник согласился взять.

Озеро, лес... Жужжат жирные шмели, вьются сухие прозрачные стрекозы. Пахнуло от сосен вековых раздымившимся самоваром. Водичка валдайская, отбурлив под лопастями моторок, откипев на июньском полуденном зное — как на блюдце, а щеки раздувает, пока редкие одинокие волны мажутся маслом на берег, сам купец-молодец... Валдай! Это он огромен, это он раскинулся вокруг... Это его пчелы и стрекозы пасутся на его землях!

«Только в России, скажу я вам, так может быть — человек один на тыщу верст!» Марфушин приглашает: обводит весь этот простор рукой, успев уже нащелкать с десяток снимков на японскую камеру, что теперь болтается на его шее, похожая на командирский бинокль...

Антонина, закрыв глаза и подставляя лицо последним закатным лучам, бессильно стонет: «Вадим! Пожалуйста, дай нам отдохнуть от себя... Всю дорогу молол языком — и не устал?»

«А что? Сказал же Гоголь... Россия — наш монастырь! И вот он! Вот он! Смотрите!»

«Мы устали тебя слушать, Вадим! Отойди, не закрывай нам солнце!»

«И это солнце будет сиять для нас еще столько дней!» — восклицает Марфушин с восторгом.

«Спасибо, Вадим, что ты нам это сообщил... Без тебя бы мы об этом не узнали... Отойди от солнца! Брысь, я сказала!»

«Ну хоть ты что-то скажи…» — кажется, умоляет, обращаясь к нему, Марфушин, изнывая, что должен молчать.

Отзывается вяло, устало: «Свобода… Природа…»

Озираясь на Антонину, совсем тихонько, как заговорщик: «Вот, вот… Свобода! Какое великое слово! Знаете ли вы, что молодой Лев Толстой сделал такую запись в своем дневнике, цитирую дословно: "Свобода состоит в отсутствии принуждения делать зло…" Ну? Ну! Что скажете, молодежь?»

«Еще один Толстой сказал, что свобода рождается в воображении рабов… Что это вполне рабское изобретение или наваждение…»

«Так, так! Какая поразительная мысль… Какой это Толстой? Какой из них? Подожди… Повтори… Сейчас я запишу!»

Марфушин бросается записывать… Для этого при нем всегда блокнотик… Сколько уж лет? Какой же по счету?

Чудилось… Лето на даче. Вечернее чаепитие.

И кругом — дачи, дачи… Дачи академические…

Какое же человек животное… Нет, в лучшем смысле этого слова! Животное всего-то и может приспособиться под изменения климата или чего-то еще такого, после чего вместо плавников появляется какой-нибудь хвост — и оно уже не плавает, а ползает. Но человек приспосабливается подо все исключительно душевно и с невероятной отзывчивостью… Вот он рыдал — но через минуту смеется. Вчера еще жить не хотел — сегодня блаженствует, все прекрасно! Что это за сила, которая не даст никак самого же себя лицезреть, понять? Нет, не объять мыслью — хотя бы поймать!

Еще несколько часов назад плавились на трассе Москва — Санкт-Петербург в железном смрадном потоке… День независимости — и все хоть сколько-то состоятельные, независимые поехали на своих машинках в имения, растянувшись на много километров, кажется, до самого Петербурга… Массовое бегство… «Москва… Москву еще можно полюбить. А вы попробуйте полюбить, например, хотя бы Рязань!» Они выскочили из потока под Вышним Волочком — и поколесили по проселочным, где навстречу попадались лишь людишки на скорбных велосипедах… Но до этого съезжали с трассы несколько раз, Антонине делалось вдруг дурно. Марфушин порывался сам сесть за руль — даже выхватывал в чувствах, как будто это были вожжи, но та с ужасом и криком отбивалась… Это был новый «Форд», стоивший слишком дорого. Марфушин, не стесняясь, выдал, что скрывала — то, как это было заработано: «Студия декоративного оформления фасадов!» Николай Угодник защищал от неприятностей сзади, Богородица от несчастий спереди… Машина была освященной с молитвой, по чину, поэтому ее хозяйка сразу же строго-настрого запретила курить в салоне. Останавливаясь и трогаясь, Антонина крестилась, застенчиво обращаясь то ли к себе, то ли к ней — своей — то ли к Нему — Своему: «Ох, поехали… Ох, не подведи…» На какой-то обочине, то есть у дороги, все же устроили, не выдержав, что-то похожее на пикник. Антонина, больше от переживаний, чем от усталости, тут же задремала на расстеленном прямо на земле пледе. Саша, она что-то нарезала, красиво разложила в пластмассовые тарелочки, с детской серьезностью, как девочка, которая играет в хозяйку, не забыв о таких же, уже совсем игрушечных ножах, вилочках — и тогда успокоилась; а Марфушин успокоился, когда украдкой разлил по пластмассовым стаканчикам коньяк и они быстро выпили… за День независимости! Быстро разлил еще, спрятав уже от самого себя. И — пока Антонина дремала — с упоением болтал, заготовив на этот случай с дюжину мыслей, впечатлений, исторических аналогий…

Марфушин — любитель. Вот и смеется: «Живопись — это моя любовь!» Комический неудачник с печальной судьбой… Печальной, еще с рождения, наверное, потому что родился в лагерном бараке. Детство — поселение, казахская степь. Свет в окошке: любил читать и рисовать. Но отец — мастеровой, сталинский зэк — бил за это. Печальная улыбка. Печаль в глазах. В сутулой долговязой фигуре. Марфушин — инженер. Приборостроитель печального образа, а что? Очень даже похож. Марфушин обзавелся когда-то и бородкой — как у Дон Кихота. Писал о своей жизни графоманские рассказы, издавая потом за свой же счет блеклые книжечки. С живописью тоже. Соблазнился когда-то. Не удержался. За то, что получалось, не били — презирали. Те, ниже которых сам же себя ставил с преданностью, о ком говорил, влюбленный в это глупое слово: «мэтры». Глупый… Но не глупец, хотя, наверное, подыгрывал, готов был казаться даже болваном, поняв свою роль — шута. Не обижался, не завидовал… Нежный, верный, терпеливый… Марфушин. Все он понимал — но соблазнился, соблазнялся… Тем временем рушилась жизнь. От глупца уходили жены, женщины… Глупец остался один, брошенный, жил в коммуналке на Трубной. Рушилась страна, и завод рушился, где ковалась ракетная ее мощь… Марфушин рассказывал, как в цеху повесился пожилой рабочий. Пришел в свой цех, который продали под склад для китайских товаров, — и повесился, оставив в кармане записку... «Родные и близкие, все люди, простите меня». С инженером китайцы подписали контракт — и он жил на две страны, всему в Китае удивляясь как русский, а в России как китаец. Но мечтал отдать себя творчеству — все время, все силы, всю жизнь — как будто ее, жизнь, все еще предстояло и начать, и прожить. Литературе, живописи... В общем, искусству, так и не решив, что главное. Для этого все и было нужно — мысли, впечатления, аналогии, аргументы, факты — для того, к чему готовился, а пока копил в блокнотиках, превратив уже в страсть.

Ему за пятьдесят — а он все Вадик и Вадик... Только для нее одной, наверное — Вадим. Потому что муж. Смеялась: «Внебрачный!» Так и было. Не любовники, даже не сожители — жили каждый у себя. Но муж и жена. Скрывая, что все же не гражданские: их обвенчал по старинке какой-то иеромонах на безлюдном карельском острове, где с тех пор и они уединялись каждую осень. Антонина — женщина средних лет. Рано увядшая от работ и забот, но внутри вовсе не размякшая: внутри это сруб из оцилиндрованных бревен. Из сибирского городка уехала за мечтой — и построилась. Какой была — и какой стала? Загадка... То громкая, то тихая, казалось, даже побитая. То грубая до невозможности, то нежная. Такая вся... Властная — и слабая. Вздорная — и справедливая. Мудрая — и дурная. Щедрая — и жадная. Гордая — и смиренная. И только перед дочкой беспомощная. Ее девочке шестнадцать лет. Учится в художественном училище — и это мать решила учить тому, что умела. Сама окончила Суриковское. Подавала большие надежды. Но вся жизнь — материнство и женская доля. Сейчас у ее девочки депрессия, творческая. Но о ней говорится до сих пор: ребенок... Ребенок живет по ночам, что-то мажет и мажет, запираясь в комнате — а днем умирает. К вечеру воскресает, рыдает и кричит на мать, когда та пытается просунуть в дверную щель что-то тепленькое или вкусненькое. Дочка презирает ее за связь с Марфушиным. То есть, наверное, — презирает Марфушина. Боится сблизиться, довериться, не желая до сих пор принять, что однажды чужой мужчина остался в их доме. Ее родной отец погиб за рулем, успев, перед тем как осиротил, еще и выбросить из своей жизни. Мужей было много. Антонина, она и семьи строила, как избы — но горели, рушились... Одни мужья умирали. Другие предавали, бросали. Кого-то не вытерпела сама. Но существовать самой по себе — с этим не хотела смириться... Жить, как считала, в грехе даже с Марфушиным не могла, хотя, смеясь, обзывала всю эту их жизнь грехом... Свой, глупый, несчастный — он был, наверное, последней попыткой. Но теперь этому внушенному и выстраданному, то есть созданию своей семьи, противилась родная дочь. Поэтому не было — и не могло уже быть — бракосочетания. Поэтому стало тайным венчание. Осталось тайной, которую нужно было скрывать от ребенка — и они скрывали.

Ну вот, познакомились...

Когда, где... Какое имеет значение? В этой жизни.

В конце концов, молчал телефон — и вдруг кто-то вспомнил, позвонил... Вот и встретились — в этой жизни...

Марфушин как раз о ней — потому что закатывалось солнце, вечерело: «Эх, после упоения жизнью обязательно погружаешься в смертную тоску… Достигнешь цели, построишь свою египетскую пирамиду, ужаснешься — и не сможешь жить!»

«Вадим, да заткнись же ты!»

«Все, Антонина Романовна, не волнуйся… Молчу! Молчу!»

Сидели всего-то на скамеечке у озера. На одной из сосен был прикреплен венок. Траурный, с лентой, из еловых лап, он был замечен сразу — но как будто растворился в этом воздухе. Сверху нависали сосны, обмахивая опахалом душистых ветвей, внизу тихо шелестел камыш у берега, где окаменел старый дебаркадер, все матовей и сумрачней становилась вода, по которой перестали скользить солнечные лучи… Почему нельзя остаться здесь… Жить здесь… Потому что нужно заплатить? Счастье можно только купить? А у них денег — на несколько дней… Подумал — но не произнес вслух.

Еще когда вселялись, Марфушин успел разузнать у дежурной, кто и куда заехал, кто был до них. И простая русская баба все доложила, хотя лишь принимала и выдавала в доме творчества ключи, белье… Оказалось, накануне проводили очередной съезд, собрав делегатов со всей страны, один из которых утонул, — а мастерскую, ключи от которой Марфушин получил, можно было подумать, выиграв приз в лотерею, после съезда освободил Горобец! Марфушин суетился в этом пустующем пространстве, искал следы его пребывания, но все, кто здесь жил, что-то оставили — в общем, свой мусор, мало чем различимый. Только в кухонной подсобке — всегда общие — чай, сахар, соль. «Горобец — это сила! Сюзерен — а вокруг вассалы. Своя школа акварели… Галерея…

Имя!» — трубил Марфушин. И даже Антонина покорно молчала. Стало сразу же скучно. Но все-таки Марфушин развеселил… Юркнув в сортир, обрел в нем обрывочно-отрывочно кусок газеты — это был неизвестного срока давности «Художник России» — и, вылетев пулей, с ходу зачитал: «Творчество А. А. Жабского хорошо известно художникам и коллекционерам несмотря на то, что у него не было ни одной персональной выставки. Высокий художественный уровень его работ и необычайная личная скромность сделали его имя легендарным…» Опустив беспомощно руки — хохотали… Огромная мастерская, в которую только заносили свои вещи, вдруг ожила.

Соседние мастерские пустовали. Вся их собранная чуть на возвышении сплотка напоминала составленную лишнюю мебель. Их занимали когда-то месяцами, пропитанные вонью скипидара. Дышали этой вонью — и не могли надышаться — заполоняя все новыми работами, превращая в сушилки, пока сами нежились в бане, гоняли мяч на футбольном поле, плескались в купальнях, ловили золотистых рыбок. Теперь все пропахло бедностью — хлоркой, — и это выгоняло на воздух. Мастерская — кому это нужно… Но разница оказалась всего-то в сто рублей. Или здесь, где просторней, где своя кухонька и сортир, — или в какой-нибудь дощатой дачке, полной мышей. Но свои привидения бродили и здесь. Стоило затихнуть, прислушаться — становилось отчего-то не по себе. В комнате над мастерской — сырость темницы. Пока жена старалась сделать ее уютной, стелила белье, он сидел в продавленном креслице — и только курил. Когда они примутся с Марфушиным напиваться на глазах у своих женщин, можно будет пошутить, что Горобец здесь хотел повеситься, но почему-то передумал... Он поднялся, чтобы помочь Саше открыть рассохшуюся дверь шкафа, и тогда увидел на его крышке уже покрывшийся пылью ватман. Оказалось находкой. Послание, оставленное цинично для кого-то, кто найдет. Мастерский, чего уж сказать, карандашный набросок. Он сразу же узнал это креслице. Узнал сигаретный дым. И убогую пустоту вокруг того, кто в нем сидел и курил, откинув голову с таким позерством, что в этом виделась лишь плаха, смерть. Вокруг, как бы из дыма и пустоты, возникали острые быстрые сценки разнообразных соитий. Горобец подписался... И еще предпослал название ГРЕЗЫ ХУДОЖ-НИКА... Самодовольное, пошлое, что же могло быть пошлей? Почему выбрал эту комнату — а Марфушин другую. Как-то сразу выбрал. Ну да, был журнальный столик — успел заметить. Теперь казалось, что здесь нагадили. Спать с женой в этой комнате, где нагадили... Можно было порвать — но не стал. Положил на место, в пыль. И усмехнулся про себя: как же не повезло Марфушину, если бы он узнал, заполучил... Сдувал бы пылинки... Хранил...

Марфушин за это время пробежался по дачам. Хотел дружить, знакомиться — но вернулся ни с чем... Когда совсем стемнело и, надышавшись воздухом у озера, собрали на стол — забрела на огни мастерской маленькая одинокая женщина с маленькой бутылочкой коньяка, которую держала в руках, как свечку... Зоя. Художница. Марфушин с гордостью сообщил: «Сахалинская!». Больше он и сам ничего не узнал. Но когда поправила — «Я живу на Сахалине» — очень расстроился, что она это сделала, как будто лишив себя титула или хотя бы звучной фамилии... День государственной независимости отпугнул чем-то всех членов Союза художников от Академической дачи. Или все уже наелись: погудели, отчитались, разъехались... Двести человек. Никто не остался. Марфушин поведал: под конец накрыли шикарный фуршет... После фуршета молодой скульптор захотел на прощание искупаться в озере — и утонул. Марфушин еще обнаружил группку учениц со своим преподавателем, то ли заслуженным, то ли народным. Но бенефис окончательно сорвался, этот, из Бурятии, не пришел. Зрителей не было — и актер выдохся. Еще с надеждой, Марфушин спросил: «Зоя, вы были делегатом съезда?» И ответ восхитил... Из своей глуши в эту — «Через всю Россию!» — она добиралась работать. Работать, работа — это даже резало слух.

Грубый самовязанный свитер — кажется, из собачей шерсти. Волос не видно под красной тугой косынкой — совсем, так что неприятно выдаются скулы, лоб. Как после долгой изнурительной болезни. Подумал: пьющая... Но маленькая бутылочка — мало даже опьянеть. Марфушин примерно суетился, бегая вокруг стола — то есть вокруг дам, — ухаживал, разливая в стаканчики минеральную воду... Зоя веско произнесла: «Спасибо», — но молчала, как будто и пришла не говорить, слушать... Или одиноко, но все же не одной, посидеть с этой своей бутылочкой. Марфушину не удавалось ее развеселить и даже разговорить. Антонина и Саша — в ее присутствии отстранились, как бы прислушиваясь к чему-то. Быстро выпивая, ловко закусывая, хохоча, рассказывая, Марфушин заполонил мастерскую собой, но еще и вскакивал, отбегая — фотографировал для вечности. Вырвался, началось — Антонина знала: сопротивляться бессмысленно. И вот во всеуслышание раздалось: «Самый молодой член МОСХа!»

Было стыдно, гадко — но Марфушин не унимался, он гордился знакомством и не понимал, почему кто-то скромничает… «Расскажи! Расскажи! — И вдруг совсем не сдержался: — Тогда молчи… Прости, говорить буду я!» Все рассказав, надорвался: «Это не гений какой-то из-под полы — это русский художник! И вот он молчит. Говорит с вечностью!»

Зоя слушала — и, попрощавшись, ушла, оставив после себя маленькую бутылочку. Оказалось, недопив половину.

Жены убирали со стола, мыли посуду, шептались…

Марфушин предложил прикончить ничейный коньяк, что и сделал, только в одиночестве, после чего победно произнес: «Допил жизнь до последней капли!»

Антонина, прогнав мужа наверх, понимающе извинялась: столько пришлось услышать… Но стало жалко ее и стыдно за себя, как будто это он подпоил Марфушина…

Потом слышали — доносилось из их комнаты — всхлипы Вадима, строгие окрики Антонины… Казалось, это мать наказывала сынишку... Они лежали в своей темноте, осознав вдруг, что все так слышно, робко притихнув. Койки вдоль стены — как в пионерском лагере.

Протянула свою руку — он свою. Так и уснули, взявшись за руки.

Утром их не будили — ушли тихо-тихо, наверное. Когда проспали завтрак, Марфушин ходил под их окном и посвистывал: заволновался. Антонина уже работала. Он только делал вид, маялся… Но с утра на асфальтовую площадку перед репинским музеем высыпали юные ученицы: расположились, писали маслом этюды, березовую аллею… Марфушин еще пораньше устроился на этом месте. Просто потому, чтоб было видно — на самом видном. Весело, как ни в чем не бывало приветствуя их, успел шепнуть ему — это стыдился перед Сашей: «Прости дурака, понимаю, знаю, как это все болит...» Но уже через несколько минут опять ляпнул, подмигнув: «Мы все работаем, а ты?» Он подходил к своему этюднику, мазнув разок, другой — и остальное время расхаживал по площадке мудрым вороном, опекая учениц... Девочки пугливо слушались, не зная, кто он такой. Марфушин наслаждался — но ловил на себе ревнивый взгляд их монголоидного преподавателя — и покорно отходил на свое место.

Место. Он бы выбрал для своих учеников другое. Это футбольное поле невдалеке. Пустое, мертвое — как могильник. И предложил бы композицию для этюдов: футбольные ворота по краям поля... Сваренные из труб, поржавевшие — посмотришь, виселицы. На них еще болтались грязные обрывки сетки. Множество тоненьких гнилых нитей — висящих бахромой. Учить этому... Не рассказывать, а изображать — то, о чем и рассказать нельзя, но что выставило себя напоказ, как скелет, с которого сползли последние кусочки кожицы, тканей, если угодно — смысла... Честность вещей — по ним все видно. И всего в нескольких сотнях метров эта аллейка с окрашенными в ядовито-зеленый — освежили — скамейками. Там пропасть — тут плоскость. Там глубина — тут узость. Но почему?

Тогда он приезжал на академическую дачу в ноябре. Работать вообще мог только в одиночестве — и там, где было совсем пусто, одиноко. Бродил весь месяц по округам. А в последний день, даже так, в последнюю минуту — это когда ждали автобуса на станцию, на поезд, — сдав на хранение поделки, от которых захотелось просто избавиться, оставив вещи, прошелся еще раз посмотреть, и тогда за музейным домиком увидел вдруг пропасть. Да, это было пропастью, в которую опрокинулось озеро, лес, небо... Все было такое голое, голодное, каким не было еще неделю назад, когда стоял здесь же... Теперь же, чудилось, стоял над пропастью, все поглотившей, само время — но голодной. Завывал ветер, там, внизу. Мерцала черная вода. Но поздно, поздно... Было мучительно уйти, оторваться. Мог только сохранить в памяти. Пожалуй, ничего подобного уже и не увидел никогда. Хотел поехать на следующий год, ждал... Но что-то помешало, случилось. Потом денег как-то не было. Потом совсем об этом забыл. Ноябрь. Один день — или час, когда это становилось видно. И вчера было поздно идти туда, на это место. Вот оно, совсем близко, рядом. Зовет Сашу, ничего не говоря, прогуляться — и неспешно идут... Но где он когда-то стоял, боясь опрокинуться, упасть — под самым фундаментом музея — сидела перед этюдником на походном раскладном стульчике Антонина. Подумала, к ней пришли, посмотреть на работу... Спросила неуверенно: «Как это тебе?» Увидел плоскость, но не на холсте — перед собой... Облачка, цветочки, зелень... Драпировка. И вместо вазы — озеро. Здесь все же было ветрено. В термосе — у нее под рукой — чай. И вот согревает чай... «Фон не делай, совсем. Пусть все это куда-то летит». Она не верит, не понимает: «Шутишь?» — «Почему. Все куда-то летит. Вселенная же летит куда-то — значит, и это». Остались... Он курил, сидя на фундаменте музейном. Глотки горячего чая обжигали все внутри, как водка… Скоро возник Марфушин, не утерпел… «Я ревную свою Тонечку только к живой природе!»

Огненно-рыжая, с черной дикой гривой, маялась чуть в стороне, на маленьком лугу, рабочая лошадь — живая натура, — отпущенная бродить по кругу на цепи. Таскала цепь. Та пугала. Огромные глаза будто что-то просили. Успокоилась, намотав железную гремучую змею на молодое дерево, но лишив себя движения — и обирала нежные листочки.

И как-то скоро, совсем скоро, потому что проспали завтрак, пошли на обед.

Кормили до сих пор отменно. Грибной супчик… Свежий салатик… Зразы… Компот… После той больницы — заботилась другая, эта.

В столовой все ее обитатели собираются в установленное время — и встречаются: ученицы со своим преподавателем, они вчетвером и Зоя.

После обеда гуляли — и снова увидели Зою.

Застекленная веранда одной из дачек, у самого берега — и она внутри, как будто в аквариуме. Ничего не замечала вокруг. Позвали — не слышала.

Марфушин все-таки уговорил постучаться — на правах знакомых. Его мучило любопытство — что же скрывалось там, внутри… Оказалось, Зоя работала — на столе ваза с цветами. И на холсте: ваза, свет, мозаичные стеклышки веранды… Тут же, распяленный на раме, сушился еще один — натюрморт с рыбой. И два копченых леща висели связкой на гвозде, казавшись таким же изображением, только на дощатой стене — как будто тоже сушились. Они пахли так вкусно, что привлекли тут же все внимание…

Марфушин воскликнул: «В этом озере полно лещей!»

Зоя неловко объяснила: «Купила вчера в магазине».

Марфушин переспросил, восхищаясь: «Вчера?! Так быстро? Это потому, что вы не успели их съесть!» И ему еще хотелось блеснуть: «Сахалин! Я все понял, вы приехали за лещами! Красная рыба, крабы, осьминоги, минтай — это для вас не улов!»

Зоя ответила — глядя отчего-то на него, как если бы он это и спросил, а не Марфушин: «Думала, не смогу. Ничего не могла. Вчера зашла в магазин, увидела этих лещей, купила почему-то — и вот».

Он вдруг сказал: «Это потому, что воображение сильнее правды. Сила не в том, во что веришь, а в том, что же заставляет тебя в это поверить...»

Марфушин бросился доставать из кармана свой блокнот: «Нет, а это запишу! Запишу! Как ты это сказал?»

Он усмехнулся: «Записывай. Диктую. Воображение… Когда переживаемое само проявляет в нашем сознании свои образы, заставляет увидеть и помнить, ощущать как реальность... Такое психическое состояние. Оно же рождает сны, галлюцинации — то, чему мы якобы не верим. Но, кстати — видим, пугает ведь это. Только вот все, чем окружил себя человек, возникло как чистая иллюзия. Представьте: от банальных домашних тапочек до ядерных ракет — это в прямом смысле придумал кто-то, выдумал. Итак, мы живем в совершенно мнимой реальности, которой и не существовало до нас, но, считая чем-то потусторонним, скажем, искусство. Боимся того, что может нас самих раздавить, превратив, так сказать, в ничто… Вот вам бытие — а вот небытие! Но тапок раздавит таракана. Ядерная война, действительно, уничтожит человечество. И это для нас почему-то не так уж абсурдно, ведь к ней готовятся, в это поверили. Самое очевидное: в нашем воображении запуск этих ракет состоялся, цели уже поражены, все живое на земле давно уничтожено».

Марфушин всерьез записывал под его диктовку: «А дальше? Что дальше?»

«Ничего. Конец фильма. Должны что-то пережить, понять…Теперь-то каждую неделю: купил билет в кино, Голливуд покажет. Только что мы понимаем? Кто видел в природе хоть что-то прямоугольное? А прямые линии? Вот уж бред! Но почти все в нашем сознании должно быть прямоугольное… Все прямоугольное, все приняло эту форму… Дома, квартирки, телевизоры… Пожалуйста, даже холст живописный стал рабом подрамника. Но на что все это похоже в конце-то концов? Эти прямоугольники. Твердое. Тупое. Пустое. То, что понятно. Господь сотворил? Смешно… Одних жуков — тысячи, и все разные. Леса, поля, реки, горы… И это? Но это в нас. Мы такие. Вот вопрос».

Вадим заткнулся.

Антонина сурово молчала — не понимая, но осуждая за что-то все сказанное.

Жена странно, что-то подозревая, улыбалась…

Только Зоя спросила: «Но мы можем быть другими?»

И уже злился, кивнув на сохнущий, распяленный холстик: «Для чего? Ради чего? Не знаю. Но тоже кто-нибудь съест. Кончается почему-то именно так».

Марфушин радостно очнулся: «И сколько теперь будет стоить эта рыбка, очень интересно! Скажите, Зоя, честное слово, я бы купил ее и один съел… Красота!»

Зоя, не желая понимать шутку: «Я купила этих лещей в магазине».

Антонина: «Вадим, заткнись! Зоя, простите его... Мы пойдем. Мы вам помешали... Как жалко...»

Марфушин: «И все-таки! Какие такие переживания способны совершить чудо, за несколько часов превратив копченых лещей в таких, стоимость которых как минимум становится в сто раз дороже? Сообщи же секрет... Голод? Сострадание? Ну, что? По-моему, тайна — это мастерство. По выделке, знаешь ли, и грошик!»

Зоя стояла потерянная, провожая непрошеных гостей...

Он оглянулся: «Простите меня. Марфушин прав. А я, наверное, вам позавидовал... Я не могу. Ничего больше не могу».

«Зоя, а вы знаете, что сегодня баня? Женский день!» — почти пропела на прощание Антонина, отдаляясь, но, заметив, что та еще провожала всех, стояла на крыльце. Помахала рукой, повторила нараспев: «Баня! Обязательно приходите! Поговорим без этих мужчин!»

По такому случаю Марфушина отпустили в магазин, чтобы к вечеру было холодное пиво — но прикупил и копченых лещей.

Если не день, то вечер — женский.

Сроднились, переговаривают увиденное, ничего не стесняясь...

Главная новость — Зоя. «Как солдат, такая!» — теперь уже дает волю своим терзаниям Антонина: «Мы не спросили, конечно, как можно, это, конечно, было бы неприлично, но я не понимаю... Женщина с наголо остриженной головой, ну что такое, скажите? Это прилично? Прости, Господи… Прячется же под косынкой… И кто она такая, я не понимаю… Осужденная? Наркоманка? Заразная? Лесбиянка? Или я что-то не то думаю, говорю, да, Сашенька?» Главное событие — в бане Антонина встретила знакомую, какую-то Масарскую. «Катю с Петей не помнишь? Масарских? Прошлым летом?» — теребит, как заснувшего, мужа и рассказывает: «Катя и Петя — у них дача на том берегу. Петя сейчас в Париже, у него выставка. А Катя приехала из Крыма, привезла много новых работ. Сейчас на даче одна. Приплыла на лодке, представляешь, сама! Какая бесстрашная! Вадим, ну как это не знать Масарских, ты меня удивляешь? Не помнить — ладно, но не знать…» Вспомнили послушно. Масарский — дедушка Пети — рисовал Ленина. Дедушка заслужил славу, государственные премии, ордена. Катя с Петей — они просто «славные». Ну да, потомственные. Хотя Антонина тут же по секрету рассказала, что Катя очень несчастна: узнала, что не может иметь детей. Ее лечили в Германии, Италии, Франции — и вот теперь это выяснилось. Жизнь так жестока к ней — в прошлом году похоронила отца. Но они с Петей все переносят вместе. Живут дружно. «Вадим! Мы едем к Масарской! Ты понял? Завтра — к Чудову твоему. Послезавтра — к моей Масарской. Нас пригласили. Тебя тоже. И попробуй мне там хоть что-то ляпнуть! За рулем будешь ты. Я устала. Ну ладно, ладно… Отвезу тебя к Чудову, выпьешь. Но к Масарской ты поведешь. И ни грамма. А мы вот выпьем, да? Катя чудесная хозяйка, увидите. Дом — полная чаша. А какая наливка!»

За весь вечер Марфушин только и вставил, промямлив: «А лещ-то дрянь… Лежалый, с душком. Конечно, какой дурак станет здесь в магазине лещей покупать — поймал и копти.

Как точно, одно воображение! Но я бы добавил — и соблазн, соблазн…»

В комнате. Они одни. Саша стоит голая перед зеркалом в дверце шкафа. Смотрит на себя так, чтобы он подумал — любуется собой… «А тело у ней так себе, дряблое. У этой твоей Зои… Понравилась? Я знаю. Если тебе жалко — сразу влюбляешься. А тебе ведь стало ее жалко, стало? И поэтому говорил все это? Поразить захотел? Ну что, поразил? Только зачем? Зачем? Скажи… А ты когда-нибудь мне изменял? И что… С такими же?»

Молчал.

Опьянела.

Бессмысленно было что-то говорить, лучше молчать.

Утром галдеж. Чудов! Чудов! Сборы — и все разговоры о нем…

Человек с такой фамилией жил где-то поблизости в забытой деревеньке. Это ему вез Марфушин целый чемодан красок. Бывших в употреблении, килограммов десять тюбиков, полувыдавленных, и много еще всего. Запил художник — и отдал за поллитра, вместе с чемоданом — а другой, но такой же, запойный, получит в подарок. Они с ним возились, спасали его… Много лет. А в деревне Антонина много лет писала и писала какой-то старый дом — вот и прошлым летом, и теперь ехала для этого — нужен был ей дом, приносил удачу, каждая картина очень удачно продавалась. Сама не понимала — дом и дом, себя не меняла. Но картину с выставки обязательно уносили — и платили, хотя цена повышалась и повышалась… Антонине достался Чудов как приданое: друг! Марфушин только и поет, какой талантище… Познакомились на академической даче — а водка подружила — но в те времена Чудов был лауреатом, получив с группой товарищей Государственную за какой-то творческий подвиг. Расписывал новопостроенные горкомы, дворцы пионеров, ну что еще? Да, Марфушин произносит: «дворец»… Но запил человек. От тоски? От денег? Жена с ребенком ушла к другому — к товарищу. Это разрушило. Жить стало незачем. Потом не на что. Продал квартиру в Москве, выбыл за сто километров. Когда-то было это шумной дачей. Теперь добирались в эту деревню только Марфушин с Антониной, по старой памяти. Навещали каждое лето, во что-то одевали, что-то привозили — и тогда мог он увидеть на столе колбасу, сливочное масло. Чудов питался с огорода, то есть зимой, бывало, жил впроголодь, не сделав хоть каких-то припасов. Работал и на чужих огородах — за это что-то получал. Зимой оставался совсем один — и сторожил. Кто еще цеплялся за свои дома в мертвой деревне, платили ему. Кто мешком картошки, кто деньгами. Грабили даже здесь. Поэтому давно пропало электричество, когда срезали кабель. Чужое воровали по бревну, по кирпичику — и Чудов отбивался каждую зиму. С одним топором. За его жизнь соседи не волновались, потому что платили — а заплатив, могли и спросить. Из всех чудес имелся у него лишь мобильный телефон — дали, мог вызвать помощь. И вот Марфушин один и звонил, узнавал: жив ли он, этот человек… И еще о чем неловко было спросить, но переживала всю дорогу Антонина: стоит ли он, этот старый дом… Доехали? Нет, остановка… Поселок, населенный пункт. Но точно какой-то последний: дорога пыльная, барак дощатый в четыре этажа, с качелями во дворике и лавкой у крыльца. У качелей девушка одиноко кого-то ждет. На лавке застыла истуканом старуха в белом летнем платочке. У дороги контейнер с ларьком, похожий на вагон... И больше ничего. Очередь страждущих у прилавка. Перед ними двое парней купили бутылку водки, спросили стаканчики пластмассовые, взяли зеленого цвета напиток «Тархун» в пластиковой бадье... Они отоваривались долго, брали много: крупа, сахар, тушенка — Антонина распоряжалась. Продавщица, радостно: «Да вы уже полмагазина купили, можно закрываться...» Марфушин: «А это что такое, красная икра?» — «Она самая, она... Завезли в новом годе. И ее положить?»

Решали, а какую выпивку? И вообще, пить или не пить, потому что Чудов... Купили пиво. Марфушин, решительно: «Пиву он обрадуется, а если выпьет водки, затоскует». Вышли из духоты на воздух... Оглянулся — удивился. Старуха пропала — лавка пустая. На качелях она, девушка, дождалась. Два парня с ней. Разливают водку... Захлебывают по очереди «Тархуном»... Смеются...

Чудов встретил там, где обрывалась в полях дорога...

«Побрился! Нарядился! Встречает! Чудо, да какой же ты помолодевший, вот что значит жить на свежем воздухе...»

Джинсы старенькие, в рубашке и в пиджаке... Но посмотришь: жилистый деревенский мужик. И это было заметно — отрезвел. Как алкоголик, только что с лечения. Прячет глаза. Доброе лицо. Ручищи расплющились — лопаты. Здоровался приветливо, но стеснялся чужих людей, поэтому, наверное, встретил как-то молчком. Помогал все выгружать — оживился, — потому что работал. Шли лесом, долго, но, кажется, он же все на себе и тащил.

Вывел по тропинке к своей деревне — и, казалось, возникла неширокая просека, а по бокам, будто поваленный лес, лежали избы.

Дом заброшенный, о котором волновалась Антонина, был еще жив… Живее, чем тот, в котором обретался Чудов. Перекосился, так что запавшую стену подпирали похожие на огромные весла бревна.

Чудову вручали подарки — и он уносил все в дом… Продукты бережно — особенно крупу. Брал кулечки на руки, будто младенцев. Дошло и до чемодана… Только он смутился, сказал: «Освятить бы их надо. Попрошу батюшку». — «Какого еще батюшку? Ты что, потащишь этот чемодан в церковь?» — «Надо бы», — кротко ответил Чудов. «Да где же она у вас, церковь, мы не видели!» И тот улыбнулся, как бы открыв рот, неполный зубов: «А церковь есть… Не у нас, а в Быкове во имя Воскресения воздвиглась».

Передохнули с дороги прямо в огороде — Чудов выбрал чистое прохладное место под яблоней, притащив из дома, казалось, и всю мебель. Крашеный грубый стол. Две табуретки. Какое-то автомобильное драное сиденье — оно служило креслом. Всех рассадил — а под себя подставил полено.

От пива отказался — нельзя.

Марфушин потрясен. Антонина, улыбаясь, с догадкой…

«Чудо, да это ты храм расписывал?»

Тот уже что-то жует, бубнит:

«Ага… Батюшка Олег сказал, дал Бог святой уголок — надо бы и украсить».

«И украсил?»

«Ага… Руки вспомнили. Вроде получилось. Людям нравится. Там раньше клуб культуры был. Сельский. Его мы и переделали в храмик. Правда вот благодетеля — того, что начально денег на все это давал…. По детской памяти, родился он в Быкове — а жил в Твери… Бизнесмена этого из Твери — взорвали в его мерседесе на куски. Так что батюшка только и поминает…»

«А батюшка этот кто?»

Чудов проглотил, перестал жевать…

«Работал в каком-то научно-исследовательском, себя потерял… А в девяносто третьем пошел на защиту Белого дома. И много священников было — один его окрестил. Вспоминает — плачет… Сколько их погибло, потому что пытались защищать, не парламент этот с властью, людей — а кто еще мог бы? Этого тоже убили. Встал, пошел с иконой — наповал. Батюшка говорит, его самого чудо спасло. Он себе клятву такую дал — оставит Господь в живых, то Господу и будет служить всю жизнь… Служит. Собирает в общину — рабов бывших, зэков, бомжей — и каждому работу дает. Этот храм, говорит, устроим — новый строить начнем. Теперь, по его благословению, картину в храме делаю. Большую. О людях и о вере. По воскресеньям на литургии делаю».

«Как это в храме?»

«Сказал, не грех. Это для всех. Пусть каждый себя узнает. Когда слух пошел — полно народу стало. Увижу, новый человек — делаю. Место я на полотне оставил. Но боюсь, как же его мало. Наполняется храм и наполняется… Как будто это новый народ все время рождается, новая жизнь… А кругом посмотришь — ничего вроде бы не меняется».

«Ой, я хочу это увидеть!»

«Да, пожалуйста. Сегодня, что ли? Храм всегда открыт. Так батюшка Олег сказал: если нет для Бога ни настоящего, ни прошлого и все перед Ним открыто, то пусть и днем и ночью храм Божий открытым для молитвы человеческой остается…»

Солнце припекало. Чудов разомлел — от еды. Вертел-крутил в руках баночку с красной икрой — и спросил, как ребенок: «А можно я ее не съем — отнесу в общину?»

Марфушин, кривляясь, сжалился: «Баночку? А твой батюшка понаделает из нее восемь? Десять? Двадцать?»

Антонина возмутилась: «Вадим!»

Чудов чешет затылок, думает…

«Это правда… На всех не хватит. Вещь хорошая — толку мало. Батюшка говорит, что не можешь поделить с другом — отдай врагу».

«А свой огород кому отдал? — вздохнула Антонина. — Ты обещал: вскопаешь весной, картошку посадишь…»

Чешет голову…

«А что? Вот… Лук растет. Морковку посадил… Картошку зимой проел, мало совсем было».

«Давай мы купим тебе мешок картошки! Можно купить у соседей? Я пойду, узнаю, договорюсь…»

«Да поздно. И они ничего не продадут. Они считают, что я еще должен остался. Такое придумали — что я у них зимой продукты воровал. Нет, у меня с ними бойкот. И год такой… Всюду змеи. В лесу полно. Через поле не пройдешь. Вы не ходите, слышите, полно их там, гадюк. Они и ко мне на огород пытались. Гляжу — греются…»

«И что? И где они?» — обомлела Антонина.

«Да ничего… Погрелись — и уползли куда-то, слава Богу».

Валяется на огороде ржавая коса — сама заросла травой.

Больше ни о чем и не говорили.

Антонина работала, пока не поменялся свет — и солнце ушло... Чудов бродил по огороду, охранял ее лично — от змей. И сам был не рад, что рассказал... Марфушин установил этюдник как бы посреди деревни. Подмазывал прошлую работу: вдохновлялся природой и улучшал. Наслаждался, вольно или невольно нарушив какое-то всеобщее равновесие... Первой прибежала к нему любопытная дворовая собачка. Потом подошли и сели в стороне смотреть на него две кошки. Потом вылез из домов и народишко, который был... Бабы, детишки, старухи. И смотрели, все чего-то ждали.

Они с Сашей ходили к полю. Прошли умершую деревенскую улицу до конца. Казалось, перед ними застыло море. Обмелевшее, уставшее и старое. И оно оживало, лишь когда ветры проходили волной, но и те — как будто рыскали голодно. Море это носило бревна, остатки изгородей, сараев, колодцев... Обломки. Но все же было странно думать, что в него гибельно войти — и что ничего не вернется.

Смеркалось, зарядил дождичек, спрятались в доме. Саша уже сварила на керогазе рис, пожарила рыбу... Чудов помогал: показывал, что и где, только это и зная, как домовой. Больше ничего не мог, не умел. Или разучился, не имея желания. Комнатушка обогрелась, как бы одушевилась — еще и теплым светом керосинки. Голодные, усталые едоки... Чудов зачерпывал рисовую кашу с жареной рыбой ложкой, налегая на ложку, как на лопату. Поев, предложил прочесть для всех свои стихи... Расчувствовался. Принес тетрадку... Начиная, вздохнул: «Да кто сейчас может осмелиться просто рассказать о себе... О своей душе рассказать...» Женщины, не скрывая слез, заплакали. Чудов под конец чтения изменился: верил, радовался, ждал, что примет муку. Запомнилось последнее... «Где прежде мерзость запустенья была — отныне храм стоит! Преобразилось вдруг селенье: вознесся крест, звонарь звонит!» Произнес — и замолк. Как можно быстрее хотелось собраться и уехать — но дождь. Все еще ждали, прекратится. Томились. На стене — детский рисунок... Еще налеплены этикетки — винные, портвейнов, водок, но все тоже из прошлого... Койка в углу. Тюфяк. И вокруг лишь рухлядь, прах. Омужичился... Как можно было жить? Столько времени все еще жить, хоть уже без терпения, без воли, даже без смысла? По нужде отправил — вон, сказал, за этой дверью... Тут же, в доме, только не на крыльцо выход — а еще куда-то, где задумано было, когда строили, копить добро. Амбар и превратился в нужник. Стены изнутри держали бревна, упираясь в давно уж вскрытый подпол. За дверью амбарной — уступчик, — а под ним эта яма, уже выгребная. Чудов все в нее и бросал — лень было даже выходить. Уступучик шатался — было просто страшно. Увидел еще мышь прямо перед собой... Из расщелин крыши сочился лунный свет, и вдруг бусинки сверкнули: сидела на бревне мышь, дрожала, как будто умирала... Выбежал на двор, под дождь. Струсил. И вернуться струсил, остался на крыльце. Чудов, наверное, понадеялся, что они заночуют, останутся... Но больше было невозможно чего-то ждать — давно стемнело. Казалось, спасались... В темноте, под дождем, через лес, к машине — путь освещал Марфушин фонариком в мобильном телефончике... Страшились наступить на змей. Все было страшно. Какой радостью было залезть в салон, оказаться в утробе «Форда». Прощаясь, все что-то говорили Чудову — а он все цеплялся: «А в храм хотели? Может, завтра?» — «Чудо, мы, наверное, не сможем к тебе заехать… А в храм, конечно, конечно!» — «Скажите, когда! Пусть Вадим сообщит! Я в Быково мигом… Мне-то что собраться, встречу вас там… Сел на велосипед — и приехал…» — «Хорошо, хорошо… Приезжай тогда в Москву! Ой, Чудо, ты даже без куртки! Вадим, у нас есть хоть что-то?» — «Дойду, тут всего-то… Да не надо мне это…» — «Ох, Чудо, спасибо тебе, спасибо! Так все было прекрасно! Чудесно… Взялся бы ты еще за хозяйство и все наладил, ты же можешь! Руки золотые!» — «Да зачем это все… Для чего… Я в общину уйду. Эта жизнь надоела. Там ребята на нарах живут — но все вместе, потому и тесно…» Антонина сунула ему деньги: «На картошку! На картошку!» Захлопнулась дверца «Форда», вспыхнули мощно фары, пронзив, осветив далеко как будто все затаенное, сжигая: поле, косые линии дождя, лес… Мелькнул вдруг в этих мощных лучах — закрылся рукой, ослепили. Стоял, не понимая, что бросают… Остался где-то там. Где все тут же обуглила мгла. Где только что заживо сгорел.

Утром вспоминали Чудова — но поехали после завтрака на дачу к Масарским… Антонина трепетала… Преобразился Марфушин… Как это действовало на всех — полная чаша! Но все впечатления распались, не может собрать. Это было, наверное, экскурсией. Гостям показали дом для собаки… Показали пустующий детский маленький домик, построенный на участке в подарок племяннице, игрушку… Дом старый, семейный… И новый, который молодые построили для себя, с мастерской… Множество изысканных вещиц, собранных по всему миру… Хозяева ценили, умели выбирать и покупать. Катя и Петя... Петя и Катя... Люди из другой жизни. Раздражаясь, подумал: и он стремился к этому, все это и хотел получить. Чего же еще можно хотеть нормальному человеку? И сам же почему-то заставлял себя презирать: нет, не достаток — то, как это достается. Кому-то случайно — и легко. Или, наоборот, тяжело, после каждодневных рабских усилий. Для кого-то предательством. Пусть даже честным трудом... Но когда в конце всего возникала эта пародия на вселенскую гармонию: изобилие.

Поразило чучело павлина в гостиной нового дома — для чего? Для красоты? Изразцы сложенной на манер голландской печи, расписанные Катей и Петей — это домашнее рукоделие, которым нельзя было не залюбоваться — но хотели, смогли бы, любоваться всю жизнь? Сняли обувь, когда вошли — конечно, для приличия... И сама молодая хозяйка — чтобы не наследить... Она берегла свое. Они, получалось, чужое. Да, все это нужно было беречь, этому можно было только служить... Крымские ее холсты в мастерской — это была, конечно же, мансарда — просто расстелены по полу, может, поэтому и похожи на ковры. Катя зарделась, увидели ее, сокровенное... Впустила кого-то в свой кукольный нежный, но все же какой-то болезненный одинокий мир... Поэтому угощение, такой прием. На благородном дощатом дубовом столе в саду — фарфор, удивительные бокалы, старинное столовое серебро.

Добрая улыбка, смущенный взгляд — купила у деревенских мужиков свежих лещей. Готовилась к их приходу. Марфушин бросается, помогает — и вот лещи коптятся, а пока что наливка, грибочки, все домашнее, все просто. Лещи — вот о чем и можно было заговорить... Мы лещей поедаем —

а Зоя рисует… Какая Зоя? Лещи? Гостям что-то не понравилось? Она что-то сделала не так? Нет, нет! Восхитительно, свежайшие копченые лещи! Но как это страшно, что в озере кто-то утонул… Можно поговорить. Катя бесстрашная, переплывала озеро на лодке! Взрослая сильная девочка, ничего не боится, если что-то бросает вызов. Но вот все чувствуют себя на несколько минут чужими, непрошеными, ненужными: из Парижа позвонил любимый. Хозяин. Просто так, узнать, как погода.

Рыбка тает во рту. На стол вдруг прыгает хозяйский кот. Думает, он сам хозяин. Кошачьи зрачки очень похожи на крокодильи. Много общего у кошек и крокодилов, должно быть, в душе. Отбился от рук, почувствовал свободу — застенчиво жалуется Катя. Получив подзатыльник и спрыгнув, ластится, мурлычет — притворился деревенским дурачком… Проще некуда, рябиновая, подается наливка, и восхищает… Пробуют на вкус, понимая, что же вкусили, — родовая блажь! Ублажала еще дедушку… Как это действует? Почему так притягательно? Петя этот баловень, искусник — легкость, прелесть, стиль… Искренность без идеализма. Арт-нуво, господа! Размножаются постеры. Открыл модную студию — и вот полноцветная копия, а не подлинник, приносит доход. Гениально! Постер. Марфушин соблазнился, выпросил — и еще уговорил Катю подписаться за мужа, вензелем его… Все же, покраснев, надписала! Он давно заметил… Существа, которых презираешь, всегда отвечают умильно-безвольной уважительностью, если сила и твердость презрения совершенно ясно им внушает, что они не могут быть лучше, чем выглядят в твоих глазах. И хотя добрая девочка только радушно угощала, да еще и дарила — что-то заставляло всех льстить ей, безвольно восторгаться, умильно благодарить… Это потом Марфушин скажет, мечтательно глядя на тот берег, тогда уже далекий, с пристанями для яхт, сказочными крышами маленьких рукотворных дворцов: «Сначала хотят лучше жить. Думать начинают, что живут лучше других. Кончается тем, что это уже иные существа! Сами не знают, кто — но думают, что существенно отличаются от людей… Да, да! Что они и не люди никакие… Гипербореи!» Катю спросили о храме в Быкове, потому что было это совсем рядом… Оказалось, прихожанка. Ходила, верила, что-то вымаливала… Картину о вере и о людях? Пожала плечами… Это важно? Ничего не замечала… Отец Олег — их с Петей духовник. Да, он очень любит художников. Петя передал в храм редкую старинную икону в серебряном окладе. Завтра великий праздник! День Святой Троицы! Прощаясь, договорились, все поедут на праздничную службу — но Антонина не смогла потерпеть до завтра, заехали в Быково…

В храме холодно — и ни души. Был закрыт, но постучались — и хромой парень в камуфляжной форме, вдруг появившись, впустил безо всяких слов. Темно. Только мерцали у икон лампады. Ключник вернулся на свое место — за конторку, читал книгу… Склонился… Конторку освещала настольная лампа. Свет ее падал на раскрытые страницы — и отражался на его спокойном внимательном суровом лице. Огромный холст на подрамнике занимал половину храма. У задней стены, точно бы это была какая-то отгородка. Антонина о чем-то пошепталась у конторки. Парень дал ей фонарь. Нужно было почти протиснуться, чтобы заглянуть — и увидеть. Это делали по очереди, передавая друг другу фонарь. Когда луч фонаря блуждал с той стороны — проявлялось и перемещалось по холсту светлое пятно. Исчезали по одному — и выходили спустя время, побывав где-то по ту сторону, где обитают души. Антонина: «Я узнала Катеньку, она слева, прямо около батюшки…» Марфушин: «М-да… Чудов — талантище… Такое сотворил…» Саша молча передала мужу фонарь, глаза слезились… И он пролез, оказавшись тут же стиснутым между стеной и холстом. Фонарь не освещал, выхватывал из черноты… Старался лица высветить, а над головами тут же возникали нимбы, как будто Чудов и писал не людей — святых… Священник читает Евангелие посреди народа, сотни лиц… Священник… Разглядев наконец это лицо, он перестал дышать — нет, не затаил дыхание, а вдруг лишился воздуха. Выбрался. Все ждали. «Ну что?» Слышал, точно бы это вскружилось множество голосов… Только Саша, с испугом: «Что с тобой?» Медленно приходил в себя… Потом даже усмехнулся: «Зрелище не для слабонервных».

Приедут, вернутся. Останутся одни. Скажет вдруг Саше: «Почему ты не познакомишься… К вам же приходят в салон… Найди себе. Вместо меня. Пока не поздно».

Она раздевалась.

Только и смогла выдавить: «Скотина!»

Упала на кровать, уткнулась в подушку. Казалось, душила себя.

Он сидел в этом креслице… Закурил.

Пришла в себя… Голос палача — но не жертвы… «Все. Вернемся в Москву — и я найду, найду… Больше ты меня не увидишь. Твою мать жалко, скотина. Ты же и ее, и ее…»

Он безвольно улыбался…

Выключила свет.

Сказал в темноте: «Я же баба. Меня воспитала эта женщина».

Ждал. Подумал, уснула.

Разделся — и тоже лег.

Мысль, одна только мысль: «Ну вот и все… Ну вот и все…»

Раскрылись глаза. Светло. Пусто. Тихо.

Ее койка застелена, как солдатская — гладкая доска, ни одной складочки.

Но увидел — вещи на столике. Нет, не забытые… Расческа. Косметичка.

«Что-то случилось? Что с тобой случилось? Скажи?!»

«Я уже не понимаю. Это, наверное, эти таблетки. Это таблетки».

Тогда в какую-то минуту все снова перевернется. Станет себя презирать — его жалеть.

Тот последний день.

Воскресенье.

Марфушин с Антониной утром уехали на праздничную службу. Саша сказала, что ему было плохо ночью — приступ. Те что-то слышали. Поверили. Уехали. И они остались вдвоем. Ходили по аллейкам и по берегу озера. Так это бывает, когда прощаются и расстаются… Было неприятно выслушивать рассказ Антонины, тяжело терпеть одно присутствие Марфушина, даже отчего-то увидеть их, когда вернулись к обеду со службы: громкие, новые, назойливые… Но пришлось. Узнать еще о Катеньке Масарской — она была. Благодарить, что о его здравии заказан сорокоуст. Обедать вместе — и слушать, слушать… Все, конечно, с восторгом о местном батюшке. С какой он обратился под конец проповедью… Что сказал… «Человек не найдет покоя, пока не осознает, что только один он существует в этом мире — и Бог!» После этого как-то вяло, без желания, вспомнили: пропал Чудов. Звонили ему, но абонент не отвечал. Был обеспокоен, сказали, сам батюшка. Но сегодня уезжали. Понимали это. «Не умер же он, в худшем случае напился», — вздохнул Марфушин и в первый раз как будто пнул Антонину: «Ты… Дала, безногому, денег на сапоги». Времени хватало передохнуть, собраться — и двинуться на Москву. Вот что стало близко, неотвратимо: дорога обратно… Заговорили. Спорили. Антонина спросилась у батюшки: благословил, выезжайте, пока не стемнеет… Марфушин твердил: трасса освободится только ночью… То же самое, конечно, решали все, кто был обязан в понедельник вернуться в Москву, получив благословение или нет — но прорваться, попасть. И хотя был оплачен ужин — и можно было положиться на судьбу — собравшись, сдав ключи, выехали засветло.

Что же, это и было судьбой? Застрять еще на выезде перед трассой, простоять несколько часов в сигналящей, паникующей автомобильной давке? Дождаться, что Антонина утратила веру? Развернуться — и возвратиться на академическую дачу, решив, что успеют на ужин и что, когда стемнеет, машину поведет Вадим? Или все это предугадал, давая свое благословение, он, батюшка?

Успели — но сидели за ужином в столовой, как пассажиры на вокзале, опоздав на поезд… И тут вошла Зоя… Все изменилось… Потому что вошла Зоя. И вот они уже в гостях, за столом — а Марфушин отправлен спать. В комнату, где пустуют несколько коек. Через несколько часов его разбудят — и всю ночь, уже за рулем, не сомкнет он глаз. Зоя жалеет их всех. Как успокаивает эта ее способность и готовность: защитить. Она без косынки. Ничего не прячет. Кажется, так могли остричь насильно, если бы хотели опозорить, наказать. Предлагает кофе, чай. Есть сыр и колбаса. Это же угощение, как в доброй сказке, уже предложено кому-то в уголке веранды. Еще не исчезло, но, говорит Зоя, исчезало. И после этого мышиное царство покорилось ей...

«Вы Белоснежка!» — произносит Саша, влюбляясь в нее за одну эту минуту.

Антонина смеется... Но ушла, попросив разбудить ее вместе с Марфушиным.

Три такие разные женщины...

Через время — он понял, потому что хотела оставить их наедине — ушла Саша. Успела, пригласила в гости... «Если окажетесь в Москве...» Обменялись номерами мобильных телефонов... Завели знакомство... Хочет дружить с его женой... Глупо... Глупо... Когда остались одни... Зоя вдруг спросила: «Вы любите свою жену?»

«Больше этой жизни... Но в чем вы хотите, чтобы я вам сознался?»

«Вы во что-то верите?»

Да, спросила...

«Ах это? Во что я верю? Тому, что вижу, не верю — это уж точно... Однажды я сделал глупость. Знаете, вдруг раздается стук в дверь, и кто-то кричит, что его убивают. Было страшно, но, думаю, это страх заставил сделать: открыть дверь. И когда стучали, пришли убивать, тоже открыл и тоже от страха... И когда его искали — от страха молчал... Не на—шли этого человека, потому что не успели заглянуть в сортир, там он прятался. И я не знаю, что же, молился? Он так решил, что это было чудо. Уверовал! Стал священником. Сам спасает чьи-то души. Стал бы и мою с удовольствием спасать. Вот устроил — это он все устроил… Свалились к вам на ночь глядя. Но это уже просто анекдот. Он не умер, понимаете? Не умер, это так очевидно! Ну, как очевидно мне сейчас, что я с вами о нем говорю. Говорю, потому что понял. Нет, понимаю! Ему ведь тоже было страшно — но его страх плодоносит, процветает. А мой убил, все отнял, уничтожает. Кто-то меня так наказал, сказал, засохни, смоковница — а его новой жизнью наградил. Но в чем моя вина? Мой, в таком случае, грех? Не знаю. Не понимаю. В концов концов, могу заявить, что это я кого-то спас! Хотя понимаю, да, понимаю, если бы спасал — не подчинился бы страху. Все остаются наедине со своей совестью — это понимаю. То есть ничего не понимаю… Жить, как живу, не хочу, не могу — а как можно было бы? Молиться? Душу бессмертную спасать? Сама не в силах, никого и ничего не спасла. Мучилась или наслаждалась. Но это и не кончится? Вот что вечное: блаженство или мучение?» Усмехнулся… «Теперь скажите, что такое искусство? Да кто бы иначе хоть что-то услышал? Только искусство может звать, кричать… Поэтому вы сюда приехали, здесь ведь так тихо. Поэтому купили эту рыбу, вы узнали себя? Отличная работа. Бедные лещи… Представить такое нельзя — а вы смогли… Но вопит ваша рыба — а вы молчите. Вы же понимаете: не жалко людей, людей… Задохнулись — и не оживут. Спасать не будут. Плакать не будут. А душа, душа? Кому, для чего нужна? Там только, на небесах? Когда на хранение сдашь? После смерти каждому из нас пригодится? Но если ничего уже не чувствуешь, что, для чего-то пригодилась?»

И она рассказала ему… Нет, сказала — так мало… Погибла дочь. После этого пыталась покончить с собой. Лежала в психушке. Оставила себя в живых потому, что считает мертвой... Нельзя убить то, что лишилось жизни... Смерти нет... Есть боль... Она терпит... Любовь... Терпит — и молится... Нет, не за себя, за дочь... Одна... Это жизнь. Верит, что та в раю... Что сама в аду... Кормит мышей... Его мысли, когда смотрел в ее глаза, слушал это... Арефьев похоронил жену... Но как даже осознать, что чувствовал... Нет, он не хочет, не верит… И то, что ей говорил — в это уже не верит… Кажется, она сама же заставила так сказать… Боль… Дети… У них нет детей… Расплата за что-то… Их боль — и эта… В полночь уехали. Провожала. Одинокая ее фигура в темноте — уже как будто знак чего-то.

Сев за руль, Марфушин волновался, издергав «Форд», но метров через сто машина плавно покатилась. Погружаясь в ночь, поймал какую-то радиоволну — и стало так тихо, как звучало что-то тихое. Стелился клочковатый туман, расступаясь от света фар по обе стороны пустынной дороги: как будто спустились и кочевали облака… Саша пристально смотрела — и он чувствовал на себе этот ее взгляд, но молчал. Положила голову ему на плечо… Так покорно, доверчиво. Уснула… Простила… «Форд» влился в поток, текущий медленной слепящей рекой. Двигались фуры, это был их тяжелый, маршевый строй. Радиоголос сообщал последние новости со всей планеты… Подумать можно, голос из космоса, свыше… Молчание. Было спокойно. Удивительно спокойно. Очнулся. Утро понедельника. «Добро пожаловать в Москву!» Огромный рекламный щит… И на горизонте, выше эстакады — их целый лес. Кажется, все, что продается, выстроилось до небес… Дорожное движение — мясорубка. Выдавливается, ползет пестрый фарш. Марфушин вялый, потерянный — еле соображает, куда тыкаться, — вцепился в руль, почти вжавшись, так напуган. Но хотел позаботиться о них… Твердил, что обещал довезти прямо к подъезду… Истерика… Антонина кричала, выхватывая руль… Не выдержав, они упрашивали выпустить их, только бы все это прекратилось. «Форд» стоял на светофоре, вдруг заглох, откатился — и уперся в чей-то бампер. Обошлось испугом. И уже она, унявшись, как этого хотела, высадила у первой же станции метро — а Марфушин извинялся, хлопая обездоленными глазками.

Жара — а они в куртках, в свитерах. Там тогда было холодно: вечером с озера подул холодный ветер.

Выгрузив на тротуар вещи, остались в одиночестве посреди какого-то вокзального хаоса: шума, волнения, толкотни. Прибывают автобусы, маршрутки… Текучие людские толпы. Все куда-то спешат, но в одном направлении. Проспекты — перроны. Люди — пассажиры. Проснулся, пришел в движение. Широкоэкранный, многоэтажный, монохромный, энергичный… Отдельный город. Попали как будто в чужое будущее. Спросил… Ответили… Оказалось, это Ясенево.

Возвращение. Всего несколько дней. Но комната стала чужой. И это одиночество… Он. Она. У нее отпуск. Еще две недели. Получила отпускные — это все их деньги. Решили сделать ремонт. Вдруг. Хотя бы что-то. Он может красить, белить… Купили краску, обои. Нужно было сдвинуть мебель. Шкаф книжный… Мальчиком воображал, что прочтет все это, став таким же, как отец. И потом искал, вынимая бумажные кирпичи, замурованный клад, утыкаясь в непонятное и, чудилось, тайное, но так и не разгадал эти письмена, эту тайну, чувствуя себя обманутым.

«Электричество»…

«Навигационные эхолоты»…

«Основы теории подводных лодок»…

«Авиационные гидроскопические приборы»…

Склад, пыль — больше ничего.

И этому — отдать жизнь?

Сколько можно хранить. Столько лет. Все это. Для чего? Что-то еще пылилось на антресолях, там устроила свалку мать — спрятала, избавилась, забыла. Вот он и захотел: освободить. Уже наполненные тяжелые мешки — такие все выдерживают, для строительного мусора — оттаскивал бессильно на лестничную клетку. Договорился с таджиком, с дворником: вынесут.

Саша возилась, разбирала.

Вспылил: «Я же сказал, буду все выбрасывать!»

Но не слушала…

Нашла… Листок в линейку, вырванный из ученической тетради. Мальчик написал своему отцу — а всунув в щель между книг, как в почтовый ящик, поверил, что отправил. Читала несколько раз… И вслух. Конечно, плакала. Там было такое место, слезное. Мальчик просил папу воскреснуть и вернуться… Только не расчувствовался. Может быть, потому что не помнил, как плакал когда-то этот мальчик. Но не удивился, что так может быть… Что письмо вернулось. Подумал, ничего не говоря: всего одно.

Жена затихла. Вдруг опять: фотокарточка. Выпала из папки.

Показала ему.

Молчали.

Спросила: «Что сделать? Положить обратно?»

«И что? Пусть кто-то еще найдет?»

«Я бы сохранила».

«Еще одна семейная реликвия. Натурщица».

«Какая молодая, красивая… Тебе не жалко? Давай оставим?»

«Ты всерьез? Послушай, это все-таки моя мать…»

«Даже не скажешь?»

«Пойди, обрадуй. Молодость вспомнит, так? Нашла — и что? Обязательно что-то должно произойти? Думаешь, он бы захотел? Ты нашла — а я порву. Вот. Все».

Отдала. Равнодушно, безразлично: «Делай что хочешь».

Хлам с антресолей… Приконченные рюкзаки, палатки, штормовки, телогрейки… Сапоги. Вывалил — кучка обрубков. Ампутированные конечности. Как будто сожрала гангрена. Еще портфель. Отец ходил на работу. Почти уцелел. Жесткий, твердый — кажется, болванка, только обтянут сморщенной коричневой кожей. Но внутренность — пахнувшая чем-то горклым пустота. Взялся — и поразился тяжести. Прошелся с ним, тогда и почувствовав — как эту тяжесть, — что прикоснулся к вещи. Мужская, крепкая, точно рукопожатие. Помнила отца. Сколько же лет… Даже хлам столько жил. И вот пришло время, потому что это он решил отправить на свалку. Мешки набил, так что стали похожи на боксерские груши. Отволок… Больше ничего не осталось. Только портфель, в котором и скрыл от самого себя то, что нашлось, вернув его в темное забытье опустошенной квартирной кладовки.

Прошло несколько дней, но устал. Ободраны обои со стен, их клеил еще отец. Покрашен дверной косяк. Отметки, которые делал своей рукой отец, затянулись новой белой масляной кожей. Каждая — это день рождения. Та, что последняя, — в год смерти. Оборвалась лесенка — и он уже, этот мальчик, точно бы не рос больше. Теперь пропал даже этот след. Сравнялось что-то и сгладилось. И почти исчезло, почти исчезло... Новенькая комната после ремонта, и это все? Вот его подарок самому себе? Душа просит покоя — а сердце ноет: отец, отец... Все, что чувствует, — как медленно расходуется это время. Даже так. Глупо. Забыл, какой день. Думал, пятница. Саша сказала: еще только среда. Ну да — а он жил-то уже в пятницу. Запрыгнул куда-то в ненужное будущее.

И тогда позвонил профессор.

«Поздравь меня, я женился».

«Женился? Поздравляю. Ну и дурак. Последний салют?»

Говорили. Как ни в чем не бывало. Но как будто это происходило когда-то очень давно. И голос дядюшки был такой молодой, новый какой-то — но родной, почему-то родной.

«Ремонт? Какой летом ремонт! Полный идиотизм! Я получил разрешение поехать на рыбалку — приглашаю, составишь компанию? Только без женщин, их знакомство отложим на потом... Ты и я. Красивейшая русская река... Прямо сейчас, на вечернюю зорьку?»

Машина у подъезда, дядя Сева выглядывает — и машет рукой... Профессор-астрофизик в ковбойской шляпе. Влюблен в космос... Влюблен в свою машину... Это его орбитальная станция. В салоне, находясь в состоянии невесомости, плавает космический мусор из всего, что потерял, о чем забыл… Глаза насмешливы, но грустны, как у старого пса… «Поехали?»

Не давая опомниться, рассказывал, говорил. То начинал, то бросал. Тут же рассказывал другое. Всюду попадаются на глаза в салоне женские штучки… Вот зеркальце со стразами… Да это совсем девочка… Профессор смущен, но и польщен: его аспирантка. Сладко, протяжно произносит: «Машенька!» И с лукавством: «Она Лолита — а я Гумберт Гумберт». Но сам же смеется, поймав на лету не успевшие даже раствориться слова. Дети. Это мучает. Наверное, отвернулись от него совсем. Потерял. И вот с ним, как с сыном… Старается понравиться: развлекает, смешит. Девочка Маша к нему обращается по имени-отчеству… Но это со смехом. «Я ведь ее научный руководитель!» Переехал к ней — к ним — Маша жила с мамой. Что делать, он бездомный… Вот почему! Машенька, Машенька… Иначе бы не решился. Рискнул — и проиграл. Теперь все, что осталось, — эта семья. Жена — ровесница дочери, а теща — его собственная ровесница, но готовит по утрам завтраки, тоже обращаясь к нему на вы, так у них, в этой новой семье, заведено… Приживал на старости лет. Прижился. Смирился. Девочка Маша запрещает и разрешает… Смеется: «Понимаешь, не любит она у меня евреев, ну не любит, просто мучение… Где ни окажемся: истерика, припадок… Она у меня такая, достоевская героиня! Но они же всюду! Это наука в конце концов, а не армия! И что мне делать? Ты не знаешь, это как-то называется, это очевидный невроз! Что? Как? Да брось… Это не лечится, это не диагноз… Но это должно лечиться. Ну должно же! Ну лечится же любое расстройство нервное, если ребенка в детстве напугали! Ей же еще рожать!». Бедный дядя

Сева… Теперь штудирует Евангелие. Так хочет Маша… Да, конечно, чуть не забыл, венчание! Приглашает, смеется: «Ну что, будешь корону царскую над моей головой держать?» Но сейчас какой-то пост, постятся: профессор постится, впервые в жизни своей… На ночь они читают Деяния Апостолов. Все правильно, все правильно… Профессор восхищен, декламирует: «Это у апостола Петра, второе послание: в растлении своем истребятся! Или вот, вот… У апостола Павла: страдающий плотью перестает грешить… А Иоанн, Иоанн! Всякий ненавидящий брата своего есть человекоубийца… А? Как сказано!» И вот уже возмущается: «Какой же это идиотизм не верить в Бога! Какая же это самонадеянность и какой же идиотизм!»

Вдруг вывалилась прямо в руки из бардачка открытка: «Дорогие ученые астрономы, космические инженеры, космонавты и мыслители-космисты, служащие науке и знанию на благо Отечества, с профессиональным праздником ДНЕМ КОСМОНАВТИКИ!!!»

Дядюшка рассмеялся: «Женский почерк! К сожалению, умные женщины бездушны, а душевные глупы!»

Этот смех, такой похожий на смех отца…

Вдруг: «Странные эти сны… Мясо — к болезни. Дерьмо, подумай, к деньгам! Сегодня приснилось… Море. Шторм».

И вот уже быстрое течение, как будто отрывая, тут же уносило поплавки. Где-то что-то строилось на другом берегу. Стучали молотки, визжали пилы. Проводить здесь время было не для чего, бессмысленно. Если что-то и ловилось, даже не в заброс. Все мелкое, узкое. Русло заросло. Только мальчик с удочкой маялся бы, глупый… Но кто-то бросал под кусты пустые чекушки, сорил окурками… Приходили крепенькие единоличные мужички, под вечер, после всех земных трудов. Это их было место, время. Грузили побольше крючков на дно — и подсекался на течении жадный окушок, ну, может быть, голавль. Что еще-то водилось. Рыбачил народец выше по течению, у плотины, они проехали. Дядюшка это знал. Но где клев, там и двоим тесно, поэтому завез сюда. Нахваливал. Врал. Всегда он врал. Купили червей по дороге, их уже где-то взращивают, продают в коробочках с дырочками для воздуха, живые нужны для этой пытки, будут мучиться на крючках, — вот и вся рыбалка.

Дядя Сева, со светлой печалью: «Человек становится самим собой только наедине с самим собой!»

Он спросил, как маленький: сколько живут червяки?

И профессор поразил, знал это: «Дождевые черви, ты не поверишь, могут до шестнадцати лет. Целая жизнь!»

Термос с кофе. Бутерброды с джемом. Девочка-хозяйка. Позаботилась.

Дядюшка увлекся или решил увлечь во что-то еще непонятное: «Что мы знаем, что мы знаем?.. Набрел случайно на определение понятия "интуиция". Так вот, интуиция — это "неосознанный опыт". Я ничего не осознаю — но ткнул пальцем в небо и открываю, предположим, десятую планету! Сознательно могу определить цель поиска, понять могу, чего хочу… Но ничего не знаю. Поступает в мозг какой-то сигнал — и пожалуйста. Подчинился — а когда увидел результат, надо же, осознал! И так совершаются великие открытия!»

«Открыли десятую планету?» — не удивился.

Профессор брезгливо поморщился: «Ну что-то такое где-то нашли, больше Плутона… Американцы, чуть что, галдят на весь мир, выбивают себе шумихой бюджеты для исследований… Думали, не движется, потом оказалось, движется… Сейчас находится на самой дальней точке своей орбиты… — Ухмыльнулся. — Открыл Рабинович из Йельского университета! Дэвид! — Заволновался. — Планеты! Да еще не решили, считать ли полноправной даже этот Плутон… Мыло варят. Гамма-всплески — вот она, тайна мироздания! Какая Нобелевская премия… Кто это разгадает — не гений… Мессия как минимум. Хочешь знать, мы первыми в Европе увидели оптическое излучение гамма-всплеска с расстояния в два миллиарда световых лет, а телескоп-то у нас — всего несколько десятков сантиметров! Ну и что? Да ничего… В советское время, негодяи, хотя бы засекретили! — И вот совсем расстроился. — Да при чем здесь это… Все усилие воли человеческой, направленное к самой величайшей цели — и ткнуть пальцем как во сне! Дурак, конечно, ничего не откроет. Откроется тому, кто искал. Но каким образом!»

«Скажи, а бывают бездарные ученые? Те, которые не совершают никаких открытий?»

Дядюшка рассмеялся: «Алхимики!»

«Художник продает свой талант — и он продажный, торгует совестью. Ученый продает свои знания — и он выдающийся, потому что торгует умом. И ему совсем не нужна известность, слава. Но его открытие не посмеют забыть, потому что иначе все полетит к чертям, лишится смысла… Даже таблицу умножения всю жизнь нужно помнить. Хотя что такое дважды два четыре, шестью шесть тридцать шесть… И кто это все придумал — неважно. Главное, доказано. А искусством ничего нельзя, оказывается, доказать».

«Что поделать, искусство жестоко!» — усмехнулся профессор.

«Наука, она ведь движется только вперед… И все, что движется. Поехали в будущее. А зачем? Вы этого и не знаете. Научно доказываете или отвергаете — тогда верите. Но что, что такое вера… Доказательство — ее убийство. И время только убыстряете. Машину времени уже изобрели. Но это двигатель внутреннего сгорания. Скорость, скорость — вот, что стало временем. Километры в час. Конец — это когда вы тайну мироздания разгадаете. Когда разгонитесь на своей машинке так, что откажут тормоза. И никто, никто не захотел бы вернуться в прошлое… Страшно? Почему же… Почему… Какой сегодня день недели?»

«Среда, но что ты имеешь в виду?»

«Может среда стать пятницей?»

Профессор не нашелся, как ответить сразу же…

«Понятно. Значит, это все-таки возможно. Скажи… А мой отец? Он же стремился к чему-то, чего-то хотел… Ты же знаешь?»

Пожилой человек заговорил…

«Чем он занимался…. Что-то подводное, глубоководное… Такое, знаешь ли, не разглашается, в смысле, никто этого не скажет даже теперь. Но и тогда-то мало чего добился. Это называлось "пробивать стены". Нет, ничего он не пробил. Замуровали его самого. Конструктор. Ну лаборатория… Ну руководитель… Ему равных бы, конечно, где-то на Западе не было. Но такой человек, как он? Деньги презирал. Да какие деньги. Все, что подчиняло. Ресторанов не выносил, потому что не терпел, потому что кто-то обслуживал кого-то. Да что угодно… Такси! Поймать на улице — невозможно. Пусть ночь, пойдет пешком. Возвращается под утро. Алка морги обзванивает, а он явился. Ну да. Шел откуда-то пешком... Потому что в окошко заглядывать к таксисту, просить, подкупать — ни за что. Без общих оснований — это он мог совершать что-то невероятное. Это если подвиг... Если наперекор всему... Мог из Владивостока до Москвы без билета доехать — мог, мог, такое обаяние... Чувствовать себя хозяином страны родной никогда не стеснялся. И это... Родина, честь — вот, вот... Начинает кто-то при нем что-то свободолюбивое, ну и слышит: заткнись, гнида. Слушать "голоса", на кухнях шептаться: считал, что это трусость, представь. Ну да. Глушил. Это твоя родина, терпи — но не подслушивай, не скули. "Подслушивают трусы...", "Скулят суки..." И плевать он хотел, что думали о нем, никогда не оправдывался. Флотских за это любил, моряков, у них этих штучек набрался. Это он, интеллигент до мозга костей, я бы даже сказал, аристократ! Скрябин — любимый композитор... Хлебников — любимый поэт... Что отца в лагерях... Об этом молчал. И никто, конечно же, не знал. Молчал, но поэтому. Страх, страх... Ничего и никакого не боялся... Какой страх, если умереть ничего не стоило! Сколько раз он сам кого-то спасал. Но я не знаю, кто бы это его, такого, спас. Смерть презирал... Жизнь любил, каждый день как последний... Но все равно. То по горным рекам сплавлялся, то на горы какие-то лез... В самые такие гибельные места. У него ведь это было с сердцем, но сказал, что никогда не вызовет "скорую", мне сказал, я это знал... Врачам он, как понимаешь, тоже не подчинялся. Болит — терпи. Он себя с детства приучал боль терпеть, потому что к пыткам готовился, ну это чтобы никакого на войне не предать... Прижигал себя окурками. Ну да. Где-то узнал, что это самая сильная боль. Перестал, когда уже ничего не стоило вытерпеть. Однажды я ей рассказал, спьяну. Слава богу, он не узнал. Она же тоже тут же об себя затушила… Алка сама не знала, с кем она живет. Но она и дочерью такого человека была. Он твоего отца не любил. Что-то чувствовал такое, чем это кончится. Сколько раз твой отец мог погибнуть, нельзя сосчитать. Но это не будь что будет. Это вызов смерти, потому что не верил и не подчинился бы никогда, ты что, на колени вставать… В человека верил, в себя… Советский человек — это он. Тогда так почему-то можно было. Так жить. Таким быть. Это гордость, я хочу сказать, но какая! Какая… От земли до небес. А что сейчас… Такие вымерли. Они первые. Человек — это звучит гордо! А сейчас для актеров только звучит… Вообще не звучит. Никак. Даже хотя бы "старомодно"! Все наглое, бесцеремонное, мелкое. Твой отец говорил, не нужно быть героем, достаточно не сделать за всю жизнь ни одной подлости… И считал, что предал, хотя ничего он не предал. Ну отчество… Ну фамилия… Потому что кого-то расстреляли — а кто-то получал Сталинские премии? Но любил и нас, и мать, отца нам заменив, а ей мужа? Отчим был святой человек! То, что он сделал, — это подвиг, между прочим. Своих детей у него не было — и мужчиной не мог он быть, надеюсь, понятно, в каком смысле. А прожил-то сколько, сколько! Кого он пережил! Только товарища Сталина, наверное… Ну да. Вот и все. Я мать не осуждаю. Не осуждал никогда. Хотела жить, спасла и себя и нас! Красивая женщина. Она разбиралась вообще только в платьях… И что с ней стало: не понимала ничего, даже когда мучилась, ничего не понимала! Потеря памяти, уход в детство. Никого не узнавала. Дочь свою принимала за домработницу, вот ее-то имя помнила, как ни странно… Ну, та возилась с ней не просто так… Отец твой ей платил и я. Мы… Вообще не работала, по-моему, никогда. И ее ничего не волновало, кроме этой квартиры, денег. Это твой отец… Какая цель, чем занимался… Да только это. Цель… Найти. Искал! Узнал, что запросы о пропавших без вести на войне официально подают через Красный Крест — и все… Понимать ничего не хотел. Нет, прекрасно он знал, конечно, что таких вопросов не задают, что такое — это по другому ведомству. Мне даже казалось, что он и на Алке женился, потому что она была дочерью генерала КГБ! Ну да, этот твой дедушка принимал участие, хлопотал, а как же! Только был уже в отставке, влияния не имел или не знаю, что еще. Но даже он ничего не добился. Пришел один официальный ответ: «Умер от сердечной недостаточности». Не знаю, теперь бы твой отец чего-то добился… Или ты продолжишь? Алла вообще ничего этого не знает. Она предпочитала не знать или забывать — и очень правильно, мудро. Там папка должна быть… Ну не знаю, была, но мы, честно сказать, после его смерти даже не искали. Все в его шкафу должно где-то быть. Изучай, если хочешь. Ну да, папка! Он собирал, добывал… Ну, я устал. Я, знаешь ли, устал. Отец умер у тебя? И у меня когда-то умер отец, ты знаешь? Нет, даже не умер, его уничтожили… И что, мстить я должен или себя самого на этом основании со свету сжить? Но кому и что я докажу? Мог погибнуть на войне, а не так, сгнить в лагерях. И все только поэтому? Твой отец жил бы и гордился! Это конечно! А так отказывался. Так считал, что взял ее у кого-то взаймы, жизнь. Вот какая история! Миллионы погибли, каждый в жертву себя принес — а мы…

И ты что хочешь? Лезешь куда? Взрослый человек! Это твои родители. Они жили ради тебя. Это он дал тебе жизнь. Но понял ты наконец, что не чью-то там с небес! Дал — значит отдал. Этого мало? Остальное тебя не касается… Вины его перед тобой нет ни в чем. И никто ничего у тебя не отнял. Все ты получил. Главное, жизнь. А его жизнь — это его жизнь… Имей мужество. Признай за своим отцом это право. И за матерью признай. Алла, что Алла — генеральская дочка! Но столько вытерпела, сколько не думала, сколько, наверное, не смогла бы, если бы не ты. Заблудился в двух соснах… Почему не можешь ничего понять? Я тебе скажу. Потому что ты жизнь не можешь полюбить… Вы все такие. И мои дети. Вы думаете, вы вообще живете? Вы же как тот пьяница, который попасть не смог в собственный сортир. Кричал, требовал, просился, стоял на коленях, умолял, исповедовался, рыдал, пока не обосрался… А в сортире-то никого не было, это ему померещилось, забыл он, что в другую сторону дверка открывается… Вы главное не сделали — вы же дверь не открыли. Этого даже не поняли. Ну так открой, открой! Почему же это так страшно!»

Заговорит молодой человек…

«Сортирный монолог? У меня ничего не получилось — не получается жить. Все трудно. Тяжесть от напряжения любого, даже если куда-то идешь. На улицу выйду, хотя бы в магазин, где люди, с трудом дается обычный самостоятельный вид. Начинаю притворяться эдаким господином — и баста, дрожит все внутри, сам же этому и не верю! Все сон. Во сне этом всему и всем посторонний. От всего тошнота. Желания, их нет никаких, кроме жалоб, какого-то о чем-то нытья… Мысли, а что мысли, они как мусор, копятся и копятся... Поделиться с кем-то какой-то мыслью? Я сам же утратил способность эту: сопереживания. Вроде бы я пытался жить правильно, даже праведно, то есть хотел всего себя чему-то там отдать, конечно же, все человечество осчастливить! Столько всего хотел — и не смог. Отсюда и мое уныние, оно как духовное поражение. Уныние меня убивает. Уничтожает. Я не верю в будущее. Вместо веры — страх. И вся эта моральная разруха, когда совершенно парализована воля, происходит безо всяких трагедий. Я же все имею. И я, и моя семья. Но во мне пустота. Пустой человек. Когда у человека нет идеи — он чувствует свою бесполезность, ненужность, хоть это странно, как будто мало получить жизнь, чувствовать, мыслить, а нужно еще все это использовать с какой-то целью... Бесцельная жизнь... И я живу обидой! Как же может оказаться глуп и жалок человек, становясь во всех смыслах ниже собственной личности. Глупый, маленький, слабый, жалкий, смешной... Унизив себя же. Да что себя, жизнь! Но когда побеждал, получал, думаешь, я жил? Был доволен, благодарен, радовался? Нет, считал оплатой какой-то за оскорбление, обиду... Страдал! Но это недовольство своей жизнью делает подонком. Подлость в том, что думаю только о себе, только о себе... Отец, да его даже не помню. Но жесток и гадок к самым близким: к матери, жене. Не осталось друзей. Ловлю себя на мыслях самых гадких. Но не пугаюсь их, а осекаюсь, меняю ход мыслей, только и всего! Иногда совершенно ясно наблюдаю в себе двух людей. То есть имеется во мне и кто-то третий, кто видит со стороны этих двух, циника и нытика. Но еще и позирую... Важной в конце концов оказывалась поза — одна, другая. Гримаски. Желание внутренней честности запечатлевается в смене поз. Но тупо не чувствую жизни и не занимают меня глубоко вопросы, рожденные или связанные с жизнью человека, — а ведь это я, это я человек! Мы отвернулись от самих себя... Если есть что-то человеческое, едва наскребается на какой-то порыв чувств: и такие мы все, тут ты прав, все, кто стремился чего-то достичь, кто называл это время своим... Я понял вдруг: все мы ползаем, как тараканы по грязной столешнице, во всех нас есть что-то плоское, что можем ползти, пролезть и порождены мы чем-то плоско ужасным. Ущемлены жизнью и миром. Ничего не помним. Разбегаемся, как только включается свет. Спокойно, если забился в щель. Но стоит начать "действовать" — лучше бы раздавил кто-то, наступил и раздавил... Тараканы не должны побеждать! Есть единственный способ: терзать самих себя в желании понять, что же мы такое есть. Задаваться простыми вопросами, что же мы за люди такие... Но веры нет никакой — и нет вопросов. Нет идеалов и вовлеченности в жизнь как в поиск истины. Вот какие слова! И я все это всерьез произношу — а должно быть смешно. Когда такое слышат, смеются и хохочут... Просто потому, что не верят! Что еще делать, только хохотать! А я, помню, плакал, когда в пионеры принимали, трепетал... А когда в комсомольцы — нет, тогда уже посмеялся. Нас обманывали? Ой, как страшно... Нет уж, это мы обманывали тех, кто обманывал нас. Мы так умели. Все до одного. Так искренно, так преданно лгать, притворяясь, что верим. У меня хватало совести называть свою мазню "живописью". Еще и "трагической"! Мои краски лгут, потому что я не верю — и я даже знаю это! Но я хочу, чтобы верили, верили — и платили, кто же иначе что-то купит! Совесть есть у меня, но на уровне

330

инстинктивном — это испуг оскотиниться и остаться хоть без какого-то уважения к самому себе. Еще, конечно, жалко людей, и эта жалость тоже, она очеловечивала. Но сострадательность такая — это обыкновенная впечатлительность. Можно сказать, что даже сострадать способен кому-то только от страха, когда пугаюсь, что окажусь при таких же обстоятельствах, которые угнетают морально на чужом примере, так и остающихся для меня чужими людей... Хочется просто жить. Но я просто и не умею. В естественной среде был бы обречен. Живу, потому что жена кормит. Сашка продлевает мою жизнь, как наркотик продлевает жизнь наркомана. Я ее люблю, но она испытала бы с другим, кто умеет жить, больше счастья. Вот что такое несчастная любовь! И я сделал самого любимого человека несчастным. Я ее жизнь лишаю радости, потому что сам давно забыл ее вкус. Не нужен ни себе, ни другим. Это странно, но если ты не жилец, то жить для тебя противоестественно. Противоестественно, например, радоваться. Выживать естественно. Презирать себя — и выживать. То есть выживаешь — и ничего не можешь. Как червяк. Существуют же они, а что могут? Существуют как пища для кого-то? Жизнь — это пища сильных. Когда могут, умеют жить. Когда знают, для чего живут, имеют цель. Но что может быть целью теперь? Сначала ты участник шоу — а потом ведущий? Тогда какая дверь и куда? В сортир? Торговать? И главное, чувствую: поздно, поздно... Это и значит — ничего не могу, не успел. Опоздал. Несчастным стать легко. Нет ничего банальней. Какая разница, первый ты или последний? Очень просто. Быть последним всегда больней. Боль побеждают. Каждый это может — а каждый второй на своем примере доказал. Нужно успеть, успеть все, что можешь сделать, а все что сделаешь — это и есть жизнь. Но я свою кому-то отдал. Ведь я не живу, не живу…»

Там, у замыленной мутновато-зеленой речки, пристроившись, как чужие, на уже кем-то истоптанном присвоенном берегу в окружении равнодушной дачной подмосковной идиллии, заговорили…

Потом он скажет: «Пойду работать учителем рисования в школу».

Профессор встрепенется: «Думаешь, и я бы не бросил все это? Так надоело… Что я могу? То, что понимаю? Знаю? А что это такое? Ну, хватит на лекцию, на две, на три… И узнает кто-то то же самое. Но меня бы хоть кто-то чему-то научил, объяснил бы хоть что-то… А я учу и учу кого-то сам. Чему учу? Да я уже давно не понимаю. Ничего не понимаю».

Заедало комарье.

Смеркалось.

Девочка-хозяйка уже звонила несколько раз. Волновалась.

УМЕР, ПОТОМУ ЧТО ХОТЕЛ УМЕРЕТЬ.

Поплавки давно снесло к берегу.

Дядя Сева вытащил — оказалось, болтался — дохлого окушка.

Когда-то поймался, сидел на крючке, испустил дух, но даже не утянул поплавок, сразу же выдохся на крючке без сил. Самого уже никто не сожрал. Профессор отпустил червей: вытряхнул шевелящийся их клубок на землю… Вдруг расхрабрился, предложил поехать в обсерваторию свою деревенскую — оказалось, где-то недалеко. «Вдумайся, Господь Бог создал Вселенную именно такого размера, что всю ее человек может увидеть одним взглядом!»

Это был черный монитор, на котором пульсировало множество ярких точек. Телескоп транслировал картинку на монитор в подобие аппаратной: в пристройку на крыше, похожую на голубятню. Там дежурил студент. Будущий астрофизик. Оставался в ночь. Профессор привез ему пачку пельменей. Вселенная была похожей на плотную черную бумагу, в такие оборачивают что-то восприимчивое к свету, если от него же и прячут.

Профессор пожаловался... Спонсор обсерватории — владелец сети салонов оптики. Оплачивал все здесь, наверное, даже эту пачку пельменей оплатив, — и всему мешал. В его жилище на Рублевке был устроен специальный зал с экраном, как в кинотеатрах, и он созерцал в одиночестве планеты, созвездия, принимая прямую трансляцию из космоса: что в это же время мог произойти какой-то гамма-всплеск его нисколько не волновало...

Вскипел электрический чайник.

Сидя за столом, в этой сараюшке, пьют еще зачем-то чай...

Преобразился, теперь уже не нытик — ученый: «Гамма-всплески открыли в шестидесятые годы. Американские спутники-шпионы, запустили для контроля за ядерными испытаниями — а они обнаружили, что это в космосе идет какая-то ядерная война. Всплески приходили из космоса! Это ядерный взрыв. Ну представь. На нашей планете произошел ядерный взрыв, взорвалась — и вот она, секундная катастрофа галактического масштаба. Только это такие взрывы, такие взрывы... И никто ничего не в состоянии понять. Можем следить. Фиксировать. Изучать. Это называется изучать... Понятно только, что взрывается что-то. Апокалипсис, ну каждые сутки!»

«И когда все это кончится?»

«Что?»

«Жизнь»

Дорога обратно. Несется на лобовое стекло свистящая сияющая чернота, космическая, кажется — сгустилось вокруг что-то такое же, вселенское. Профессор гонщик, влюблен в машину, когда она мчится, как ребенок влюблен в скорость, в свою машинку...

«Я не могу захоронить ее прах на Новодевичьем, я выяснял, такой возможности нет. Был бы у меня миллион — я бы ей мавзолей построил... Она не подумала ни о ком... Но о себе, о себе? Как? Вот так? Все, что оставила, — это то, что от нее осталось! Я нищий. Я и на похороны занимал, до сих пор не могу долгов отдать. На бензин денег нет, где я столько возьму? С квартирой все пропало, беззаконие немыслимое, я узнал... В этом доме просто исчезло бесследно двести человек. Подумай, столько нехороших квартир! Как решаются квартирные вопросы! За каждой, за каждой квартирой следят. Такие деньги! Но и хорошо, как хорошо — ведь убили бы. С прахом надо что-то решать. Забери его, что ли, хотя бы, должен же он где-то находиться, иначе что же, как... Что-нибудь придумаем когда-то... Появятся же когда-то эти проклятые деньги. Но я не могу, пойми, ну куда я заберу? Это не моя квартира. Маша, теща... Как это может быть? Ну что, в багажнике мне урну с прахом возить? Ничего, одна машина. Я умру — у меня ни копейки... Меня вообще на земле лежать оставят мои же дети, кому я нужен... Кому? Маша, что она сможет... Ну, если продаст машину. Вот мой и гроб, и дом, и все мое имущество. Все, что у меня есть!»

Дома — он сразу почувствовал — что-то случилось. Саша встречала так, с таким лицом… И уже собирала вещи. Звонок из Магадана. Квартирная хозяйка, она сообщила, что мать увезли с инсультом. Сказать хоть что-то еще эта женщина не могла, сдавала кому-то угол в своем доме… Обрадовалась и тому до слез, что нашла хоть кого-то из родных.

КАРТИНА СЕДЬМАЯ

Игры света и тени

Через несколько дней. «Алло, Москва… Соединяю Магадан…» Усталость. Одиночество. Но не отчаянье. Почувствовал это резко, как боль: ее новая жизнь. Днем в больнице с матерью. Сказала, парализована правая часть тела и нарушена речь. Ночует у какой-то Екатерины Филипповны — это у нее снимала комнату мать. Хозяйка добрая женщина. Деньги? Мать откладывала, что-то скопила. Ни слова о себе, о них… И оборвется связь.

Небо.

Самолет.

И вот он остался один.

Она молчит… Молчанием душит. Все и в себе задушено.

Беспамятство.

Достав где-то деньги, купила билет.

Собралась, ничего не взяв.

Перед этим исчезнув, вернулась под вечер.

Сказала, что улетает. Сегодня… Сейчас.

Поставила — это уже не сказав ни слова…

Керамическая капсула.

Квитанция, оформленная на ее паспорт.

Поехала, получила.

Освободилась.

Сделала это.

В комнату входит мать, о которой забыл…

«Саша куда-то ушла?»

Растеряна, узнав последней…

«Что это?» — спросила пугливо. Застыла, услышав ответ: не могла осознать, что это появилось в квартире, где никто не умер. Кого-то больше не существует — но появилось это, будто бы уже после смерти откуда-то вернулось.

Вдруг — вдруг — раздался звонок в дверь.

Бросился, открыл, увидев на пороге заплаканную молодую женщину… Жила семья. Женщина с ребенком, ее пожилые родители. Встречаются по отдельности на лестничной площадке. Много лет. Иногда видел: это старик со своим внуком… Старик при встречах кланялся, здоровался. И всегда почему-то был стариком. Все годы.

Не понимая, что же было нужно от него, очутился в чужой квартире. Нет, в точно такой же, но чужой. В комнате, точно такой же, но где все было чужое, лежал на полу этот старик, ее отец. Без сознания, как мог бы труп. Рядом распоряжался врач. Тут же, на полу, расстелили переноску, похожую на плащ... Было еще несколько мужчин в домашних тапочках… Соседей… И понесли по лестничным маршам… Спасали… Она бежала за ними… Умоляла: скорее, скорей… Каждый вцепился в свою ручку, слышал это… Донесли… Казалось, прошла целая вечность. Возвращались. Молчали в лифте. Разошлись по своим отсекам.

Дверь нараспашку. Оставил открытой.

Мать — совсем потерянная.

Так стало страшно одной в брошенной квартире.

Лепечет… Исчез куда-то кот. Кот пропал.

Кошки бывают умные, как овчарки. Этот был глуп. Больше всего любил, когда люди ходили в туалет. Ожидал своей очереди. Делал в свой поднос то же самое. Но, сколько жил, рвался проникнуть туда, за порог, даже когда ожирел и так ослаб, что задыхался при малейшем движении… Нашелся этажом ниже: плакал, дрожал, весь сжавшись, как будто сгущалось что-то — и это видел.

Мысли, мысли: как хорошо быть бесстрашным, чтобы не было страшно на темной пустой улице, не бояться нищей старости, болезней, смерти, все говорить, что думаешь, не боясь, что о тебе подумают, самого себя, не бояться матери и ее присутствия в своей жизни, бесстрашно смотреть в будущее, любить, быть хозяином своей судьбы и чтобы исчез этот страх, что улетела — и не вернется… Остался один. Осознал только это. Как было бы, если бы умерла. Если бы ему сказали, что умерла. Если бы это произошло. И вот он, ужас: ожидание звонка. Комната погружается в ожидание… Забрел кот, бродит по комнате, где ободраны со стен обои, брошен ремонт: озирается, плачет. Ждал звонка. Перестал принимать таблетки. Стало хуже, почти невыносимо. Это было такое состояние, когда кажется, что мир отслоился. Обои отслаиваются от стен… Звуки отслаиваются, множатся, существуют сами по себе — и уже не исчезают, не растворяются… Но больше, наверное, не верил смерти: обманывала. Только слезились почему-то глаза, как будто от боли, как если бы терпел не страх, а боль. Когда страх овладевал всем телом, как лихорадка, измучивая тошнотой, дрожью, он улыбался, улыбка появлялась на его лице с каждым новым приступом, сама собой… Болезнь, он болен, это ее симптомы: умирал, не верил, было страшно, улыбался, текли все время слезы… Он ждал ее звонка.

Звонят в дверь…

«Здравствуйте, мы из санэпидемстанции вашего района... Здравствуйте! Мы сегодня травим тараканов в подвале и на этажах вашего дома. Они побегут к вам через вентиляцию. Предлагаем приобрести наше средство. Нужно обработать вентиляцию и в углах». На пороге баба в белом медицинском халате, но не доктор — это для наглядности, для внушительности. В руках сумища, там ее товар, расфасованный на дозы по сотням пакетиков: смертоносный грязный порошок… Врет, что уже приобрел… Врет, потому что отказывается понимать… Почему должен что-то у кого-то покупать… Почему должен что-то где-то обрабатывать… «А какое у вас средство? Новое?» — «Я же вам объясняю, мужчина, в этом месяце посыпаем у вас в подвале и на этаже новое средство. Вот оно, новое, по сто рублей. Вам оно теперь нужно, всего за сто рублей... Ну что вам, ста рублей жалко, не пойму? — заявляет вполне простодушно, получив отказ. — Ну как хотите, но учтите: тараканы вырабатывают в себе противоядие к отравляющим средствам. Мы их в подвале потравим, а они из подвала к вам пойдут по вентиляции. И еще муравьи. Ваш дом также муравьями заражен. Они рыжие такие, маленькие, ходят по трубам отопления, может, видели? Еще в туалетах бывают. Что же вам, себя не жалко? Всего сто рублей. Гарантия санэпидемстанции...» Смотрит с жалостью...

Не с презрением даже — а с жалостью! Мир погряз в тараканах и рыжих муравьях, потому что в нем живут такие, как он...

Она говорила правду.

Они пришли. Появились. Тараканы. Рыжие муравьи.

Вспомнилось: *«Ибо мир уже не спасут ни страдания, ни кровь...»*

Кот ныл у своей миски — а кошачий корм то ли поедали, то ли заполонили почти невидимые вездесущие твари.

Корм был утешением. Наградой за все — за всю короткую бессмысленную жизнь в кругу людей, целью ее и смыслом. «Сухой» и «мокрый». «Желе» и «канапе». С мясом неведомых ягненка и кролика, вкус которых для него ничем не отличался.

Хотелось столько, сколько не вмещал желудок, раздуваясь и раздуваясь, так что пузо обвисло, стало похоже на сумку, в которой кормилось, жило что-то еще, хоть и не родилось.

Страдания от ожирения... Или страдания от голода...

В конце концов, это было животное. Которое не умело ничего для себя добыть — и не могло ни в чем себя ограничить. Постоянно ныло, хотело еще и еще.

Она говорила — «страдает».

И еще это ласкающее, беспомощное: «живое существо».

С одержимостью кормила, потому что ничем другим нельзя было бы искупить перед ним свою вину: просило и хотело оно только еды. Но что-то случилось. Вдруг смолк. Перестал притрагиваться.

Совсем не ест — и не пьет, не ходит в любимый туалет.

Несколько дней.

Пить может, только если подносишь миску с водой под нос... Наклониться не может, потому что перехватывает дыхание... Только лежал, свалившись на бок — и по-рыбьи дышал, как будто выталкивая какие-то комочки из легких.

Больные кошки и собаки смиренно ждут в общей очереди на прием. Хозяева подавлены, волнуются. Ожидают, как если бы оглашается что-то в зале суда. Медсестра в этой карликовой больнице, похожей на коммунальную квартиру, — карлица. Кажется, пробежал по коридору какой-то маленький толстый ребенок в белом халате — а это взрослая женщина. И это она как судья: терзает своими взглядами, смотрит как на мучителей... Кот уже обрел имя и фамилию. И все живые существа, все они получают здесь фамилии своих хозяев. «Джозетта Букреева!» — вызывает карлица. И хозяйка с обмякшей на ее руках таксой, чуть не плача — родной и дорогой, — дождавшись, проходит на прием. Вышла... У ее любимицы раковая опухоль. Все бесполезно, предложили усыпить. Вышла, не в себе — и обращается ко всем, кто в очереди: «Что бы вы сделали... Как вы думаете...»

Кардиограмма. Рентген грудной клетки. Получает на руки «заключение кардиограммы кота». Такое, как у людей...

Кот с его фамилией сердечник. Прожил пять лет, но износилось пугливое его сердце. Ожирение, ремонт, муравьи, стресс — развилась сердечная недостаточность. «Что вы хотите, в таком возрасте...» — бормочет врач, имея в виду другой, человеческий... Коту в этом возрасте уже тридцать шесть человеческих лет.

«Вам плохо?» — дали нашатырь, привело в чувство, так просто.

Кот терпел уколы… Лежал под капельницей… В памперсах, потому что должен был обмочиться… Только лизнул вдруг его руку, когда удерживал — или не было ни сил, ни злости впиться, ведь он мучился, но как будто бы его пожалел, отдав всю нежность.

Вышел с этой тридцатилетней жизнью человеческой на руках, спасенной все же, но слабой, впавшей в спячку… Ловит какую-то машину на последние деньги… За рулем молодой парень, то ли таджик, то ли узбек… Азиат. Охает… Жалуется, вспоминая, как болели — и он, и братья — но не было денег на лечение… Не понимает, чем и кому могут быть так дороги собаки, кошки, если столько людей на земле болеют, но до них никому нет дела. Заработал триста рублей, расстроившись, потому что узнал, как же мало в сравнении с потраченным на полудохлую кошку в памперсах.

Положил под лампой, сказали, нужно тепло.

Лампочка замерцала отчего-то — и замерцало что-то в зрачках кошачьих, как будто бы чуть не погасла в них жизнь. Уже в темноте переполз к нему, подлез к самому лицу, на подушку — и утих, столько переживший. Кажется, пахнет нафталином, а шкура хранилась полвека в каком-то бабушкином шкафу. Это после всех инъекций, страданий. Прильнув к человеческой подушке, состарился, наверное, еще на несколько лет человеческих — и засопел, совсем старичок. Хотел не ласки, не тепла: наверное, чего-то как вечный покой.

Старуха.

Он был должен.

Все узнал, для этого потащился на кладбище.

Дядя Сева лгал. Даже тогда. Захоронение к родственникам разрешалось. Но право на это имел, конечно же, профессор, когда-то оформив на себя и то, что называлось «ответственностью». Можно было захоронить урну и никому ничего не платить. Нужно какое-то разрешение какого-то «департамента бытового обслуживания»… Но уже не слушал, какое и где — дядюшка все это знал, поэтому обманул.

В конторе главного государственного кладбища почему-то пахло ладаном. А у него при себе — нашатырь.

Глупое унизительное одиночество: обманутый человек.

Забыл, как пройти к участку: не вспомнил и заблудился. Это тогда он вдруг подумал… Имена у живых. Живущий на земле не может не иметь своего имени или хотя бы клички, остаться в мире безымянным немыслимо, хоть потом так и произойдет.

В этом мертвом лесу в летний день оказался кто-то еще.

«Кого-то ищете? Могу помочь?» — поинтересовался свободно мужчина, сидевший на скамеечке, как видно, у чужой могилы. Хотел расположить, представился: «Валера». Художник-гравер. Местом работы и было кладбище, с этого начал: «Заказов мало. Обновляют памятники. Но это редкость. Посмотрите, сколько вокруг руин. Мемориал. Ельцина похоронили. Первый президент России… Михаила Ульянова, Ростроповича. Вот и все. Зато туристы, экскурсии… Представляете, ходят толпы».

Странная услуга… Ни к чему не обязывающий разговор… «Так мы коллеги! А я вот изображаю мертвых как живых». И уже рассуждал о своем ремесле: умный человек, может быть, талантливый даже, болтает то ли стыдливо, то ли брезгливо. Исповедуется, так что самому противно, но все же не может замолчать… «Это язычество, конечно. Что-то вроде того. Вместо крестов. Но погребальные портреты? Знаете ли, интересовался. По-моему, лучшее, что дала античность. Можно было бы обессмертить… Могло бы потрясать… Хотят же — а что? Главное, для чего? Художнику, то есть, прошу прощения, мне, приносят фотографию. И заказывают что-то такое: фотографию на загранпаспорт… Да, да, в этих овалах с растушевкой — предпочитают это. Внутренний мир человека? Посмотрите… Типовая доска почета. Память, коллега, — это вообще своего рода моральное поощрение. Платят вполне прилично, уверяю. По нынешним временам весьма. Ну не смешно? Каждое кладбище, как портретная галерея. Задумались бы при жизни, деньги те же. Но если не думают о смерти, почему же не верят в бессмертье, а?»

На могиле академика букетик искусственных цветов — неловко, все-таки даже как-то гадко — а цветник пуст, зияет в мраморе дыра.

Соглядатай через силу дожидался. Все-таки предложил: нет ли желания сменить на что-то серьезнее табличку… Эту, похожую на заплату. Узнав, что распоряжаться кто-то другой, не расстроился и не удивился, но бросил уже развязно: «Да, коллега. Могила здесь — это клад… Но если остались наследники, покоя не обретешь. Какие портретики — наивность человеческая. Это, я скажу, зрелище… Делят, судятся — что угодно. Такая земля, золотая. Двести тысяч долларов за квадратный, устроит? Где еще-то она столько стоит, обратите внимание: земля. Бойся Бога — смерть у порога! Ха-ха…»

Когда вернулся, мать не спросила, где он был, — и не пришлось врать. Сказала — больше было не о чем, — умерла Нонна Мордюкова. Показывали «Родню». И на каждом телеканале — фильм с ее ролью. Трансляция чего-то. Похоже на сон. Снится, снится… Кино — это сон. Кончился фильм — и ты проснулся. Во сне видел, слышал… Просыпаешься — и забываешь. Почему актеров любят? Полюбить сон. Полюбить во сне. Любить воображением и больше ничем.

Он купил складную лопатку за 399 рублей. Даже не сумма: случайный набор из трех цифр. Магазинчик назывался «Мир приключений», увидел вывеску — и захотелось узнать, что же может приобрести искатель приключений. Выбор оказался огромен. Но поразила лишь эта лопатка… Складная. Даже не там, где товары для кладоискателей. А в отделе с рюкзаками, котелками, спальными мешками — для кого-то, кто решит отправиться в туристический поход. Тогда он подумал, ведь это стоит так дешево, что не жалко было бы сразу же потерять или выбросить, в конце концов, купить и забыть. Всего за 399 рублей. В упаковке к изделию прилагалась инструкция. *«Штык лопатки снабжен открывашкой для бутылок, другой его край — зубчатый. Компас, расположенный в рукоятке, позволит сориентироваться на местности…»*

И вот он бежит куда-то, потому что у него заказик. Потому что за все в жизни нужно платить… Позвонил, предложил — тот, другой, у которого носом кровь… Предложил, стесняясь, заработать: бизнесмен хочет свой портрет. Попросил половину боязливо — за то, что уступит и все устроит… Боялся — но позвонил… Стыдился — но предлагал… Унижался, предлагая унизительное, потому что так и существовал, свыкся. Это ведь и есть существование — каждодневная борьба униженного со своим унижением. И предлагал он существование как бы, такой заработок, когда малое дается как многое, давая, однако, возможность его продлить. Верил, что они друзья... Надеялся, что не оскорбится по старой, по детской памяти, как никогда не оскорблялись они, студийцы, привыкнув к оскорблениям своего учителя... К тому, что живопись — это пот и кровь! В конце концов, предлагал он то, от чего сам ни за что бы не отказался, если бы соответствовал. Бизнесмен желание имел, чтобы не кто-нибудь — хоть какой-то признанный, полноправный... В общем, член Союза художников. И он состоялся, то есть был. Согласился. Только нужно было взять с собой этот членский билет. И вот он на пороге этой квартиры... Предъявляет его хозяину, да, свой членский билет — пропуск или что же еще... Строгий добротный хозяин рассмотрел, убедился, что настоящий, — и уже уважительно впустил какого-то совсем незнакомого человека... Позировал несколько часов: волновался, переживал. Квартира как квартира. Большая, удобная. Все есть. Все как у людей. На стенах картины. Масло какое-то постное, но хозяин гордится. Купец он как бы. Заводик у него под Костромой, что-то плавят. Жена — застенчивая, приветливая. Да и он мужик как мужик. После сеанса художника приглашают за стол, отужинать с хозяевами. Стол изумительный, все вкусно, щедрая выпивка. Сам купец давно в завязке, но любит угощать, как бы тоска такая светлая: хотя бы угощать, сочувствовать... Хозяин подливал, даже одобрил, очень даже с уважением относился к тому, что художник мог бы напиться. Наивность человеческая! Так представлял, ставя в чем-то выше себя, потому что себе не позволял... Через недельку готов портретик... Не притворялся, старался: пусть себе понравится, пусть полюбуется собой, честный простой мужик. Портретик одобрен! Принят! Как все радуются! Советуются, какую раму... Золоченый багет, вот это что будет, одна рама — как вся его работа! Такая честь! Но с ним не расстаются, не хотят... Вот и новый заказик — теперь бы изобразить хозяйку... Ту, которая поила, кормила, желая угодить... И вот он бежит, бежит... Слезятся глаза... Но закружится голова, подступит страх с его тошнотой — спасает нашатырь. Потому что заказик! Саша, это все для нее, ради нее... Как она будет поражена, когда узнает: может послать ей деньги... Посылает... Она оплатит врачей. Лучшее лечение. Лучшие лекарства. Еще один ночной звонок. Разговор в комнатной испуганной тьме, в которой каждое слово раздавалось как проклятое. Эхо голосов в телефонной трубке. Пытаются соединиться. Но не совпадают во времени всего на какие-то секунды. Когда тому что-то говоришь, кто уже как будто не слышит.

Саша, она все для себя решила. Выбор, какой же у него выбор? Продать квартиру, что-то купить, отдельное. Дальше жить. Они — уже с ее матерью. Алла Ивановна — одна. Но что ни день: ей плохо, слезы, сердце. Пугается. Это она одинокая, она больная. Ждала. Беспомощная, плаксивая. Что же будет с ней? Немой вопрос — слезки в глазах... Сказала вдруг безумное: «Я не мать твоя — я теперь твоя дочь». Сказала — и заплакала. И это его мать боялась, что у них родится ребенок, как будто могла запретить, сказав: я против. Как обыденно все это. Да, да... Как эта урна с прахом старухи, которую спрятал на антресолях.

Попросила купить красное сухое вино.

Все, чего хотела.

Было так просто исполнить это желание.

Пусть вино, пусть все скажут друг другу.

Себе водки.

Напился — и стало больно.

«Мама, почему я знаю все, что ты скажешь?»

Опьянев, мать бездушно воспарила. Не слушала… Не слышала… Но могла говорить, говорить… И это: «Как ты похож на своего отца».

Тонул, захлебывался, выкрикивая: «Я хочу жить! Жить!»

Но матери ничего не стоило сказать: «Я знаю, тебе стало бы легче, если бы я умерла». И, чувствуя, что мучила его — великодушно, вдруг: «Ты можешь отдать меня в дом престарелых…» Он опять что-то кричал, потом плакал — и от вины, и от жалости к ней, — не осознавая, что мать довольна. Очень довольна собой, получив эту власть над ним: судить и прощать. Пошатываясь, шаркая тапками, ушла — в свою темноту, где что-то кому-то шептало радио. Сердце в груди его гулко бьется, и слышится далекое глубокое эхо: «Как пусто... Как пусто...» Мальчик вскрикнул: «Мама!» Никто не отозвался. «Мама, я тебя люблю!» Безмолвствует. «Мама, мама!» Голосом, полным покоя, она возвращает себя в этот мир. «И я люблю тебя, мой сын!» Он стоял на коленях у ее кровати… Плакал в темноте, обнимал, как это мерещилось ему, безумно — умирающую, уходящую в отчужденное мертвенное молчание. Но, так и не в силах осознать, что же вымаливал, только беспомощно, жалко плакал… Когда порывался поцеловать, ткнулся неловко в губы — и почувствовал вдруг это: ее пьяный кислый поцелуй. Стало страшно, стыдно, омерзительно, как было в детстве, когда чувствовал это — запах вина на ее губах — и когда уже она лезла со своей нежностью, а он почти с ненавистью не давался, уворачивался, презирая свою пьяную мать.

И уже в своей комнате — в темноте, в пустоте — звал, ныл: «Отец… Отец…»

Может быть, в ту ночь и приснился его матери этот сон? Старая одичавшая яблоня у дома. Она помнит, все помнит. Это был дом священника. Когда-то, хотя это уже ничего не значило, подумала, испытав похожее на детский страх: может быть, даже расстрелянного. Однажды, совсем маленькой, услышала, засыпая: папочка сказал маме, что если фашисты завоюют их страну, они умрут — и что она должна будет умереть вместе с ними. Стало страшно. Что во сне родители сделают с ней это. Но война отошла, ушла куда-то далеко. Нет, она еще не окончилась, папочка получил новое назначение. Переезжая, все оставляли, бросали. Поэтому любимой куклы не было. Кочевали за папочкой, папочка — за войной. Но окружала тишина, и полюбила тишину. Любимая игра — слушать себя. Даже свое дыхание. Но в каждом доме появлялся телефон. Вот и к этому протянули спецкабель. Пронзительное дребезжание телефонного аппарата заставляло содрогнуться. Звонок раздавался как сигнал: работа закончилась, он едет домой — и мать ждала. Она чувствовала, иногда притворяясь спящей: отец подходил — и целовал. Слышала, разряжал и чистил свое оружие, пока еще о чем-то говорил с матерью — а утром его уже не было. Она видела этот пистолет. Папочка показал ей, как из него стреляют. Держала в руках — настоящий — а не такой, с которыми, мечтая, играли в войну мальчишки, притворяясь, что целятся, стреляют. Гордилась. Но хранила их тайну, свою и папочки... Это он был любимый... Мама — жесткая, чужая. Еще ребенком осознала: папочка не любил маму. И боялась ее слез, но еще больше — когда отвердевала, молчала. Это с ней был он строг, груб. Но ранило — что может быть на нее чем-то похожей. Быть нелюбимой — и все терпеть. Нет, она будет гордой, как папочка, — и была, зная: у большинства девочек в классе не было отцов. Чувствуя свою вину, казалось, каждую минуту, когда могла быть — нет, была, счастливой: любимой. И потом хотелось, чтобы каждый день был праздником... Праздники, парады: красные флаги, восторг. Одно упоительное чувство — счастья! А после этого — наслаждения и покоя. Папочка, они все время были вместе. Это ее он брал с собой, дарил ей эти праздники. Еще был клуб в бывшей церкви. Высокое гулкое помещение со сценой в углублении, с которой смотрел Берия... Настоящий пыльный занавес... Это освещенное пространство перед темным залом... Костюмы... Что-то воздушное и призрачное... «Дореволюционное»... Комедия «Горе от ума». Да, конечно, только она могла выучить столько текста, так легко запоминала, папочка гордился! Мужские роли играли мальчики. Застенчиво топтались. Чубастые, одинаковые дети, при виде которых почему-то разбирал смех... Она никого не запомнила... Но помнит не страх — а стыд. Переодевание их стайкой за кулисами. У нее детский лифчик с резинками для чулок. Некоторые девочки уже носили бюстгальтеры и женский пояс для чулок или круглые резинки над коленками... *Ужасный человек! себя я, стен стыжусь*». Сталин, его смерть, скорбь, которая обрушилась и всех вдруг раздавила, — как это было непонятно, все обезобразило. Тогда она впервые ясно увидела вокруг себя чуждый мир. Нет, не враждебный, но скучный и серый. Она где-то высоко — где одиночество, тишина, книги, мечты о любви… Одна, всегда одна. Блуждала в своих мечтах, наблюдая уже совсем равнодушно, как меняется жизнь — но, казалось, чья-то: людей, похожих на родителей. Вот и отец вырвал из «Большой советской энциклопедии» статью о Берии. Сказал: «Запомни, Берия — враг народа». Поверила, потому что услышала от него — и всегда ему верила, хранила верность, жалела, но уже не могла бы сама открыться. Все прятала, расцветая и увядая, яблоня, чьи ветви обвисали до земли, а старый грубый ствол поднял другие, еще живые, так высоко, что старое дерево кренилось и должно было когда-то, наверное, надломиться под их тяжестью. Мать сказала со злостью — скорей бы спилить. Это она все замечала, понимала, но у нее не было ни сил, ни желания вернуть свою дочь или стать ей хотя бы ближе… Росла, выросла — пусть прячется на своей яблоне, читает свои книжки, задается и молчит, гордячка. Папочка ничего не знал. Услышав от кого-то, ему что-то рассказала мать… Той зимой ее видели на катке с мальчиком. Ей было шестнадцать. Первое чувство, только еще желание ее, любви. Каток и кино, прогулки в парке. Папочка ворвался в ее комнату… Сказал это слово… Ударил по лицу — нет, дал пощечину. И только когда ударил — руки сжались от бессилия в кулаки. Она не заплакала, конечно, не произнесла ни звука: да, да, молчала, отвердела, перестала говорить, как будто в тот миг лишилась дара речи, стала от боли, от горя немой. Очнувшись, поняв, что сделал, он выбежал, как мальчишка. Хлопнув дверью, ушел из дома — не возвращался. Мать, она бросилась за ним, боясь потерять. Звонила туда, к нему — но ее не соединяли. Ходила туда, к нему — но не пропускали. Заставила ее сделать это — и он вернулся. Рыдающий голос в трубке: «Доченька, прости». Только она не простила, не забыла… Помнит. В тот же год она уехала, сбежала, ни у кого не спрашиваясь. Да, она хотела стать актрисой... И дала о себе знать отцу, когда провалилась. Позвонила. Она была так напугана. Отец примчался в Москву — и спас. Спас от возвращения домой, в этот дом… Он все устроил, обо всем договорился. Ее приняли в университет, но не могли уже предоставить место в общежитии — и он снял для нее комнату. Поблизости, прямо на Герцена. Сам выбрал: и комнату, и хозяев. Оплатил. Уехал. Каждый месяц от него приходили переводы — но больше уже не приезжал. Квартирной хозяйкой была пожилая еврейка: старая коммунистка. Опрятная, немногословная — наверное, это и удовлетворило отца. Она жила с уже взрослым сыном: одиноким мужчиной, которому было за тридцать, освобожденным в свое время даже от армии по множеству каких-то болезней. Тихим, именно одиноким, потерянным. Смешной человек, казавшийся ей стариком, который даже не пытался с ней поначалу заговорить… Дамский портной. Предложил, вызвался сшить платье. Модный фасон. Студентка. Примерки. Слабый смешной человек. Но это ему позволила себя полюбить — или, как же, соблазнить? В своей внешности она находила гораздо больше недостатков, чем достоинств, красивые женщины — в ее глазах это актрисы, и точно знала — ее нельзя полюбить. Опрятный, понимающий и — как смешно — страдающий, влюбленный… Он был ей не нужен, она знала. Она даже презирала его. Умом понимала, что смешно. Но позволила, позволила… Первый мужчина… Саша. Он не был обласкан женщинами — робок, еще хуже, чем она со своим неумением. Но с ним она познала это. Познала, наверное, себя. С той легкостью, нет, все же свободой, которая ничем не мучила — но сколько открыла… Смешной, думал, что она выйдет за него замуж, мечтал о семье и о детях… Но просто сделала аборт. Переехала в общежитие. Она разрушила его жизнь, конечно. Он спился. Очень быстро исчез, перестал искать ее и находить, ныть, вызывая — нет, нет, не жалость — а только брезгливость… И все, кто признавались ей потом в любви, вызывали это чувство. Она была выше, как будто дала себе клятву — не полюбить — и держала, потому что была сильнее, сильнее… Только однажды почувствовала себя слабой. Когда появился он. Поэтому и вышла замуж. Именно за него. Ощущая полное его превосходство. Силу. Нет, она не понимала, как это произошло, но овладел ею, взяв силой, как если бы и совершив над ней какое-то насилие, которое она, конечно же, позволила ему совершить, потому что не хотела, нет, уже не могла сопротивляться… Пришел — и взял свое, окружив собой, как стеной… Но только и ощутила: покой, а потом безвольную угнетающую слабость… Они были счастливы? Да, ведь у них родился мальчик, сын… Она была хорошей женой, хорошей матерью. Старалась быть… И все еще старалась влюбиться в своего мужа, она так старалась — но мешала, все время мешала эта малость. Когда широко улыбался — открывался металлический зуб. И она не могла сказать, как это ей мешает, как все в ней сжимается, когда он хохочет и улыбается… Вместо любви — это страшное чувство вины, как будто она обманывает того, кто ее любит, только притворяясь верной, любящей… Ей становилось даже легче, когда он пропадал: уезжал в свои командировки, возвращался на короткое время, снова пропадал. Столько еще могла притворяться, быть любящей и любимой: несколько дней. И потом он умер, умер… Она осталась одна, одна. И она хранила ему верность, он так и остался ее мужем, только он: столько лет, столько лет... Она отдала всю себя своему сыну. Всю себя. Всю свою любовь. Она любила… Любит… Да, конечно же, сына. Только эта тоска, тоска… Старая яблоня у дома… Прошла жизнь… Прошла, прошла… Одиночество. Тишина. Эта боль.

Утром разбудил звонок в дверь. На пороге — низкорослый крепыш в штатском. Хмуро предъявил это свое удостоверение, заставив разглядеть: это он же, только в милицейской форме, смотрит как бы в упор. То они «сотрудники», то «работники» — но это «внутренних органов» звучит зловеще, как будто заявляются из пучины миазмов… «В вашем доме произошло убийство, — держит паузу. — Где вы находились вчера в районе двадцати одного ноль-ноль? — Нагнетая: — Я имею в виду, гражданин, вы находились в это время в своей квартире?» Ощущение, что он задержан и дает показания… Да, где-то кричали, потом вроде бы раздался звук разбитого оконного стекла… И все смолкло. Выяснили отношения, семейный скандал — так это казалось. Почудилось, будто бы что-то крупное упало, как бы мелькнуло, падая, в окне — но это было мгновенное впечатление. Он пытался вспомнить. Что-то вспомнил, не сказав, что был пьян и что на их кухне тоже кричали. Крепыш сосредоточился, даже напрягся. Для чего-то прошел на кухню: осмотрел окно, долго ползая взглядом по стеклу. Свидетель чего-то, там же, на кухне, он подписал протокол, составленный за несколько мучительных минут этим туповатым детективом, не понимая даже в конце, что же произошло, но боясь задавать вопросы… Уже одно присутствие этого человека заставляло чувствовать себя кем-то, кто причастен к преступлению. И он чувствовал себя так, пока тот не ушел. Лишь потом, выглянув, увидел это выбитое окно. Четвертый этаж, соседний подъезд, приткнутый в самом углу их похожего на огромную тюрьму дома. Внизу черное, с виду маслянистое пятно на асфальте.

Консьержка с ужасом шепчет: «наркоманы» — как будто они повсюду. Застыл, пойманный рассказом о том, что случилось уже неделю тому назад… Сон. Он выходит из своего подъезда… На плече спортивный рюкзачок, в котором уместилось все, что хотел тайно похоронить с помощью складной лопатки. И легко это ощущать, свою ношу, как если бы что-то невидимое, даже невесомое.

Маленький сквер у площади Новодевичьего монастыря кажется продолжением кладбища — но не было надгробий, на скамейках уединялись влюбленные парочки. На одной сидел старик, перебирая что-то на ладони: как будто гадал по руке… Он, видимо, только что купил батон белого хлеба. Сосчитав свои копейки, поедал: разрывал и мелкими кусками отправлял в рот, жадно и быстро. Его нисколько не смущало, что кто-то оказался поблизости. Но был так учтив, что отодвинулся, произнес: «Добрый день». Хоть в глазах не было не то что любопытства — никакого интереса к жизни. Жевал, смотрел в пустоту перед собой, как это бывает у стариков. Освободив себя от рюкзака, он тоже молча отодвинулся —

но потому, что почувствовал брезгливость. Брюки, китель — военно-морская форма, офицерские. Но как будто топтали в пыли. Обноски. Китель без погон, болталось пуговиц лишь несколько, засаленные золотые якоря на лацканах, под ним все исподнее: нательная майка. Сандалии на босу ногу — как у сумасшедшего, почему-то было ощущение, что это сумасшедший, откуда-то сбежал… Но самое неприятное — этот батон, когда еще крошил на себя, пока поедал… Старик вдруг перестал жевать, бросив что осталось голубям. Но так и не стряхнув крошки. Голуби слетелись и, толкаясь перед скамейкой, все живо подобрали, но не улетели, топтались и озирались, жадно ожидая и этих крошек. Старик ничего не замечал, он расслабленно подставлял лицо солнечному свету, вальяжно обтирал лоб чем-то, уже скомканным. Вздохнул: «Гроза будет… Так парит… Простите, молодой человек, вы что-то сказали?»

Неловко промолчать: «Да, очень душно».

Старик услышал — оживился, очнулся… И вытер лоб и все лицо платком, который и не платком оказался, а бумажной несвежей салфеткой: «Очень душно. Вы совершенно правы».

Широкое коричневое лицо, живые карие глаза.

Представился: «Николай Петрович, честь имею».

Николай Петрович бывший морской офицер, ждет направления в Дом ветеранов. Жена умерла, и живет он в коммуналке, хотя и в отдельной комнате, но в одной квартире с приемной дочерью и ее сыном. «Конечно, им эта комната очень нужна», — так он говорил, соглашаясь, все понимая. И стал рассказывать об Аляске, а потом еще о Венеции, о морях и странах… Обо всем, что увидел и помнил, где пригодился и послужил: военно-морской атташе погибшей империи.

Вдруг, с удивлением: «А я вам всю свою жизнь рассказал...»

Растерялся, замолчал.

«Это для вас», — понял, по его первому движению, что он возьмет эти деньги — и поможет, и сможет их принять.

«Благодарю. Но как парит, как парит».

Пот совсем залил его лицо.

На прощание радушно пригласил: «Заходите еще».

Он ничего не смог. Думал переждать в сквере — и через некоторое время вернуться, сделав то, что решил. Но, простившись с занимавшим свою скамейку, как капитанский мостик, одиноким стариком, ждавшим и ждавшим грозу, пошел к метро, к метро...

Даже не шелестят тополя.

Душное московское лето.

Посреди дня по улочке, где ни ветерка, марево, еще вышагивал пьяный: шатался, качался, не попадая в шаг, замахиваясь — и проваливаясь ногой, точно бы в яму, как будто боролся со своей судьбой на кренящейся палубе тонущего корабля.

Где-то прошла гроза.

Пахло нашатырем.

Въехал в вагон метро на коляске безногий инвалид, парень в камуфляже: подумать можно было бы — прямо из войны вкатился в этот новый чужой мир... Через две остановки двинулся по вагону за подаянием. «Вы обратили внимание, он не просто так стоял, он ждал, когда выйдет мент, он не хотел, чтобы его засек мент!» — неожиданно впилась соседка сбоку: маленькая, лет шестидесяти, розовенькая, с крашеными светло-рыжеватыми кудрями. Обмахивается пластмассовым веером... «Они боятся ментов, потому что менты их гоняют, хотя почему они их гоняют, если они инвалиды, но с другой стороны — знаете, какая у них пенсия!» — почти что взахлеб, но негромко говорила соседка. Ряженый — или все же ветеран — тем временем осторожно катил свою коляску по проходу, ожидая, что обратит на себя внимание, но ему не верили или не вызывал почему-то жалости. Безногий приближался, что-то боролось в душе, но не жалость или жадность — а то, что кончилось бессилием... Принести пусть самую мизерную жертву на убогий алтарь, осознав, что и этот человек стал жертвой, принес кому-то за что-то в жертву свои ноги, прося теперь подаяния у тех, кто их имел, и что во всем этом есть хоть какой-то смысл... Он спрятал глаза — как многие. Но когда просил старика принять деньги, верил — хотел помочь, потому что получил помощь, утешение, сам был, наверное, слаб и жалок... Чувствовал, что жизнь ничего у него не отняла, даже оставив в одиночестве и бедности. Тем временем инвалидная коляска миновала полвагона и поравнялась с какой-то юродивой. Женщина неопределенного возраста. Лицо синюшное и одутловатое. Надвинутая на глаза грязная бейсболка, душная куртка, короткая юбка, черные кружевные колготки и грубые, не по размеру, кроссовки. На руках держала она собачку среднего размера, морда собачкина напоминала бультерьерью, но хвост лохматый. Собачка неистово лизала ее в лицо. Та радостно беззвучно смеялась и отвечала ей тем же — подставляла лицо, целовала. Всем своим видом она показывала — меня любят. Это она вдруг вынула из кармана куртки смятые десятирублевые листики, сразу несколько штук, похожие на какие-то тряпочки — и переложила в его целлофановый кулек. При этом она для чего-то перекрестила его. Стала заговаривать, стараясь удержать. Но тот что-то ответил, покивал, покатил по вагону, стараясь оказаться от нее подальше. «Нет, вы посмотрите, еще молодая, а что уже? — возмутилась приличная дама с пластмассовым веером. — Да еще и молится, посмотрите, посмотрите!» Собачкина хозяйка, действительно, размашисто крестилась, бессмысленно улыбалась, кланяясь во все стороны, пока любящее ее существо не кинулось лизать лицо... Рыженькая соседка что-то еще говорила, хотела ответа — но, к счастью, он должен был выходить.

Раздаются выстрелы: затрещал автомат. Этот мальчик бежал и кричал: «Ты убит! Ты убит!» Уже вошел в свой подъезд, поднимался по лестнице... Содрогнулся — но устоял, дойдя несколько оставшихся шагов до лифта. Мальчишка подбежал, настиг — и расстреливал из своего автоматика в упор, с упоением и восторгом глядя, как это получается... Спешил, вырвавшись от матери, пока не схватили. Она, молодая женщина — поймав, — на его же глазах наказала сынишку: ударила. Так ей было стыдно. Мальчик сжался — но стерпел и унижение, и боль. Все вместе они вошли в спустившуюся наконец-то кабину лифта. Он отвернулся, чтобы ничего не видеть — но когда сделал шаг вперед, автоматик огрызнулся за спиной... Все это — плач, крик — уже глухо поплыло куда-то вверх. Он стоял один. И не мог пошевелиться — такая боль пробила что-то в груди, где ухало, отзываясь даже в ушах, сердце.

Откроет дверь в квартиру своим ключом, как возвращаются те, кого не ждут, или в пустой дом… Почти брезгливое раздражение: ожидание, что не успеет войти — и увидит вместо жены свою мать. Услышав, как проворачивался ключ в замке, уже ждала, как ждут кого-то, кто бросил… Встретила, испуганная — и с нетерпением: «Умер Солженицын». Он растерялся… Но ужаснулся, услышав: «Ушла целая эпоха!» Мать смотрела на него слезно, чего-то ждала — и вот уже оплакивала… какую-то эпоху, пережив еще кого-то, кто должен был оказаться бессмертней. И под пыткой не сознается, что так хочется жить. Что так страшно умереть самой, одной… Что впереди — пугающая пустота, но уже прожитой жизни.

Вдруг проговорит: «А у меня отец умер».

Молчание.

«Умер мой отец».

Молчание…

Первое сентября.

Джипы у школьных ворот, ожидающие детей.

Теннисный корт на месте бывшего футбольной площадкой пустыря, здесь они гоняли после уроков мяч.

Охранник на входе, рамка металлоискателя.

Пролеты, этажи…

Эти мальчики и девочки — легкие, пестрые. Гости из будущего. Галдят — по мобильным, кажется, сами с собой, слушая самих себя.

Он произносит «здравствуйте», стоя на пороге, как будто опоздал на урок. Учитель взволнован — это в глазах, во взгляде, — но даже не дрогнул голос: «Здравствуй».

Все тот же костюм — или другой, но, кажется, тот же.

Представил своего гостя. У него было много учеников — и все они, кто любил почти с рабской преданностью, кого учитель предпочитал называть безлико «студийцы», хранили верность, приходили, за что-то благодарили даже через столько лет. Вот и он пришел преподать кому-то урок. Лица, лица, столько лиц... Слушали его... И он мог, он был самим собой, хоть и чувствовал остро — заняв чужое место... Он только хотел доказать, но уже не самому себе, а своему учителю: он хочет, он может... Но, кажется, разочаровал. Тот сухо поблагодарил — вернул себе свое место. Потом сидели за партой в опустевшем классе. Столько лет, целая жизнь. И должен рассказать о себе, конечно, только стыдно, как если бы сознаться, что обманывал, обманул. Заговорил, оправдываясь, чувствуя, как это поздно.

Если учитель кого-то забывал, то навсегда. И о нем хотел, наверное, забыть — и не смог, но теперь забудет.

Уже стоя у метро — да, провожал, подчинившись желанию пройти весь этот путь до конца, — сказал, что хочет просто жить, жить... «Я учил вас только работать. Только работать». Учитель проговорил это — с бессильем, болью, но и почти брезгливо.

В том самом окне, из которого выбросилась молодая девушка, но уже застекленном, стоял голый парень — вот он протяжно воет в открытую форточку: «Я са-та-на... Я са-та-на...» Мерещилось, наверное, что летает, парит... Внизу собралась кучка зевак. Задрали головы, ждут. Кто-то сказал, что это творится уже несколько часов. Когда во всех подъездах установили кодовые замки... Зимой во всех подъездах этого огромного дома... И нужно было помнить, знать свой код. Тогда ночами орали пьяные, натыкаясь на задраенные подъездные двери. Орали, замерзая: «Помогите! Откройте!» Однажды он спустился и открыл одному такому, подгулявшему, вполне приличному мужичку, дверь в подъезд — не сжалился, ведь это стало проклятьем, каждую ночь просыпаться от криков, потому что кто-то напился — но иначе это бы не прекратилось… Когда тот попал в тепло, даже не в свою квартиру — в свой теплый подъезд, расплакался… Он плакал, обнимал его — и дрожал, дрожал, как не дрожат, когда замерзают или погибают, потому что не могут поверить в это, но если спасли, если спасли…

И еще несколько часов, заунывное: «Я са-та-на… Я са-та-на…»

Обещали, ходили по подъездам, наверное, звонили в каждую квартиру, обаяв даже пугливых консьержек.

Бесплатная уборка квартиры.

Чудо-пылесос.

Звонкие голоса из пионерского прошлого… Когда ходили по квартирам, собирали макулатуру пионеры. Собрать больше всех, отличиться. Пионерское задание, соревнование классов, в котором честь и гордость — победить… И они верили, что победят, поэтому старались обойти как можно больше домов, звонили в каждую дверь — и каждая открывалась, как будто их уже ждали. Но какой почти дьявольский расчет: на детскую веру, на взрослое сочувствие. Только дети могли бы выклянчить для страны столько вторсырья, собрать в одну кучу, как муравьи, столько газетной бумаги, «известий» и «правд»: то, что население почему-то послушно копило на антресолях — газетка к газетке, — пока не являлись они, пионеры… Красные галстуки было видно даже из-под зимних пальтишек. Фонтанчик хлынувшей алой крови под горлом вместо белых ангельских крыльев. И вот вдруг заявились эти, что-то рекламирующие в надежде продать… Одетые в опрятные, вызывающие доверие костюмы… Наивные детские улыбки… Звонкие, полные любви и радости голоса, приносящие весть о чуде… Предлагают не купить: увидеть, поверить. Обещают отчистить все до последней пылинки — только за возможность показать в работе свое чудо. В любой день, в любое время. Совершенно бесплатно!

Презентация была назначена через неделю, на вечер. День и час, о которых почти сразу же забыл, так легко забывается все будущее.

Бесплатно. Это какой-то инстинкт, если сильнее воли, разума, совести. Получить что-то бесплатно. Согласиться — и ничего не купить, конечно же. Согласиться на уборку своей квартиры, плевать желая на чудо, пользуясь наивностью тех, кто понадеялся, глупенький, что-то таким образом продать. Дурачки. Наверное, каждое утро в офисах фирмы поют гимн компании… Все как один, один как все. Потому что должны верить: только их товар — это чудо… Чистят, утюжат одинаковые костюмчики, одинаковые белые сорочки — с этой верой, с этой верой! Приобрели из складских запасов европейских фирм — то ли веру, то ли костюмчики. Сток — отличный товар по низкой цене, плебейская распродажа аристократических коллекций. И старший менеджер вынесет поощрение… Тебя объявят лучшим продавцом недели! Месяца! Года! И ты сам станешь старшим менеджером! Будешь иметь свой процент с таких вот дурачков! И купишь новый костюмчик, новую белую сорочку в бутике с заслуженной репутацией!

Чудо прибыло на дом.

Растерялся… Вспомнил… Но было уже поздно.

На пороге стояли два молодых человека, одетых пока что в сиротские опрятные костюмчики. В руках одного — приличных размеров коробка, а у другого — небольшой чемоданчик.

Улыбчивые, застенчивые.

Представились. Коля и Толя.

Бейджики с именами на пиджаках. Николай… Анатолий…

Но прошли уже с видом каких-то архангелов, надзирающих, посланных убедиться, что к прибытию чуда все подготовлено: в наличии пыли и грязи.

Взглядом профессионалов — безжалостных судей.

Убедились.

«Вы делали недавно ремонт?»

Поинтересовавшись еще наличием детей, домашних животных.

Оценивая, как бы раздевая что-то стыдливо прикрытое.

Понимающе переглядываясь.

Так, сразу же, появилась слабость, неуверенное ожидание чего-то, зависимость от того, что произойдет.

В молчании медлительно превращалось содержимое большой коробки в то самое чудо. И в комнате, еще казавшейся чистой, началась — о, нет, не уборка — начался сбор доказательств физической, но и еще какой-то, более ощутимой, нечистоты.

Фильтры — черные, белые…

«Пройдемся по стенам» — белый бумажный фильтр, вставленный в пылесос, почернел от пыли.

Потом прошлись по ковру, по потолку… Точно бы брали всюду соскобы. Прошлись по дивану, на котором они спали, — но уже зарядив черный фильтр, предъявив для опознания какой-то мерзкий белесый налет. Оказалось, какашки клещей, частицы твоей же собственной кожи, сами клещи, которые всем этим питаются. Но у тебя нет от них защиты. Ты жалок. Как жалкий безродный пылесос, которым пользуешься разве что для очистки совести — но это видимость чистоты. Ты погряз, ты слаб, позволяя питаться собой даже каким-то ничтожным сапрофитам, гадящим в твою же постель, на тебя… Да, да! Ты уже давно покрыт с ног до головы их испражнениями!

Через час ковер устлан грязными фильтрами.

Коля: «Сапрофиты — это организмы, разрушающие остатки мертвых растений и животных».

Толя: «Вы же не хотите, чтобы ваши дети этим дышали?» Еще внушительней: «Задумайтесь об их будущем…» — забыл, у них нет детей. Только кот — но куда-то забился, спрятался.

И пришло время познакомиться с этой невидимой человеческому глазу вошью ближе. Представили: клещ, сапрофит. Папка-файл. Ксерокопия в прозрачном пластике. Это для того, чтобы пособие наглядное не повредилось. Показав, как бы не давая в руки, но почти заставляют рассмотреть: это рисунок, конечно, мерзкий урод крупным планом, увеличенный, наверное, в тысячу раз.

Цену озвучивают в самом конце.

Предлагают оформить рассрочку… Сто долларов сейчас. Завтра еще тысячу. Затем по триста сорок пять в течение восьми месяцев.

Коля: «Решайтесь, измените свою жизнь».

Толя: «Это ваш вклад в будущее своих детей».

Последнее беспомощное признание... И ушли, ничего не продав.

Они сидели рядом — и бессильно молчали. Она — после перелета, вернувшись домой. Он — после нескольких месяцев ожидания, устроив такую встречу. Убрала все за ними, просто вымела веником комнату. Стала заниматься уборкой в квартире, лишь бы что-то делать. Или привыкая заново, себя обретая и свой дом, ведь это ее дом. Оставила мать и все мысли — о ней... Что выписана после инсульта, что получит теперь какую-то группу инвалидности с нерабочей рукой — это было сказано. Понимал, понял. Только оторвалась, только ради него... Звонок. Толя... Или Коля... Пластиковая папка — забыли своего клеща. Бежал, задыхался. Топтался на пороге, надеясь, что вернут. Саша принесла: мешок с мусором. Сказала спокойно: «Пожалуйста». Тот обрадовался, нисколько не смутился — достал.

Чем ближе это, тем громче звонит телефон... О, ее же выучили, что все когда-нибудь продается и покупается! Обученно-вежливый голос девушки в трубке: «Здравствуйте, вас беспокоит риелторская компания "Перспектива", вы не желаете улучшить свои жилищные условия?» — «Нет». Голосок грубеет от недоумения: «Это что, и в перспективе?» — «Нет». — «Так вы отказываетесь решать свой квартирный вопрос? Вы собственник своего жилья?» — «Прошу вас... Прекратите звонить!» — «Ой, а вам уже звонили? Но это была не наша компания. И какое ее название, какое? А номер лицензии?! Вот-вот! Они вам не сказали! А какая у вас квартира? Мы звоним вам в первый раз! Наша компания — лидер...» Успел подумать: как легко придумать имечко, когда торгуют надеждами на будущее... Перспектива. Вот и все. Фирма ритуальных услуг с такой вывеской не похоронила бы ни одного покойника, хоть обещала бы куда большее... Но девочка перезвонила. Услышал знакомый, но теперь уже взволнованный голос: «Мужчина, это я. А это вы? У меня с вами оборвалась связь... Так что вы решили? Алло... Алло... Вы слышите меня? Слышите... Наша компания — лидер на рынке жилья!»

Звонок, еще один звонок — Миша Арефьев. У него первая выставка, там, в каком-то венском дворце... Просит что-то написать для буклета о его картинах. Пообещал, хоть никогда ничего такого не писал: «Только это будет письмо. Я напишу тебе письмо». Арефьев, наверное, грустно улыбнулся: «Письмо без ответа».

Осень — опустели скамейки в сквере. И та, на которой они сидели со стариком... Казалось, больше не было такого человека: не стало. Николай Петрович. И он один помнил.

Подумает: кто-то же, кроме него, должен знать, а если с ним что-то случится? Однажды все-таки должен будет кому-то сказать?

Лежит, прислушивается к себе — к своему сердцу.

Слушал — и молчал.

Заноет сердце... Что же, если не сердце?

Глупое, само себе роет яму.

«Я тебя люблю...»

«И я...»

Больше ничего.

Нет, еще этот кот — живое существо, которое они оба любили...

Почувствовав, что кончилось время, когда он и она занимались каждый собой и теперь прилепляются друг к другу, чтобы потом наступил покой, это любимое живое существо дожидается, когда замолкают все звуки, став частью беззвучной темноты, которую лишь оно могло увидеть всю насквозь — и тогда приходит, укладывается между ними в темноте, занимает место, которое считает своим, в изголовье, как если бы послано что-то оберегать, и урчит свою древнюю мантру.

Страх — это падение, помнит душа. Но утешается, то ли обманутая, то ли обманывая, покоем. Пришло время испить чашу бессилия до дна, глотая безвкусную сырую воду и делая вид, что обретаешь мудрость пьяницы… Пришло время носить свои страхи как вериги, превращая явное в тайное, возвышаясь пользой всяческих воздержаний или, еще пошлее, мыслью о вечном… Преуспеть в искренности. Быть, быть... Нужно кем-то быть. В зале — зритель, на сцене — актер. Среди людей, кто же, если не слепой, отзываясь на каждое обращение... Господин, гражданин, товарищ, коллега, мужчина, друг, брат... Нахал! Подчинившись сигналу, напряжены мышцы, мысли. Лицо принимает какие-то едва ощутимые его же кожей выражения... В этом движении жизнеутверждающих сущностей, передающих тебя по своему замкнутому кругу эстафетной палочкой, тащишься к намеченной цели: прожить еще один день. Остался тверд или раздавлен, озлобился или кого-то сам озлобил, успел или опоздал — это подсчитает уставший мозг, перед тем как выключить в черепной коробке свой разумный свет. Но что-то, давая знать о существовании в твоей телесной оболочке двух мнений, будто кто-то, еще не родившийся, как близнец, просится на свет, прижмет больно сердце или пнет, отнимая дыхание, в живот, возникнет духом и даже словом, которое, беззвучное, услышишь в себе, подобно тому, как слепой читает по азбуке Брайля наощупь. Услышишь — и качнется маятник... Хорошо... Плохо... Что-то вспомнишь. Плохое... Хорошее... Пообещаешь себе же быть хорошим. Решимость подействует как вдохновенье. Вдруг легко оторвешься от земной тяжести личин и грехов. Умиляясь и согреваясь, будто начал выделять добренькое простудное тепло, вообразишь свой идеал: самого себя, явившись себе же, воскресший, чуть ли не в белых одеждах. Ощутишь мужество, с которым идут на смерть, и только боясь разбудить жену не заплачешь тут же от жалости ко всей планете, обретая невыносимую ясность чувств. Сон как гильотина отсекает голову от туловища. Уснешь с клятвой, что завтра же все исправишь в своей жизни. Проснешься клятвопреступником — и не вспомнишь. Молишься, ничего не понимая, чтобы еще поспать, хоть минуту. И, открывая глаза, находишь себя каждое утро в одной и той же комнате, по которой ползал ребенком. Жизнь — это ее стены. Стены ее слепы, глухи, немы. Кажется всегда, будто, пока ты спал, из комнаты что-то пропало, украдено у тебя. Что-то полученное по праву рождения. Что дано лишь тратить, хоть думаешь, будто можно сберечь. То, без чего так плохо. Это чувствуешь как одиночество... Вещей, оставшихся на своих местах. Оно даже в крови. Лежишь, как будто упал. Нужно вставать. Слышишь — или приказываешь сам себе: «Вставай!» Может быть, словно бы понимая, что с тобой происходит, всколыхнется зовущий в детство — и, кажется, только поэтому родной голос: «Любимый, пора вставать, просыпайся...» Но мгновение это растворится, потеряется, стоит лишь что-то сказать и что-то услышать в ответ. Слов, проникающих в сердце, уже так мало, как будто исчезают, отдавая свою нежность, похожую на дрожь... И осталось смеяться? Может, может быть смешно? Жизнь продолжается — катится отвалившимся колесом, превращаясь в падающее, но и вертящееся по кругу, отупляющее движение... Как это объяснить, ведь все нужно себе объяснить... То, что боишься сделать... То, о чем боишься сказать или даже думать... В детстве, чувствуя, как предательски дрожало тело, он много раз совершал нечто необъяснимое и бросался вперед с порывом победить его в себе, страх, будто нужно было для этого решиться убить себя. То же самое, должно быть, чувствуют, когда сводят счеты с жизнью и уже ни во что не верят — а это было готовностью принести в жертву ее, свою жизнь, даже не понимая кому, с верой, что получишь тут же спасительную силу... Это всего лишь миг, когда оторвался от земли, но не падаешь; глотаешь всем своим существом что-то такое же как воздух, но не дышишь...

Просыпается — а ее нет, потому что ушла на работу, — всего одно мгновение так одиноко, что не хочется жить.

Уходит из дома — но цепляется мать, — вспомнила, она вспомнила... Отец водил его один раз в цирк, в цирк! Какой цирк? Что она от него хочет? И сейчас она, конечно, снова заплачет? Теперь, когда вернулась Саша — но от нее что-то скрывают, ничего ей не говорят, — стала совсем плаксивой, кажется, впадает в детство... Да, ей кажется, что от нее отвернулись, и он отворачивается — ничего не может с собой сделать... Спросила, куда он уходит. Но сын не подпускает к себе так резко, сурово. Даже этот вопрос остается без ответа. Мама, мамочка…. Слезы на глазах — значит, обидел… Пересилит себя, что-то скажет… Любые слова — но утешить, ложь, только ложь… Но когда говорит она — ничему не верит, никаким ее словам… Сказала, обещают дождь… Пусть он обязательно возьмет зонт. Он спешит, нет времени. Но еще задержит прямо на пороге телефонный звонок… Волнуется, переживает, что-то не дает покоя — это он, профессор… Но сказать, пожалев, ничего нельзя, только это: «Дядя Сева, знаешь, почему мне всегда было тебя в общем-то жалко? Помнишь, как отец отвесил тебе за что-то подзатыльник на моем дне рождения — а ты смеялся?» Профессор зарыдал… Как будто для этого. Испугавшись. Зарыдал — и повесил трубку.

Сорванное с какого-то подъезда объявление, где остались только эти буквы — ПРОДАЮ — уносит впереди по асфальту ветер.

Посмотрит на небо.

Увидит над собой небо — силищу, всю в стальных мышцах облаков.

Спустится под землю.

Увидит: беременная женщина на эскалаторе, похожая на ползущую куда-то назад улитку…

Увидит: хромой с палочкой, пританцовывающий, как будто хромота — это даже что-то очень элегантное…

Но ничего не почувствует, ничего не почувствует.

Когда толпы выходят из вагонов и толпы входят — кажется, это толпы зрителей меняются местами каждые несколько минут. Так только на кольцевой линии: круговорот…

Увидел — как будто вагон, в который только что протиснулся, вдруг совершенно опустел — к противоположной неоткрывающейся двери прижалась девушка, обнимая двумя руками макет жилого дома, такой большой... Или нет, конечно же, маленький домик, такой, с покатой крышей, загородный... И куда-то ехала в этой давке — в институт, занималась архитектурой, студентка? Фантом. Мираж. Это хрупкое. Рукотворное. Что не могло бы защитить — а нужно укрывать собой, защищать... И почудилось, вот он — уголок жизни... Возник — но исчез. Просто схлынул на очередной станции поток — и девушка исчезла, а он сам поспешил занять свободное место, потому что они вдруг появились, свободные места...

Полупустой вагон...

Это место у выхода — где всегда и было спокойней, свободней, потому что не подпирают с двух сторон...

Мальчик, подросток... Да, какой-то больной... Пустые глаза...

Возник — но еще минуту назад здесь не стоял.

Так появляются, исчезают, но лишь в метро — люди, лица...

Проскочил — или остался, когда схлынула людская волна. То ли потерянный, то ли загнанный. Одичавший, никому не нужный ребенок. Теперь стоял перед ним, как-то сторонясь, ближе к дверям. Держался за боковой поручень — немытая рука перед глазами, грязный рукав куртки... Так что сразу же подумал: беспризорник. Нет, он не понимал... Уроды, живущие в стране, где только бездомных детей несколько миллионов, еще хотят быть похожими на людей... Но мысли оборвались. Этот зверек что-то прятал в рукаве куртки. И он заметил... Он не понимал... Это были ножницы. Но если прятал, если стоял около него, если чего-то ждал, не становясь лицом к дверям, но и не двигаясь, то чего же, чего… Ведь это просто ножницы… Пырнуть — и убежать… Это такая игра… Того, кто сидит у дверей… Если должен успеть выскочить, сбежать… Мысли, мысли… Нет, нет — не думал, видел — так все это произойдет всего через несколько минут… Мог встать — и пересесть, пока еще вагон несло по туннелю… Мог схватить за руку… Но не верил, не верил… Не мог этого понять… Так просто… За что?! И было поздно, было уже поздно… Ничего не мог, ничего не мог… Улыбнулся… Душащий, жгущий, раздирающий… Только закроет глаза. Отец! Услышит этот гул, гул… И что-то ужасное ударит вдруг в спину.

Она не поверит… Только что на ее мобильном телефоне высветилось, что это позвонил муж. Чужой женский голос. Но этого не могло быть, не могло быть… Как долго, как долго, отказываясь понимать, что может не успеть, не успеть — через весь город ехала к нему, к нему… Шла под дождем. Уже у самой больницы. Купила — соки, фрукты. И продавщица в киоске заставила осознать: что все это покупала, что должна заплатить, заплатить… Как заставили осознать охранники в больнице — проговорить до конца все слова, — что ее муж находится в реанимации… Тишина. Пустота. Эти легкие подвижные дверки… Но не смеет войти, потому что нельзя никому, только врачам… Сырость, промокла так, что ощущает кожей, как будто это прикасаются чьи-то пальцы… Чужой мужчина, который что-то объяснял, но почему-то отводил глаза, глаза… И она стояла перед ним, как голая, голая… Нельзя увидеть… Ничего нельзя передать… Должна только ждать, ждать… Но сжалился, спросил, есть ли у нее мобильный телефон…

Сказал, наберите этот номер — ждал, достав свой, когда заиграла мелодия... «Сейчас...» Слышала шаги... Этот гул... Чей-то смех... И вдруг эта песенка... Где-то там... Услышала его голос... Так быстро, быстро... «Алло! Алло!» И оборвалась связь... Он будет жить, она знает. Все будет хорошо — и надо ехать домой, чтобы ждать, ждать... Вот уже дом. Ждет. Остановились машины. Она переходит через дорогу... Осталось совсем чуть-чуть... Дождь... Пешеходный переход... Замер поток машин, в которых люди... Но так пусто, так пусто... Ни одного человека... Электронное табло светофора отсчитывает секунды... Только эта фигура: коричневый плащ, резиновые боты... Переходит, тащится навстречу... Кажется, согнулась старуха... Но вот мелькнуло под капюшоном опухшее сизое лицо, злые безумные глазки... Улыбалась... И молча, наотмашь ударила, поровнявшись: кулаком по лицу... Эти тяжелые пакеты в руках, они притягивают к земле, не дают упасть... Дошла до конца, лишь тогда остановилась. Обернулась — но уже не увидела никого. Только дождь — и потоки машин. Она не понимала, не понимала... За что? Заплачет, расплачется — там, под дождем — но возьмет себя в руки, заставит себя, вспомнив о нем, о нем... Она жива — значит, он жив. Он жив — значит, жива она. Или это она, она — сломала ему жизнь, жизнь... Испугается Алла Иванова, вскрикнет: «Я знала! Я знала!» Но Саша приведет в чувство — как маленькую, — успокоит, запретив думать об этом, думать об этом... Раздался телефонный звонок... Какое-то агентство недвижимости... Звонок... И ей торжественно объявляют, что ее муж награждается чудо-скидкой... Кружится голова... Голоса, голоса... И всем нужен ее муж... Кажется, это он все устроил, хочет рассмешить — и она смеется, смеется, слыша свой смех, смех… Вот и звонок в дверь, ну конечно… Сосед, старик. Загадочно молчал, протягивая яблоко. И когда она приняла, онемев, этот дар — ничего не говоря, поклонился, отошел. Вот оно в ее руке: тяжелое, полное жизнью… И не знает, что же с ним делать: не знает, кому и за что…

И что-то еще, что-то еще — только для нее, для нее…

Тогда увидела — белый, почти гибельный мазок.

«Это самолет. Маленький, потому что такое огромное небо».

«Небо… И что?»

«В нем люди».

«Люди?»

«Люди, много людей, в этом самолете люди».

И запикает вдруг ее мобильный телефон, и поступит, точно бы скитавшееся где-то долго, сообщение…

САХАЛИНСКИЙ ПРИВЕТ!

КАК ЖИВЕТЕ, ДОРОГИЕ МОИ МОСКВИЧИ?

ВМЕСТО ЭПИЛОГА

Письмо Михаилу

«Здравствуй, Миша. Ну вот, я и пишу, а письмо будет доставлено электронной почтой за несколько секунд. Как это представить: за несколько секунд, из Москвы до Вены, с такой скоростью. Все опустошается, ее впитав — это само безумие. Образ его в твоих картинах: одинаковые столбы небоскребов, когда они тычутся и проваливаются в пустое небо… Тихие укромные уголки деревень, замершие лодочки на воде, уплывающие в небеса церквушки — из другого мира, где время остановилось. Но эти два мира, они не соединяются в целое. И возникают пугающие провалы… Уже не понимаем, не помним... Кто мы? Откуда и зачем пришли? Твоя живопись трагична, потому что в ней нет никакой игры, то есть она вовсе не обращается к зрителю, ведь для искусства игра то с массами, то со снобами стала чуть ли не единственным способом привлечь интерес — но что же, что же еще способно вызвать в людях сопереживание, сочувствие? Твое пространство предельно одиноко — и честно. Оно для кого-то одного. Оно размыто, оно таинственно, призрачно. И ничто в нем не обретает реальности. Все еще очень мнимо, мучительно, неуспокоенное в движении, что рождается не смешением красок, а резче и больней — разрывом всех узнаваемых впечатлений. Твоя живопись, в сущности, почти беспредметна, но что-то очень важное, весомое не позволяет ей опрокинуться в абстракцию, в беспредметность как таковую. То, что можно только почувствовать — и я чувствую, потому что это мне, моей душе, темно или светло, холодно или тепло, свободно или тесно. Твой мир — это Дом. Это или одинокий дом, или целое их одиночество, в скоплении себе подобных. Вот дом радости… Вот скорби... Вот — в котором сходишь с ума, теряешь память и рассудок… Но все они опустели, пустуют… Таким ты видишь одиночество мира: пустующий дом для человеческой души. И теперь я объяснюсь со всей ясностью. То, что видишь и чувствуешь, приближает к великому страданию человека — оно все великое. Это жестокий и неизбежный час. Но когда-то что-то все же заставит нас страдать. Так откроется мир. Твой — или мой? Другой — или наш? Но мы уже никогда не избавимся от того, что увидели, пережили… И ничего не в силах изменить, все мы должны это почувствовать… Эту боль в сердце я бы назвал тоской. Тоской по любви. Сказал же распятый за людей: *если бы вы были от мира, то мир любил бы свое…* В последнее время повторяю и повторяю эти слова, слышу в себе — они примиряют с жизнью, успокаивают. Любил бы свое… Любил бы… Любил…»

оглавление

КНИГИ СЕРИИ «ПРОЗА ОЛЕГА ПАВЛОВА»

В БЕЗБОЖНЫХ ПЕРЕУЛКАХ

Жизнь — это не то, что было пережито, а то, что ты об этом помнишь, и то, как ты об этом рассказываешь. В своей книге Олег Павлов показывает детство как неизбежность, как первую рану, нанесенную мирозданием, от которой человек обречен излечиваться всю жизнь. Но мироздание и благосклонно. Преимущество детского взгляда на мир в том, что ребенок, не имея возможности соединять в голове логические цепочки смыслов, способен образно обживаться в навязанной ему жизни, обустраивать в ней свое маленькое «хозяйство», быть поневоле художником и... сочинителем.

КНИГИ СЕРИИ «ПРОЗА ОЛЕГА ПАВЛОВА»

СТЕПНАЯ КНИГА

«Степная книга» впервые увидела свет в 1998 году, когда ее автору было двадцать восемь лет. Сегодня это один из самых известных писателей своего поколения, хотя его творчество остается загадкой. Олег Павлов устремлен внутрь своего героя, но его прозу не назовешь только психологической, ее образы проникнуты исповедальной поэтической силой. Сюжеты ее страшны, но согреты верой, любовью к людям. Он показывает сумрачные пределы жизни, мир страданий человеческих, обладая редким для людей своего поколения знанием и этого мира, и жизни, но что могло быть социальным обличением — становится исследованием экзистенциального вневременного опыта. Павлов действительно способен показать крупным планом неявное, где абсурд превращается в реальность, а реальность — в трагический абсурд. По мнению литературных критиков, он пишет о том, о чем до него писали Сартр и Шаламов, Камю и Солженицын, Платонов и Кафка, Гамсун и Достоевский... Но тем не менее, многие годы оставаясь самим собой, он стоял и продолжает стоять в современной литературе особняком, очень отдельным представителем своего собственного направления: своей прозы.

Литературно-художественное издание

Олег Олегович Павлов

АСИСТОЛИЯ
роман

Редактор
Татьяна Тимакова

Художественный редактор
Валерий Калныньш

Подписано в печать 02.05.2010
Формат 70x108 $\frac{1}{32}$. Бумага писчая.
Гарнитура CharterC. Печать офсетная.
Усл. печ. л. 16,8. Тираж 2000 экз. Заказ № 288.

«Время»
115326, Москва, ул. Пятницкая, 25
http://books.vremya.ru
e-mail: letter@books.vremya.ru
Телефон: (495) 951 55 68

Отпечатано в соответствии с качеством
предоставленного оригинал-макета
в ОАО «ИПП «Уральский рабочий»
620990, г. Екатеринбург, ул. Тургенева, 13
http//www.uralprint.ru   e-mail: book@uralprint.ru

B RU
F
PAVLOV
OLEG

ISBN 978-5-9691-0553-9